CARTAS DE MAR

MARIA TURTSCHANINOFF
CARTAS DE MARESI

AS CRÔNICAS DA ABADIA VERMELHA

TRADUÇÃO: LILIA LOMAN E PASI LOMAN

Copyright do texto original © by Maria Turtschaninoff, 2018
Edição original publicada em 2018 por Förlaget
Edição brasileira publicada mediante acordo com Maria Turtschaninoff e
Elina Ahlback Literary Agency, Helsinque, Finlândia

Título original: BREVEN FRÅN MARESI

Coordenação Editorial: VICTOR GOMES
Tradução: LILIA LOMAN E PASI LOMAN
Preparação: IRIS FIGUEIREDO
Revisão: LETÍCIA CAMPOPIANO
Design de capa: SANNA MANDER
Imagens de capa: © GETTYIMAGES
Adaptação de capa e diagramação: BEATRIZ BORGES

ESTA É UMA OBRA DE FICÇÃO. NOMES, PERSONAGENS, LUGARES, ORGANIZAÇÕES E SITUAÇÕES SÃO
PRODUTOS DA IMAGINAÇÃO DO AUTOR OU USADOS COMO FICÇÃO. QUALQUER SEMELHANÇA COM FATOS
REAIS É MERA COINCIDÊNCIA.

TODOS OS DIREITOS RESERVADOS. PROIBIDA A REPRODUÇÃO, NO TODO OU EM PARTES, ATRAVÉS DE
QUAISQUER MEIOS. OS DIREITOS MORAIS DO AUTOR FORAM CONTEMPLADOS.

ESTA TRADUÇÃO FOI PUBLICADA COM O APOIO FINANCEIRO DA FILI - FINNISH LITERATURE EXCHANGE /
THE FINNISH MINISTRY OF EDUCATION AND CULTURE.

DADOS INTERNACIONAIS DE CATALOGAÇÃO NA PUBLICAÇÃO (CIP)

T962c Turtschaninoff, Maria
Cartas de Maresi / Maria Turtschaninoff ; Tradução Lilia Loman e
Pasi Loman. – São Paulo : Editora Morro Branco, 2021.
p. 400; 14x21cm.
ISBN: 978-65-86015-13-3
1. Literatura finlandesa. 2. Ficção finlandesa. I. Loman, Lilia. II.
Loman, Pasi. III. Título.
CDD 848.97

TODOS OS DIREITOS DESTA EDIÇÃO RESERVADOS À:
EDITORA MORRO BRANCO
Alameda Santos, 1357, 8º andar
01419-908 – São Paulo, SP – Brasil
Telefone (11) 3373-8168
www.editoramorrobranco.com.br

Impresso no Brasil
2021

Para Travis, hoje mais do que nunca

ESTA É UMA COLEÇÃO DE CARTAS DE MARESI ENRESDOTTER, ENVIADAS DE SUA TERRA NATAL, ROVAS, PARA A ABADIA VERMELHA DURANTE OS REINOS DE NOSSAS TRIGÉSIMA TERCEIRA E TRIGÉSIMA QUARTA MADRES. EM ROVAS, MARESI FICOU CONHECIDA COMO MARESI DO MANTO VERMELHO, A EXPULSORA DA GEADA, DOMADORA DE BESTAS E GUARDIÃ DOS MORTOS. ELA, QUE PROVOCOU UMA AVALANCHE E LIBEROU OS MORTOS PARA O REINO DOS VIVOS.

ESTAS CARTAS FORAM ACRESCENTADAS AOS ARQUIVOS DA ABADIA VERMELHA PELA IRMÃ O, ARQUIVISTA E SERVIÇAL DA VELHA, E, APÓS A IRMÃ O, PELA SUA SUCESSORA. ESTES ARQUIVOS ESTÃO INCOMPLETOS, MAS TODOS OS EVENTOS MAIS IMPORTANTES RELATIVOS À ABADIA ESTÃO DOCUMENTADOS AQUI, PARA QUE NÃO NOS ESQUEÇAMOS DOS ACONTECIMENTOS QUE OCORRERAM EM ROVAS DURANTE OS PRIMEIROS DOIS ANOS APÓS O RETORNO DE MARESI AO SEU VILAREJO NATAL. ELES FORAM ANOS IMPORTANTES A ROVAS E SEU FUTURO.

PRIMEIRA COLETÂNEA DE CARTAS

Primavera

ENERÁVEL IRMÃ O!

Escrevo isto sob a luz das chamas crepitando. Acender o fogo não foi tarefa fácil esta noite. Choveu continuamente durante a maior parte de nossa viagem pelo desfiladeiro, então toda madeira está molhada, assim como meu manto de lã. Os sons do comboio comercial me cercam: conversas e risos, os relinchos e sinos de cavalos e mulas, as mandíbulas deles mexendo enquanto se esforçam para pegar folhas recém-nascidas entre os galhos. Posso sentir o cheiro de fogueiras e de espetos de carne assando lentamente sobre elas. Um dos guardas que acompanha o comboio teve uma ótima caçada hoje e dividiu carneiros-selvagens entre os viajantes.

É começo da noite, o céu ainda está claro e uma lua pálida paira sobre os picos baixos das montanhas. O comboio chegou ao topo da serra hoje e as planícies de Rovas estendem-se abaixo de nós para o Norte.

Quase cheguei ao meu destino e tenho uma ideia de como podemos conseguir que as cartas sejam entregues para a

Abadia e que eu receba as respostas, então estou começando a minha correspondência agora, como combinamos. Comboios comerciais anuais cobrem a longa distância entre Masson, a cidade portuária de Valleria ao sul, e Namar, a cidade murada do povo de Akkade nas grandes planícies ao norte de Rovas. Acredito que a melhor opção seja enviar dois lotes de cartas por ano, na primavera e no outono. Elas devem então chegar dentro de algumas luas. Certifiquei-me de falar com diversos mercadores e mercadoras pelo caminho para que soubessem que quem quer que entregue cartas de Rovas para Menos pode esperar um bom pagamento. Acho que seria melhor se a maior parte desse valor fosse paga quando as cartas chegassem ao seu destino.

Você me disse que leria minhas palavras em voz alta para as outras irmãs às refeições na Casa da Fornalha. Isso é o certo, pois foram elas que me equiparam com a riqueza de conhecimentos que agora estou levando para o mundo. Isso e a prata da Madre da Abadia me ajudarão a fundar uma escola em Rovas. Contudo, por favor, Irmã O, você me faria o favor de ler minhas cartas a sós primeiro? Sabe como eu sou: falo e escrevo demais. Você me disse que devo registrar todas as minhas experiências, pois muitas coisas bastante significativas para a Abadia podem acontecer, mesmo que eu não esteja ciente de sua importância na hora. Mas talvez eu também descreva eventos irrelevantes, nesse caso preferiria que escolhesse apenas o que é realmente importante. E possivelmente algumas coisas serão destinadas apenas para você, Irmã O. Tenho certeza de que saberá quando for o caso.

Considerarei estas cartas como uma continuação do texto que escrevi há quatro anos, documentando a primavera quando os homens vieram à Menos para levar Jai embora. Agora, como à época, não me sinto preparada para a tarefa. E, como no passado, farei o possível para cumpri-la da melhor forma, apesar das minhas limitações. Espero que partilhe o que eu escrever com as noviças. Será uma boa preparação para outras como eu, que pretendem se aventurar pelo mundo e espalhar o conhecimento da Abadia depois de seus estudos.

Sei que todas estavam preocupadas que eu pudesse ser machucada ou roubada em minha viagem, mas tudo correu bem. Juntei forças com diversos comboios em troca de um pequeno pagamento. Isso me garantiu proteção contra os bandidos da estrada e outros perigos. Os comboios são sempre acompanhados por vários guardas armados. Porém, não vimos nenhum ladrão e apenas ouvimos lobos à distância. Eles estavam tão distantes que sequer assustavam a minha mula. Com certeza paguei preços exorbitantes algumas vezes, como no primeiro comboio a que me juntei, que me deu uma carroça para viajar. Depois fiz amizade com uma mercadora viajante de Valleria chamada Ajanie, que me disse que eu devia ter pechinchado até pelo menos a metade do preço. Ainda assim, aprendi uma lição valiosa e sobrou bastante prata em minha bolsa. Ajanie me aconselhou a dormir com a bolsa de prata debaixo da minha cabeça.

Quando o primeiro comboio foi para o Oeste, em direção à Terra de Deven, tive de viajar a pé durante vários dias até conseguir comprar uma mula velha e cansada de um mercador. Ela tem orelhas macias e compridas que encobrem a minha visão quando ando nela e seu dorso largo é confortável. O mercador que a vendeu para mim não mencionou nenhum nome e talvez nunca tenha lhe dado um. Chamo-a de Dama Cinzenta, em honra de nosso pico mais alto em

Menos, a Montanha da Dama Branca. Ela passou por esse caminho muitas, muitas vezes antes, levando blocos de chá e sal em suas costas até a terra distante do povo de Akkade. O mercador disse que ela é velha demais para passar por aquele caminho novamente. As montanhas entre Rovas e as planícies de Akkade são altas e a subida é árdua para uma mula velha. A rota que planejei não é tão longa ou difícil, mas mesmo assim eu temia que os picos baixos que formam a fronteira do sul de Rovas pudessem ser demais para ela. Desci e caminhei pelas partes mais traiçoeiras, quando pedras deslizavam debaixo de pés e cascos, e parecia que dávamos um passo para a frente e dois para trás.

A estrada que estamos seguindo é conhecida como a Trilha do Cavalo, pois é usada para levar cavalos fortes de Akkade para o Sul, onde têm um preço alto. Não encontramos nenhum comboio de cavalos, pois a primavera não é uma boa época para levar grandes grupos de animais pelas estradas danificadas pela chuva, neve e tempestades de inverno. Os comboios para o Norte viajam na primavera, quando os mercadores trazem do Sul os produtos procurados no Norte, onde as pessoas desejam doces, especiarias e um pouco de luxo após as dificuldades do inverno. Ajanie me mostrou as joias de prata que ela compra nas feiras de Masson. Elas são simples demais para os cidadãos abastados de Irindibul, então ela faz uma viagem anual para Namar. É uma distância grande, mas na cidade murada as pessoas pagam bem por produtos considerados modestos demais para a nobreza de Irindibul. Quando Ajanie chega a Namar, troca as suas joias de prata por lã, que depois traz para o Sudeste e para Lagora, descrita por Ajanie como uma cidade-mosaico junto ao mar, e troca a sua lã bruta por fio fiado e tapeçarias. Em seguida, retorna para Valleria e vende as suas mercadorias em troca de ouro puro.

Ajanie já viu diversas partes do mundo. Para uma valleriana, ela já viajou muito: até a terra do gado de chifres longos a oeste, pelas planícies de Akkade ao norte e até Lagora, ao leste.

Tem sido fascinante ver a paisagem mudar durante minha viagem. Do arquipélago de Valleria com seu arco-íris de barcos em todos os pequenos portos, pelos pântanos vastos onde o sal é coletado, até as planícies de Valleria cheias de olivais e parreiras e a vibrante capital, Masson. Eu gostaria de também ter visto a Terra de Deven, mas é muito longe a oeste. Estou tentando imaginar plantações de chá em encostas de montanhas. Juntei-me a um comboio deveniano depois de deixar Valleria para trás e senti pela primeira vez o aroma delicioso de blocos de chá. Eles são levados ao Norte para o povo de Akkade, que não bebe nada além disso.

Dentre as pessoas que encontrei, poucas já haviam ouvido falar da província de Rovas. Até Ajanie disse que viajou pela região muitas vezes, mas nunca soube que tinha um nome. Para ela, era apenas o noroeste de Urundien. É claro que senti a obrigação de contar-lhe tudo sobre Rovas. O fogo ainda está iluminando um pouco, então escreverei o que lhe disse, para preservar a história de Rovas nos arquivos da Abadia.

Há muito tempo Rovas era terra de um povo independente. Só que o nosso vizinho mais próximo a sudeste, Urundien, sempre estava ávido por mais territórios e riquezas. Durante uma de suas campanhas militares, Rovas caiu sob o seu domínio e uma aliança foi selada por meio do casamento de seu rei com a filha de um chefe de Rovas. Desde então, o soberano de Urundien sempre nomeia um nádor, um governante que impõe as regras sobre "o povo sem lei da floresta". O nádor impõe a coleta de impostos e tarifas comerciais. O povo de Rovas é composto por fazendeiros e lenhadores. Os fazendeiros estão em uma batalha constante com a própria floresta, que sempre ameaça reabsorver as terras de plantio, e, assim, eles nunca conseguem cultivar mais do que as provisões mais básicas para suas famílias. Os lenhadores, transportadores de madeira e caçadores de peles têm vidas solitárias e difíceis nas profundezas da floresta, viajando para qualquer lugar onde são contratados ou há caça. O povo de Rovas é formado por homens e mulheres livres: os fazendeiros possuem suas terras e bosques, mas os animais de caça de grande porte pertencem à Coroa e apenas o soberano de Urundien pode caçá-los e distribuir direitos de caça como um símbolo do seu apoio. No outono, grandes grupos de caçadores de Urundien entram com frequência na floresta.

Entretanto, a nossa liberdade é limitada pela pobreza, ignorância e pelo trabalho duro. Além disso, os tributos impostos pelo nádor são frequentes e impiedosos. Os vilarejos sofrem constantemente de doenças graves e desnutrição. Superstições e ilusões são abundantes, e é isso o que eu espero corrigir quando chegar ao meu vilarejo natal de Sáru e fundar a minha escola. Parece ser um passo muito pequeno, mas é um começo. Ajanie me contou que escolas estão começando a se tornar mais comuns nas cidades de Valleria e Deven, embora obviamente sejam apenas para filhos de famílias ricas.

A minha longa viagem me deu bastante tempo para pensar em minha futura escola. Você disse diversas vezes que tenho de ter paciência e não esperar que os aldeões enviem suas filhas para a minha escola imediatamente, mas estou certa de que eles o farão quando virem os benefícios do verdadeiro conhecimento.

Amanhã me despeço de Ajanie e do restante do comboio, pois eles seguirão para o noroeste. Eles vão atravessar a área de planícies e, em sete ou oito dias, dependendo do tempo, devem chegar ao pé da serra que divide Rovas das terras de Akkade. Com certeza levarão muito tempo para subi-la, mas uma descida mais leve os aguarda do outro lado, pois as vastas planícies do povo de Akkade tornam-se um planalto alto, com um clima muito diferente do que o de Rovas.

Escreverei novamente quando estiver mais próxima de minha cidade natal.

Sua noviça,
Maresi

AI, MINHA AMIGA!
Planejo escrever cartas separadas para você e Ennike, mas isso não significa que vocês não podem ler uma a da outra, a não ser que eu diga especificamente para não ler. Não posso afirmar quando poderei enviá-las, mas decidi escrever uma série de cartas ao invés de um texto contínuo. Desta maneira, estarão prontas para ser enviadas assim que houver uma oportunidade.

Você acredita? Finalmente cheguei a Rovas! Bem, à periferia do sul de Rovas, na verdade. Meu vilarejo está distante destas planícies suaves e onduladas, no fundo dos bosques montanhosos. O comboio que estive acompanhando tomou uma rota diferente nesta manhã e passei o dia todo viajando sozinha pelo início de primavera de Rovas. Estou vendo e vivendo tudo de forma diferente agora que tenho apenas a minha mula como companhia. Cada vez que atravesso um riacho borbulhante é uma aventura. Cada vez que vejo os telhados das casas surgirem acima do horizonte ou detrás de uma curva na estrada sinto um frio na barriga – quem encontrarei hoje? Parte de mim sempre tem esperanças de que seja o meu próprio vilarejo, embora eu saiba que ele ainda está a muitos dias ao nordeste daqui e não reconheço os arredores. Porém, e se tudo mudou com o passar dos anos em que estive longe? O vilarejo pode não estar no mesmo lugar!

Armei acampamento para a noite, abrigada debaixo de alguns arbustos, e logo estarei dormindo com apenas a minha mula e o vento como companhia. Está nublado hoje à noite, caso contrário eu poderia olhar para as estrelas; mas só de saber que estão lá em cima já é um conforto. As estrelas estão lá e a lua também e elas estão olhando para você, querida Jai.

Escreverei mais quando estiver em casa.

Sua amiga,
Maresi

enerável Irmã O!
Está chovendo há sete dias. Nunca para. É uma chuva constante e fina que deixa tudo ensopado: eu, a minha mula, a minha bagagem. Estou me mantendo quente dentro do manto que Jai me deu, mas faz muito tempo que não estou seca. Os galhos estão pingando e as pedras estão escorregadias. Encontrei abrigo para a noite em um celeiro meio destruído com a maior parte do telhado intacto, então pelo menos não vou me molhar com a chuva durante a noite. Não consegui acender uma fogueira, pois não tenho lenha seca, então esta carta será mais curta do que a última, porque a luz do dia está se apagando.

A Dama Cinzenta e eu passamos por muitos vilarejos que se parecem com Sáru: diversas casas construídas em um círculo ou em forma de lua crescente, pontilhados com prédios externos, campos e pastos espalhando-se na floresta adjacente. Ao sul, cada campo tem a sua própria cerca, mas, quanto mais me aproximo de minha terra natal, na região mais setentrional de Rovas, mais eles se reúnem com cercas partilhadas.

Passei muitas noites dormindo sob o céu aberto. No verão, quando era pequena, eu, a minha mãe e a minha irmã Náraes às vezes ficávamos na floresta por muito tempo colhendo frutinhas silvestres. Minha mãe nos ensinou a construir um abrigo de galhos e gravetos para nos proteger do vento e da chuva fraca e é isso que tenho feito todas as noites – junto a córregos inchando-se com o gelo derretido e a chuva de primavera, junto a lagos serenos da floresta e em encostas com vistas distantes através de vales e montanhas, onde a fumaça de chaminés invisíveis é o único sinal de vida humana.

Não é fácil encontrar o caminho na floresta. Embora eu tenha crescido aqui, e caminhado pelo bosque assim que comecei a andar, e embora este lugar e seus caminhos sejam familiares para mim, também conheço os seus perigos e sei como podem ser traiçoeiros. A maior parte de Rovas é uma terra florestada, com exceção de alguns terrenos pedregosos e montanhosos onde árvores não crescem. As nossas rotas comerciais mais importantes, de fato rotas de viagem em geral, seguem rios. Porém, eles costumam correr do Norte para o Oeste e do Sul para o Leste e, como vim do Sudoeste, não pude viajar às margens da água. Isso teria sido mais fácil e mais rápido, como discutimos antes da minha partida. A Trilha do Cavalo, que segui no início, corre através da parte ocidental de Rovas do Sudoeste para o Norte. Os vilarejos são ligados por caminhos na floresta que geralmente são pouco mais do que trilhas de carroças, mas vão direto de vilarejo a vilarejo, e, assim, não são os mais adequados para viajantes à longa distância.

Sempre que tive dúvidas sobre a rota, quando um caminho se dividiu em dois ou desapareceu no mato, a Dama Cinzenta escolheu a trilha com perfeita compostura e toda vez eu logo percebia que ela tinha feito a escolha certa. É mais esperta do que eu, essa mula. Não sei o que teria feito sem ela.

Viajei durante a primavera, testemunhei o nascimento das folhas e o canto dos pássaros me acompanhou pelo caminho. Porém, parece uma primavera eternamente tímida, que nunca consegue dar um salto e explodir em verde e calor. Quanto mais ao norte vou, mais frias as regiões se tornam e mais tardia é a primavera. Nunca pensei que essa estação, que traz brisas amenas e um clima bom para viajar a Menos, fosse época de chuva em Rovas.

Acredito que eu esteja seguindo a mesma rota que tomei para o Sul há oito anos, quando deixei Rovas, mas não posso ter certeza. Foi há muito tempo e tudo era tão novo e assustador que não prestei muita atenção ao caminho. Eu era apenas uma criança, carregada em uma carroça e levada de Rovas para as montanhas do sul. De lá, fui transferida para o dorso de um burro, levada pelo desfiladeiro da montanha e colocada em outra carroça pelo resto da viagem a Valleria. Temo que não poderei encontrar o meu vilarejo. É um local pouco distinto e quando pergunto ao povo que encontro nas vilas, eles só balançam a cabeça como resposta.

Além disso, Irmã O, há outra coisa que temo e posso admitir apenas para você: eu temo a fome.

Na Abadia, acostumei-me a ter sempre a barriga cheia. Às vezes tínhamos algo simples e modesto, mas de qualquer forma não passo fome há oito anos. Agora, encontro rostos de pessoas que sabem o verdadeiro significado da fome e me lembro. Lembro-me de quando matamos o nosso último porco. Lembro-me de ter fome por tanto tempo que esqueci como era me sentir saciada. Lembro-me de comer coisas que não eram para consumo humano: sementes podres, folhas e grama, cadáveres de animais, couro fervido. Lembro-me do gosto do pão feito com serragem. Lembro-me de como o meu estômago ficou inchado e de como os braços e as pernas da Anner estavam magros e como a diarreia enfraquecia o corpo dela dia após dia.

Parece que as colheitas recentes foram abundantes. O povo do vilarejo tem pão para me dar e às vezes me convidam para suas casas e me servem mingau e pão de centeio e, uma vez, me deram peixe salgado. As pessoas só comem carne nesta época do ano caso tenham tido uma série de boas colheitas. Aproximando-me dos vilarejos, encontrei pequenos grupos de galinhas e carneiros, além de homens pastoreando porcos sujos de pernas longas enquanto tocavam flautas de salgueiro. Lembro-me de fazer flautas com salgueiro quando era menina e ainda me lembro do gosto do salgueiro verde. Toca o meu coração ouvi-las. Durante o inverno da fome, todos os animais em nosso vilarejo foram abatidos.

Entretanto, é evidente que essas pessoas conheceram a fome, antes da minha partida e enquanto eu estive longe. As crianças são raquíticas e nem de perto tão redondas e rosadas como as nossas jovens noviças. Ninguém tem gordura corporal extra. Os rebanhos de animais são pequenos em relação ao tamanho dos vilarejos. Tenho medo, Irmã O. É claro, eu sabia que a vida aqui seria diferente daquela que temos na Abadia, mas isso foi há tantos anos que eu havia me esquecido.

Acima de tudo, temo o que me aguarda quando finalmente encontrar meu vilarejo. Será que todos ainda estão vivos?

Estou tentando ser forte, Irmã O. Estou tentando ser corajosa. Porém, há dias que meu coração está pesado e escuro como a lã do meu manto.

Carinhosamente,
Maresi

Querida Jai!

Era início da noite quando percebi subitamente onde eu estava. Vi o riacho borbulhante em que eu costumava brincar quando criança!

Vi o meandro onde costumávamos apostar corrida com os nossos barcos de folhas e a ponte em que corríamos e torcíamos pelos nossos barcos. Eu estava cansada e a minha mula também, e estava prestes a armar acampamento para a noite, mas ver o riacho deu às minhas pernas e aos meus braços um vigor renovado, além de uma saudade tão forte ao meu coração que nem uma mula teimosa poderia me parar. Desmontei dela para diminuir o peso e levei-a pela ponte e para os campos recém-arados. Não havia uma estrada para seguir, apenas uma trilha que margeava várias valas, mas, mesmo na luz que se apagava, meus pés encontraram o caminho. Pule aqui; cuidado com a beirada escorregadia dessa vala; é aqui que os cogumelos crescem no outono. Guiei a minha mula e ela deve ter sentido a minha animação, pois estava menos teimosa do que de costume.

Eu me aproximei do vilarejo pelo sul, em vez de seguir pelo caminho da floresta que vai a Jóla, o vilarejo vizinho localizado a oeste. Fiquei de pé na encosta da colina olhando dois campos pretos e vi as casas aninhadas contra um cenário de escuridão crescente. Entre mim e o vilarejo corria um riacho, imperioso e abundante com espuma após as chuvas da primavera. Do outro lado do riacho, havia uma mistura de celeiros e estábulos e, mais além, havia quatro casas de frente umas às outras, formando um anel de proteção em volta do pátio central. A floresta as cercava como uma cortina negra. Fumaça saía das quatro chaminés, mas não havia uma alma viva. Nada, além de uma pequena luz escapando dos cantos das persianas fechadas de uma janela. Os animais estavam em seus estábulos e galinheiros durante a noite. Meu coração não batia tão forte desde o que tinha acontecido na cripta da Abadia.

Minha mula fungou e começou a descer o caminho que passava entre os campos e eu a segui lentamente. O riacho se elevava e chegava a alcançar a ponte, tornando as tábuas escorregadias. Com a correnteza do riacho preenchendo os meus ouvidos, caminhei entre as casas que se apoiavam umas nas outras, baixas e acinzentadas. O ar cheirava a esterco, fumaça e terra molhada. Respirei fundo e meu peito doeu. Amarrei a minha mula à árvore guardiã de nossa casa. Ali, diante de mim, estava a cabana dos meus pais, cinza e escura na chuva, assim como na última vez que eu a vira. Andei até a porta e levantei minha mão para bater. Naquele momento, a lua subiu acima das árvores e a sua luz brilhou sobre a madeira gasta. Abri a minha mão, corri os dedos pela madeira descamada e pensei em todas as portas da Abadia: a porta marrom da Casa da Fornalha com o seu aroma de pão, a porta de mármore rosa do Templo da Rosa e as portas duplas com brilho de mel da biblioteca na Casa da Sabedoria. Apoiei-me na porta e respirei fundo. Ela cheirava a madeira úmida.

Em Rovas, as pessoas entram na casa de outras livremente durante o dia, mas ao anoitecer as portas são trancadas. Eu bati.

– Quem está aí? – perguntou uma voz grossa masculina. A voz de meu pai. Eu quase não tive forças para responder.

– Abençoado seja o seu lar, pai.

Houve um momento de silêncio, seguido pelo som de uma trava sendo levantada do lado de dentro. Em seguida, a porta se abriu e fui ofuscada pela luz. Tudo o que eu podia ver era uma figura alta e magra diante de mim. Então, dois braços fortes me abraçaram e o meu pai balbuciou em meus cabelos.

– Minha filha. Minha filha, minha filha, minha filha.

Então ouvi a voz da minha mãe. Os meus olhos começaram a se acostumar com a luz e, por cima do ombro de meu pai, eu a vi. Ela estava sentada junto à lareira com o tricô em seu colo, segurando as mãos sobre o coração.

– Maresi. É você mesmo?

Soltei-me do abraço de meu pai e olhei para o seu rosto querido. Ele estava exatamente como eu me lembrava: olhos castanhos calorosos, um nariz grande e largo, orelhas chatas e protuberantes. A única diferença era que tinha mais rugas e a sua barba estava um pouco mais branca.

Minha mãe levantou-se da cadeira e veio em minha direção com os braços abertos. Sua trança de cabelos castanhos grossos brilhou à luz do fogo e ela também não parecia ter mudado muito. Estava ainda mais magra do que quando parti, se é que isso é possível. Ela tentou falar, mas só balançou a cabeça, seus olhos cheios de lágrimas. Ela me puxou para perto e me abraçou forte.

– Pensei que nunca mais a veria... nunca mais, eu pensei. Minha criança, você está em casa agora?

– Sim, mãe – respondi. – Estou em casa agora.

O cheiro da minha mãe era exatamente como me lembrava, de farinha, repolho e lã. Comecei a chorar imediatamente. Chorei como a criança de nove anos que eu era quando deixei a minha mãe, o meu pai e todos que eu já havia amado. Eu não queria mais soltar minha mãe.

Os ombros ossudos dela contra o meu corpo. As suas mãos acariciando o meu cabelo. Eu as senti com mais intensidade e força do que qualquer outra coisa que já sentira em minha vida.

Ela se afastou de repente e exclamou entre soluços:

– Mas você está ensopada! Não pode, você vai ficar cheia de fuligem!

Despi-me em frente à lareira enquanto minha mãe pegava roupas secas e olhei ao redor da amada cabana. Tudo estava exatamente igual: o chão de terra batida com uma camada grossa de palha limpa, a mesa e os bancos junto ao fogo, o pequeno cercado de bichos à entrada. As persianas estavam fechadas contra a noite e a chuva e um fogo maravilhoso ardia na lareira.

– Isso terá que servir – disse a minha mãe, dando-me uma saia listrada com flores bordadas na barra e uma bata puída de mangas compridas. Enquanto eu me vestia, ela pendurou minhas roupas perto do fogo para secar. Ela olhou para as calças e a camisa com uma expressão incrédula. Em seguida, deu-me um cinto tecido de vermelho, branco e preto.

– Pensei em você quando teci isso – falou. – Teci cada cor na esperança de que você ainda estivesse viva e de que nos veríamos de novo algum dia.

No momento em que eu amarrava o cinto em minha cintura, Akios entrou pela porta e tirou a lama de suas botas. Quando me viu, ele parou e seus olhos se arregalaram.

– Maresi! – gritou. – Minha irmã!

Foi estranho ser chamada de "irmã" por um homem e por alguém que era verdadeiramente do meu sangue. Eu sorri.

– Akios! Você deixou crescer a barba!

Ele passou a mão na penugem de seu queixo e sorriu.

– Não posso ser fazendeiro sem uma barba – respondeu.

Corri até o meu irmão e o abracei forte, mas Akios me abraçou com ainda mais força. Então ele pegou um fiapo de meu cabelo embaraçado pelo vento.

– Cabelo bagunçado – provocou.

– Joelhos ossudos – respondi e dei um cutucão em sua barriga, mas percebi que o velho apelido não lhe servia mais. Sou dois anos mais velha do que Akios, mas ele cresceu e era uma cabeça mais alto do que eu e nem a camisa folgada que vestia podia esconder que os seus ombros eram largos e os seus braços eram firmes e musculosos. Seus cabelos, um dia do mesmo tom de amêndoa do que de Náraes e o meu, havia clareado e ia até seus ombros.

– Irmãozinho, você cresceu! – exclamei e nós dois rimos até perder o ar.

Não havia tempo para trocar histórias, pois era muito tarde. Estávamos todos cansados e satisfeitos em simplesmente nos sentarmos na companhia e olharmos os rostos uns dos outros à luz do fogo que morria, enquanto minha mãe me enchia de pão duro e das últimas colheradas do mingau da noite. Ela não parava de se inclinar para tocar o meu cabelo, o meu rosto, a minha mão.

– Amanhã cozinharei algo gostoso – disse ela. – Para celebrar.

– Amanhã – repeti, bocejando.

Eu estava finalmente aquecida e seca. Akios me ofereceu a própria cama em seu quarto pequeno, dizendo que ia dormir no espaço acima da lareira. Eu mal podia esperar para me arrastar para debaixo do cobertor que a minha mãe tecera e dormir com o som levemente familiar da chuva no telhado de madeira. Só que havia algo que eu tinha de perguntar primeiro.

– Náraes. Ela está...?

Meu pai olhou para mim, intrigado, depois sorriu e segurou minha mão.

– Náraes está viva e bem. Ela tem a própria casa e família agora. Você a verá amanhã.

Escrevo isso em um pequeno quarto, com uma minúscula vela de sebo como fonte de luz. Os outros já estão dormindo, porque a madrugada traz um outro dia de trabalho árduo. Estou quase adormecendo também, mas queria escrever para você primeiro e capturar esse sentimento de estar em casa segura, alimentada, seca e aquecida. Em casa.

É bom estar em casa, Jai.

Sua amiga,
Maresi

 INHA QUERIDA ENNIKE ROSA!

Estou em casa e passei a minha primeira noite debaixo do teto de meus pais. Acordei com a boca seca e a cabeça pesada e sem me lembrar de onde estava. Tinha me deitado em um colchão de verdade e não no chão, como me acostumei em minha viagem. Eu podia sentir o cheiro de lã e de roupas de cama limpas. Eu podia ouvir vozes murmurando e a batida seca da chuva contra o telhado de madeira. Por um momento, pensei estar de volta na minha cama da Casa das Noviças, mas os sons e os cheiros não eram os mesmos.

Abri meus olhos com o aroma de mingau de sorva enchendo minhas narinas. Embora a Irmã Ers cozinhe todo tipo de pratos deliciosos na Casa da Fornalha, ninguém faz mingau de sorva com mel como minha mãe. Sentei-me e percebi onde estava – em casa! O lar na casa de meus pais, debaixo de um cobertor tecido pela minha própria mãe. Vesti uma bata, uma blusa e uma saia e arrumei meu cabelo o máximo que consegui.

O meu pai e Akios estavam sentados à mesa na companhia de uma mulher adulta com uma trança grossa castanho--amendoada e duas crianças pequenas – uma no colo dela, a outra no de meu pai. A minha mãe estava de pé junto ao fogão, mexendo algo em um pote grande, que meu pai trouxera de um vendedor ambulante quando eu era bem pequena.

– Aí está ela – disse meu pai. – Venha dizer olá para as suas sobrinhas.

A mulher com a trança castanha era a minha irmã mais velha, Náraes! Passando a criança menor para Akios, ela se levantou e colocou os braços em volta de mim.

– Você está viva – exclamou. – Você realmente está viva! Mamãe veio nos contar de manhã cedo, mas eu quase não acreditei. – Ela me soltou e olhou para mim seriamente. – Eu a vi em meus sonhos, Maresi. Eu a vi caminhando nas sombras da morte.

– Eu, de fato, caminhei por lá, mas não através da porta da morte – respondi, com a mesma seriedade, olhando para minha irmã. Eu mal a reconhecia. Náraes é três anos mais velha do que eu e, quando deixei Rovas, era mais nova do que Heo é agora. Ela envelheceu. As suas bochechas estão ocas e os seus olhos parecem grandes para o seu rosto fino. Seu cabelo ainda é grosso e brilhante e ela o prende em uma trança longa caída em suas costas, com vários cachos indisciplinados contornando o rosto. Eu costumava pensar que vocês duas se pareciam, mas agora ela é uma mulher adulta enquanto você é a Rosa, uma dama em flor.

E ela está grávida.

– Venha, você tem que conhecer as suas sobrinhas – disse Náraes. – Aquela pequena selvagem no colo do papai é Maressa. – Ela olhou para mim com um pouco de timidez. – Eu coloquei o nome em sua homenagem. Espero que não se importe.

Olhei para a menina. Ela tinha pouco mais de três anos, com cachos claros como uma nuvem fofa em volta do rosto e olhos castanhos curiosos que me avaliaram seriamente. Peguei a mão de Náraes e a apertei.

– Obrigada – sussurrei.

– E a bebê é Dúlan, nascida na última primavera. Seus dentes estão nascendo.

Dúlan estava sentada no colo de Akios, mordendo a mão dele, babando em seu peito. Ela tem os mesmos olhos brilhantes que Geja, mas as suas pernas e bochechas não são tão gordinhas como as de Geja eram com a sua idade.

– E quando virá o terceiro? – perguntei.

Náraes olhou para a barriga e sorriu.

– No outono, depois da colheita. Estarei maior quando mais precisarem de mim nos campos! Tauer diz que é um menino.

Tauer é um velho no vilarejo vizinho para quem os aldeões locais frequentemente voltam-se para pedir conselhos sobre doenças e parto.

– Venha e sente-se agora – disse a minha mãe, colocando o mingau sobre a mesa. – É tarde e os homens têm que voltar para os campos.

Quando olhei para meu pai e Akios, vi que os cabelos deles estavam úmidos. Já tinham trabalhado. Senti-me envergonhada.

– É a viagem, mãe. Eu estava tão cansada, eu normalmente nunca...

Ela veio e me deu um beijo na testa.

– Eu entendo muito bem. Ninguém a está culpando, Maresi.

– Tenho que sair primeiro – murmurei.

Peguei o meu manto vermelho, já quase seco, do gancho perto da porta em que a minha mãe o pendurara na noite anterior. Saí com o manto sobre os meus ombros e as botas grandes do meu pai nos pés.

A manhã já quase acabara. Chovia e os passarinhos mal cantavam. Segui o caminho ao virar a esquina até o banheiro, que estava no mesmo lugar de sempre, com uma das melhores vistas do vilarejo. Eu vi o riacho correndo através do vale atrás dos anexos. Em torno do vilarejo, os campos espalhavam-se, escuros e enlameados, e além deles a floresta, escura e silenciosa sob a chuva que caía. Fumaça subia das chaminés e, diferentemente da noite anterior, o vilarejo mostrava sinais de vida. Havia um ruído de vacas vindo do estábulo enquanto uma menina jogava os restos da primeira refeição do dia para um bando de galinhas. Ela não me viu e eu não a reconheci, mas pela sua idade imaginei ser Lenna Adonsdotter, que era um bebê de colo quando deixei Rovas. Uma mulher com uma saia esvoaçante pegava água no riacho, mas não pude ver quem era de tal distância.

Quando terminei a toalete, lembrei-me de repente da Dama Cinzenta e corri para ver onde ela estava; ainda amarrada à árvore da minha casa. Ela me olhou, furiosa, com a boca cheia de gravetos frescos. Acariciei-a entre as orelhas e implorei pelo seu perdão mil vezes e depois a desamarrei e levei-a para o riacho para beber. Não encontramos ninguém e a apressei o mais rápido que pude. A minha boca salivava ao pensar no mingau de sorva de minha mãe.

A casa estava cheia de colheres tilintando e conversas. Tirei as botas do meu pai, pendurei o meu manto junto à porta e chacoalhei a água dos meus cabelos. Meu lugar à mesa me esperava. Sentei-me e me ofereceram uma tigela de mingau quente. A minha família, sangue do meu sangue, estava conversando e rindo à minha volta, mas eu estava ocupada demais comendo para falar.

– Quem é o seu marido? – Consegui finalmente dizer com a boca cheia de comida. Náraes sorriu.

– Jannarl.

Levantei os olhos.

– Da casa ao lado?

Ela sorriu.

– Sim. É lá que moro agora.

Pouco me lembrava de um jovem de cabelos claros com a pele marcada que costumava fazer piadas com Náraes sempre que levávamos grãos até o moinho junto ao riacho para serem moídos. Olhei para a minha irmã. Era estranho pensar nela como uma mulher casada, com duas filhas e uma terceira criança a caminho. Era estranho imaginar que ela dividia a cama com um homem todas as noites e não vivia mais em casa com minha mãe e meu pai. O pai de Jannarl tinha uma fazenda respeitável, com mais campos e uma casa maior do que a nossa. Náraes mudou-se para lá, deixou a nossa família e tornou-se parte daquela. Agora, ela e a mãe de Jannarl cuidam da casa juntas.

– Máros ainda mora lá? – perguntei.

Náraes mexeu a cabeça, afirmando. Máros é o irmão mais novo de Jannarl, aproximadamente da mesma idade que Náraes. Costumávamos brincar juntos. Havia Máros; Náraes; a minha melhor amiga, Sannarl; a Marget, da Fazenda Branca, e eu. Máros é surdo, mas inventamos todo tipo de sinais com as mãos, usávamos expressões faciais e nos entendíamos muito bem.

– Agora, Maresi, você tem que nos contar tudo. – Minha mãe colocou mais mingau em uma tigela e tirou um fio de cabelo da testa. Ela se sentou no banco ao lado do meu pai e deu a tigela para Maressa, que enfiou a colher em sua boca sem tirar os olhos de mim. – Aonde estava? O que aconteceu com você? Como voltou para nós?

– Em uma mula.

Todos riram, mas Maressa olhou para mim seriamente.

– Sua *própria* mula? – perguntou e eu fiquei surpresa como ela falava bem.

– Isso mesmo, a minha própria mula. Seu nome é Dama Cinzenta.

Meu pai pareceu surpreso.

– Aquela lá fora? Temos lugar no estábulo se você quiser trazê-la para dentro.

– Agora não, Enre – disse a minha mãe, com impaciência. – Deixe Maresi falar! – Ela pegou o seu fuso e continuou a fiar o fio que começara. Eu nunca vi a minha mãe sem fazer nada com as mãos.

Então lhes contei tudo. Não foi fácil condensar oito anos em uma única narrativa, nem falar das coisas mais importantes e difíceis, como quando abri a porta para o reino da Velha e abati todos os homens que vieram a Menos nos fazer mal. Eu decidi guardar essa história por enquanto. A hora para ela viria mais tarde. Ao contrário, descrevi a ilha de Menos e minha viagem até lá com comboios e barcos. Contei-lhes como me senti perdida no início. Descrevi a vida na Abadia e a própria Abadia, os prédios de pedra cinza (ninguém em Rovas já viu algo assim; aqui eles constroem com madeira), as montanhas e oliveiras e o mar sem fim. Contei-lhes sobre as irmãs e toda a sua suprema sabedoria, sobre as diferentes casas e o significado de ser chamada a uma ou outra casa. Expliquei que colhemos caramujos-de-sangue, que nos trazem a prata que necessitamos para provisões. Descrevi minhas amigas – você, Jai e Heo – e como todas nós viemos a Menos por diferentes razões e de terras diversas. Tentei lhes contar tudo sobre a Casa da Sabedoria e sua câmara do tesouro e como eu amo ler, mas é difícil explicar isso a pessoas que não sabem nem ler nem escrever. Contei como tomei a difícil decisão de deixar a Abadia, para voltar para casa e dividir o meu conhecimento.

– Uma escola – disse minha mãe, em dúvida. – O que você faria lá?

– Ensinar as crianças a ler e escrever, acima de tudo. Depois as ensinarei a contar e falarei um pouco da história das províncias próximas.

– Que bem isso faria? – Minha mãe fez uma expressão perplexa para mim e começou a fiar com mais entusiasmo. – Não há nada para ser lido aqui e assim que as crianças são grandes o suficiente elas ajudam na fazenda, assim como você fez quando era pequena. E ninguém deixa o vilarejo a não ser para talvez se casar com alguém de um vilarejo próximo.

Tentei pensar em uma resposta que não ofendesse a minha mãe, que não sabia nem ler nem escrever. Só que quando olhei em seus olhos amorosos, não consegui pensar em nada para dizer.

– Eu acho que é uma boa ideia – disse o meu pai. – Eu sempre soube que havia algo especial em você, desde que era pequena e inventava todas aquelas histórias longas para Akios.

A minha mãe endureceu com as palavras do meu pai. Passei os olhos nela e vi uma ruga entre as sobrancelhas e os lábios se fecharam, formando uma linha sólida. Era uma expressão que eu não me lembrava da minha infância.

Náraes levantou-se e ergueu Dúlan em seus braços.

– Tenho que ir e começar a cozinhar. Jannarl chegará logo para a sua refeição do meio-dia.

– Eu quero ver a mula – disse Maressa com tom decidido.

– Você pode vê-la quando sair. Venha agora.

Náraes segurou sua mão e Maressa deslizou do banco e a seguiu até a porta, onde meu pai as ajudou a colocar seus cardigãs e chapéus.

Quando elas haviam partido, meu pai e Akios se vestiram e saíram na chuva para continuar o trabalho. Eu ajudei a minha mãe a tirar a mesa, enchi uma chaleira com água retirada de uma cuba grande junto à porta e sentei-me para esperar que fervesse. A minha mãe colocou mais lenha no fogo e limpou as mãos em seu avental.

A minha família mudou. A barba do meu pai ficou branca, Akios tornou-se um homem e Náraes passou pela maior mudança de todas: de menina a mulher e mãe. Porém, a minha mãe está igual. Cabelos castanhos pesados. Olhos calorosos, gentis. Mãos rachadas. Uma trança apertada enrolada em volta da cabeça e um avental listrado amarrado em torno da saia tecida em casa com o tradicional desenho de Rovas: flores bordadas na barra. Ela está mais magra do que antes e um pouco mais séria. Lembro-me de uma mãe que gargalhava com frequência.

Até Anner morrer.

– Como o seu cabelo cresceu! Me faz lembrar do cabelo de minha mãe, tão grosso – disse minha mãe, acariciando minha cabeça. – Seu jeito de falar é diferente também.

– Eles falam outra língua em Menos – respondi. – Minha boca ainda não está muito acostumada com a nossa.

– Foi difícil aprender?

Relembrei a experiência de chegar em Menos sem entender nada. Eu sentia tanta falta de casa que pensei que morreria. Meu único consolo era você, Ennike Rosa, e a sua gentileza. Já lhe agradeci por isso? Agradeço-lhe agora. Não sei se eu teria sobrevivido se você não tivesse cuidado de mim, se não tivesse me ensinado a língua, com doçura e paciência, se não tivesse me abraçado à noite quando eu encharcava de lágrimas meu travesseiro.

– Foi – sussurrei. – Foi muito difícil.

A minha mãe ficou parada por um tempo, com as mãos apertadas contra o coração. Esticou uma mão como se fosse me tocar, mas então recuou.

– Vou pegar um pente – disse ela, e desapareceu no quarto. Voltou com um pente bem gasto que reconheci da minha infância.

– Perdi muitos cabelos para esse pente nas mãos de Náraes – falei, enrugando a testa.

A minha mãe sorriu e colocou uma mão em meu ombro.

– Agora, vire-se.

Ela começou a pentear meu monte embaraçado de cabelo. Fechei os olhos e aproveitei a sensação das mãos da minha mãe em meus cabelos, a fumaça da fornalha em minhas narinas e o resto do gosto de sorva e mel em minha boca.

– Você não estava aqui para a sua cerimônia de trançar os cabelos – disse minha mãe pensativa. – Você era pequena demais antes de partir. E agora está muito grande.

– Meu sangue da lua flui agora.

– Flui, é claro que flui. Você está com dezessete anos, afinal.

A minha mãe sabe contar. A maioria das pessoas por aqui sabe contar os animais à noite e os ovos nas cestas e os rolos de trigo nos campos. Só que poucos sabem contar mais do que vinte.

A cerimônia da trança é feita quando uma menina recebe o seu primeiro sangue da lua. No quarto dia, penteiam e trançam o seu cabelo e então ela o usa preso para sempre, como um sinal de que se tornou uma mulher. Não quero trançar o meu cabelo. Nós nunca trançamos em Menos e decidi não prendê-lo aqui também. Resolvi mudar de assunto.

– Conte-me uma história, mãe.

– Eu? – zombou a minha mãe. – Você é quem tem histórias para contar.

– Uma balada, então. Qualquer uma que quiser.

A minha mãe ficou quieta por um instante. Tinha alcançado o meu pescoço e o pente estava arranhando a minha pele e me deixando arrepiada. Ela começou a cantar.

Ó grande pata de seda
Amada pata de mel
Do alto de um céu tão negro
Encontre um noivo deslumbrante

Era quase como um sonho: ouvir a voz da minha mãe, sentir as mãos dela cheias de amor em meus cabelos, ouvi-la cantar para mim, como sempre costumava fazer quando eu era pequena. Não há balada que a minha mãe não conheça. Levei um tempo até controlar a minha voz o suficiente para falar.

– Você esteve em Murik recentemente para visitar a titia, mãe?

– Não. Não vamos para lá há muito tempo. Você sabe o quanto há para ser feito aqui na fazenda e, sempre que tenho tempo sobrando, Náraes precisa de ajuda com as crianças. As estradas têm estado ruins nesta primavera e tivemos muita neve no inverno. Não temos mais um cavalo, entende, então não podemos usar o trenó como antes. As estradas também não são tão seguras como eram. Mas recebemos notícias de Kárun Eiminsson que eles estão vivos e bem em Murik. Você se lembra de Kárun? Ele é um lenhador e caçador, mora em uma cabaninha perto de Jóla, então ele anda mais do que os aldeões.

Balancei a cabeça. Não me lembro de ninguém chamado Kárun. Há tantas coisas que esqueci.

– Vocês não têm animais para criar?

– Não. Não mais. Tivemos que abater todos no último inverno da fome.

– Mas... Não compramos um porco depois disso? Um pouco antes de eu partir.

A mão de minha mãe, que me penteava, parou.

– Tivemos mais de um inverno da fome, Maresi. Três anos atrás, a seca levou até o centeio. Fomos forçados a pegar sementes e alimentos emprestados do novo nádor para sobreviver.

– Temos um novo nádor?

– Temos. Depois da segunda fome, o soberano de Urundien decidiu substituir o velho nádor. Não sabemos por que – eles nunca nos contam nada. – Notei que ela abaixou a voz quando falava do nádor, como se alguém pudesse ouvir. – Talvez porque ninguém pudesse pagar seus impostos depois de toda a fome. O novo nádor não é como os outros. O último ficava em seu castelo na maior parte das vezes e nos deixava em paz, exceto quando os impostos deviam ser pagos. Mas esse agora... – Ela abaixou a voz, como se até as paredes estivessem ouvindo. – Todos devemos para ele.

Virei-me tão abruptamente que o pente arrancou meu cabelo.

– As dívidas do pai são grandes?

– São, mas não se preocupe com elas. – Ela se curvou e apertou meus ombros. – Estamos tão felizes que você voltou para casa, Maresi. Não vamos falar das dificuldades no seu primeiro dia de volta ao lar. – Ela se levantou e ergueu uma mecha do meu cabelo, que agora estava macio e desembaraçado. – Não vejo nada de errado em não fazer a cerimônia e simplesmente trançar o seu cabelo agora. Tem que ser feito alguma hora. Você gostaria de uma ou duas tranças?

Virei-me e tirei gentilmente meus cabelos de sua mão.

– Não prendo mais o meu cabelo. Não fazemos isso em Menos.

Ela me olhou por um momento. Deixou a própria mão cair de lado.

– A água está fervendo. Você quer lavar ou secar?

Não falamos mais sobre o assunto, mas posso ver que a minha recusa em prender o cabelo preocupa minha mãe. Ou a irrita, como a coceira de uma mordida de mosquito.

Agora é hora de me aninhar na cama.

Carinhosamente,
Maresi

UERIDÍSSIMA JAI!

Já faz alguns dias que estou em casa. Ainda não tenho certeza do que acho disso. Estou cansada – por favor, perdoe-me se parecer mal-humorada.

Passei o primeiro dia ajudando a minha mãe pela casa e fiquei a maior parte do tempo do lado de dentro. Estava cansada e me sentindo frágil. Eu queria evitar os olhos curiosos das pessoas. Ao contrário, perguntei sobre todo mundo no vilarejo para a minha mãe. Ela disse somente que tudo estava na mesma.

– O que mudaria aqui? – perguntou. Mas ela está errada. Nada mudou aos seus olhos. Para mim, depois de partir e retornar, muita coisa está diferente.

A minha amiga Sannarl, com quem eu costumava brincar quase todos os dias, morreu logo depois que deixei Rovas. Seu pai era um lenhador e a família dela vivia em uma pequena cabana fora do vilarejo sem terreno arável. Quando o inverno da fome chegou, depois que uma geada precoce levou a maior parte do centeio e a chuva forte carregou o restante, não havia mais ninguém para lhes vender alimentos. No outono, a família toda tomou a estrada para mendigar. Apenas a mãe e a irmã mais nova de Sannarl voltaram. A mãe do meu pai também morreu no ano seguinte à minha partida, enfraquecida pela fome e pela idade.

Sinto saudades da minha avó. Lembro-me das suas bochechas macias, enrugadas e da doçura da voz quando falava com os seus netos.

Bebês nasceram na minha ausência, aqui e no vilarejo vizinho. O vilarejo em si é o mesmo. As construções estão onde sempre estiveram. Elas não mudaram desde que o meu pai era um menino. O pai de Jannarl construiu um quarto extra para Jannarl e Náraes e seus filhos, mas a maioria das casas parecem as mesmas que sempre foram, embora um pouco mais desgastadas. Há menos animais do que me lembro na minha infância, mas mais do que havia quando fugi da fome. Os meus amigos cresceram e os seus pais envelheceram, mas a vida continua como antes: com trabalho duro do nascer do dia ao anoitecer.

Na noite do segundo dia, depois de termos comido, a minha mãe tirou a panela de mingau da mesa e me disse que era hora de pensar em visitar os vizinhos.

– Para que saibam que a nossa filha está bem e realmente em casa.

Entendi que isso era importante para a minha mãe. Ela me protegera de visitantes curiosos para que eu pudesse descansar, mas agora queria me exibir para o vilarejo como uma honra para nosso lar.

– Não posso ir de mãos vazias – falei, e a minha mãe e o meu pai concordaram. Visitas corriqueiras não requerem presentes, mas essa não era uma visita qualquer. O povo de Rovas sempre troca pequenos presentes para marcar ocasiões especiais.

– Você pode ir amanhã – disse a minha mãe. – Isso lhe dará tempo para se preparar.

Mais tarde naquela noite, eu tirei o sal que havia comprado em Valleria e o tecido de lã vermelha que nossa Madre da Abadia colocara escondido em minha mala antes da minha partida. Cortei quatro pedaços e os costurei em pequenos sacos. Depois, bordei algumas formas simples neles, a primeira que me veio à mente: uma rosa, uma maçã, uma concha. Eu usei linha preta e branca de minha mãe. Posso imaginar você levantando as sobrancelhas com surpresa, pensando, "mas Maresi não sabe bordar nada". Bem, bordado é de fato uma tradição imemorial de Rovas, e minha mãe e Náraes me ensinaram as técnicas desde muito pequena. Enchi os saquinhos com sal, que é um produto caro aqui. Todo comércio dele tem que ocorrer via Urundien e todas as salinas em Urundien e seus estados vassalos são propriedade do monarca. O Rio Kyri (que corre para o leste de nosso vilarejo e pela cidade de Kandfall, o trono do castelo do nádor) é comumente conhecido como "rio do sal", porque é usado para transportar sal das minas na montanha até Irindibul.

No dia seguinte, eu estava pronta para sair com os meus saquinhos. Fui visitar uma fazenda vizinha primeiro. Pareceu-me a opção menos intimidadora. Bati e entrei sem esperar por uma resposta, como é o costume aqui. Máros foi o primeiro a me dar boas-vindas, fazendo o sinal que costumávamos usar como cumprimento quando éramos crianças. Ele perdeu a audição depois de uma febre forte quando menino, mas nunca deixamos que isso atrapalhasse as nossas brincadeiras.

A casa dele não havia mudado, exceto pela nova porta que levava à sala nova onde minha irmã vive agora com a sua família. O chão de terra era firmemente pisado e coberto com palha seca, um fogo ardia na fornalha e havia uma mesa longa com uma toalha bordada alegre. A mãe de Jannarl, Feira, era muito conhecida pelo seu talento com uma agulha.

– Bem, aqui vem ela, nossa convidada especial – disse Feira, levantando-se de seu lugar junto à fornalha, onde ela fiava.

Sua aparência era exatamente a mesma de que me lembrava: cabelos brancos trançados firmemente e presos em volta do topo de sua cabeça, uma blusa de linho e uma saia marrom listrada coberta por um avental bordado. Em seus pulsos e tornozelos, ela usava pulseiras entrelaçadas no velho estilo de Rovas. Estava magra como sempre e sorria de modo vagaroso como antes.

– Pai, traga o chifre.

Maressa veio correndo da salinha recém-construída em que vive com os pais e a irmã mais nova. Jannarl e Náraes a seguiram de perto. Dúlan estivera sentada no joelho de seu avô Haiman, mas ele se levantou, colocou a neta no chão e foi pegar o chifre que estava pendurado na parede. Em seguida, tirou a jarra de aguardente de uma prateleira, encheu o chifre e mancou até mim. Haiman manca desde que eu o conheci. Sua perna foi ferida em um acidente envolvendo um rastelo quando Jannarl era menino.

Eu bebi do chifre sentindo-me muito cerimoniosa. Essa era uma experiência nova para mim. Meu pai oferecia muitas vezes o chifre para nossos convidados, mas nunca fui uma convidada de honra chamada para beber primeiro. O chifre foi passado por cada um e até Maressa pôde cheirar o conteúdo. Ela torceu o nariz.

– Blargh!

Ofereci o saquinho vermelho de sal à Feira, que o aceitou sem jeito, mas os olhos de Náraes se arregalaram. Feira colocou o saquinho cuidadosamente ao lado da jarra de aguardente.

Era estranhamente formal me sentar à mesa dos vizinhos e conversar sobre a plantação de primavera e o inverno passado. Notei Feira encarando o meu cabelo solto, mas ela não disse nada. O olhar de Máros não deixou o meu rosto por um segundo sequer e eu desejei poder contar-lhe tudo sobre a minha viagem e o tempo que passei em Menos. Contudo, quando tentei fazer um sinal de "ilha" com as minhas mãos, ficou evidente que os nossos símbolos não funcionavam mais. Como eu poderia descrever uma terra cercada de água para uma pessoa que nunca viu nada além do nosso vilarejo e a floresta próxima? O mais distante que ele já esteve de casa é o arvoredo de oferendas e o arvoredo funerário no vale oculto. Ele conhece árvores e campos, mas não tem o vocabulário para descrever o oceano.

Depois de um tempo, lhes agradeci educadamente e segui para a Fazenda Branca, chamada assim porque o batente da porta é talhado com a madeira-prata de verdade, do arvoredo funerário. Ninguém nunca levantaria um machado ou faca para uma das raras árvores brancas do terreno de sepultamento, com medo de que trouxesse má sorte para a sua casa e família por gerações. Porém, às vezes entalhadores habilidosos pegam galhos caídos em uma tempestade e talham cabos de faca ou castiçais ou outros objetos menores com a madeira lisa como pedra e eternamente branca. Nunca vi um batente de porta feito com essa madeira, exceto por aquele na Fazenda Branca.

No instante que bati, Marget abriu a porta e jogou os braços em volta de mim.

– Maresi! – gritou em meu ouvido. – Maresi!

Eu segurei minha velha amiga à distância de um braço e olhei para ela. Sou vinte centímetros mais alta do que ela agora. Seus olhos brilhavam quando ela me olhava, assim como os de Ennike sempre brilham. Seu queixo é largo, bem marcado, seu nariz é grande e as sobrancelhas, escuras.

– A minha mãe me contou que você tinha voltado para casa, mas eu não acreditei de verdade – disse, analisando-me de perto enquanto eu a analisava. – Você não trançou os cabelos? – perguntou deslumbrada, mexendo em uma mecha marrom. – E que manto você tem!

Por um momento, fiquei envergonhada por vesti-lo. Ele é tão caro e elegante, tão diferente de tudo que o povo de Rovas está acostumado a ver.

– Deixe a menina entrar – a voz de uma mulher idosa soou de dentro da casa e Marget abriu caminho. E lá, sentados à sua mesa pintada de vermelho como se me esperassem, a família toda estava reunida: a irmã mais nova de Marget, Lenna (que é mais nova do que Akios), sua mãe, Seressa, e a avó, Kild. Apenas o pai, Ádon, não estava.

– Meu pai está lá fora cuidando dos animais – explicou Marget antes que eu pudesse perguntar. – Temos uma vaca e um porco – continuou com orgulho.

– Comprados com dinheiro emprestado – disse Kild, mas ninguém pareceu prestar atenção nas palavras da velha.

A dona da casa ergueu um chifre de aguardente para mim e, mais uma vez, eu bebi e o passei para os outros antes de mostrar o meu presente.

– Nossa! – exclamou Seressa. – Você com certeza se deu bem no mundo. Pensamos que nunca a veríamos de novo, Maresi, pensamos mesmo.

Lenna colocou o chifre de lado, sentou-se novamente e voltou para sua costura.

– Ou não pensamos que você voltaria com a virtude e a honra intactas. Foi isso que a avó disse, afinal. – Ela olhou para mim com inocência. – Você tem, Maresi? Você tem a sua honra intacta?

Ela não sabia o que estava perguntando, mas as mulheres mais velhas sabiam, e peguei Seressa me medindo com os olhos. Marget mandou a irmã se calar com rispidez, mas eu olhei para ela direto nos olhos.

– Tenho, Lenna. De acordo com a sua definição e a minha.

Sentei-me à mesa e observei as outras mulheres. Todas tinham algo em suas mãos: Lenna estava ocupada com alguma costura, Marget trabalhava em um lindo bordado e Seressa estava fiando. Apenas a visão de Kild era fraca demais para isso. Senti-me estranha sentada lá como uma convidada, ociosa, enquanto todas trabalhavam.

– Então eu lhe disse, eu falei, seus ovos não valem *tanto* – Seressa continuou a conversa que eu devo ter interrompido com a minha chegada. – Eu lhe dei um pouco de queijo e falei para ela que aquilo teria que servir!

Kild fez um sinal afirmativo com a cabeça.

– Ela sempre gostou de cobrar caro. É só a sua natureza, mas ela sabe pechinchar um pouco.

– Maresi, o que você costumava vestir naquela sua abadia? – perguntou Marget.

– Com certeza nada que vocês chamariam de roupas bonitas – respondi lentamente. – Vestíamos roupas simples. Calças, uma camisa de linho e um lenço para a cabeça. Lenços brancos para as noviças e azuis para as irmãs.

– Todas têm mantos tão finos como o seu? – Marget lançou um olhar demorado para o manto, que ela havia pendurado em um prendedor na parede.

– Não. A minha amiga Jai o costurou para mim como um presente de despedida. Disse que me manteria aquecida e seca durante a viagem para casa, e ela estava certa.

– Como você *ousou* viajar toda essa distância sozinha? Você não ficou com medo? – Lenna levou sua costura para mais perto do rosto e se concentrou enquanto enfiava a agulha no tecido.

– Às vezes, mas não muito. Eu sabia que sobreviveria à viagem. – Não tinha nenhuma vontade de explicar como é a

Velha e que quando ela abrir sua porta para mim, eu saberei. Eu não queria falar de todas as coisas que me faziam diferente delas. Mudei o assunto.

– Marget, o que você está bordando?

O rosto de Marget ficou vermelho.

– Uma touca de noiva – disse em voz baixa.

– Marget planeja se casar com o seu Akios – disse Lenna com atrevimento. – Ela quer se tornar a dona de casa de Enresbacka.

Surpresa, virei-me para olhar para Marget, que estava se curvando tanto sobre seu bordado que tudo o que eu conseguia ver era o topo de sua cabeça loira.

– Akios tem apenas quinze anos! Não é um pouco jovem para se casar?

– Sim, é – respondeu a mãe dela com firmeza. – E Akios nem pediu a sua mão. – Ela olhou diretamente para a filha mais nova, que zombou. – Lenna, não se meta em coisas que você não entende. – Em seguida, voltou-se para Marget. – Mas uma garota pode costurar um enxoval para si mesma, não há nada de errado nisso. Levará alguns anos até ficar pronto. Muita coisa pode acontecer nesse tempo.

– Espero que você não se importe – sussurrou Marget.

– Não, claro que não – respondi, mas só mais tarde entendi o que ela quis dizer. Se Akios se casasse com Marget ou, de fato, com outra, meu lugar como irmã solteira na família seria no fim da hierarquia, depois da minha mãe e da esposa de Akios. Eu não teria nenhuma participação em qualquer assunto relativo à organização e cuidado com a casa.

– Vá para o depósito, Marget – disse a mãe dela –, e traga alguns arandos vermelhos da Lenna.

– Eu mesma colhi as frutinhas no outono passado e as preservei em água! – explicou Lenna, orgulhosa. – *E* eu ordenhei a Mimosa e desnatei o leite, para que pudéssemos comer creme com elas!

Finalmente me despedi, deixei a Fazenda Branca e fui em direção à última casa que restava no vilarejo: a Fazenda da Margem, assim chamada devido à sua proximidade do riacho. Apenas duas pessoas moram lá: a viúva Béru e seu filho Árvan. Essa era a visita que eu mais temia. Não estivera com frequência dentro da casa deles e Árvan é o único jovem rapaz no vilarejo além de Jannarl e Máros. Não estou acostumada com a companhia de homens. Meu pai e irmão são diferentes, mas – depois do que aconteceu na cripta quando a Velha devorou todos os homens que invadiram a nossa ilha – acho difícil até ouvir vozes masculinas. Elas me assustam. Por oito anos, não vi homem algum exceto aqueles que foram à ilha à sua procura. Ainda me lembro das cabeças raspadas, as mãos tatuadas, as armas e a risada cruel. Eu me lembro da voz fria e aveludada do seu pai. O cheiro do sangue dos homens quando foram arrastados através da porta da Velha – a porta que eu segurei aberta.

Embora os homens daqui no vilarejo não se pareçam nem um pouco com aqueles que invadiram nossa ilha, eles trazem de volta as lembranças. Suas vozes têm tons similares. Seus corpos são corpos masculinos. Não é justo e eu me sinto envergonhada desses sentimentos, mas às vezes estremeço e me recolho quando um homem se aproxima de repente. Quando dois homens chamam um ao outro do lado de fora de nossa casa à noite, eu não os ouço conversarem sobre chuva e composteiras: escuto palavras de violência e sangue e... e o que eles fizeram com a Irmã Eostre quando ela ainda servia como a Rosa. Depois, o meu coração começa a disparar e mal consigo respirar, tenho tanto medo.

A Fazenda da Margem é a maior propriedade do vilarejo. A casa tem um piso de verdadeiras tábuas aplainadas, cobertas por tapetes tecidos. Há três quartos e uma sala com uma grande lareira de tijolos. O marido de Béru vem de uma família grande com muitos filhos e filhas, que já morreram agora, exceto alguns que se casaram em outros vilarejos. Béru teve apenas um filho, Árvan, antes do marido morrer. Eu não o conheço muito bem; ele é um pouco mais velho do que eu e não participava das nossas brincadeiras de criança porque já havia começado a trabalhar para ajudar a mãe.

Fui recebida por Béru, de quem eu sempre tive medo quando criança. Os mesmos olhos sérios, escuros, encontraram-me por debaixo de uma coroa de tranças marrons quando ela me passou o chifre de boas-vindas.

– Abençoada seja a viajante, Maresi Enresdotter.

Ela não disse mais nada e voltou para a sua cadeira de balanço em frente à fornalha de pedras brancas. Béru sempre está muito bem-vestida, com uma blusa cinza, uma saia listrada cinza simples e um avental com um bordado singelo na barra. Nunca a vi vestindo outra coisa. Suas janelas têm cortinas de verdade e as paredes são cobertas por tapetes grossos para bloquear correntes de ar. Seu filho, Árvan, passa tão despercebido que quase não o notei sentado lá em um banco junto à parede, trocando a sola de uma bota velha. Ele acenou para mim, mas seu olhar não encontrou o meu. Sentei-me timidamente na ponta do banco junto à mesa e abaixei o meu chifre de boas-vindas.

A conversa não fluiu com facilidade. Árvan não abriu a boca, mas o vi olhando em minha direção de vez em quando. Só Béru e eu falamos, mas a conversa consistiu em perguntas dela para mim. O que eu aprendi na Abadia? Que pontos de bordado eu conhecia, se era habilidosa em fiar e tecer e o que sabia sobre as tinturas de plantas e sobre fazer picles e sucos? Respondi da melhor maneira que pude, envergonhada tanto pelas suas perguntas como pelo silêncio de seu filho. Assim que possível, considerando os limites da educação, entreguei a ela o saquinho de sal, agradeci pela hospitalidade e fui para casa.

Eu estava exausta. Suponho que não esteja acostumada a encontrar pessoas novas e, embora esses sejam os vizinhos com quem cresci, são como estranhos para mim. Já é noite e logo vou apagar a minha vela. Estou lhe enviando meus pensamentos. Se você estivesse na cama ao meu lado, o meu cansaço certamente desapareceria e ficaríamos aqui deitadas conversando até muito tarde! Ao contrário, devo me aninhar sozinha, sem poder escutar a sua respiração.

Sua amiga,
Maresi

enerável Irmã O!

Já faz quase uma lua inteira que estou em casa. Começo a me encaixar novamente na rotina diária de minha infância, mas algumas coisas que um dia foram tão familiares permanecem estranhas para mim. O chão de terra de nossa casa é úmido e frio. A falta de higiene me dá arrepios – sinto falta do banho matinal da Abadia mais do que eu poderia ter imaginado! Aqui, as pessoas só lavam as mãos e o rosto ocasionalmente. As crianças se banham em rios e riachos nos meses mais quentes do verão, mas os adultos nunca tomam banho. Não consigo me acostumar com os odores. Deixo a porta entreaberta de propósito e a minha mãe parece ofendida. Ontem ela perguntou com calma: "Você não consegue mais aguentar o nosso cheiro?". Eu fechei a porta contra a noite fresca de primavera enquanto pensava secretamente que ela tinha toda razão: não aguento mais o cheiro. Só que é mais do que simplesmente odores corporais. A minha mãe tem algumas galinhas que vivem no cercado para animais em uma das pontas da casa e o cheiro de cocô de galinha permeia toda a casa. Cocô de galinha e repolho, a graxa azeda nas botas recém-engraxadas de meu pai, a fumaça da lareira e tudo cheira a mofo. A minha mãe é higiênica; ela se certifica de que temos roupas limpas e troca a palha do chão pelo menos uma vez a cada lua. As suas panelas são esfregadas e bem cuidadas e ela põe as nossas roupas de cama para tomar ar e, todo outono, temos palha nova nos travesseiros. Porém tudo sempre cheira a mofo. Nenhuma brisa fresca atravessa o vilarejo e não há nada como a Fonte do Corpo, onde podemos nos banhar na água quente e depois nos enxaguar na água fria.

Saio para o pátio central todas as manhãs para me lavar com a água da chuva e realizar a saudação ao sol de frente para a floresta ao leste, apesar de ele raramente ter aparecido desde que cheguei. No ano passado, Rovas foi castigada pela seca e hoje a chuva ameaça de forma igualmente danosa. Ouço os homens falarem sobre as sementes apodrecendo embaixo do chão. Desde o inverno da fome, as pessoas estão endividadas e não podem guardar um estoque de semente ou farinha. Há somente o suficiente e nada mais. Escuto o meu pai e a minha mãe conversando bem cedo pela manhã, quando ele se levanta para plantar as últimas sementes da primavera. Os dois devem mais do que me deixam saber. Estão com os pagamentos atrasados. Se as sementes apodrecerem agora... Não sei o que meu pai vai fazer. E sou mais uma boca para alimentar, uma adição inesperada à família.

Penso na bolsa de prata que a Madre da Abadia me deu antes de deixar a Abadia. Está no fundo da minha mala, debaixo dos meus livros. É a prata que usarei para construir uma escola.

Dei à Maressa o colar de conchas que Heo me deu de presente. Ela ama e usa no pescoço dia e noite. Por favor, conte para Heo. Espero que ela não se importe. Conchas são raras por aqui e são consideradas muito belas. Estou usando o anel de cobra que você me deu em meu dedo e ele atrai muitos olhares, embora ninguém fale nada.

Não estou sozinha. Tenho comigo a minha família e as minhas amigas. Eu e Marget nos vemos todos os dias, mas nossa amizade não é tão simples quanto antes. Quando falo sobre a Primeira Mãe e as suas três faces ou sobre a Velha e a sua porta, Marget escuta educadamente por um tempo, mas logo começa a fofocar com a minha mãe sobre os vizinhos ou a discutir o melhor remédio para assaduras e cólicas com Náraes, que frequentemente vem nos ver e traz as filhas. Não sou mais uma delas. Sou uma estranha, uma peculiaridade que podem analisar e sobre quem podem refletir, mas que é completamente desconectada delas e de suas rotinas. Tenho de adiar a minha visita ao vilarejo mais próximo, Jóla. Não tenho nenhuma vontade de reviver a experiência de ver o interesse e curiosidade bem-intencionada transformando-se em perplexidade absoluta porque não tranço o meu cabelo ou não falo mais do jeito que falam aqui.

Às vezes, sinto-me tão sozinha quanto no primeiro ano em Menos. Mas, por favor, não conte para as minhas amigas. Não quero que ninguém se preocupe comigo. Tenho certeza de que ficará tudo bem – tudo terminou bem na Abadia, afinal. Fiz amizade com Ennike, aprendi a língua e aprendi o que esperavam de mim.

Logo começarei a trabalhar na fundação da escola. Porém, há tanto a fazer durante a primavera e o verão que, de qualquer forma, ninguém deixaria seus filhos irem à escola durante essa época do ano. As crianças têm que ajudar na terra. Mesmo os pequenos podem ser úteis catando as pragas dos vegetais. O outono após a colheita será uma época melhor para começar as aulas. Agora, a minha família precisa de mim. Não posso esperar simplesmente que eles me deem tudo.

Não estou passando fome, ainda não, mas há pouco o que comer. A minha mãe faz um cozido com o repolho do último outono, que não está em bom estado e não é saboroso. Às vezes, adiciona feijão, nabo ou cebola. Não temos carne. De vez em quando Akios tem tempo de ir pescar no rio e então temos peixe fresco para comer, o que é um verdadeiro banquete. Eu o acompanharia com prazer, mas a minha mãe me quer ajudando com o trabalho de casa, então faço o que ela me pede. Acabei de voltar e não quero desagradar à minha mãe tão cedo. Durante o inverno, meu pai e Akios saíram para caçar os pequenos animais que temos permissão, mas eles não vão montar armadilhas agora que os animais estão cuidando dos próprios filhotes. Meu estômago dói com frequência. Você pode contar à Irmã Nar que as folhas de hortelã que ela me deu têm sido muito boas. Akios me ajudou a fazer um pequeno canteiro de ervas junto ao muro no lado sul da casa, onde plantei as sementes que trouxe comigo. A minha mãe não entende por que estou perdendo tempo plantando qualquer coisa que não seja comida.

A refeição da noite é um cozido. A da manhã é mingau de farinha de centeio. Não temos outra refeição, nem pão. As galinhas não estão botando muitos ovos, mas esperamos que botem mais tarde, na primavera.

Não celebrei a Dança da Lua. Fiz errado? Pareceu-me estranho demais ir lá fora e dançar sozinha sem as minhas irmãs da Abadia. De qualquer forma, não há a Dança da Donzela nem um banquete para celebrar em seguida. A Primeira Mãe não está aqui – ela reside em Menos. Não acho que ela teria ouvido a minha canção.

Ainda assim, na noite da Dança da Lua, saí para urinar e vi que era uma das poucas noites de céu claro que tivemos desde que vim para cá. A Lua estava cheia e logo acima do horizonte, maior do que o normal. Parei no pátio e curvei-me para ela. Eu estava totalmente vestida e não cantei nem dancei. Um falcão veio da escuridão e o seu grito lamentoso me deu arrepios. Fui tomada imediatamente pelo frio – o mesmo que senti na presença da porta da Velha.

Sinto falta da Velha. Sinto falta do gelo de sua cripta. Sinto falta da cobra em sua porta. Sinto falta das nossas aulas na câmara do tesouro, que você dava apenas para mim. Na

Abadia, eu podia falar com a Velha e, às vezes, até ouvir uma resposta. Eu não a temia mais e até passei a gostar da sensação de ser a sua escolhida. Ela partilhava segredos através de você e somente eu participava deles. Aqui, não aprendo nada novo e o medo voltou para dentro do meu coração. Às vezes penso no inverno, que, embora ainda esteja longe, aproxima-se dia após dia, e então respirar se torna difícil.

Há soldados na floresta também. Não sei por que estão lá; ninguém fala sobre o assunto. Eles apenas me avisam para não me afastar demais do vilarejo sozinha. Quando os mencionam, brevemente e em voz baixa, posso quase ouvir o som das armas dos homens que vieram à nossa ilha e as suas vozes e o sussurro sibilante da Velha. Fico com tanto medo que mal consigo me mover.

Não há ninguém com quem falar de todas essas coisas.

Você não vai contar para ninguém o que escrevi, vai?

Carinhosamente,
Maresi

UERIDÍSSIMA JAI!

Enviarei em breve este primeiro maço de cartas para a Abadia, para que você saiba, depois de muito tempo, que cheguei em segurança. Uma lua inteira se passou desde que voltei para casa e a pior chuva já veio e foi embora. As estradas devem estar agora secas o suficiente para viajar. Pode ser que a melhor rota para cartas seja via Irindibul. Mercadorias são transportadas de Rovas para a cidade várias vezes por ano, normalmente pelo Rio Kyri.

A Dama Cinzenta vai bem. Ela está feliz que não precisa mais andar constantemente e a terra é rica em grama e outras coisas boas para comer. Também lhe damos palha que removemos da casa. Ela poderia viver do lado de dentro com as galinhas, mas parece mais feliz lá fora, mesmo na chuva. Ela pode se abrigar debaixo do alpendre ou de uma árvore, de onde olha as gotas que caem cercando-a como uma cortina, e parece contente. Às vezes a usamos para trabalhos da fazenda, mas não com frequência. Ela nos ajuda principalmente a carregar água ou madeira da floresta em cestos.

Ontem tomei a decisão de finalmente visitar o vilarejo vizinho, Jóla. É necessário, porque preciso saber quantas garotas há para a minha escola. Acho que, a princípio, vai consistir em filhas do nosso vilarejo e de Jóla e, quando estiver estabelecida, posso aceitar alunas de outros vilarejos também. O ar estava enevoado e o meu manto logo ficou úmido, mas ele me manteve seca por dentro. Usei as botas velhas do meu pai, pois ainda não houve tempo de fazer um par para mim. Elas grudaram várias vezes no caminho enlameado e eu tive de me apoiar na Dama Cinzenta para soltá-las.

Passei pela cabana velha do lenhador que a mãe – a minha própria mãe, não a Madre da Abadia – disse pertencer a um lenhador chamado Kárun. Não me lembro dele, mas me lembro de sua casa. É um casebre cinza com uma única janela, não muito longe do riacho. Nenhuma fumaça saía da chaminé, então supus que Kárun devia ter saído para cortar árvores ou seja lá o que os lenhadores fazem. A água pingava do telhado, que era verde por causa do musgo, e não vi nenhuma horta. Não consigo imaginar com o que ele vive.

O caminho entre nossos vilarejos não é longo. Ele atravessa os campos, sobe uma colina e continua através do bosque até a paisagem se abrir para mais campos, e lá está Jóla. Foi uma caminhada curta e fácil, apesar da lama e dos meus passos desequilibrados. Pareceu bom ir a pé, com a Dama Cinzenta ao meu lado. Finalmente eu estava a caminho – finalmente estava começando o trabalho que me trouxe para cá! Pássaros da primavera cantavam apesar do tempo horrível e vi uma cobra serpenteando pela trilha. Ela devia ter acabado de acordar de seu sono invernal, pois os seus movimentos pareciam lentos e preguiçosos. Saudei-a com respeito e pedi que mandasse lembranças à Velha e, naquele momento, me senti mais uma vez perto de todas vocês na Abadia.

Jóla se parece com o nosso vilarejo, exceto que é um pouco maior, com quatro belas casas em um círculo em volta de um pátio central e alguns anexos adicionais. Todas as propriedades que visitei receberam um saquinho de sal, que foi muito bem-vindo e considerado boa sorte por todos. Depois contei o número de crianças em cada casa e perguntei se as meninas gostariam de ir à minha escola no outono. Recebi expressões de surpresa e murmúrios educados, mas nenhuma resposta direta. Provavelmente precisam de tempo para se acostumar com a ideia.

– É muito bom para você, Maresi, todo esse aprendizado e leitura – disse Rehki, um jovem com uma bela esposa de cabelos escuros. Eles têm três filhos, uma delas, chamada Jannorin, com idade escolar. – Seu pai sempre disse, de fato, que havia algo especial em você desde que era pequena. E com certeza não há nada errado em saber ler e escrever. Mas quem precisa disso aqui em Rovas, além do nádor e dos seus escrivães? Você pode ensinar Jannorin a ser uma boa dona de casa? Pode ensiná-la como fazer as rações de farinha aumentarem ou a cuidar de um bebê? De qualquer forma, obrigado pelo sal e que a Grande Ursa lhe dê a força de sua pata, a esperteza de seus pequenos olhos e a coragem de seu coração.

Eu queria responder que podia, de fato, ensiná-la todas essas coisas e mais. A Irmã Nar e a Irmã Ers me ensinaram muitos métodos de fazer a farinha aumentar e sei muita coisa sobre ervas e remédios para crianças pequenas. Mas não sabia como fazê-los acreditar em mim. Para eles, a educação não tem nada a ver com isso. Livros e números são para os semelhantes do nádor em seu castelo. Eles veem a educação como algo que pertence aos soberanos e, assim, algo quase malévolo.

Depois da casa de Rehki, fui à casa de minha amiga de infância, Péra, sua mãe, seu pai e a sua irmã mais velha e bonita, que se parece com Eostre. Depois, fui até a menor propriedade, onde um casal mora com os seus três filhos. Senti-me constrangida e não quis ficar muito tempo. Depois do que aconteceu na Abadia, ainda acho difícil estar tão próxima de muitos homens desconhecidos. Havia um em particular, chamado Géros, o filho do meio, um pouco mais jovem do que eu, que me olhava com divertimento e me fez sentir muito desconfortável. A última casa que visitei pertencia ao filho do velho Tauer, sua esposa e seus quatro filhos. Eles foram agradáveis, mas eram um bando bastante selvagem e as minhas perguntas sobre a escola encontraram mais uma vez sorrisos amigáveis e palavras evasivas.

Ofereceram-me aguardente em todas as casas. Não é muito forte, apenas um pouco mais do que vinho, mas eu não havia comido nada desde o meu mingau da manhã e acabei tão inebriada quanto no banquete após a Dança da Lua. Fiquei agradecida pelo apoio do dorso da Dama Cinzenta quando retornei para a noite fresca de primavera. Posso ter cantado um pouco. Ansiava em voltar para casa, mas ainda restava um saquinho de sal. Então segui em direção à última casa – o anexo construído para Tauer e o seu pai idoso, assim que Tauer tornou-se velho demais para trabalhar na terra e o filho assumiu a fazenda. Cantei "Canção da Ursa", como sempre fazemos em todo festival e cerimônia de nomeação, em honra da ursa sábia que nos acompanha. Pareceu a coisa natural a cantar. Pensei sobre o quanto eu amo o meu vilarejo e os habitantes dele, apesar de me sentir uma forasteira. Eles podem me ver como algo incomum, algo diferente, mas todos me mostraram gentileza desde que voltei para casa. E é doloroso ver como as suas vidas se tornaram árduas. Não me lembro de ser tão difícil quando eu era pequena, mas talvez tenha simplesmente esquecido. Vejo deterioração e rostos magros. Vejo crianças de dez anos trabalhando tanto quanto seus pais e quero lhes oferecer algo melhor – algo a mais. A pior coisa que vejo é resignação. Eles acreditam que é assim que a vida é e sempre será, de fato como *deveria* ser. Tenho de lhes mostrar algo diferente. Tenho de abrir uma janela em seu mundo, mas não sei como.

Bati e entrei pela porta não pintada.

Nunca tinha estado dentro da casa de Tauer e do pai dele. A única casa que visitei em Jóla quando criança fora a de Péra, porque às vezes brincávamos juntas. Mas eu conheço Tauer – todos no vilarejo o conhecem. Tauer é quem deve ser consultado quando há uma ferida que não sara ou uma verruga teimosa ou uma dor constante ou um marido escapando da cama matrimonial. Tauer tem poções e receitas para tudo. Ele ajuda a trazer vidas novas para este mundo e acompanha outros quando sua hora chega. Tauer é cheio de superstições e o povo daqui as acata voluntariamente. As pessoas acreditam que verrugas podem ser removidas se forem esfregadas com pele de rato encharcada em água salgada sob a lua cheia em uma encruzilhada – e que é ainda mais eficaz se for feito em uma encruzilhada de um vilarejo diferente do seu. Elas acreditam que uma mulher pode mudar o sexo de sua criança ainda não nascida caminhando debaixo de um arco-íris. Acreditam que podem garantir uma boa colheita assando um pão com centeio, milho, sal e mel no formato de uma estrela de cinco pontas, abençoando-o em água corrente, fumaça e pó e, em seguida, enterrando-o em um campo.

Eles têm tantas superstições que eu mal saberia por onde começar quando finalmente passasse a lhes ensinar a verdade sobre como o mundo funciona.

A casa de Tauer não era como imaginei. Ervas e pão de centeio estavam pendurados em vigas para secar. A palha no chão era limpa e fresca. Havia uma mesa pequena e duas cadeiras de madeira talhada e uma cama presa à parede com cortinas bordadas. Havia panelas brilhantes de cobre penduradas na parede e uma prateleira cheia de tigelas e jarras com conteúdos misteriosos. Poderia ser uma casa de fazenda comum. O pai de Tauer estava deitado na cama. Era um homem velho tão enrugado e amassado quanto as roupas lavadas que foram amarrotadas e penduradas para secar. Uma menininha de cabelos pretos estava sentada debaixo da mesa, fazendo barulho com uma panela e uma colher de pau, acompanhada por duas galinhas poedeiras. Tauer estava de pé junto ao fogão do outro lado da sala, ocupado com alguma tarefa. Ele é um homem velho, mais velho do que o meu pai, mas ainda tem as costas retas e mais pelos marrons do que brancos em sua barba, mantida arrumada e aparada. Ele é baixo e encorpado, mas não é gordo. Parece um ursinho.

Eu estava sonolenta depois de tanta aguardente. Sonolenta e faminta. Um chifre rápido de aguardente e depois iria direto para casa. Montaria na mula, assim eu poderia ir meio adormecida por todo o caminho.

– Então aqui está você, finalmente! – A voz de Tauer era seca e calorosa, como uma colina no calor do verão.

– Finalmente?

– Finalmente. – Tauer enxugou as mãos. – Estávamos esperando, não estávamos, pai? – Ele falava na direção da cama e um sussurro veio como resposta. – Sabíamos que você viria, mais cedo ou mais tarde, mas compreendemos muito bem que precisava cuidar das suas coisas. Cabelos soltos também, noto. Mas isso não deveria ser realmente uma surpresa.

Suspirei. Até Tauer tinha o que dizer sobre o meu cabelo. Por que o fato de não trançá-lo como as outras garotas importava tanto?

Tauer pegou um maço de ervas de uma viga, ergueu uma panela pequena da fornalha e despedaçou as folhas dentro dela. Um aroma fresco se espalhou pela sala. A menina debaixo da mesa bateu em sua panelinha, fazendo as galinhas cacarejarem nervosamente. Tauer falava trivialidades enquanto pegava com agilidade várias jarras e pacotes da prateleira e acrescentava uma série de ingredientes na mistura.

– O costume não obriga beber aguardente, sabe. Apenas diz que uma bebida deve ser oferecida a um convidado e o anfitrião beba do mesmo objeto. – Ele colocou o conteúdo em uma tigela de madeira e veio até a mim. – Beba agora. Você precisa disso.

Dei um gole na bebida quente. Era doce e amarga.

– Mel?

– Mel selvagem. E menta, ervas, ramos de abeto e algumas outras coisas.

Pensei na Irmã Nar e nos seus chás. Tauer pegou uma cadeira para mim e enxotou as galinhas.

– Elas deviam estar lá fora no estábulo com os bodes e as galinhas da minha nora – falou e olhou para elas preocupado. – Mas são tão apegadas a mim que se recusam a botar ovos em qualquer outro lugar. E o meu pai precisa de ovos, não é, pai? – Ele abaixou sua voz. – É praticamente a única coisa que lhe dou para comer atualmente. Ovos crus.

Devolvi a minha tigela e ele a pegou, cheirando o ar à minha volta.

– É lavanda – falei. – De Menos. – Ainda tenho maços de lavanda seca entre as minhas roupas limpas na cômoda ao pé de minha cama.

– Lavanda? – Tauer olhou para mim com uma expressão que não fui capaz de interpretar. – Realmente. Eu nunca tinha pensado nisso.

A bebida quente era muito refrescante e meu raciocínio logo pareceu mais claro.

– Você não vai convidar a sua filha para beber também? – perguntei e apontei para debaixo da mesa.

Tauer riu.

– Não, ela é a filha mais nova do meu filho. Mas há tanto barulho na casa deles que eu quase sempre a trago para cá. Ela gosta de silêncio e paz, não é, Naeri? – A menina concordou batendo a panela de novo, fazendo as galinhas cacarejarem e o velho gemer em sua cama. – Você sabe quantos netos eu tenho, Maresi Enresdotter? Dez! Quatro deles estão neste vilarejo. Três filhos teriam sido o suficiente para mim, mas eles brotaram como nunca vi. De qualquer modo, a bebida é forte demais para ela, entende.

Tirei o saquinho de sal. Ele pareceu feliz quando lhe dei o saco.

– Um presente excelente. Poderoso. Não é qualquer um que tem uma cobra bordada, espero?

– Não. Conchas, maçãs, rosas, todo tipo de coisa.

– Muito bom. Eu teria escolhido algo mais duradouro do que sal, mas pelo menos será útil para todos.

Olhei fixamente para ele.

– Para mim também – apressou-se a falar.

Estava tão confusa que mal sabia o que dizer.

– Estou planejando começar uma escola neste outono – foi a primeira coisa que pude pensar.

Tauer se recostou em sua cadeira e franziu a testa. Uma das galinhas voou para o colo dele.

– Há muito o que ser feito antes. Você vai conseguir?

Isso me irritou. Ninguém parece entender a importância dessa escola, não para mim, mas para as meninas dos vilarejos! Eles acham que costurar e varrer e fazer bordados e tarefas cotidianas são tudo o que importa. Levantei-me de forma abrupta.

– Obrigada por me deixar descansar um pouco. E obrigada pelo chá. Agora a noite se aproxima e preciso voltar para casa.

– Você está a pé?

A raiva me impediu de admitir que pretendia ir montada. Eu não me sentia mais nem um pouco cansada, apenas irada. Despedi-me rapidamente, deixei a casa e chamei a Dama Cinzenta. Obviamente ela não veio e precisei dar a volta na casa para procurá-la. Encontrei-a mastigando alguns fiapos de palha aó lado de um velho bode cinza. Ela estava extremamente relutante de abandonar o seu novo amigo e, quando enfim consegui levá-la ao portão da cerca da fazenda, vi Tauer de pé nos observando. Não consegui montar nela. Tive de empurrá-la pelo portão.

– Siga em frente, siga firme – disse-me Tauer.

Saí batendo os pés, furiosa e irritada. Ninguém entende a importância da escola. Ninguém entende que estou fazendo isso para o próprio bem deles!

Ouvi o velho começar a cantar a "Canção da Ursa" atrás de mim. Ele chegou ao verso sobre a ira da ursa:

E sua mandíbula abocanhou o demônio
E suas garras rasgaram a carne
E seus passos fizeram o chão tremer
E ninguém ousou se aproximar de seu covil

Comecei a cantarolar involuntariamente e me peguei entoando os versos mais inflamados por todo caminho até minha casa. Até acrescentei alguns versos que inventei sobre a ira congelante da Velha e a sua terrível vingança. Quando cheguei, fiquei surpresa que a caminhada tinha sido tão rápida. Dei à Dama Cinzenta uma palha para mastigar e comi uma tigela de mingau antes de ir para cama. Meu sono foi profundo e sem sonhos, mas me sinto um pouco sonolenta e letárgica hoje. Espero que não esteja ficando resfriada. Resfriados de primavera são sempre tão extensos.

Amanhã vou à floresta para trazer a madeira que Akios cortou para casa e preciso estar alerta e desperta para isso.

Escreverei mais em breve! Por favor, lembre-se de contar à Geja histórias sobre mim, para que ela não me esqueça.

Sua amiga,
Maresi

 inha querida Ennike Rosa!
Hoje, enquanto Akios e eu colhíamos madeira na floresta, encontrei uma pessoa muito peculiar.

Acordamos ao raiar do dia e comemos o mingau frio de ontem enquanto a minha mãe embrulhava um pequeno almoço para nós. Saí antes do meu irmão e amarrei os cestos no dorso da Dama Cinzenta. Eu estava entusiasmada – como eu queria entrar na floresta! A minha mãe me manteve enfurnada em casa por tempo demais e senti falta das árvores, do ar fresco e do silêncio. Akios veio carregando o machado e o nosso pacote de comida e fomos embora.

Foi um prazer caminhar ao lado do meu irmão de madrugada, floresta adentro, em direção ao leste. Akios é uma das poucas pessoas que não mudou de comportamento comigo depois de todos esses anos. Meu pai me olha com admiração excessiva, acho, e o que a minha mãe pensa é um mistério. Às vezes ela é calorosa e alegre e tudo é como era antes da minha partida, mas ela não gosta quando falo sobre o período em que estive fora, sobre a Abadia ou qualquer coisa que aconteceu lá. Sempre que toco no assunto, ela fica quieta na mesma hora e se afasta. Náraes é cordial, mas ausente e ocupada com as filhas e os próprios problemas. Não podemos ter o mesmo relacionamento de antes, porque ela não é mais a mesma pessoa que era. Talvez eu também não seja, embora sinta que sou a mesma Maresi que sempre fui – o que é estranho, se paro para pensar. Eu abri a porta para o reino da Velha. Sacrifiquei meu próprio sangue para saciar a fome Dela. Fui apresentada a conhecimentos e mistérios que essas pessoas não podem imaginar. Ainda assim, sinto-me tão confusa e perdida como me senti quando cheguei a Menos, quando eu não entendia nada e sempre fazia tudo errado. Pareço ter esquecido como viver em Sáru e, embora este estilo de vida esteja em meu sangue, e sempre esteve desde que nasci, parece que pouco da sua influência permanece. Estou diferente e ninguém vai me deixar esquecer disso. Eles não falam comigo da mesma maneira que falam entre si. Eles demonstram respeito por mim, como se faz com um estudioso, mas ao mesmo tempo me tratam como se eu fosse ignorante sobre as coisas que realmente importam. Não sou uma erva daninha estrangeira, mas também não sou um grão de centeio entre outros. Eu sou... não, eu não sei o que sou, Ennike Rosa, minha amiga, e é muito difícil.

Só que Akios continua a se comportar comigo como sempre. Ele me provoca como antes e, como costumava, vira-se para mim com perguntas e preocupações. Ele pode estar prestes a se tornar um homem, mas ainda se comporta como um menininho. Um menino que trabalha muito. Caminhamos com a cabeça da Dama Cinzenta entre nós e escutamos os pássaros cantando como fazem ao amanhecer e ao anoitecer. Também vimos animais: lebres de orelhas compridas, uma raposa saindo de sua toca à beira de um fosso, roedores que saíam correndo do caminho dos cascos da Dama Cinzenta. Sobre as nossas cabeças um bando de grous voava para o Norte, emitindo os seus chamados solitários uns para os outros. Acredito que também ouvi o grito ríspido de um falcão. Talvez o mesmo falcão que ouvira antes.

– Você se lembra de quando queríamos pegar uma raposa para domesticá-la e ensiná-la a caçar ratos? – perguntou Akios. Eu ri.

– Nós íamos alugá-la para todos os vilarejos e ficar ricos!

– Teria funcionado bem, se você não tivesse pavor de sangue.

– Ela quase arrancou o seu dedão com uma mordida! Náraes quase desmaiou quando voltamos para casa.

– Ah, estava tudo bem com o meu dedo – disse Akios com um sorriso largo, balançando sua mão esquerda em meu rosto. Uma leve cicatriz fulgurava na base de seu polegar. – Você que sempre se assustou fácil com coisas pequenas.

– Olha quem fala! Você se lembra de como gritou quando pensou que a mãe tinha queimado o cavalo de madeira que o pai tinha feito pra você?

– Isso não foi uma coisinha! Eu estava domando ele há meses, estava mesmo. Um garanhão cheio de energia que me estranhou de início, mas depois se tornou uma montaria de confiança.

– Como você o chamava? Cauda de Aço?

– Cauda de *Prata*, na verdade. O seu tinha um nome estúpido, tipo Suco de Maçã.

– Flor de Maçã.

Sorri com a lembrança. Eu tinha escolhido o nome imaginando a coisa mais bonita em que podia pensar. Akios e eu nos divertíamos muito com os nossos cavalos. Sentei-me tomada por lembranças agradáveis e a sua próxima pergunta me pegou de surpresa.

– Você pensa em Anner?

– Sim, é claro. – Olhei para ele. – Com frequência. Não todos os dias, talvez, mas quase.

– Penso nela constantemente, mas às vezes parece que ninguém mais pensa.

– A família não fala dela?

Ele negou com a cabeça.

– Deixa o pai triste demais.

– Eu acho que... ele se sente culpado. Acha que foi culpa dele, porque não conseguiu juntar comida o suficiente. Mas é claro que não foi. Foram aquelas sementes que recebemos do nádor – elas eram ruins. Não sei se você se lembra do cheiro, mas elas eram totalmente pretas. Ficamos todos doentes por causa delas, mas Anner já era pequena e fraca demais desde antes.

– Eu sempre achei que foi culpa minha.

– Como poderia ter sido culpa sua?

– A mãe tinha um pouco de queijo escondido, você sabia disso?

Neguei com a cabeça. Akios olhou para a floresta, onde os primeiros raios do dia estavam começando a passar por entre as árvores.

– Eu a vi escondendo um queijo amarelo e redondo num pote velho na prateleira mais alta. Não sei como ela conseguiu aquilo – com certeza não havia o que comprar no vilarejo. Eu estava com tanta fome, então uma noite, enquanto todos dormiam, me esgueirei até lá e peguei. O meu plano era cortar apenas um pedacinho, mas quando senti o gosto do queijo salgado e gorduroso, não consegui me conter. – Akios engoliu em seco, como se ainda pudesse sentir o gosto em sua língua. – Mamãe nunca disse nada. Mas eu frequentemente pensava que aquele queijo poderia ter salvado a vida de Anner.

Não respondi imediatamente. Pensei nisso.

– Quando foi isso?

– Alguns dias antes de ela morrer.

Coloquei um braço nos ombros de meu irmão.

– Akios, ela já estava doente e com diarreia. Não conseguia segurar nada que comia. Eu aprendi um pouco sobre fome e coisas parecidas durante os anos na Abadia. Não sabíamos disso na época, nenhum de nós, mas a Velha – e com isso eu estou falando da morte – já havia posto os olhos nela.

Pensei na porta brilhante da Velha que apareceu em nossa casa naqueles dias. Tinha pensado que me queria, mas era Anner a quem ela esperava. Anner já estava morrendo.

– Você tem certeza? – Akios não me olhou, mas seus ombros tensos relaxaram um pouco.

– Certeza absoluta.

Não queria mais pensar em Anner ou sobre como eu poderia ter sido culpada de sua morte. A Velha teria me levado, se eu tivesse me oferecido no lugar da minha irmãzinha? A Velha quis me levar mais tarde, mas não ordenou que eu viesse, ela me convidou.

Entramos na sombra da árvore mais alta da floresta, onde a luz e o som se dispersavam. Tudo se tornou mais úmido, mais escuro, e o vento que estivera assobiando em nossos ouvidos agora corria entre as folhas das copas sobre as nossas cabeças. O musgo era macio sob meus pés. Tanto árvores decíduas quanto coníferas crescem aqui e os ramos de abeto são impressionantes nesta época do ano. Akios tirou o chapéu e curvou-se diante da árvore. Consideramos a floresta sagrada em Rovas e realizamos os nossos festivais, oferendas e cerimônias em arvoredos sagrados. Sem pensar, também me peguei saudando a floresta com respeito, como fui ensinada a fazer desde a infância. Você não acha que a Primeira Mãe ficará brava, acha, Ennike Rosa? Os velhos ensinamentos estão voltando a mim, agora que voltei para casa.

Andamos pelo caminho quase invisível que Akios usara previamente e, antes de o sol alcançar seu pico, chegamos à clareira onde ele estivera trabalhando. Tudo entre nosso vilarejo e o Rio Kyri é terra comum e podemos levar lenha e madeira para as nossas casas, deixar vacas pastarem (no passado, quando o vilarejo ainda tinha muitas vacas), colher frutinhas silvestres, plantas, etc. Do outro lado do rio, a floresta pertence ao soberano de Urundien e o povo comum só tem permissão para caçar pequenos animais. Ninguém de Rovas pode caçar animais grandes, mas foi um veado caçado ilegalmente que salvou nossas vidas durante o inverno da fome. Não fomos até o Rio Kyri, mas podíamos ouvi-lo através do bosque. Um pequeno riacho corria de um lado da clareira, onde pudemos saciar nossa sede. Akios olhou para as árvores com atenção.

– O que foi, Akios? – perguntei, rindo. – Está com medo de que Ovran vá aparecer e te levar embora?

Ovran é uma entidade feminina em que as pessoas acreditam aqui em Rovas. Ela mora na floresta, tem longas pernas de pássaro e persegue homens solitários com as suas garras afiadas como uma faca. Akios me olhou com a testa franzida.

– Há perigos de verdade na floresta agora, Maresi. Não tenho medo quando venho aqui sozinho, mas agora você está comigo... – Ele parou de falar. Eu o olhei fixamente. – Os homens do nádor – esclareceu, ansioso. – Eles patrulham por toda parte, em teoria para proteger a nossa terra contra intrusos e bandidos e para manter Urundien segura. Só que tudo o que eles fazem na realidade é levar qualquer coisa que queiram. – Ele abaixou a voz, assim como minha mãe fizera quando falou do nádor. – Animais, comida, prata... mulheres.

Meu coração disparou. Da mesma forma que tinha disparado na cripta, quando os homens vieram querendo machucar Heo e as outras pequenas. A minha boca estava seca e tinha gosto de metal. Eu não podia me mexer. Cerrei os punhos com tanta força que o meu anel de cobra perfurou a carne. *Eles não podem vir aqui*, pensei. *Não podem atacar a minha família ou o meu vilarejo.*

Akios notou minha expressão.

– Eles não são vistos por aqui há muito tempo, Maresi. E tenho o meu machado. Posso protegê-la, não se preocupe.

Um menino de quinze anos com um machado contra soldados experientes a cavalo.

Porém, não havia tempo para que eu ficasse me preocupando. O vento assobiava através das copas das árvores. Sempre me senti segura na floresta. A minha ansiedade logo diminuiu. Akios havia feito uma pilha bem grande de lenha e levou muito tempo para encher propriamente as cestas. Trabalhamos em silêncio a maior parte do tempo e, quando terminamos, nos sentamos para comer os ovos cozidos que nossa mãe havia embalado.

Olhei para as minhas mãos. Elas estavam cobertas de arranhões e tirei uma farpa comprida do meu polegar, fazendo uma careta. Akios riu e ergueu as mãos dele. Sua pele era dura e lisa.

– Farpas não me incomodam. Você passou tempo demais sentada com esses livros, irmã.

– Você me viu lendo algum livro desde que cheguei?

Na verdade, tenho feito trabalhos braçais desde que voltei, assim como o resto da família.

– Não, mas eu sei que os trouxe com você. Por que não está lendo?

Fiquei em silêncio.

– Pensei que você amava ler. Pelo menos, essa foi a impressão que tive quando falou da Abadia. A câmara do tesouro e tudo mais.

– Eu amo ler. É a minha coisa favorita no mundo. Mas... todo mundo já me acha estranha o suficiente. Não tenho vontade de lembrá-los de que posso fazer algo que ninguém mais pode.

– Mas eles vão saber disso quando você começar a sua escola. Daí você *vai ter* que saber coisas que ninguém mais sabe. Senão, como vai poder ensinar?

Fiquei quieta de novo. Ele tinha razão. Eu senti mais falta dos meus livros do que me dei conta, Ennike Rosa. Talvez precise de um tempo com eles novamente.

O silêncio da floresta foi quebrado de repente. Os meus olhos correram de um lado para outro e fiquei tensa, pronta para fugir. Akios pôs a mão em seu machado e ficou alerta. Uma voz grave masculina surgiu entre as árvores, cantando. Akios relaxou e sorriu, aliviado.

– É Kárun. Ele canta para sabermos que é um amigo que se aproxima, não um inimigo. Kárun frequentemente me visita para ver o que estou fazendo. Ele é um lenhador e um transportador de madeira. Sabe tudo sobre a floresta e como fazer a madeira boiar até Irindibul. Eu tenho vontade de tentar, tenho muita!

Logo o cantor se revelou. Ele apareceu caminhando entre as árvores com passos largos e um machado sobre um ombro. Era mais baixo do que os homens em Sáru, tinha aproximadamente a mesma altura que eu, mas ombros mais largos do que os do meu pai. Vestia as mesmas calças marrons e colete listrado que a maioria dos homens em Rovas e tinha cabelos lisos e longos que caíam sobre os ombros, mas não tinha barba, o que é incomum entre os homens daqui. Ele não parou de cantar quando nos viu, continuou até estar bem em frente de onde estávamos sentados, olhando para Akios.

– É uma canção nova?

Kárun fez um gesto afirmativo.

– É. Aprendi com três lenhadores que encontrei riacho acima. – Ele olhou para as cestas cheias de lenha e para a pilha de madeira que ainda restava. – Vejo que esteve trabalhando bastante – falou, e vi Akios endireitando a postura. – Seu machado continua afiado?

– Ah sim, desde que você me ajudou a amolar.

Kárun me olhou.

– E quem é essa? Você encontrou uma garota?

Franzi a testa. Ainda não gosto de estar perto de homens desconhecidos.

– É minha irmã, Maresi. Ela esteve longe por muitos anos, mas agora voltou para casa. Vai abrir uma escola para ensinar as meninas a ler e escrever.

Por alguma razão, quis que Akios não tivesse mencionado a escola. Franzi ainda mais a testa.

– Entendo. – Kárun me olhou, analisando-me. Ele tem sobrancelhas escuras e grossas, mas os seus olhos fundos são de um castanho bem claro. – E para quê?

– Porque conhecimento é importante – falei, hesitante. Engoli em seco na tentativa de tirar o gosto do medo que surgia em minha boca mais uma vez. – Porque há muito o que aprender sobre o mundo que ninguém aqui conhece ainda. E porque as pessoas que sabem ler e escrever podem controlar as próprias vidas.

Kárun agachou-se na minha frente e ouviu com atenção.

– Lógico. Mas por que a sua escola será para as meninas?

– Por que não? – Fui tomada por um ímpeto de raiva que me fez olhá-lo nos olhos, e ele parecia menos ameaçador agora que não estava mais erguido acima de nós. – Por que as meninas não devem aprender conhecimentos e habilidades? – Eu queria que me deixasse em paz. Aprendi muito na Abadia, com a Irmã O e com a Irmã Ers, a Irmã Nar, e com a própria Madre da Abadia e todas as outras. Só que nunca aprendi sobre os homens. Não sei como olhar para eles ou conversar com eles. Não consigo entender as suas piadas e os seus gestos e movimentos.

Não é assim com Akios. Seu corpo é uma parte do meu e, apesar de seus tufos de barba e da voz grave, ele ainda é meu irmão e não um homem. Você percebe a diferença?

Esse homem, esse Kárun, na verdade não é muito mais do que um menino. Ele tem aproximadamente a mesma idade que Náraes. Só que ele se sentou diante de mim e me olhou com um olhar de homem e questionou a minha escola e não mostrou nenhum sinal de que daria o braço a torcer.

Levantei-me e bati a casca de ovo de minha saia.

– Vou caminhar na floresta – anunciei e saí com pressa, sem olhar para trás.

Espero que eles não tenham notado que minhas pernas estavam tremendo. Escutei os dois conversando às minhas costas. Akios perguntou algo e Kárun respondeu. Ele realmente tem uma voz peculiarmente grave, mesmo para um homem.

Ocorreu-me que eu devia pegar algum espinho-da-floresta, que a Irmã Nar me ensinou ser muito util. É uma plantinha comum, mas pode tanto estancar o sangue quanto fortificar as mulheres que acabaram de parir. Ela pode ser útil quando for a hora do parto de Náraes. Não confio naquele velho Tauer e em todas as suas superstições. Tirei o meu lenço da cabeça e o enchi de brotos. A floresta estava repleta de cantos de pássaros, de aromas do fim da primavera, de vida florescendo e de musgo úmido. A minha pulsação acelerada se acalmou aos poucos.

Logo, Akios me encontrou.

– Por que você foi embora assim? Kárun só estava curioso sobre a sua escola.

– Não, ele não estava. – Amarrei meu lenço e levantei-me. – Ele só queria me dizer como eu deveria tocar a *minha* escola.

– Ele fez várias perguntas depois que você foi embora.

– Como o quê?

– Onde ela vai ser. O que você vai ensinar. Se você vai construir uma escola só para isso. Se é só para as crianças de Sáru ou para as de outros vilarejos também. Para as *meninas* de outros vilarejos.

Olhei feio para ele, mas então vi que ele parecia triste. Ofendido.

– Eu sou um homem. Se eu fosse criança você não ia querer me ensinar a ler.

– Você não é um homem! – Dei um soco de brincadeira em seu braço, mas ele não sorriu. – Você quer aprender a ler?

– Não sei como seria útil para alguém como eu. Tenho que assumir a fazenda do pai e cultivar a terra. Mas… – Ele olhou para a floresta. – Quando você fala das coisas que leu nos livros, de todos os mundos que pode visitar por meio de marcas pretas no papel, fico com vontade de poder fazer essas viagens também. – Ele sorriu para mim com hesitação. – É muito bonito aqui, não acha? Há florestas como essa em sua ilha?

Olhei para as árvores altas, sussurrantes, acima das nossas cabeças. Senti o grande espaço sem limites da floresta esticando-se para o Leste e para o Norte e Sul.

– Não, as árvores mais altas em Menos não têm nem a metade da altura dessas. Há alguns ciprestes que podem crescer bastante. E há também árvores nodosas com folhas cinza. E oliveiras e limoeiros, mas você os chamaria de arbustos. O solo em Menos não é robusto o bastante para árvores gigantes como essas.

– Eu gosto de árvores. Gosto de estar na floresta, trabalhando com um machado, ficar sozinho. Se eu tivesse irmãos, poderia ter me tornado um transportador de madeira como Kárun. Ele me ajudou muito nos últimos anos. Mostrou qual madeira é boa, me ensinou como fazer a árvore cair onde se quer que ela caia. Você viu o casebre junto ao riacho onde ele mora? O pai dele construiu e Kárun tem planos de fazer uma casa nova, mas diz que sempre tem alguma coisa que atrapalha. Ele faz o que quer, quando quer. Eu queria...

– Akios interrompeu. – Parece ser uma vida boa – concluiu fracamente.

– A vovó sempre disse que a vida de um transportador de madeira é a mais difícil de todas. Eles não têm plantações para comer, então sempre têm que fazer trocas ou caçar. Quando os ventos e as correntes estão indo na direção certa, têm que trabalhar dia e noite, quase sem descanso, para levar a madeira derrubada rio abaixo. As correntezas são terrivelmente perigosas e toras ficam presas e precisam ser soltas. Eles morrem com frequência nos rios. Muitos nem sabem nadar.

– Kárun sabe. Ele vai me ensinar neste verão, assim que o rio estiver um pouco mais quente. Kárun caça quando não está levando a madeira e vende peles. Ele coleta frutas silvestres e as vende ao castelo por um bom preço. Também viaja por toda a floresta e conhece todos os seus segredos. Às vezes, trabalha por algumas luas em Irindibul, certa vez levou as madeiras boiando até lá. Acho que isso deve ser liberdade.

Começamos a voltar para a clareira. Nunca tinha pensado que o meu irmão pudesse ter um sonho ou pelo menos um sonho além do que era esperado dele. Isso é tão incomum por aqui. Na Abadia, somos encorajadas a descobrir no que somos boas e seguir nosso próprio caminho. Contudo, nos vilarejos de Rovas todos os caminhos são estabelecidos desde o momento que você nasce. Meninos assumem a fazenda do pai, se casam e têm filhos, depois os seus filhos assumem a fazenda. Ou você trabalha no castelo e segue os passos do seu pai ou da sua mãe como faxineiro, cozinheiro, lavadeiro, vaqueiro, menino do estábulo ou guarda.

Ninguém aqui tem sonhos. Talvez seja por isso que eles tenham tanta dificuldade de entender a importância da minha escola. A vida é dura e não há sentido em se lamuriar e reclamar. Nada pode ser mudado, nem por meio de trabalho árduo, porque todos já trabalham muito desde pequenos. A vida é o que é e você deve se considerar sortudo se não morrer uma morte lenta e dolorosa quando a sua hora chegar.

Nem todos têm tanta sorte.

Akios interrompeu os meus pensamentos.

– Sabe, Maresi, se você insistir em ser tão avessa e antipática com pessoas que se interessam pela sua escola, vai ter dificuldades em encontrar alunos.

Akios tem razão, óbvio. Eu tenho que me acostumar a falar com homens. E tenho que aprender a não supor a princípio que todas as perguntas são ataques e desafios.

Ele ficou quieto por um momento.

– Foi Kárun quem matou o veado que recebemos para comer um pouco antes da Anner morrer, você se lembra? – Balancei a cabeça. – O pai dele tinha acabado de morrer. Ele tinha mais ou menos a idade que eu tenho hoje. Arriscou a própria vida para salvar a de todos em Sáru. Ele trouxe carne para Jóla também. Se os homens do nádor o tivessem capturado, teria pago com a vida dele.

Trabalhamos juntos para prender os cestos no dorso da Dama Cinzenta e amarrar mais montes de madeira em cima. Ela estava muito carregada, senti até um pouco de pena, mas isso economizava vários dias de trabalho de Akios. Não parecia incomodá-la; ela estava mais interessada nas folhas verdes dos galhos que Akios havia cortado quando derrubou as árvores. Partimos para casa. A chuva diminuiu nos últimos dias e agora o solo não está tão molhado. Era tarde e o sol logo se esconderia, trazendo a noite.

– Eu devia ter praticado – falei. Akios olhou para mim sem entender. – Ensinar. Nunca ensinei ninguém a ler. Posso praticar com você?

De início, Akios me olhou hesitante; mas quando viu que eu falava sério, deu um sorriso largo.

– Você é esperta. Como posso dizer que não vou ajudar a minha irmã?

– E como a mãe e o pai podem se opor?

Akios me deu um empurrão carinhoso que quase me derrubou no fosso mais próximo. Ele ficou forte, meu irmãozinho. Acho que você iria gostar dele. Ele tem um espírito caloroso e alegre, como você.

As saudades que sinto de você tornam-se um pouco mais leves na companhia dele.

Carinhosamente,
Maresi

ENERÁVEL IRMÃ O!

Encontrei um possível local para a minha escola: muito próximo do vilarejo, num pasto comum que quase não é usado agora que rebanhos são tão raros. A caminhada até aqui não pode demorar muito, senão os pais ficariam relutantes em dispensar as crianças do trabalho na fazenda por tanto tempo. O campo é no lado ocidental do vilarejo, então as crianças de Jóla também poderão vir. Pretendo começar após a colheita e contratar trabalhadores usando a prata que a Madre da Abadia deu para mim. Temos acesso à madeira da floresta, mas há outros materiais necessários, sem mencionar papel e instrumentos de escrita. É claro que as crianças podem praticar em tábuas no começo. Também vamos precisar de livros, mas podemos dar um jeito sem eles por um tempo. Precisaremos de uma fornalha para aquecer a escola e lenha para durar o inverno inteiro. Há muito o que ser adquirido e arrumado, mas acredito que tenho prata o suficiente.

Tenho um plano claro e detalhado – sou grata por termos discutido isso com tanta frequência e em tantos detalhes durante o meu último ano na Abadia. Aos poucos vou ganhar a confiança dos aldeões e mostrar quais os benefícios que o conhecimento pode trazer às suas filhas. De início, vão achar difícil entender o propósito, mas não posso perder a coragem. Rezarei para a Velha toda noite, pedindo força e tenacidade.

Há outra coisa me incomodando, com a qual ninguém pode me ajudar. Sinto uma falta terrível das rotinas da Abadia. O conforto e a familiaridade de saudar o sol toda manhã, juntas como uma. Todos os festivais. Nossas aulas. Embora essa seja a minha terra natal, não me sinto em casa aqui, ainda não. Às vezes até me esqueço de chamar de "casa". Sinto-me como um navio sem âncora nem porto, navegando por águas desconhecidas, pronto para chegar à terra a qualquer momento.

Tenho achado incrivelmente difícil me concentrar em minha grande missão, Irmã O. Os dias vêm e vão e estou fazendo muito menos pela escola do que deveria. Tanta energia é gasta tentando contornar as expectativas colocadas em mim e encontrar o meu lugar em minha família e no meu vilarejo. Eu não esperava por isso e está me frustrando.

Sua noviça,
Maresi

INHA QUERIDA ENNIKE ROSA!

Estive pensando muito sobre a Donzela nesta primavera. Tudo é novo e está se desenvolvendo rápido: as sementes estão despertando, os botões estão abrindo. É a estação da Donzela, então cavei um pequeno labirinto da Dança da Donzela na lama junto ao riacho e dancei sozinha lá uma noite. Não era uma Dança da Lua de verdade – o tempo para isso passou há muito. Além disso, não sou serviçal da Lua e a sua Dança tem de ser feita por alguém chamado por ela. Também não pude me despir, por medo de que pudesse ser vista. Então dancei a minha própria dança: a dança para a Donzela e a primavera e todas as coisas novas e brotando. Só que pareceu estranho, quase errado.

Eu sirvo à Velha, embora nunca tenha me tornado a noviça da Irmã O, oficialmente. O reino da Velha e o da Donzela são opostos – ele é fim, morte e deterioração. Para mim, a primavera parece, de muitas formas, estranha e incompatível. Ou talvez seja eu que sou estranha e incompatível, mas prefiro culpar a primavera.

Apesar de tudo, alguém, *de fato*, me viu dançando. Era lua nova, mas a noite não estava tão escura e eu devia ter tomado mais cuidado. Você não faz ideia de quanta fofoca há no momento. Não que eu tenha me misturado particularmente bem antes, com as minhas "roupas de homem" e o meu cabelo solto, manto vermelho-fogo e conversas sobre escolas... mas agora! Maresi Enresdotter fazendo um espetáculo, sozinha lá fora à noite! Seressa e Feira se juntam para sussurrar quando me veem. A minha mãe volta das visitas a casas de amigos com a testa franzida. Ela não diz nada, mas posso vê-la lamentando que a filha é tão excêntrica e estranha. Normalmente, parece que o afeto que ela demonstrou quando voltei está começando a esfriar. Ela fala menos comigo e eu a pego com frequência me olhando com uma expressão que não posso interpretar. Certa vez eu a vi tocando o meu manto, mas, assim que me notou, ela se virou rapidamente.

Mas não tão rápido para esconder as lágrimas em seus olhos.

Na Abadia, tudo era tão simples, porque sempre fazíamos tudo juntas. Nada parecia diferente ou estranho quando todas fazíamos as mesmas tarefas e ritos. Eu presumi que seria natural continuar da mesma forma em Rovas.

Entretanto, nada aqui é simples nem natural. Absolutamente nada. Tudo sobre mim é bizarro e errado.

Comecei a fazer caminhadas em torno do vilarejo à noite, tentando redescobrir a pessoa que fui um dia quando vivi aqui e recriar o sentimento de que este vilarejo é o mundo todo e que tenho o meu lugar natural dentro dele. Caminho um circuito grande, entre as florestas e os campos. Inalo o aroma da terra molhada e do musgo, dos pântanos e da floresta de coníferas. Escuto o canto dos pássaros e os chamados de veados na floresta. O riacho borbulha e gorgoleja e as folhas jovens das árvores sussurram ao vento. Descubro flores que não via ou sequer pensava a respeito desde que era pequena. As minhas botas atolam em fossos de lama e gravetos quebram por onde piso. Caminho e tento me lembrar da sensação de ser simplesmente Maresi Enresdotter, uma das crianças do vilarejo, que não era nada notável.

Mas agora sei que o mundo é muito maior do que Sáru – maior do que Rovas inteiro – e o lugar que um dia ocupei foi tomado pela vegetação sem que ninguém notasse.

O pior de todos os eventos recentes aconteceu hoje de madrugada, quando encontrei aquele homem, Kárun, ao voltar de minha caminhada matinal. Saio com frequência pela manhã, quando não há olhos em cima de mim e posso ficar sozinha. Além disso, durante o dia sempre tenho muito a fazer e à noite sento-me no pátio com Akios e pratico dar aulas. Eu odeio reclamar sobre minha mãe, pois isso não é comportamento de uma boa filha, e estou ciente de quantas de vocês na Abadia perderam as próprias mães ou vivem com a consciência de que jamais as verão de novo. Ainda assim – a minha mãe quer que eu faça tudo do jeito dela. Aprendi muito na Abadia e realizei muitas tarefas do lar aí. Tenho agora os meus próprios métodos e a minha mãe tem os dela e ambos são igualmente válidos. Só que a minha mãe se recusa a reconhecer isso. Toda vez que faço sopa, tenho de prestar atenção onde a panela e a concha estavam guardadas, assim eu as devolvo exatamente para o mesmo lugar. Daí preciso temperar igual à minha mãe e garantir que o sabor é o mesmo, lavar os pratos usando o método dela e não o que aprendi com a Irmã Ers. Isso significa que tudo leva muito mais tempo do que o necessário. Se faço algo um pouco diferente, minha mãe diz: "Por que você colocou a panela aqui?" ou "eu não usaria tanta salsa" com um tom acusador.

Eu sei, eu sei, estou falando sem parar. Perdoe-me. Eu devia lhe contar o que aconteceu esta manhã, mas foi tão embaraçoso! Kárun surgiu detrás da casa na mesma hora em que eu voltava do pátio central. Eu estava úmida por causa da névoa e suada e cansada após minha longa caminhada pelos campos. A minha mãe havia silenciosamente refeito a minha cama logo depois que eu a arrumara e saí para acalmar a irritação que borbulhava dentro de mim. Em outras palavras, eu não estava de bom-humor.

Os cabelos longos de Kárun estavam úmidos e grudados em sua cabeça. Ele não se barbeara por muitos dias e o seu queixo estava escuro com a barba que crescia. Estanquei, assustada.

– Você esteve dançando? – perguntou.

Senti meu rosto ferver até o couro cabeludo.

– Isso não é da sua conta – respondi e o encarei com o rosto em chamas.

Você consegue imaginar como me senti? Mais uma vez estava sendo provocada por causa da minha dança à noite. Pergunto-me quem fofocou para ele. Poderia ter sido Akios? Ou talvez ele mesmo tenha me visto naquela noite! Desejei poder desaparecer da Terra.

– Não é da conta *deles* também – rebateu, sério. Eu vi que não havia nem um traço de riso ou zombaria em seus olhos. – Sempre que uma pessoa é diferente ou não segue exatamente o mesmo caminho que os outros, todos os aldeões começam a falar. Você não deve lhes dar ouvidos.

– Você consegue ignorar? – perguntei, levantando meu queixo.

Ele sorriu suavemente.

– Às vezes.

– O que você está fazendo aqui? – perguntei.

Pensando agora, percebo que provavelmente soei hostil sem necessidade.

– Ajudando a porca da Fazenda Branca a parir. Ela teve problemas antes, mas na noite passada correu tudo bem.

Então ele partiu. Encarei suas costas largas enquanto ele desaparecia na névoa matinal que se dispersava.

Agora, vou dormir, minha Ennike Rosa. Dormir e sonhar. Espero que encontre um jeito de logo enviar essas cartas para você.

Maresi

 UERIDÍSSIMA JAI!
Não sei bem como contar o que aconteceu ontem! Eu ri até minha barriga doer, mas devo admitir que também estou muito satisfeita.

Já era noite e, agora que o tempo está bom e quente, sempre nos sentamos juntos no pátio depois do jantar. A minha mãe costura ou fia e o meu pai conserta alguma ferramenta. Com frequência, Náraes nos visita por volta dessa hora e deixa Maressa trazer o caos à sua tia e tio enquanto os meus pais brincam com Dúlan. A gravidez está deixando Náraes exausta, mesmo sem as duas crianças. Jannarl às vezes também a acompanha e fica sentado em silêncio. Ele não é muito falante, meu bom cunhado, mas o seu silêncio é amigável. Achei que não fosse gostar dele. Outro homem – uma dessas criaturas estranhas que não compreendo – que levou a minha irmã de nossa casa e a engravidou. Porém, Jannarl é tão gentil que é impossível pensar mal dele. Talvez seja por isso que Náraes se casou com ele. Com certeza *não* é por causa de sua beleza! Ele ainda tem a mesma pele marcada e a magreza de quando era menino. Fala pouco, não é divertido nem interessante, mas faz tudo o que Náraes pede e é um pai paciente e amoroso. Na verdade, ele me lembra do meu pai. Tem os mesmos olhos gentis e calmos. Nunca ouvi Jannarl levantando a voz ou falando mal de qualquer um, assim como o meu pai. A única pessoa que meu pai critica é o nádor e, mesmo assim, raramente.

Jannarl não estava conosco ontem à noite, só Náraes e as crianças. Akios e eu estávamos sentados no pátio central, no banco ao lado de fora de nossa casa, com as nossas tábuas e o nosso carvão. Ele já tem um bom conhecimento do alfabeto. Maressa veio correndo e perguntou o que ele estava fazendo. Ela é uma criança animada que raramente fica parada, mas observou com atenção e disse que queria tentar. Conseguiu aprender três letras, antes de perder o interesse, pegar uma tábua e começar a desenhar. Dúlan estava cambaleando para lá e para cá, enfiando várias folhas e gravetos na boca enquanto a minha mãe a vigiava e tirava tudo da boca dela. O ar fresco da noite estava tomado pelo cheiro de fumaça.

A noite é horário de visitas, então não foi surpresa ver uma pessoa se aproximando do outro lado do pátio, mas ficamos de certa forma surpresos quando vimos que era Árvan, da Fazenda da Margem. Ele é aquele que mora sozinho com a mãe aqui no vilarejo. Mencionei-o em uma das minhas primeiras cartas. Dê uma olhada se tiver esquecido!

A minha mãe e o meu pai se entreolharam rapidamente. Náraes olhou para Árvan e depois para mim e uma ruga surgiu entre as suas sobrancelhas, embora eu não tenha entendido o porquê na hora.

– Abençoado seja o seu lar – disse Árvan.

– Abençoado seja o viajante – respondeu meu pai. – Sente-se, Árvan. – Ele tirou as ferramentas para que Árvan pudesse se sentar ao seu lado no banco cinza de madeira.

– Posso lhe oferecer algo? – perguntou minha mãe. – Ainda temos um pouco de sopa do jantar.

– Obrigado, mas não. – Árvan levantou os olhos para o céu, depois os abaixou para o chão.

Ele olhou em todas direções exceto para o banco onde Akios e eu estávamos sentados. O cabelo de Árvan é castanho bem claro, o que é incomum para o povo de Rovas. Seus olhos também são claros e o sol da primavera pontuou seu nariz longo e estreito com sardas. Náraes pegou Dúlan em seus braços e se posicionou na minha frente.

– Então, como vai a fazenda? – perguntou, quase com raiva.

Olhei para a minha irmã, mas ela estava de costas para mim, então não pude ver o seu rosto.

Árvan levantou os olhos, surpreso.

– Ah, bem, vai como tem que ser. De qualquer forma, terminamos a plantação de primavera. E as costas de minha mãe já não a incomodam tanto agora.

– Ela foi ver Tauer?

– Foi. Ela recebeu uma pomada que deve ser esfregada todas as noites. Então, o silêncio é absoluto até o sol nascer. Ajudou muito.

Ri de forma zombeteira. Isso é exatamente o tipo de picaretagem que o velho usa para enganar os aldeões. Silêncio absoluto – como se fizesse alguma diferença!

– Qual é o problema com as costas de sua mãe? – Inclinei-me para ver Árvan, apesar de Náraes estar na minha frente. – Talvez eu possa...

– Jannarl estava pensando outro dia se você poderia ajudá-lo a consertar uma haste do moinho – interrompeu-me Náraes. – Ele precisa de mais um par de mãos.

– Posso, claro que posso. Venho amanhã? Tenho certeza de que a minha mãe consegue ficar sem mim um pouco enquanto ela cochila ao meio-dia.

– Náraes – disse minha mãe com um tom de alerta em sua voz. Ela se virou para Árvan. – Você tinha mais alguma coisa a dizer?

Náraes não falou mais, mas a tensão nos ombros dela me disse que se tratava de um silêncio contra a sua vontade.

Árvan limpou as palmas das mãos nas calças marrons.

– Ah, tinha uma coisa. É sobre Maresi.

– Eu? – Levantei-me para ter uma visão melhor dele apesar de Náraes. – Tem a ver com a coluna da sua mãe? Estou certa de que tenho algumas ervas que poderiam ajudar.

– Minha mãe? – Árvan ergueu os olhos e acidentalmente os fixou nos meus por um instante, o que fez o pescoço dele ficar escarlate. – Não tem nada a ver com minha mãe. Na verdade, foi ideia dela que eu deveria... quero dizer, que está na hora de... – Ele limpou a garganta. – A Fazenda da Margem sente falta de uma dona de casa. A minha mãe não consegue mais fazer muita coisa e estou muito ocupado com o trabalho da fazenda e não há tempo para mais nada: a comida, as roupas, os animais... – Ele engoliu em seco, totalmente atordoado.

Percebi lentamente para qual direção a conversa seguia e me encolhi, horrorizada.

– Árvan – comecei a protestar no momento em que ele enfim chegou ao seu objetivo.

– É que, bem, eu estava me perguntando se Maresi gostaria de se casar comigo.

O pátio ficou completamente em silêncio. Maressa ergueu a cabeça de seu desenho.

– Por que você quer se casar com Maresi? Ela não é bonita.

– Ela é saudável e forte. E não é feia, de modo geral. – Agora todo o rosto de Árvan tinha ficado vermelho-vivo.

– Vocês vão se casar, então? – Maressa olhou de Árvan para mim.

– Não, *não* vamos. – Levantei as minhas mãos, horrorizada como disparei as palavras sem rodeios. – O que quero dizer é: obrigada por sua gentil oferta, Árvan, mas não posso aceitar.

– Temos uma propriedade boa. – Os olhos de Árvan estavam abatidos, mas havia certa determinação em seu queixo. – Não é grande, eu sei, mas é bem cuidada. Será mais do que o suficiente para uma família pequena. Logo estarei sem dívidas.

– Você é um bom homem, todos sabem disso – disse o meu pai, tocando o ombro dele, desconfortável. Meu pai nunca aguenta ver alguém triste ou desapontado.

Eu queria poder sair correndo e me esconder, igual a Heo faz quando Joem lhe dá broncas.

– Entenda, eu nunca pretendo me casar. Mas obrigada mais uma vez por pedir.

Então voltei a me sentar no banco com um baque, peguei a tábua onde Akios escrevera suas letras e olhei para ela como se fosse a coisa mais interessante do mundo.

Árvan nos agradeceu educadamente e saiu, enquanto eu escondia meu rosto entre as mãos.

– Essa foi a pior coisa que já aconteceu comigo – choraminguei. – Como ele pôde tirar tal ideia da cabeça?!

– Ele é um homem jovem e solteiro, com uma fazenda e uma mãe doente para cuidar. Não há nada estranho nisso – disse minha mãe.

– As garotas do vilarejo têm arrastado a asa para ele há muito tempo – completou Akios, me cutucando. – Agora você perdeu a sua chance!

Olhei para ele com toda a raiva que pude reunir.

– Ninguém neste vilarejo entende que não tenho intenção de me casar? Tenho trabalho a fazer: eu vou fundar uma escola! Falei isso desde o início!

Minha mãe me olhou seriamente.

– Você realmente quer ficar solteira para o resto da vida, Maresi? Quem vai tomar conta de você? Qual vai ser o seu sustento e onde vai viver? E quem vai cuidar de você quando ficar velha se não tiver nenhum filho? Não é possível, entenda isso. Não precisa se casar com o primeiro garoto que fizer um pedido. Mas se você se casasse com Árvan, poderia ficar no vilarejo e nós poderíamos nos ver com frequência. Isso me faria tão feliz, depois de todos esses anos separadas.

– Você mandou Maresi para longe para nada, então? – Náraes levantou Dúlan um pouco mais em seu quadril. Agora eu conseguia ver o rosto dela e poucas vezes a vi tão brava. Seu corpo inteiro tremia. – Ela ficou longe por oito anos; por oito anos eu não soube se a minha irmã estava viva ou morta. E todo esse tempo ela recebeu uma educação que ninguém aqui poderia sonhar. Eu teria feito qualquer coisa por uma educação. Mas não, tudo será para nada, ela vai se casar e começar a parir bebês e a cuidar de uma sogra hipocondríaca tirana. Então qual foi o sentido de mandá-la para longe? Qual foi o sentido de mandar *Maresi* para longe?

Dúlan começou a chorar, assustada com a raiva na voz de sua mãe.

A minha mãe e o meu pai olharam fixamente para Náraes.

– Oh, minha querida filha. – Meu pai se levantou, mas não sabia o que fazer, então só ficou lá com os braços caídos ao lado de seu corpo. – Eu nunca soube que *você* queria ir.

– Você nunca perguntou. Ninguém me perguntou. Vocês apenas decidiram, você e a mamãe. E acertaram ao escolher Maresi. Sei que vocês podiam pagar apenas uma viagem e Maresi sempre quis aprender sobre o mundo. Ela sempre foi curiosa e questionadora enquanto eu sempre fiquei mais feliz em casa. – Náraes havia começado a chorar lágrimas silenciosas que rolavam quase imperceptivelmente em seu rosto. Levantei-me e coloquei meus braços em torno dela. – Eu nunca seria corajosa o bastante para partir. – A minha irmã soluçou. – Tenho medo demais de qualquer coisa nova. Mas ela não pode perder tudo pelo que lutou, tudo pelo que *nós* lutamos.

A minha mãe pegou Dúlan em seus braços e a confortou. Havia frieza e rigidez em sua expressão e ela não disse nada para mim ou para minha irmã, mas seu olhar permaneceu sobre o meu pai. Havia algo nos olhos dela que me aterrorizou.

Abracei a minha irmã, inalando o odor que sempre se prende a ela: bebês, fumaça de cozinha, farinha e suor.

– Eu não vou perder tudo, prometo – balbuciei em seu cabelo. – Nunca tenha medo.

– Por mim?

– Por você. Por Maressa e Dúlan também.

Nunca percebi que a minha irmã tinha inveja de mim. Eu era tão obcecada por mim mesma que nunca nem considerei a possibilidade. Agora sei. Naquela noite, perguntei a Akios se ele também quisera ir embora. Ele levou minha pergunta a sério. Gosto disso nele. Embora briguemos e ele me provoque sempre, realmente me leva a sério.

– Não, eu acho que não – respondeu. – Eu era pequeno, provavelmente não quereria deixar a mamãe. Além disso, não era uma opção. Em todas as canções sobre a Abadia Vermelha, em todos os contos e fragmentos de lendas que chegaram até aqui, sempre ficou óbvio que só meninas e mulheres são bem-vindas lá. Então isso não passou pela minha cabeça.

– Porém, há outros lugares para meninos. Escolas monásticas, para aprendizes em Irindibul.

– O único filho homem de uma fazenda deixa seus pais para ser um aprendiz? Isso é impossível, você sabe.

Sabia que ele estava certo.

– Homens vieram a Menos muitas vezes na história da Abadia, mas só quando precisavam de ajuda e proteção. E mesmo assim não podiam ficar muito tempo.

Lancei um olhar demorado para Akios. Não é certo que ele nunca tivesse tido uma chance de partir. Tenho de pensar nisso com cuidado, Jai. Há tantas coisas a considerar que nunca tinham passado pela minha cabeça.

Ainda assim, alguém pediu a minha mão em casamento! Você acredita nisso? É totalmente ridículo. Akios e eu rimos sobre isso toda vez que o assunto surge em uma conversa. Pobre Árvan! Deve ter levado um bom tempo para reunir a coragem e vir pedir a minha mão; eu realmente deveria tê-lo tratado com mais cortesia e respeito. Espero que ninguém mais me peça em casamento, mas a minha mãe diz que é possível. Há jovens solteiros e homens mais velhos também, tanto em nosso vilarejo como nos próximos. Agora ao menos estou mais bem preparada e tentarei responder com mais dignidade se alguém tiver a coragem de vir à Fazenda Enresbacka me cortejar.

Há algo que tenho de admitir, Jai, minha amiga, antes que eu assopre a vela e me aninhe debaixo do cobertor. Às vezes realmente penso como seria ter um marido. Ter um homem deitado na cama à noite, me esperando. Não tenho certeza sobre o que pensar disso. É assustador – e bastante emocionante.

Só que esse não é o meu caminho, então não há nenhuma necessidade de especular mais sobre o assunto. Eu tive uma educação. Tenho de provar que a mereci.

Sua amiga,
Maresi

VENERÁVEL IRMÃ O!

Encontrei um problema inesperado. Comecei a ensinar as letras para o meu irmão, mas aprendi a ler e escrever em uma língua diferente da que falamos aqui em Rovas. Os sons que as letras representam não correspondem inteiramente àqueles que temos em nossa língua. Também temos sons que eu não sei soletrar. Essas são questões que preciso enfrentar agora, enquanto firmo as bases de Akios. Estou feliz por ter percebido isso no início, antes de abrir a escola. Se você tiver algum conselho sábio, por favor, escreva e me diga! Por exemplo, temos um *u* curto que não soa como o *u* longo que usamos na Abadia. Como posso representar isso na escrita?

Sua noviça,
Maresi

 INHA QUERIDA ENNIKE ROSA!
O verão está chegando e os aldeões dizem que é o início de estação mais bonito em muitos anos. Há sol quase todos os dias e bastante chuva para manter as plantações bem regadas. Tudo está crescendo numa velocidade acelerada. Meu pequeno canteiro de ervas está indo muito bem e comecei a cavar outro pedaço no solo para mais plantas que planejo transferir da floresta. Dessa forma, não vou precisar andar muito toda vez que quiser espinho-da-floresta ou erva-de-gato. Passo o máximo de tempo possível ao ar livre. Sentia falta dos inícios de verão de Rovas quando estava em Menos: o verde perene e exuberante, quando tudo está florescendo, e o ar denso por causa dos aromas e vivo com o zumbido das abelhas. Náraes, que cuida de várias colmeias, está maravilhada. Se tudo correr bem, ela prevê um recorde na produção de mel. As macieiras estão florescendo e são exatamente como eu me lembrava: um rio de pétalas como uma cachoeira atrás da nossa casa. Aproveito toda oportunidade para me sentar debaixo das árvores e sentir a carícia das pétalas que caem em meus cabelos.

Minha mãe ainda está tendo dificuldade em aceitar minha recusa de prender ou trançar o cabelo. Cabelos soltos não são proibidos, simplesmente não são usados. Ela surge com pequenos comentários: que é feio, que eu tenho um pescoço bonito e, se ao menos prendesse o meu cabelo, as pessoas poderiam vê-lo. Eu tenho um lenço que o mantém fora do rosto, como se usa na Abadia, e isso é tudo de que preciso.

A minha mãe e eu temos nos estranhado cada vez mais. Quando vim para casa, era tão maravilhoso receber a atenção dela de novo. Eu senti tantas saudades. E ela gostava de me mimar. Mas está se tornando cada vez mais difícil corresponder ao modelo de filha que ela criou para mim. Tenho os meus próprios pensamentos e ideias e quando os exprimo ela fica em um silêncio congelante que pode durar vários dias.

Reencontrei Kárun. Fui à floresta pegar mudas de donatina. As mudas dessa planta são uma ótima maneira de avolumar refeições para fazer as provisões durarem. Temos menos farinha do que tínhamos na Abadia, devido a várias colheitas pobres recentemente. Então moo as raízes e as misturo com a nossa farinha para fazer bolinhos para sopa. Não há o suficiente para fazer pão. Meu pai come tudo, enquanto a minha mãe come pouquíssimo da comida que eu preparo e não faz comentários. Ela era tão intolerante e antagônica quando eu era criança? Não tenho nenhuma lembrança de vê-la agindo dessa forma.

Akios estava ocupado trabalhando na terra, então tive de ir sozinha. Levei a Dama Cinzenta comigo, não porque ela ofereceria alguma ajuda ou proteção se eu tivesse algum problema, mas para me fazer companhia. Não encontrei a planta de início e tive de avançar mais na floresta do que esperava. Isso não me incomodou, pois adoro andar por lá. Há sempre muito o que ver e ouvir. Sinto a presença da Primeira Mãe lá, como sempre senti em Menos ao olhar para o oceano. Todas as minhas preocupações com a escola, a tosse da minha mãe (para a qual até o chá da folha de framboesa não é remédio) – em outras palavras, preocupações sobre todas as coisas que não estão sob meu controle –, simplesmente desaparecem. É mais fácil respirar na floresta. É mais fácil ouvir os meus pensamentos. O que me deixa nervosa é a consciência de que outras pessoas – outros homens – tornam aquele lugar inseguro.

Finalmente encontrei uma donatina à beira do rio. Colhi as plantas e as embalei em um saco, pensando o tempo todo nos ritos da próxima oferenda de verão. Eu estava totalmente absorta no aroma da terra, no som de folhas finas contra minhas mãos, e em fantasias sobre a comida deliciosa que comemos em celebrações. Por isso não ouvi Kárun se aproximar até estar bem na minha frente.

– Você devia prestar mais atenção na floresta – disse ele quando saltei, soltando um gritinho de susto.

– Faço barulho para afastar lobos e linces – respondi com indignação e peguei a tesoura que havia derrubado.

– Eu não estava falando de animais. O nádor logo enviará seus homens para a caçada de verão. Eles levam qualquer presa que encontram.

Olhei para cima e vi a seriedade em seus olhos castanho--claros. Engoli em seco.

– Obrigada. Vou me lembrar disso.

Ele olhou para o rio.

– Você já começou a sua escola?

O meu coração ainda estava disparado por causa do choque. Sentei-me na terra úmida com o meu saco de um lado e ele se sentou, sem ser convidado, do outro.

– Ainda não. Há muita coisa para fazer na fazenda e depois será a colheita. Acredito que a hora de começar seja no outono.

– Humm.

Kárun não disse mais nada. Nada sobre como eu deveria me casar ou como a escola será inútil de qualquer forma ou que a ideia toda era apenas uma fantasia. Olhei para ele. Naquele dia, ele tinha amarrado seu cabelo com uma fita de couro, revelando o queixo e o pescoço musculoso bronzeado. Por alguma razão, eu não estava com medo.

Ficamos sentados em silêncio por um tempo. O rio corria, selvagem por conta da chuva e da água derretida da montanha. Espanei a terra dos meus dedos e da minha saia, despreocupada.

– Vou viajar rio abaixo em alguns dias. Há uma grande área desmatada com muita madeira pronta para ser transportada até Urundien. O rio já está forte o bastante. Devemos chegar à Irindibul até o fim do verão.

– E como você volta?

– Normalmente fico em Irindibul por um tempo, fazendo qualquer trabalho que consigo encontrar. Ganho um pouco de dinheiro antes do inverno. Depois eu vou com algum comerciante para o Norte, quando estão indo para os mercados de outono.

– Entendo. – Não sabia o que dizer. – Neste caso, talvez nos vejamos de novo.

– Talvez. – Ele se levantou. O sol reluzia em seu cabelo castanho quando ele me olhou. – Se você puder dar uma olhada na porca e nos filhotes da Fazenda Branca de vez em quando, ficaria grato. Ela é uma boa mãe a maior parte do tempo, mas às vezes se deita sobre os leitões e os esmaga. E não se esqueça de ficar de ouvidos atentos quando estiver sozinha na floresta.

E ele desapareceu entre as árvores rio abaixo.

Eu não sei ao certo por que estou lhe contando isso. Foi só um encontro incomum.

Acho que evitarei andar sozinha na floresta pelo resto do período de caça de verão.

Carinhosamente,
Maresi

enerabilíssima Madre! Tenho uma confissão terrível. Fiz algo que não podia ter previsto. Rezo para que não esteja brava. Rezo para que você possa me perdoar. Além disso, rezo para que eu possa me perdoar. Acredito ter tomado a melhor decisão, mas não posso ter certeza. Talvez tenha sido simplesmente egoísmo.

Primeiro, devo explicar um pouco sobre Rovas, a terra onde nasci e para a qual retornei. Não somos uma nação independente; somos súditos de Urundien e do seu soberano. Quem quer que seja o soberano atual, raramente nos afeta. Rumores locais me levaram a acreditar que um novo soberano fora coroado recentemente. Entretanto, a escolha de um novo nádor, o governante de nossa província, pelo soberano tem um grande efeito em nossas vidas. Para Urundien, Rovas nunca foi mais do que um estado vassalo quase esquecido, apenas merecedor de atenção pelas suas boas áreas de caça e madeira de fácil acesso. Além disso, o rio oferece uma boa rota comercial para produtos do povo de Akkade, como uma alternativa a comboios comerciais. Seja como for, temos em grande parte sido deixados ao nosso próprio destino e sofrido apenas mínima interferência do nádor.

Até agora. O nádor que foi nomeado há alguns anos não está satisfeito em permanecer sentado no seu castelo e ter os seus empregados coletando impostos uma vez por ano. Pelo o que entendi de sussurros entre os aldeões, o nádor tem sede de riquezas – e não será detido por nada. Ele viu uma oportunidade de tirar tudo do povo de Rovas, tomando vantagem da carência causada pelos invernos da fome para vender sementes a crédito com taxas extorsivas. Ele deixa os seus soldados fazerem o que quiserem e nos vê como se fôssemos um pouco mais do que gado. Meu pai trabalhou a terra com mais afinco do que em qualquer época e, mesmo assim, posso ver as rugas de preocupação em sua testa. Ele está longe de poder pagar o empréstimo que tomou do nádor para que a família passasse o inverno e para ter sementes para plantar na primavera.

O evento que vou contar aconteceu há cinco dias sob a luz do fim de tarde. Os homens do vilarejo voltavam de um dia longo e atarefado nos campos. Nós esperávamos a volta deles no pátio, como normalmente fazemos: mulheres, crianças e idosos; cães, gatos e galinhas. Quando os homens retornaram, as donas de casa lhes serviram tigelas de água fresca do riacho. Havia chovido naquele dia, mas foi só uma chuva leve de verão. Eu estava ajoelhada, tirando as ervas daninhas de meu canteiro de ervas – a maioria das minhas ervas estão crescendo muito bem!

Primeiro, senti um tremor no chão. Devem ter sido galopes, embora seja impossível que eu tenha sido capaz de sentir a terra vibrar com tanta nitidez. Meu corpo tremeu com as vibrações, como se centenas de formigas estivessem correndo pela minha pele. Levantei-me e tentei tirá-las, mas não funcionou. Um frio repentino me arrepiou. A Dama Cinzenta, que estivera presa a uma macieira, sacudindo as orelhas com preguiça, subitamente as levantou em direção à beira da floresta a nordeste. Ela bateu um casco dianteiro no chão e o som se misturou aos tremores que se aproximavam e se espalhou pelo meu corpo. Eu sabia que precisava reagir o mais rápido possível de alguma forma, mas não sabia o que fazer.

Os homens estavam limpando a pior parte do pó e da lama de suas roupas e se retirando para sua refeição da noite. A Dama Cinzenta e eu analisávamos a beira da floresta.

Maressa levantou a cabeça de sua brincadeira, que consistia em tentar levar todas as galinhas para um canto.

– Alguém está vindo – disse ela e olhou ao seu redor.

À beira da floresta, no caminho que leva em direção ao rio, quatro homens montados a cavalo apareceram. Quando vi o sol do fim de tarde brilhar nos objetos pendurados em suas laterais, foi como se meu coração tivesse parado de bater, Venerável Madre. Lembrou-me do momento em que o navio dos homens emergiu através dos Dentes e eu vi os primeiros raios de sol da manhã refletidos nas armas enquanto eles navegavam em direção à Abadia. Eu queria me arrastar para dentro da terra e desaparecer. *Vão*, sussurrei. *Vão embora.* Os cavalos desaceleraram um pouco e vi um deles chacoalhar a cabeça. A Dama Cinzenta bateu os cascos e um som começou a apitar em meus ouvidos. O resto do vilarejo já havia notado os cavaleiros e tudo estava quieto no pátio central.

Os homens não pararam nem desviaram sua rota. Eu me espremi contra a parede externa de nossa casa, desejando me fundir às tábuas cinza e ásperas. Com um som de rédeas e espadas, eles cavalgaram para o pátio. Silenciosa e ansiosamente, todos deram um passo para o lado a fim de abrir caminho para eles. Mães pegaram seus filhos menores enquanto os pais tentavam esconder os mais velhos atrás de si. Havia três soldados montados, vestidos com as cores de Urundien: preto, branco e dourado. Todas as suas camisas tinham o símbolo real da torre coroada. Seus corcéis musculosos espumavam pela boca. As barbas pretas dos homens haviam sido aparadas no estilo curto de Urundien e eles eram altos – nós, de Rovas, somos baixos em comparação com o povo de Urundien. Embora não houvessem sacado as espadas, as mãos deles estavam nos cabos enquanto nos observavam friamente. Havia um quarto homem; ele não era um soldado. Não carregava uma espada e estava vestido com elegância. Os seus dedos grossos estavam cheios de anéis.

O homem bem-vestido tirou um rolo de papel de sua capa e o leu em voz alta.

– Ádon, Jannarl, Haiman e Enre – falou com uma voz autoritária.

Os quatro homens deram um passo à frente em silêncio. Eu vi Marget e Lenna, de pé atrás de Ádon, seu pai, segurarem as mãos. Náraes agarrou Dúlan com ainda mais força. A minha mãe trouxe Maressa para mais perto. O homem olhou para os aldeões que haviam vindo à frente.

– Todos vocês estão atrasados nos pagamentos de suas dívidas. O nádor, em sua infinita benevolência e piedade, lhes concedeu a suspensão dos pagamentos durante o inverno, para evitar a necessidade de expulsá-los de suas casas e fazendas no frio gélido. Porém, o período de suspensão está no fim. Três anos se passaram. É hora de pagar.

– Estamos trabalhando o máximo que podemos nos campos – disse Ádon com uma voz exausta. – É o clima... ele não tem sido favorável.

O homem montado no cavalo não parecia estar ouvindo, mas um dos outros soldados olhava atentamente para Ádon. Depois, seu olhar passou para as filhas de pé atrás dele e lá permaneceu. Eu não conseguia respirar. A minha boca tinha gosto de metal e gelo. Embora eu não pudesse ver a porta da Velha, eu sentia sua presença, Venerável Madre.

O líder continuou a ler.

– Dez moedas de prata de Urundien devem ser pagas por Jannarl e família. Cinco moedas de prata por Haiman e família. Sete moedas de prata por Ádon e família. E treze moedas de prata por Enre e família. – Ele olhou para cima do papel. – Agora chegou a hora de pagar.

Os homens olharam para o chão. Eu vi a vergonha pesar fortemente em seus ombros. Resignação. Treze moedas de prata é uma quantia enorme, Venerável Madre. O nádor está exigindo uma taxa de juros exorbitante só porque pode. Quem poderia detê-lo? Não havia jeito para meu pai e os outros homens entenderem as taxas de pagamento de seus empréstimos. Eles não sabem ler. Não sabiam o que estava escrito nos papéis antes de assiná-los com cruzes.

Um após o outro, os homens balançaram as cabeças.

– Então não tenho alternativa além de tomar tudo o que é seu e, em troca, vocês estarão livres de suas dívidas. Assim falou o nádor, em sua justiça piedosa.

– Tudo? – perguntou Jannarl lentamente. – Os animais?

– Os animais, as ferramentas, as fazendas.

– Mas isso não nos deixará sem teto? – gritou a mãe de Jannarl, Feira. – O pai do pai do meu marido construiu esta fazenda com as próprias mãos. Eles queimaram o solo e limparam os campos. Estas fazendas são nossas por direito.

– E agora são do nádor por direito. – O homem cuspiu no chão, desinteressado. O catarro quase acertou meu pai, mas ele não se moveu.

– Para onde iremos? – perguntou Seressa, da Fazenda Branca. Apenas as mulheres faziam perguntas; somente elas tinham coragem. Os homens estavam abatidos com a vergonha de não serem capazes de proteger as suas famílias. – Devemos vagar pelas ruas como mendigos agora? – Ela levantou a cabeça e fixou seu olhar nos dos soldados.

– Tenho ordens – disse o homem, e sua indiferença era tão forte quanto um tapa na cara. – O empréstimo deve ser pago e deve ser pago agora.

Vi os soldados cavalgarem entre a multidão e espalharem todo mundo, como Maressa fazia com as galinhas. Vi o meu pai cair no chão. Dúlan chorava. Um dos soldados foi direto na direção de Marget e Lenna. Sua avó, Kild, viu o que estava prestes a acontecer e saltou no caminho do cavalo. Ela foi pisoteada. O soldado se abaixou e pôs Marget em seu colo. Suas mãos passaram pelo corpo dela, firmes e famintas, lá mesmo diante dos olhos de todos.

Depois do que aconteceu na cripta da Abadia, nunca achei que sentiria tamanho terror novamente. Contudo, o mesmo medo me tomou desta vez, Venerável Madre. Eu estava com tanto medo que as minhas pernas se recusavam a me obedecer, assim como na cripta. A Dama Cinzenta bateu os cascos e o impacto me pôs em movimento. Deslizei pelo muro como uma sombra. Entrei pela porta aberta da nossa cabana. Tirei a bolsa de moedas que você me deu. Contei as pratas que restavam. Enfiei duas moedas em uma rachadura na parede. Apertei a bolsa pesada contra o meu peito.

Quando reapareci, pude sentir o cheiro de fumaça.

– Teríamos permitido que vocês se mudassem em paz – gritou o líder. – Mas tais demonstrações de teimosia evocam a ira do nádor.

Ele acendera uma tocha e a jogara no telhado do estábulo. O telhado de madeira pegou fogo no mesmo instante. As mulheres gritavam. Dentro do estábulo, eu podia ouvir os porcos gritando. Um dos soldados havia apeado e aberto a porta do estábulo, então todos os porcos e uma vaca saíram correndo. Eles salvaram os animais porque podiam ser vendidos. Nossas casas e estábulos não tinham valor para o nádor e os seus homens.

– Parem! – gritei, mas nem os aldeões nem os soldados me ouviram.

A Dama Cinzenta bateu os cascos. Eu estava tremendo. Fechei a minha mão sobre o anel de cobra e senti o metal duro contra a minha pele. O cinto tecido que a minha mãe tinha me dado pesava em torno da minha cintura. Também bati os pés no chão: uma vez, com força.

– Parem! – gritei de novo.

Desta vez, a minha voz soou através do pátio e fez os cavalos se afastarem em choque. O líder se enrolou em sua rédea. Seu olhar causava dor. Eu ergui a bolsa de moedas.

Joguei a bolsa para ele. Ele a pegou com as mãos cobertas por luvas: abriu abruptamente e contou. Eu não olhei para os aldeões: não olhei para Marget chorando no colo do soldado, nem para Lenna e Seressa, curvadas sobre onde Kild estava caída no chão, nem para Náraes com o desespero em seus olhos. Olhei apenas para o homem em cima do cavalo.

– Onde você conseguiu isso, garota?

Ele puxou as cordas da bolsa, fechando-a.

– Estive ensinando longe daqui. Esse é o meu pagamento.

– Certamente era um lucrativo cargo de professora. – Ele sorriu com escárnio. – E você sabe contar.

– Você deve escrever um documento dizendo que recebeu todo o pagamento pelos empréstimos. Senão você com certeza vai voltar exigindo mais prata.

De onde tirei essas palavras confiantes e o tom autoritário, eu não sei dizer. Foi quase como se a Velha estivesse trabalhando através de mim por um breve momento.

O homem me olhou com desdém. Em seguida, riu, desceu do cavalo suavemente e tirou a bolsa de sua sela. Ele sacou uma pena e um papel e escreveu algumas palavras usando o dorso do cavalo para se apoiar.

– Que nunca digam que o nádor engana o próprio povo – falou, ao me entregar o papel.

Lentamente, com todos os olhos sobre mim, caminhei até ele. Eu estava próxima o suficiente para sentir o cheiro do cavalo, de suor e de metal. Ou o sabor de metal era um gosto em minha boca. Olhei para o papel. Não foi muito fácil entender a letra dele e eu não estava acostumada a ler em minha língua nativa, ao contrário da língua costeira da Abadia. Depois de um tempo, levantei a cabeça.

– Você escreveu que nós não pagamos e vai voltar na próxima lua.

O soldado espremeu os olhos. Ele tinha linhas de expressão de sorriso. Portanto, era capaz de rir. Eu não podia imaginar tal coisa.

O telhado em chamas do estábulo despencou. Cinzas caíam sobre o pátio e as pessoas. As minhas mãos tremiam enquanto eu lhe devolvia o papel.

Com movimentos ríspidos, ele escreveu um novo documento e o jogou para mim. Em seguida, montou de novo em seu cavalo, sem tirar os olhos de mim. "Estou de olho em você", eles diziam. "Você não pode se esconder". Então, cavalgou para longe do vilarejo, em direção ao sul, e, depois de um momento de hesitação, os soldados o seguiram. O último homem estava segurando Marget com força na frente de sua sela – apesar de eu ter pago, apesar de eu ter a prova escrita – e não havia nada que pudéssemos fazer, Venerável Madre, absolutamente nada.

Apagamos o fogo, mas o estábulo precisará de um telhado novo. Kild está viva, mas muito machucada por ter sido pisoteada pelo cavalo. No dia seguinte, Marget retornou caminhando pela trilha com a saia rasgada e um olhar desolado nos olhos. Todos sabemos o que aconteceu com ela. Ninguém fala sobre isso em voz alta.

Não sei por que o soldado escreveu um documento de verdade para mim. Ele não era obrigado. Talvez tenha pensado que não faria diferença. Ele pode voltar de qualquer jeito. Pode fazer o que quiser e não há nada que possamos fazer quanto a isso. Talvez eu tenha sacrificado toda prata que você me deu por nada, Venerável Madre. Porém, se houvesse a menor chance de que eu pudesse ajudar a minha família e o meu vilarejo, o que eu poderia ter feito além de tentar? Não precisamos deixar as nossas casas e ainda temos os nossos animais e campos. Você um dia me disse que devo proteger os pequenos e cuidar deles. Acredito que seja isso que estou fazendo. Porém, não sei o que será da escola agora, Venerável Madre. Eu não sei o que será de nós. E não posso esquecer o que vi nos olhos daquele homem, o olhar que dizia: estou de olho em você, eu sei onde você mora, você não pode se esconder.

Respeitosamente,
Maresi

ENERÁVEL IRMÃ EOSTRE!
    Estou lhe escrevendo como a antiga Rosa, serviçal da Donzela. Eu poderia ter escrito para Ennike, que atualmente serve como a Rosa. Mas ela é minha amiga e sempre foi. Além disso, é jovem e não teve as mesmas experiências que você. Espero que não se importe por lhe pedir que mantenha esta carta em segredo da Rosa. Sei que tem mais afinidade com Havva, o aspecto Mãe da Deusa Tripla, agora que você teve uma filha. Mas você canalizou a Deusa naquela vez que os homens chegaram a Menos e entraram no Templo da Rosa. Com seu corpo como instrumento, Ela salvou todas nós.

    Agora há uma jovem em meu vilarejo que enfrentou o mesmo tormento. Ela foi levada de nosso vilarejo e pelo menos um homem a violentou. Não sei exatamente o que aconteceu – ninguém sabe. Ela se recusa a falar. Nós temos a mesma idade, Irmã, e esse fardo a está destruindo. Ela não sai mais de casa. Ninguém fofoca a seu respeito no vilarejo e nunca ouvi falarem mal dela, mas todos desviam o olhar quando seu nome é mencionado. Eles ficam em silêncio. Não sabem o que dizer ou fazer.

Porém, rumores estão se espalhando entre os outros aldeões: que estava pedindo por isso, que sorriu para os soldados, que ela não lutou ou que resistiu pouco.

Tenho de ajudá-la, Irmã Eostre. Tem de haver um modo. Diga-me como. Não se pode permitir que esses homens determinem o destino dela para sempre. Como posso ajudá-la a recuperar o próprio corpo?

Toda noite eu penteio meus cabelos com o pente da Deusa que você deixou para mim. Junto todos os meus cabelos que estão soltos e os amarro em uma trança. A trança é fina, mas comprida. Forte. Enquanto eu tranço, penso nos soldados que atacaram Marget. Eu os amarro com força para impedir que voltem para cá. Coloco a trança debaixo do meu travesseiro à noite. Saber que ela está lá me traz algum conforto.

Lembro-me de como o capitão dos soldados olhou para mim. Eles podem vir e levar o que quiserem, Irmã Eostre. Podem tomar pessoas como gado. Podem argumentar que meu pai ainda tem dívidas com eles e o meu sacrifício será em vão. Eu tranço e amarro e rezo para os três aspectos da Primeira Mãe pedindo proteção. Por favor, você juntaria suas preces às minhas?

Respeitosamente,
Maresi

SEGUNDA COLETÂNEA DE CARTAS

Verão

Queridíssima Jai!

Enviei-lhes o primeiro lote de cartas logo depois de escrever uma última mensagem para a Irmã Eostre há um mês e já estou começando outro. Tentei me controlar, mas preciso me sentir perto de vocês, mesmo se isso for um desperdício de papel precioso.

Eu me pergunto se algum dia voltaremos a nos sentar juntas, debaixo do limoeiro no pátio da Sabedoria – você, Ennike, a Rosa, e eu, bebendo água fresca da fonte e observando as gaivotas voarem enquanto falamos sobre tudo e nada. Quando fecho os olhos, posso me imaginar com vocês. É estranho; posso ver tudo claramente como se realmente estivesse aí. As paredes da casa dos meus pais se derretem, sou acariciada pelas brisas salgadas sob as sombras das folhas sedosas e escuras do limoeiro e apoio o meu rosto contra a madeira lisa do seu tronco forte. Posso ouvir o balido dos bodes pastando nas encostas da montanha e o som de sandálias correndo pelo solo pedregoso do pátio. Um gato está deitado dormindo no meu colo. Você e Ennike estão lá e acabamos de comer, o gosto do molho de frutas silvestres persiste em minha boca.

Tenho tanta saudade do molho de frutas silvestres!

Provavelmente as cartas ainda não chegaram até vocês, mas gosto de pensar nelas em sua jornada para cada vez mais perto de Menos. O comboio de burros veio do Norte um pouco antes do solstício de verão, com montes de lã depositadas no alto de seus dorsos magros. Eles haviam viajado através do desfiladeiro e parado bem perto de Sáru por uma tarde para descansar e dar água aos seus animais. Logo que ouvi falar deles, deixei o que estava fazendo e corri para reunir as cartas, sem me esquecer de uma pequena moeda que eu tinha separado exatamente para esse propósito. Corri tão rápido que perdi o meu lenço, meus cabelos voaram em meu rosto e o meu coração disparou. Eu estava com medo de tê-los perdido, mas eles haviam montado acampamento para a noite em um vale e, quando os encontrei, fui recebida pela fumaça de muitas fogueiras, conversas e música. Tendo viajado em um comboio parecido, procurei uma mulher solitária entre os viajantes. Não vi rostos conhecidos, mas encontrei uma mulher cuidando de três mulas à beira do acampamento. O cabelo dela estava preso em várias tranças apertadas, juntas em um nó no topo da cabeça. Ela usava um colar de coral, âmbar e pedra azul entrelaçado várias vezes em torno do pescoço. Os seus animais pareciam bem cuidados, o que me encorajou a me aproximar. Ela era da Terra de Deven e falava um dialeto da língua costeira quase impossível de ser compreendido, mas com gestos e repetição, conseguimos nos entender. Quando mencionei Ajanie, ela ficou mais amigável no mesmo instante, percebendo que tínhamos uma amiga em comum. Ela prometeu levar as minhas cartas até Masson, onde encontraria alguém confiável para levá-las a Mueri e enviá-las em um barco para Menos. Quando ela ouviu o destino das cartas, ficou muito séria e me olhou com atenção, como se tentasse descobrir se eu estava falando a verdade. Ela examinou as minhas roupas e o meu cabelo solto. Levantei a minha mão e mostrei o anel de cobra de Irmã O, então ela sorriu e concordou.

– Os símbolos da Deusa: rosa, maçã, cobra.

Se a entendi bem, sua avó tinha passado a infância em Menos. Você já ouviu as irmãs mais velhas falarem de uma noviça chamada Dakila? A comerciante recusou pagamento por levar as cartas, mas permitiu que eu comprasse alguns dos produtos que ela não conseguira vender para o povo de Akkade: canela em pau, que é deliciosa na comida, além de ser útil contra infecções; gengibre, uma das plantas mais úteis que a Irmã Nar me apresentou; e tinta, porque o meu estoque havia quase acabado. Então comprei um pequeno gengibre adocicado para Maressa e Dúlan. Agora uma moeda de prata e algumas moedas de cobre são tudo o que resta do dinheiro que a Madre da Abadia me deu.

Quando você ler esta carta, suponho que ela já terá lhe contado o que aconteceu com o resto do dinheiro. Toda a Abadia certamente sabe de meu fracasso. Sinto uma vergonha profunda quando penso nisso, então tento não pensar em nada.

Agora minhas cartas estão indo para o Sul na bagagem de um mercador da Terra de Deven. Quando estou deitada na cama à noite, acompanho a viagem com o olhar da minha memória. Lembro-me de um pequeno lago onde os comboios frequentemente param, então talvez esse comboio também pare por lá. Lembro-me de uma ponte por cima de um rio com forte correnteza e como tive medo ao atravessá-lo. Talvez as cartas já tenham chegado à Masson e a comerciante já as tenha entregue para outra pessoa. Pedi à Irmã O que pagasse uma boa quantia aos pescadores que as entregarem a Menos, na esperança que a notícia se espalhe: vale a pena trazer cartas desse pequeno lugar no extremo norte para uma ilha montanhosa solitária ao sul.

Ah, Jai, estou divagando. Por favor, me perdoe! Nada que escrevi nesta carta tem qualquer importância. Um desperdício de tinta e papel, sem mencionar o tempo que você levou lendo-a. Posso imaginar onde está agora – em seu lugar favorito no Jardim da Sabedoria, cercada pelas ervas aromáticas da Irmã Nars? Imagino você de cabeça baixa sobre as minhas folhas, os seus olhos apertados na luz forte, o seu cabelo loiro clareado pelo sol de verão até se tornar branco como a neve. Borboletas e as abelhas da Irmã Mareane estão voando à sua volta, não estão? Diga que estão!

Escrever esta carta fez com que eu me sentisse próxima de você. Espero que essa seja uma desculpa válida.

Já estou ouvindo o ronco do meu pai. Esse é um sinal para pôr de lado os meus instrumentos de escrita e deixar que a noite me envolva. Akios está resmungando em seu sono. Agora que está muito quente, ele dorme em frente à lareira e não no espaço acima dela. Uma leve brisa de verão está sussurrando nas macieiras, que já floresceram.

Não é só do molho de frutas silvestres que tenho saudades, minha amiga Jai.

Maresi

enerável Irmã O!

Não tenho mais nenhuma prata. E agora, como vou fundar a minha escola? Eu poderia trabalhar para ganhar mais, mas não sobraria tempo para ajudar em casa. Além disso, sou uma mulher adulta, não posso esperar que a minha mãe e o meu pai me deem tudo. Meus dias são repletos de trabalho árduo e não me resta tempo nem energia para nada mais. Você deve estar tão desapontada comigo! Ninguém aqui quer mandar as filhas para minha escola. É verão agora e todos têm de trabalhar muito na fazenda, tanto os velhos quanto os jovens. Talvez eles estejam certos; não há lugar para educação aqui.

Sua noviça,
Maresi

inha querida Ennike Rosa!

Ontem celebramos um dos maiores festivais em Rovas: a véspera do solstício de verão. É a noite mais curta do ano, que aqui chamamos de oferenda do verão, quando o povo de Rovas dança a noite inteira em seus arvoredos sagrados de oferendas, acende fogueiras para afastar os espíritos ruins e celebra a riqueza da terra com oferendas, rituais e danças.

No momento, estou sentada embaixo das macieiras para escrever, embora esteja tão escuro que eu mal consigo enxergar as minhas próprias palavras. Espero que compreenda a minha letra – se realmente tiver a chance de ler isso. Ainda não sei se vou enviar essas cartas. Não estou escrevendo sobre o que realmente importa. Toco nas coisas importantes, mas não ouso continuar. Não tenho prata e me tornei um pouco mais do que uma garota da fazenda. Não consegui nada com tudo o que aprendi na Abadia. Estou desperdiçando o conhecimento que todas as boas irmãs tanto se empenharam para transmitir e que eu me esforcei tanto para aprender. Agora só o meu corpo funciona, a minha mente, não.

De fato, é o meu corpo que tem histórias para lhe contar esta noite – coisas que não posso contar para ninguém além de você, minha amiga, porque você é a Rosa. Escrever não faz justiça a isso. Queria poder conversar a respeito. Queria poder visitá-la no Templo da Rosa e me dirigir a você formalmente, enquanto a conheço também como Ennike, minha amiga de cachos castanhos.

Algo está pulsando dentro de mim, algo novo e estranho que não entendo.

Reunimo-nos em um pátio central circular no início da manhã da véspera do solstício de verão. O vilarejo todo, os velhos e os jovens. Náraes estava lá com a sua família, além da minha mãe, do meu pai e Akios, até Árvan – que evitava cuidadosamente me olhar – e todos os outros. Eu vi Marget também, cabisbaixa. Mesmo ela não podia ficar dentro de casa em um dia como esse. Todos vestiam as suas melhores roupas. As mulheres usavam aventais bonitos com um bordado elaborado, cabelos recém-trançados e coroas de flores em suas cabeças. Os homens vestiam coletes bordados por cima de camisas limpas e sapatos recém-engraxados. As crianças corriam descalças, soltando guinchos de impaciência e empolgação. Todos carregavam sacos de comida. Eu prendera a Dama Cinzenta a uma carroça lindamente decorada com folhas em honra ao dia, a qual nós enchemos com muitos alimentos do vilarejo, junto com barris de malte e leite fermentado. Ainda há escassez de comida no vilarejo por causa do último inverno e os grãos estão longe de estarem prontos para serem colhidos, mas tínhamos muitos ovos e legumes frescos dos jardins das cozinhas e morangos-selvagens e amoras que as crianças haviam colhido. Akios, Jannarl e Máros saíram em várias caçadas matinais para a oferenda de verão e voltaram da floresta com pássaros e lebres. Meu pai e eu também nos aventuramos até o rio, onde conseguimos pescar ótimos salmões. Árvan contribuiu com vários queijos amarelos e redondos que a mãe dele tinha preparado. Nós nos orgulhamos que Sáru fez a sua contribuição para o banquete coletivo. Obviamente, nada se compara ao pão de Nadum e às tortas folhadas que a Irmã Ers faz para a Dança da Lua e outros festivais na Abadia.

Cantamos em procissão para fora do vilarejo e seguimos pelos campos em direção à floresta. Deixamos as nossas casas para trás, absolutamente limpas da entrada às vigas, com roupas de cama lavadas, palha nova no chão e todas as lareiras recém-polidas. A velha avó Kild ficou em casa. Ela está se recuperando dos ferimentos, mas nunca mais andará como antes.

Fazia um belo dia com céu azul-claro e já estava quente quando começamos, no início da manhã. Ainda assim, vesti o meu manto vermelho de lã. Eu também queria estar bem-vestida. A minha mãe me encarou quando eu o pendurei sobre os ombros, depois desviou o olhar. Não faço ideia de qual é o problema dela com meu manto!

Em Rovas, o povo não acredita em nenhum deus ou deusa, mas a floresta, a terra e o céu são divinos em si e venerados e adorados como tais. Há também animais aos quais são atribuídos qualidades de deuses: a ursa é a guardiã da floresta e dos caçadores; Kalma, a ave aquática, engloba três territórios – terra, ar e mar – e é, portanto, sagrada; a raposa-preta é mais esperta do que os outros animais que sempre tentam matá-la.

Chegamos ao arvoredo de oferendas depois do meio-dia. Ele fica em um vale onde árvores antiquíssimas crescem – todas as árvores de folhas largas que existem em Rovas são encontradas lá, exceto a madeira-prata, é claro. Tílias gigantes, abetos, bordos e carvalhos chegam aos céus, as copas vastas criando um teto verde. O solo é coberto por folhas caídas e poucas plantas crescem além da prímula ártica. Outro vilarejo já estava lá quando chegamos e todos estavam cumprimentando parentes, comparando experiências de plantio e trocando notícias sobre isso e aquilo enquanto uma mesa comprida era posta à beira do arvoredo. Não nos afastamos muito do velho carvalho. Outros dois vilarejos juntaram-se a nós, um deles era Jóla. Eu vi Tauer com os seus filhos e netos, mas supus que seu pai idoso não conseguira fazer a viagem.

Quando tudo estava preparado e várias fogueiras ardiam, os anciões do vilarejo se reuniram junto ao velho carvalho para realizar os ritos e sussurrar as palavras sagradas no tronco da árvore. Depois, por fim sacrificaram um pato de rio, cortando a garganta e deixando o sangue dele pingar no solo preto na base do tronco.

Fiquei perto da minha família enquanto observava a cerimônia e proferi em voz baixa as palavras de agradecimento da Abadia ao aspecto Mãe da Deusa pela bênção da fartura do verão. E Rosa, sabe o que mais? Por um momento, pensei tê-la sentido responder nas vibrações debaixo das solas dos meus pés e no vento que acariciava o meu cabelo solto. Olhei para cima, surpresa, e vi o olhar impenetrável de minha mãe. Olhei rapidamente para baixo outra vez. Ela deve ter me ouvido e sei que não gosta quando eu continuo as tradições e ritos de Menos.

Quando o sacrifício terminou, as mulheres pegaram as panelas que estavam penduradas sobre muitas fogueiras e era hora de comer! Sentamo-nos em bancos à mesa comprida e nos servimos de todas as coisas deliciosas disponíveis: queijos, pães doces, linguiças, panelas de repolho tenro e salmão-selvagem defumado – servido inteiro e coberto por ovos cozidos –, frutas silvestres frescas, ervilhas recém-nascidas e leite fermentado. Um dos vilarejos tinha até mesmo trazido um barril de cerveja. Todos nos fartamos até os pequenos caírem no sono e o resto de nós nos recostarmos e esticarmos as pernas. Foi o dia em que mais satisfiz meu apetite desde que vim para cá. Os homens acenderam cachimbos cheios de tabaco caseiro e as mulheres limparam a mesa lentamente, batendo papo de forma amigável e carregando todas as tigelas e panelas para o riacho próximo para serem lavadas. Eu ajudei e lavei em silêncio ao lado de Marget. Depois estiquei o meu manto debaixo do abeto e a convidei para se juntar a mim. Juntas, cochilamos o resto da tarde, com Marget entre a árvore e mim para se sentir segura.

Muitas outras pessoas também cochilaram. Quando acordamos, já era o início da noite, mas ainda estava claro, como sempre é o caso na Rovas setentrional no solstício de verão. Fui caminhando até o riacho para beber a água fria e jogá-la no rosto para despertar. Com a água do riacho pingando dos meus cabelos, voltei para o arvoredo, onde músicos estavam se reunindo no centro, embora ainda a uma distância respeitosa do velho carvalho. Colocaram dois crânios velhos de urso em espetos de cada lado dos músicos. Os ossos datavam de tempos antigos, quando ainda era permitido caçar animais de grande porte na floresta. As crianças pegaram prímulas e outras flores para fazer coroas e enfeitarem suas cabeças, as árvores e os espetos, então todo o arvoredo parecia estar florescendo.

Os músicos tocaram a "Canção dos pisadores de grãos" e todas as mulheres mais velhas seguraram-se pelas mãos para formar um círculo em frente aos músicos e começaram a cantar, como é nosso costume. Elas batiam os pés no ritmo marcado e cantavam sobre como a Velha Senhora no céu enviou grãos para as pessoas da Terra para cultivar e comer, em seguida, como Samarni, o Tolo, perdeu os grãos, mas sua irmã Agarne os encontrou de novo e os carregou em sua boca através das planícies ardentes, pelas cavernas úmidas e pela floresta de gelo e névoa.

Depois, todos os homens mais velhos deram-se as mãos e formaram um círculo ao redor das mulheres mais velhas. Meu pai estava entre eles. Bati palmas no ritmo e sorri ao ver suas botas marrons batendo junto às de outros homens enquanto cantavam o verso sobre Rókan, o jovem que queria os grãos e tentou várias vezes roubá-los da boca de Agarne até finalmente conseguir com um beijo.

Enquanto as sombras cresciam sob as árvores, muitas antigas canções foram tocadas e entoadas. Eram as canções especiais para essa época do ano, quando o verão está no ápice e os grãos estão amadurecendo nos campos, quando o equilíbrio tem de ser mantido e todas as coisas importantes devem ser lembradas. Quando o anoitecer chegou, reacendemos as fogueiras, como um sinal para a terra e o céu de que os aldeões de Rovas ainda honram aqueles que merecem ser honrados. E também marcava o início da dança livre.

Peguei Maressa pela mão e a levei entre os casais que dançavam. Dançamos "O beijo da donzela" – que me fez pensar em você, Ennike Rosa –, depois dançamos "O jarro de prata do mercador", "Pulos do riacho" e "Primeira neve". Depois Maressa quis dançar com o pai e saí de perto da multidão que dançava para recuperar o fôlego. Náraes me passou uma jarra de água fresca e bebi, agradecida. A noite de verão estava quente e amena e o vento havia acalmado. Eu estava com calor por causa da dança e o ar estava denso por causa do suor e da fumaça de muitas fogueiras. Akios veio me procurar e puxou-me; dançamos tantas canções que perdi a conta. Finalmente, nos deitamos rindo na grama, olhando para os galhos das árvores.

– Podemos continuar nossas aulas em breve? – perguntou Akios em voz baixa, quando ninguém mais podia ouvir.

– Quero mesmo aprender a ler, Maresi. A vida tem que ser mais do que Sáru. Diga para mim: há mais do que isso?

Sentei-me, me apoiando em meus cotovelos, e olhei as pessoas dançando. As fogueiras derramavam um brilho vermelho tremeluzente sobre os casais que giravam e me lembrei subitamente da Dança da Lua. Pensei antes de responder.

– Há mais – respondi em voz baixa. – Mas não sei se sou a pessoa certa para lhe mostrar, Akios.

As famílias com crianças pequenas haviam montado acampamento em volta do arvoredo e os mais velhos já tinham ido se deitar. Era a vez dos jovens dançarem. Rapazes e moças com bochechas coradas seguravam mãos, cinturas e pescoços, e sorriam, riam e dançavam em uma revoada de coletes e saias. Eu vi Árvan passar dançando, rígido e sério, com uma jovem muito nova que tinha tranças marrons grossas e uma saia ricamente bordada. Péra, de Jóla, veio correndo para levantar Akios e, enquanto ele se rendeu rindo, vi o rosto de Marget fechar-se e virar para o outro lado. Ela não dançou nem um pouco. Todos formaram pares, homem e mulher, e talvez alguns deles se casariam e teriam filhos ou talvez simplesmente encontrariam um pouco de felicidade e conforto nos braços um do outro naquela noite.

De repente, não me senti mais feliz. Não havia lugar para mim nesse jogo. Eu me levantei e peguei o meu manto. Era hora de voltar para casa e ir para a cama.

Então, um jovem se aproximou de mim. Eu mal o conhecia, só sabia que o seu nome era Géros e que vivia no vilarejo vizinho, Jóla. Géros é um pouco mais jovem do que eu, talvez quinze verões, e sei que ele e Akios brincavam juntos quando eram menores. Ele é alto e magro com sobrancelhas escuras bem marcadas.

– Por que você não está dançando? – perguntou.

Olhei para ele para ver se estava zombando de mim, mas seu sorriso era amigável. O rosto dele tinha muitas sardas.

– Já estou exausta de dançar – respondi. – Acho que está na minha hora de voltar para casa.

– Acho que não? – E ele pegou a minha mão.

Estava surpresa demais para protestar. Sua mão era quente e seca. Ele me puxou para dentro do círculo de pessoas dançando. Eu vi sobrancelhas erguidas e olhares significativos. O meu rosto começou a arder, mas então a música me dominou e não reparei em mais ninguém. Géros dança muito bem. Ele é rápido e ágil e não me perdeu uma vez sequer dentre os outros casais que dançavam, mesmo quando nos separávamos. Meus pés estavam se movendo na velocidade da luz, batendo e chutando, virando e pulando, e as mãos de Géros continuavam a me girar, me pegar e girar novamente. Foi muito divertido, querida Ennike Rosa, e logo perdi o fôlego e senti calor e agitação.

Dançamos mais algumas músicas até Géros me segurar, rindo, e me puxar para longe da multidão de casais dançando.

– Você é insaciável, Maresi Enresdotter – falou e caiu na grama, arquejando. Ele sorriu para mim. – Insaciável e bonita.

Nunca tinham me dito que eu era bonita! Tenho certeza de que fiquei muito vermelha. Fiquei lá, sem saber o que fazer, mas ele pegou a minha mão e me trouxe para o seu lado. Caí de joelhos e senti a umidade da grama atravessar a minha saia. Ainda segurando a minha mão, Géros entrelaçou os dedos nos meus. O ar ainda estava tomado por flautas e tambores e o chão vibrava com os passos pesados das pessoas dançando. A noite estava fresca, mas fui tomada pelo calor que emanava do corpo de Géros. Ele cheirava a inúmeras coisas que jamais encontrei antes e que não era capaz de definir. Nunca estive tão perto de um homem que não fosse da minha família. Por um curto instante, me lembrei dos homens que vieram à ilha e tomei consciência da cicatriz em meu abdômen, onde o homem sem dedos me perfurou com a sua espada. Só que olhei para os olhos escuros de Géros e não era a Velha que ouvi sussurrando em meu ouvido. Era um sussurro completamente diferente, um que jamais tinha escutado.

Géros me puxou para si e me beijou – na frente de todos! Ele me beijou e senti como se estivesse dentro do Templo da Rosa. Não, não foi nada parecido. Foi algo que eu jamais poderia imaginar. Foi calor. Foi um tremor em meu corpo, um aperto, um fogo. Não acho que algum dia estive verdadeiramente viva antes daquele momento. Eu só conhecia um aspecto da vida, que era a morte, mas agora conheço o poder governado pela Rosa, o primeiro aspecto da Deusa. É o poder que vive em minha carne.

Eu não me cansava dos lábios dele. Não me cansava do sentimento que ele despertou dentro de mim. Estou corando ao escrever isso, mas sei que você compreende, porque serve a esse poder. E é forte, Ennike Rosa, é mais forte do que o poder da Velha. Mais irresistível. Antes disso, eu jamais o entendi. Acreditava que nada fosse mais poderoso do que a Velha, que nada poderia ser mais inevitável do que a morte. Acreditava que eu escolhera o aspecto mais forte.

Eu estava errada, ah, como estava errada.

O corpo dele apertado contra o meu. As mãos dele nos meus cabelos. As minhas mãos no seu pescoço nu, forte.

Estou tremendo ao escrever isto.

Maresi

Minha querida Ennike Rosa!
Estou tão feliz que a colheita ainda não começou, porque às vezes posso tirar um pouco de tempo para mim mesma, o que significa que posso ver Géros. Às vezes, ele vem ao nosso vilarejo bem cedo pela manhã para que possamos passar algum tempo juntos antes das tarefas do dia começarem. Nós nos encontramos atrás do celeiro. Outras vezes, ele pega a trilha que liga o vilarejo

dele ao meu assim que termina as tarefas na fazenda. Às vezes, corro para encontrá-lo. Procuramos algum canto isolado ou nos embrenhamos pela floresta onde possamos ficar a sós.

Nós nos exploramos com os lábios e as mãos e é maravilhoso – maravilhoso! Nunca soube nada sobre o meu próprio corpo. Eu não tinha ideia de que o meu corpo podia fazer tais coisas. Quando estamos juntos, só consigo pensar nas mãos, nos lábios, no pescoço, na garganta, no rosto, nas pernas, no peito, no corpo de Géros... É como estar embriagada com vinho doce. A minha cabeça gira, as minhas mãos tremem, o meu coração bate rápido e forte.

Akios me provoca o tempo inteiro. Meu pai só resmunga e continua a trabalhar. Minha mãe tem um sorriso de satisfação em seu rosto. Ela deixou de ser tão fria e passou a conversar mais comigo. É como quando cheguei. O mais surpreendente de tudo é que as pessoas no vilarejo agora me tratam de um jeito diferente. As garotas param para conversar quando nos cruzamos pegando água no riacho, em vez de se forçarem a dar um "olá" educado e seguirem o próprio caminho, como antes. As mulheres mais velhas no vilarejo me dão conselhos sobre como alimentar galinhas e se oferecem para me ensinar vários pontos de bordado. Os garotos piscam e dão risada quando passam.

Eu fiz aquela infusão que você me ensinou a preparar. Aquela com a planta de folhas pontudas que você chamava de língua-de-Deusa. Eu a bebo todas as manhãs. Você sabe o que isso significa. Obrigada por insistir, apesar de eu ter rido e negado quando você abordou o assunto durante a conversa. Eu não quero ter um bebê agora.

Géros domina os meus pensamentos. É estranho – tenho mais intimidade com ele do que com qualquer outra pessoa em minha vida, porém sei tão pouco a seu respeito. Eu sei como a cor de seus olhos se torna mais forte quando ele me olha. Sei como me sinto fraca quando ele toca minha cintura. Conheço o gosto dos seus lábios, a sensação de sua língua tocando a minha, o cheiro da curva do seu pescoço. Conheço a sensação de tê-lo dentro de mim. Só que sei pouco sobre Géros enquanto pessoa e também não perguntei muito a respeito. Como é estranho ter tanta intimidade com alguém que é basicamente um estranho.

Também me sinto uma estranha para mim mesma. Os pensamentos em minha cabeça mudaram. O meu corpo mudou. Tudo é novo e incrível, eu não falo com a Velha e não saio mais para caminhar pelo vilarejo à noite, porque não tenho tempo. Rezo à Donzela e a meia-lua brilha pálida sobre o horizonte.

Logo será a época de colheita.

Carinhosamente,
Maresi

ueridíssima Jai!

Hoje Náraes e a sua família vieram nos visitar. A minha mãe deixou a costura de lado no instante em que os viu entrarem na cabana, mas não escapou do olhar severo da minha irmã.

– O que você está costurando, mãe? – perguntou, com a testa franzida.

Jannarl abriu o cobertor grande em que havia envolvido Dúlan para a curta caminhada pelo pátio.

– Está chovendo? – perguntei.

– Não. O que você está costurando, mãe?

– Só algo de que precisamos. Para Maresi.

De fato, eu adivinhara há muito tempo, mas nunca comentara com a minha mãe. Não tinha nenhuma vontade de falar sobre isso também e tentei pensar em um modo de desviar a conversa, mas naquele instante Maressa me atropelou.

– Você tem tempo agora, então?

– Para quê?

– Para me ensinar aquelas letras. Você prometeu!

– Pois é, Maresi parece estar surpreendentemente ocupada, não? A semeadura terminou há muito tempo e todos os outros estão aproveitando para descansar antes da época da colheita. O que poderia estar deixando-a tão ocupada? Enfim começou a trabalhar naquela escola que estava planejando?

Havia um tom de crítica na voz de Náraes. Olhei feio para ela.

– Você sabe que não tenho prata para construir o prédio da escola ou adquirir todas as provisões necessárias.

– Você poderia começar com Maressa e outras crianças aqui. Por que tem que ser em um prédio especial para a escola? Por que precisa de mais do que um pedaço de carvão e uma tábua? – Ela virou-se abruptamente para nossa mãe.

– O que você está costurando para Maresi?

Minha mãe cruzou os braços.

– Roupas de cama. Toalhas. Uma touca.

– Náraes, querida… – Jannarl colocou a mão no braço da esposa para acalmá-la. Ela se desvencilhou, irritada.

– Uma touca de *noiva*?

– Isso mesmo, se é o que quer saber. Maresi esteve fora por muitos anos e não teve a chance de costurar o próprio enxoval.

Náraes virou-se para me olhar. Temos a mesma altura, mas naquele momento ela parecia maior do que eu, como quando éramos mais jovens.

– Você precisa de uma touca de noiva? Precisa de um enxoval?

Pensei em Géros. Na sua boca no meu pescoço. Suas mãos na minha... Corei. Eu não havia pensado em casamento, era verdade. Só pensei que queria estar com ele o tempo todo. Só que não é isso que significa casamento? Estar juntos o tempo todo?

– Talvez eu vá me casar em algum momento – falei e olhei para minha mãe, procurando apoio. – Todas se casam, no fim.

– Mas você não é como todas! Você teve algo que ninguém mais tem! É o seu dever dividir com todas nós, que nunca tivemos a oportunidade! – As mãos de Náraes estavam fechadas de frustração. – Ah, se ao menos eu pudesse voltar no tempo e convencer o papai a *me* enviar no seu lugar!

– Náraes! – gritou a minha mãe com uma voz assustadora. Todos ficaram quietos e olharam para ela. – Pense no que você está dizendo – completou em voz baixa.

Ela encarou o meu pai. Ele desviou o olhar e se retirou.

– É verdade! Eu poderia ter tornado a vida melhor para mim e para todos no vilarejo. – A voz de Náraes estava um pouco mais calma, mas ela não se renderia.

– Ainda posso dar aulas mesmo se estiver casada – falei com seriedade, mas não estava totalmente convencida de que era verdade. Náraes sorriu de forma zombeteira.

– É mesmo? Quando tiver a própria casa para cuidar? Você por acaso vê nossa mãe ter metade do dia de folga para fazer o que quer? Já me viu ter isso? Nós limpamos, esfregamos, costuramos e remendamos, tecemos, fazemos picles e suco, secamos e salgamos, carregamos água e madeira, nos asseguramos que o fogo continua a arder – e espere só até ter filhos! – Ela parou subitamente. – Você *está* esperando um bebê?

Eu corei.

– Não!

– Quando você tiver filhos, não vai mais ter liberdade. Nenhuma! Você amamenta e cozinha, cuida de doenças, amamenta, cuida, se preocupa. – Ela engasgou-se violentamente. – Eu amo as minhas filhas. Eu amo as três. Mas você não sabe de nada, Maresi. Nada.

A atmosfera ficou tensa depois disso. Maressa não parecia incomodada pelo rompante da mãe. Sentei-me com ela num canto praticando as letras num pedaço de tábua por horas. Akios se juntou a nós quando chegou. Depois, fiz com que praticassem um com o outro e pedi a Náraes que viesse comigo lá fora para conversar. Ela ficou de braços cruzados, igual à nossa mãe. A mesma ruga acentuada na testa, os mesmos lábios bonitos voltados para baixo. Os pássaros noturnos cantavam e o ar estava quente e fresco ao mesmo tempo, de um modo que nunca está em Menos.

– Não fique brava comigo. – Coloquei um braço em volta dela e apoiei a cabeça em seu ombro. – Por favor, minha doce irmã. Não fique brava.

Ela suspirou e ficou parada por um momento e colocou seu braço em torno dos meus ombros.

– Não estou brava.

Olhei para ela e ergui minhas sobrancelhas. Ela riu.

– Está bem, eu estou. Maresi, por que você está jogando tudo fora?

– Não estou. Você tem que entender...

Procurei pelas palavras. Eu não havia realmente pensado nisso e nem queria pensar. Preferia não verbalizar. Algumas coisas devem ficar no reino da experiência pura. Mas eu devia isso à Náraes, ao menos a tentativa.

– Quando fui para a Abadia, eu era apenas uma menininha. Não pensava em homens ou garotos. Eu devorei conhecimento, sempre quis aprender cada vez mais. Era a única coisa que segurava a minha saudade de casa. E quando os homens vinham a Menos, eles eram maus. Tinham intenções ruins e faziam coisas horríveis. Então voltei para cá, onde homens e mulheres vivem juntos e os homens aqui são bons, como o nosso irmão, o nosso pai e o seu marido.

Náraes me segurou com mais força.

– Não tinha ideia de como agir perto deles.

– E agora você tem? – A voz de Náraes tinha um toque de presunção. Eu lhe dei um beliscão.

– Shiu. Você entende... Ou talvez nem eu mesma entenda. Eu pensava que havia dedicado minha vida à Velha, o terceiro aspecto da Primeira Mãe, que governa o reino da morte, guardiã da sabedoria misteriosa, senhora das tempestades, do frio e da escuridão. Eu estava convencida que esse era meu destino – todo o meu destino. E então... então Géros apareceu e me olhou e de repente havia algo mais. Havia vida. Havia desejo. Havia outro poder que era tão forte quanto, se não mais.

– Amor? – Náraes virou-se para olhar em meus olhos.

– Não tenho certeza. Eu acho que sim.
Ela suspirou.
– Prometa-me que não está jogando tudo fora por um homem. Prometa-me isso.
Assim que ela falou essas palavras, foi fácil fazer a promessa.
– Pometo não devotar o meu tempo ao amor antes de ter feito algo da minha vida.
Com isso, ela ficou satisfeita.
Porém, não tenho sequer certeza do que eu quis dizer.

Sua Maresi

Venerável Irmã O!
Está tudo tranquilo por aqui desde que paguei as dívidas do vilarejo. Os soldados nos deixaram em paz, o que todos dizem ser uma surpresa. Porém, uma patrulha surgiu ao sul de Jóla recentemente. Sem dizer nada, roubaram três porcos de um menino enquanto ele os pastoreava e, quando o garoto tentou protestar, foi muito espancado. Hoje fui até lá para ver se ele precisava de ajuda, mas Tauer havia tratado dos seus machucados com maestria. Ainda assim, temo que a mão direita do menino nunca mais será a mesma.

Enquanto caminho de Jóla para casa sob o entardecer claro de verão, ouço atentamente em busca de galopes ou do som de armas entre as árvores. Não estamos seguros aqui. Estamos à mercê do nádor e dos seus caprichos, dos seus soldados e da sua violência. As pessoas aqui não têm como se defender. Preciso ajudá-los, Irmã O. Tem de haver um meio que eu possa proteger o meu povo, mas como? Se ao menos eu pudesse pedir o seu conselho!

Sua noviça,
Maresi

Minha querida Ennike Rosa!
    Encontrar-me com Géros é mais complicado agora que a colheita começou. Os dias são cheios de trabalho. Tenho ido a Jóla no fim da tarde para tentar vê-lo depois que ele termina de trabalhar. Ontem, encontrei-o junto ao celeiro quase vazio, sozinho e ávido. Ele me puxou para dentro do celeiro e me despiu na mesma hora, sem dizer uma única palavra. Tem se tornado cada vez mais prazeroso. Os primeiros encontros não tiveram nada de especial, mas agora eu conheço meu corpo melhor e sei o que pedir.

    Depois, ficamos deitados com os corpos entrelaçados, os dedos de Géros brincando com meu cabelo e eu flutuando dentro e fora de um estupor de felicidade.

    – Minha bela Maresi – ele sussurrou em meu ouvido com a voz rouca. – Minha, minha, minha.

Géros beijou o meu pescoço entre cada palavra. Mal prestei atenção ao que ele estava dizendo; deleitava-me com a sensação de suas mãos em meus cabelos. Eles cresceram e logo estarão tão longos quanto os de Jai (exceto que os dela também devem ter crescido, é claro!). Os dedos de Géros se enrolavam nos fios e os acariciavam. Eu estremeci de prazer.

– Estive pensando que deveria construir uma casa para mim em nosso terreno – disse Géros depois de um tempo. – Nada grande. Apenas um cômodo. Já temos uma despensa e tudo mais.

– Você não é um pouco jovem para isso? – murmurei. – Você não gosta de ter uma mãe que cuida da sua comida e lava suas roupas? – Bocejei. – Eu gosto.

Seus dedos pararam.

– Você gosta?

– Gosto. Embora, é claro, seria bom decidir por minha conta sobre a minha própria casa. Não, não pare. – Puxei sua mão de volta aos meus cabelos. Ele havia se apoiado no cotovelo e estudava meu rosto com atenção.

– Você está falando sério? Realmente tem essa vontade?

De repente percebi aonde essa conversa estava indo. Tentei manter minha voz e o meu rosto calmos.

– Tenho, mas não ainda. Não por alguns anos.

– Ah.

Ele parecia desapontado. Lentamente, continuou a brincar com o meu cabelo.

Despedimo-nos logo em seguida. Eu lhe dei um beijo na testa. Jamais fizera isso antes.

Quando me levantei, percebi que ele tinha feito uma trança grossa e apertada em meus cabelos. Senti-a com minhas mãos. Era estranho estar com o cabelo preso assim. Eu não o tranço desde... bem, desde aquele dia quando tricotamos a tranquilidade e em seguida invocamos a tempestade.

Quando entrei, a minha mãe ergueu as sobrancelhas, surpresa, mas não disse nada. Ela pegou uma panela de sopa quente e tigelas. Akios entrou após cortar madeira na encosta e o meu pai colocou no chão a cesta que trançava. Sentamo-nos à mesa e começamos a comer. Então Akios olhou para mim.

– Seu cabelo! Você o trançou!

– Combina com você – disse minha mãe calmamente, tossindo um pouco. – Agora podemos ver o seu lindo pescoço.

Meu pai não disse nada, só me observou com uma expressão levemente curiosa nos olhos. Encolhi os ombros.

– Só estou experimentando. Está apertado. Puxa o meu couro cabeludo.

– Você se acostuma – disse a minha mãe. – E se estiver pesada demais, pode cortar um pouco do cabelo.

Dei uma chance à trança e a mantive por toda a noite. Só que, ao me deitar, minhas têmporas estavam tensas e tremulando e minha cabeça doía. Soltei a trança e parei para ouvir, mas nenhuma tempestade chicoteava as paredes da cabana. Foi um alívio estar com os cabelos soltos mais uma vez. Tirei o pente de cobre e percebi que fazia muito tempo desde a última vez que o usara. Várias flores secas de lavanda caíram no chão – o presente de Jai. Peguei cada uma delas e inalei o seu perfume profundamente. Elas têm o cheiro do dormitório na Casa das Noviças e do jardim da Irmã Nars. Têm cheiro de casa.

Passei o pente pelos meus cabelos. Ele estalou e brilhou, mas nada aconteceu. Nenhuma tempestade uivante. Juntei os fios que haviam caído e os amarrei em uma trança que guardei debaixo do meu travesseiro. Em seguida, me despi e me enfiei debaixo das cobertas.

Não tenho muita língua-de-Deusa sobrando, mas não importa. Não acho que vou precisar dela.

Carinhosamente,
Maresi

Venerável Irmã O!

Não visto mais as roupas que minha mãe me deu: a blusa, o avental bordado e a saia cinza. Agora me visto à moda da Abadia: minha própria camisa, calças e o lenço, que a minha mãe lavou e guardou na cômoda ao pé da minha cama. Ainda que eu me vista como as mulheres daqui, isso não me torna uma delas. Eles têm me tratado de forma diferente desde que comecei a passar o tempo com Géros, mas não como uma delas. Ironicamente, parece que a prata que usei para pagar pelas dívidas de todos tornou-se uma barreira entre nós. Ninguém aqui já tinha visto tanto dinheiro. Poucos sequer tinham visto uma moeda de prata. A ideia de que Maresi Enresdotter, que costumava brincar perto do riacho quando criança, de repente tinha tantas moedas é bizarra demais para que compreendam. Tenho o mesmo nome que a menina que um dia brincou aqui, mas, para eles, não somos a mesma pessoa.

É claro que eles são o meu povo, que senti saudades e estou feliz de estar em sua companhia mais uma vez. As mulheres aqui são gentis e amigáveis e inteligentes, mas tudo o que conversam revolve em torno de homens e do trabalho da fazenda, do casamento e do cuidado da casa. Eu entendo. Não as culpo nem um pouco. Despensas e teares são o seu domínio e elas medem o próprio valor baseado em como cuidam de suas casas e de seus filhos. Não é culpa delas que o seu mundo seja tão pequeno. Também não há nada de errado com esse mundo.

Porém, eu quero mais.

Estou apagando a vela agora. Boa noite, Irmã O. Queria poder dizer a você essas palavras. Queria poder estar contigo, por apenas um momento, de pé ao seu lado junto ao muro externo, observando a lua ascender sobre o mar.

Sua noviça,
Maresi

Outono

ENERÁVEL IRMÃ O!
Não sei o que fazer. Estou arrasada. A minha irmã Náraes está esperando um filho, como devo ter mencionado. Há alguns dias, enxaguávamos roupas no riacho e a ajudei a levantar, porque ela está com cada vez mais dificuldade em se mover. Sem querer, toquei a barriga dela, que já está grande e firme, e um arrepio gelado me fez tremer. O mesmo arrepio que senti na cripta debaixo da Casa da Sabedoria.
O que farei, Irmã O? O que faço?
Agora eu sinto isso sempre que Náraes está por perto. Estou fazendo tudo o que posso por ela: ajudo com as crianças, me asseguro de que ela não levante nada pesado, preparo alimentos que sei que dá força a grávidas. Voltei a caminhar pelos campos e pelo vilarejo e às vezes a levo comigo, porque deve fazer bem se exercitar um pouco e ficar longe do cheiro de comida e dos gritos das crianças. Jannarl é um homem bom e nunca reclama de ser deixado sozinho com as crianças depois de um dia de trabalho duro.

Só que nada disso ajuda, e as nossas caminhadas pelo vilarejo me deixam não apenas exausta, mas também completamente gelada. Náraes não parece perceber que tem algo de errado. Ela é grata e feliz, só tem as bochechas um pouco pálidas. Ela costuma tirar a oportunidade para me dar broncas, repetindo que devo me assegurar que a minha vida não termine como a dela.

Uma noite ela veio à nossa casa e pediu ao papai e a Akios que nos deixassem a sós por um momento.

– Coisas de mulher – falou e, assim, eles saíram correndo.

A minha mãe tinha ajudado com os partos de Maressa e Dúlan, então agora Náraes viera pedir conselho sobre esta gravidez. Eu estava tricotando meias de inverno para mim, reutilizando a lã que minha mãe desenrolara de uma meia velha do meu pai. Enquanto as duas conversavam, senti o arrepio emanando da minha irmã e não sabia o que dizer ou fazer.

Minha mãe mimou Náraes, oferecendo-lhe a melhor poltrona junto ao fogo e sentando-se em um banquinho para massagear os seus pés inchados.

– Está se sentindo forte?

– Estou, na maior parte do tempo. Não me sinto mais nauseada e consigo segurar a comida no estômago. Maresi está me alimentando com diversos alimentos fortificantes. – Ela sorriu para mim, mas a única coisa que eu podia sentir era aquele arrepio gelado nos meus ossos. – Você poderia checar se tudo está como deveria. Tenho uma certa dor em meu peito quando vou me deitar à noite. Pode ser perigoso? Nunca aconteceu com as outras duas.

Minha mãe tirou o pé de Náraes do joelho, levantou-se e ficou na frente dela. Então colocou as mãos na barriga da minha irmã e ficou completamente imóvel. Sua expressão se acalmou e ela olhou nos olhos da filha.

– É um menino. Sem dúvida. – Ela moveu as mãos com firmeza e maestria sobre a barriga inchada de Náraes. – Aqui está a cabeça e aqui está o bumbum. Ele chuta para cima?

– Chuta. – Náraes riu. – Às vezes mal consigo dormir.

– Ele vai chutar menos quando crescer e ficar um pouco apertado lá. – A voz de minha mãe era gentil e calma, assim como me lembrava da minha infância. – A dor em seu peito não é nada. Vou lhe dar um chá do Tauer, aquele que ele me deu quando eu estava grávida da... na última vez que engravidei.

Ela se referia a Anner, e Náraes e eu sabíamos disso.

Senti-me sozinha por ser excluída da conversa delas. As duas dividem algo, uma experiência que nunca tive nem terei. E me senti sozinha porque sabia de algo que elas não sabiam.

– Você está com medo? – perguntei à Náraes.

– Não. Fiquei na primeira vez, mas agora sei que não importa o quão horrível o parto seja, eu consigo aguentar. – Ela se recostou contra a parede de pedra e suspirou. – Eu me preocupo com o bebê, é claro.

– Não há sentido em se preocupar com algo que você não tem controle – disse a minha mãe, me olhando feio.

– Posso fazer um chá para você – falei. – Camomila e anêmona-rota devem melhorar sua azia.

– É melhor que ela vá a Tauer – Minha mãe me interrompeu. – Ele sabe o que está fazendo.

Nós nos entreolhamos e o olhar que lançou me disse que ela *sabia*. Sabia o mesmo que eu e nenhuma de nós podia dizer nada. Um pouco mais tarde, Náraes se levantou e cambaleou de volta para casa. Minha mãe e eu ficamos sentadas na cabana iluminada pelo entardecer, com o fogo estalando na fornalha e os tricôs ainda intocados em nossos colos. Queria perguntar se ela também sentia a marca da morte em Náraes e o que devíamos fazer a respeito, se havia algo a ser feito. Eu queria ouvir palavras de conforto.

Porém, não sabia por onde começar e não podia ter certeza se ela tinha reparado no mesmo que eu.

Mas Irmã O, isso quer dizer que a minha mãe tem a mesma habilidade que eu de sentir a presença da Velha ou de ouvir seus sussurros – o que isso significa? Eu não acreditava que a Velha estivesse aqui, Irmã O. Achava que ela só estava presente em nossa ilha. Eu deveria ter imaginado – afinal, foi aqui que vi sua porta pela primeira vez.

Há alguma coisa que eu possa fazer, Irmã O? Queria que alguém pudesse elucidar a coisa toda. Eu abri a porta para o reino da morte. Queria ter o poder de mantê-la fechada também.

Voltei a falar com a Velha. Eu não ouço seus sussurros, mas sussurro para ela. Sussurro a cada passo que dou nas trilhas em torno do vilarejo. Sussurro no ouvido da Dama Cinzenta quando lhe dou feno e água. Sussurro quando pego água do riacho, quando fio com minha mãe, quando passo um bálsamo calmante no joelho do meu pai.

Ela não lhe pertence, não pode levá-la, sussurro. *Ela não é sua. Não é sua.*

Maresi

enerável Irmã O!

Preciso lhe escrever com urgência, como se fosse possível receber esta carta imediatamente e me responder, apesar de não ter tido notícia alguma da Abadia. Você ainda não deve ter recebido as minhas cartas. Mais do que nunca, sinto a sua falta e dos seus bons conselhos. Por que tenho de estar tão longe de todas vocês?

Náraes veio nos ver ontem à noite. Ela já está enorme e anda devagar. Assim que se sentou ao meu lado no banco, eu senti.

O arrepio gelado se foi.

Só entendi o que isso significava depois de um tempo.

A Velha tinha levado o que ela queria.

Meus olhos se encheram de lágrimas.

– Qual é o problema, Maresi? – Náraes colocou a mão em meu braço, preocupada.

Balancei a cabeça e tentei pensar em algo para dizer.

– Ah, tudo é tão difícil – falei.

– Você está pensando em sua escola.

Náraes se apoiou na parede com um gemido.

Engoli em seco. Ela me dera uma desculpa e eu a agarrei.

– Todos estão felizes e esta colheita parece ser a melhor em anos, mas os meus dias são cheios de trabalho. Eu preciso contribuir, não posso deixar a mãe e o pai me sustentarem, uma mulher adulta. Especialmente não agora que... Bem, agora que tenho que começar do nada. Não me resta mais nenhuma energia para a escola.

Náraes ficou calada por um tempo. Estávamos cercadas pelos murmúrios do anoitecer do início de outono: grilos, mosquitos, cacarejar de galinhas. Minha mãe criou uma galinha na primavera passada e agora temos sete galinhas e um galo. O ar estava fresco.

– Às vezes, sinto-me como um daqueles cavalos bonitos que pertencem ao nádor – disse Náraes, pensativa. – Um animal orgulhoso: selvagem e livre. Nascido para correr pelos campos com a crina voando e os cascos batendo. – Ela fechou os olhos. – Só que estou presa a uma carroça de burro. Forçada a carregar e me arrastar enquanto sonho em galopar livremente.

Minha irmã suspirou, ainda com os olhos fechados.

A pior parte é que estou aliviada – aliviada, Irmã O!

Eu tinha medo de que fosse Náraes quem morreria. Não posso perder outra irmã. Eu me recuso.

Nesta manhã, a minha mãe e eu estávamos de pé, uma de cada lado, de um tanque grande, mexendo o seu conteúdo. O meu pai e Akios estavam no campo de nabos e a minha mãe decidira que era hora de lavar nossa roupa de cama. Era uma manhã fria. Névoa flutuava sobre os campos e caía densamente no vale onde o riacho corre. Havíamos feito uma fogueira no pátio central e nossos vizinhos passavam de um lado para outro, ocupados com seus afazeres. A névoa deixava todos os sons úmidos, dando a impressão de que minha mãe e eu estávamos a sós no mundo e que todas as outras pessoas eram meros fantasmas.

Eu precisava conversar com a minha mãe sobre as coisas que eu tinha sentido. Cortei um pedaço de sabão na água e olhei para ela através do vapor que subia do tanque.

– O bebê de Náraes está morto.

As mãos da minha mãe, segurando o cabo com força, pararam. Ela parou de mexer o tanque e suspirou profundamente. Então mexeu a cabeça de forma quase imperceptível.

– Nós duas sabíamos que isso iria acontecer.

– Você sabia?

– Você não? Pensei que tivesse aprendido esse tipo de coisa naquela sua Abadia. Ter maestria sobre a vida e a morte, foi isso que lhe ensinaram. Eu pensei que você soubesse de tudo.

– Por que você é tão hostil, mãe? Que mal eu lhe causei?

– Derrubei o sabão no tanque e engoli em seco para segurar as lágrimas. – Você fica zangada e rude sempre que mencionam a Abadia. Age como se fosse culpa minha você ter me mandado para lá!

Minha mãe deixou cair a pá de lavagem no chão e segurou as mãos debaixo de seu avental.

– Quando você voltou para mim, Maresi, eu não podia acreditar. Pensei que tinha te perdido para sempre. Todo dia sem você era uma tortura. Eu não sabia se algo ruim havia te acontecido, nem mesmo se estava viva. Você era apenas uma menininha quando a enviamos – como poderia sobreviver sozinha? Eu ficava acordada todas as noites sentindo adagas perfurarem minha carne, pensando: como pude mandar a minha filha embora? Talvez tenha sido a coisa certa a fazer, mas eu me arrependi imediatamente e desde então. Nada pode ter valido toda aquela dor.

Minha mãe nunca havia falado sobre isso antes. Nunca dissera uma única palavra sobre o assunto. Eu pensava que ela estivesse feliz que eu fora embora. Ou se não feliz, pelo menos aliviada. Significava uma boca a menos para alimentar.

– E agora eu te olho e mal a conheço. Você fala de forma diferente, de um jeito que não reconheço. Fala de coisas estranhas: abrir a porta para o reino da morte, uma Velha e a porta prata. Você chama outra mulher de mãe! – Ela perdeu o fôlego e tossiu. – Você é sangue do meu sangue e não te reconheço!

Ela se virou e correu para dentro da casa, me deixando sozinha no pátio com as roupas para lavar, além de dor e lágrimas.

Por que tudo tem de ser tão difícil? Por que a vida tem de ser assim? Perdoe a tinta borrada. Não consigo parar de chorar.

Continuarei a escrever. Um dia se passou.

À noite, depois de termos comido, a minha mãe veio ao meu quarto. Ela encarava o chão fixamente, evitando o meu olhar. Seus cabelos grisalhos estavam iluminados pelo sol do início da noite filtrado através da janela.

– Você usa a cobra em seu dedo. Talvez eu não saiba tudo o que aprendeu nos livros e com pessoas sofisticadas, mas sei o que a cobra representa: o início e o fim. Ajudar novas vidas a virem a este mundo é o início. Acompanhar os que morrem à sua última viagem é o fim. Você tem que aprender as duas coisas. Ou você já aprendeu isso em sua ilha?

Neguei com a cabeça, mas então percebi que ela não estava me olhando.

– Não, mãe.

– Então venha comigo agora ver Náraes.

Minha mãe pegou algumas ervas que podiam ser úteis e eu as juntei rapidamente com uma seleção das mesmas ervas que a Irmã Nar usou para ajudar no nascimento de Geja. Minha mãe avisou brevemente ao meu pai e Akios sobre aonde estávamos indo e então percorremos o curto caminho até a casa de Jannarl. Ela não disse uma única palavra durante o trajeto.

A minha mãe começou perguntando a Náraes como estava se sentindo, depois cautelosamente mencionou o bebê na conversa.

Náraes congelou.

– Faz um tempo que ele não chuta. Costuma ser tão agitado. Eu… – De repente, ela olhou para o marido com cada vez mais medo. – Jannarl, quando você sentiu a minha barriga?

– Deve ter sido ontem, pela manhã – respondeu meu cunhado.

Ele veio se sentar ao lado de Náraes e colocou as mãos em sua barriga. Ambos ficaram em silêncio. Minha irmã começou a passar as mãos sobre a barriga, esfregando e apertando. Ela ficou mais pálida. Eu não conseguia olhar.

– Tome um pouco de mel – disse minha mãe. – Veremos se isso o faz se mexer.

Tanto eu quanto ela sabíamos que ele nunca mais se moveria.

Esperamos anoitecer. Não tomamos decisões precipitadas. Jannarl levou as filhas para ficar com os pais dele, depois retornou. Esperamos. O menino não se mexeu mais.

Esperamos até a manhã. Àquela altura, Náraes tinha certeza. Minha mãe começou a preparar o chá que ajudaria a induzir o parto. Náraes me olhou.

– Maresi, fique comigo.

Fiz o que ela pediu.

Queria ter sido capaz de partir e caminhar até desaparecer na floresta. Minha mãe ferveu água e fiz um chá de ervas que eu trouxera comigo. A minha mãe me instruiu a cada passo: quais ervas usar, como provocariam as contrações e o que fazer em seguida. Ajudei Náraes ir ao banheiro para se aliviar. Era início da manhã e véus de névoa cobriam os campos. Trocamos algumas palavras. Eu queria dizer algo, realmente queria, mas não pude encontrar o que dizer. Irmã O, o que há para ser dito a uma irmã amada que está carregando um bebê morto?

Às vezes o silêncio é a melhor das opções.

Eu já tinha testemunhado um parto antes, quando Geja nasceu. Porém, Eostre lutava contra a dor sabendo que logo teria um bebê vivo e saudável em seus braços. O aspecto Mãe da Deusa esteve presente durante todo o parto de Geja. Senti o seu poder e a sua respiração quente.

Desta vez, nem mesmo a Velha estava conosco. Ela já levara o que lhe pertencia. Tudo o que restara foi o vazio. Náraes lutou contra a dor e sabia que nenhuma recompensa a esperava do outro lado. Eu me sentia tão mal por ela que achei que meu coração iria se partir.

Quando o menino nasceu, minha mãe o lavou com água morna, para que não congelasse. Ele estava tão imóvel! Procurei o cobertor mais macio que pude encontrar e o embrulhei com cuidado. Depois o deitei no peito de Náraes e ela acariciou o narizinho, as pálpebras finas e as bochechas azuladas dele.

Saí e fui até o riacho, onde o rangido do moinho ocultou os meus soluços.

Minha mãe cuidou do pequeno corpo depois disso. Ela esfregou óleos no menino e o enrolou com cuidado. Depois, Jannarl trouxe um cesto e o colocou dentro, sobre uma cama de grama seca. Eu o cobri com flores de fim de verão antes de fecharem a tampa.

A minha mãe passou o dia com Náraes para se assegurar de que ela não tinha sofrido nenhum ferimento ou complicações durante o parto. Voltei à noite e preparei comida para as duas: ovos cozidos e mingau. Náraes sentou-se à mesa, quieta e pálida, e comeu.

– Não acredito que estou comendo – disse ela, e me lançou um olhar vazio. – Estou sentada aqui comendo e depois vou lá fora esvaziar a minha bexiga, como se nada tivesse acontecido. E estou pensando no jardim e no que precisa ser colhido.

A minha mãe me olhou, mas eu não tinha nada a dizer.

– As coisas são como são – falou. – É como deve ser. O fim da vida dele não significa o fim da sua. – Sua voz era suave. – Você continuará a viver e a fazer o que deve ser feito e isso não significa que vai se esquecer de sua perda.

– A culpa é minha. – A expressão nos olhos de Náraes era insuportável; tive de desviar o olhar. Ela continuou a falar. – Eu fiz algo errado. É por isso que ele morreu. É por isso que ele foi tirado de mim.

– Não seja boba. – A voz da minha mãe continuou gentil e suave. – Você não deve se culpar. Isso só ocupa o espaço de todo o amor que você precisa estar sentindo em seu coração.

– Amor?

– Pelas crianças que você tem. Pela criança com a qual você não pôde ficar. Pelo seu marido. Pelo mundo.

– Você não acha que ele está em um lugar melhor agora?

– Poderia haver um lugar melhor para ele do que em seus braços? Em seu peito? Não. Eu não posso lhe dizer isso, minha querida. Não posso lhe dar respostas. Mas posso te garantir que a culpa não é sua e o seu filho teve uma boa morte. Ele nunca conheceu nada além de calor, suavidade e amor.

Tanto eu quanto Náraes sabíamos que nossa mãe pensava em Anner e na morte longa e dolorosa que sofreu. Ela também deve sentir culpa. Náraes se levantou e abraçou nossa mãe e, mais uma vez, eu senti o entendimento mútuo das duas sobre algo que eu, a escolhida da Velha, nunca saberei.

Eu saí. Jannarl estava de pé no pátio sozinho. Ele me olhou, seus braços caídos ao lado do corpo. Eu o abracei e, na noite silenciosa, ele chorou em meu ombro até encharcar a minha camisa.

Jannarl assoou o nariz e entrou para ficar com a esposa. A minha mãe saiu e caminhamos lentamente para casa.

– Talvez eu saiba menos do que pensei, mãe – murmurei.

– Aprendemos sobre a Primeira Mãe e os seus três aspectos na

Abadia. A Donzela, a Mãe e a Velha. Aquilo que floresce, tem frutos e morre. Eu já abri a porta para o reino da Velha. Mas não pensei que ela estivesse presente aqui também.

– A morte existe em todo lugar, assim como a vida. Você fala da Velha e do seu reino. Aqui em Rovas falam sobre o reino sob as raízes das árvores-prata. Em outros lugares, o povo acredita que uma pessoa nasce em um novo corpo após a morte ou que os deuses têm um grande salão nas nuvens para todos que deixaram esta vida. Você não vê que é tudo a mesma coisa? Só usamos palavras diferentes.

Eu costumava pensar que a Abadia era o único lugar onde podia aprender sobre a vida, por meio dos livros e das aulas. Mas estou aprendendo coisas novas por aqui, coisas que não estão escritas nos livros.

Queria não ter tido que aprender.

Por favor, me escreva. Diga-me o que fazer. Ajude-me a entender.

Sua noviça,
Maresi

ENERABILÍSSIMA MADRE,

Ontem enterramos o meu pequeno sobrinho. Os únicos presentes eram a nossa família e os pais de Jannarl. Quando um velho membro da comunidade morre, o vilarejo todo o segue ao arvoredo funerário, mas esse pequeno bebê, conhecido por ninguém além de sua mãe, teve poucos acompanhantes em sua viagem final. Saímos bem cedo. A Dama Cinzenta foi amarrada a uma carroça pertencente ao pai de Jannarl. Náraes e as meninas sentaram-se na carroça com o pequeno cesto entre elas, e Akios e eu andamos um de cada lado da mula. Meu pai liderou a procissão, deixando marcas nas árvores pela trilha que guiava ao arvoredo funerário, para ajudar o pequeno encontrar o seu caminho para o reino da morte, que o povo de Rovas acredita que existe debaixo das raízes das árvores-prata. Minha mãe foi atrás com os pais de Jannarl e fiquei chocada ao perceber o quanto ela tinha envelhecido, mais até do que quando voltei. Ela emagreceu tanto.

Os carvalhos ainda estão verdes e cheios de flores do fim de verão. Passamos por campos amarelos. Nós colhemos o linho, a cevada e o centeio. Agora o linho deve ser cortado e macerado, o que significa que teremos muito trabalho. Esperamos por uma lua sem chuva para que tudo tenha tempo de secar.

Minha mãe e Feira carregavam sobre os ombros sacos de zimbro cortado. Elas espalharam o conteúdo no solo atrás da carroça e cantaram a canção do luto, que dá adeus e evita que os mortos vaguem de volta ao mundo dos vivos. Ouvi a minha irmã murmurar algo para si mesma na carroça. Soltei o cabresto da Dama Cinzenta e permaneci ao seu lado.

– Não quero impedi-lo de voltar – Náraes sussurrou para mim. – Não há nada que eu queira mais.

– Eu entendo.

Não havia mais nada que eu pudesse dizer. Náraes segurou a minha mão e a apertou, depois a soltou para segurar Dúlan e impedir que ela caísse da carroça. Ela suspirou. Não chorava, mas o seu rosto estava inchado e vermelho.

À essa altura, havíamos adentrado bem na floresta e as folhas secas despedaçavam debaixo dos pés, das botas e rodas. A floresta cheirava a outono e folhas se decompondo.

No fim, minha mãe e Feira pararam de cantar e a única coisa a ser ouvida era o machado do meu pai cortando as árvores pela trilha. Dúlan adormeceu no colo de sua mãe e Maressa, em silêncio, comia as nozes que eu havia colhido para ela.

É um longo caminho até o arvoredo funerário e, quando chegamos, a floresta estava banhada pelo entardecer. O arvoredo de oferendas onde realizamos ritos e temos festivais é usado somente pelos vilarejos mais próximos, enquanto os outros vilarejos têm os próprios. Só que o arvoredo funerário, que fica à nordeste do nosso arvoredo de oferendas, é muito antigo e usado por todos ao norte de Rovas. Ele está em um vale profundo onde estive algumas vezes quando criança. A floresta se abriu e o vale se espalhava diante de nós como um oceano de espuma branca, com as montanhas do Norte ao fundo.

Árvores-prata só crescem nesse vale. São as árvores mais sagradas em Rovas e esse vale é o lugar mais sagrado da região. Árvores-prata são completamente brancas, desde a madeira até a casca e as folhas, as quais nunca mudam de cor e nunca caem. Gerações e mais gerações do meu povo estão enterradas debaixo de suas raízes. Assim que começamos a descer a trilha para dentro do vale, ouvi uma voz.

Maresi, sussurrou claramente. Era uma voz que reconheceria em qualquer lugar. Ela apunhalou o meu coração. Minha mãe estava certa. A Velha também está aqui. É claro que está. Eu não estou sozinha, como tinha pensado. Os sussurros da Velha enrolaram-se nos meus calcanhares e a sua respiração fazia cócegas em meu pescoço. Estávamos unidas novamente.

Naquela noite enterramos o menino na parte do vale em que a nossa família sepulta os seus mortos há séculos. Ele foi enterrado com uma moeda de cobre e uma colher branca como a neve, feita de madeira-prata, como é nosso costume. Jannarl sacrificou uma galinha antes de colocar o cesto dentro da vala que o meu pai cavara. Era uma vala tão pequena. Um túmulo tão pequeno. Cobrimos de terra e eu joguei flores em cima.

A Velha continuou a murmurar e a suspirar entre os troncos das árvores. O local é ainda mais imbuído com o seu poder do que a cripta na Casa da Sabedoria. Tantos devotos da Velha estão aqui. Tantas gerações a adoraram neste local, embora por um nome diferente. A Velha leva o que lhe pertence. Ela não é muito rigorosa. A Primeira Mãe não é exigente. Ela entende que nós, frágeis humanos, somos confusos e vulneráveis neste mundo grande e selvagem e que fazemos o melhor que podemos.

Montamos acampamento para passar a noite debaixo da árvore funerária de nossa família. Feira e a minha mãe acenderam uma fogueira e nos sentamos ao seu redor para nos aquecer e comer nossas provisões. Havia um lote de comida após a colheita e tínhamos panquecas grossas de ovo e cerveja de luto, além de pequenas tortas recheadas de vagens, salmão e ovos. Dúlan e Maressa aninharam-se ao pai e adormeceram. Náraes enrolou-se num cobertor e se deitou no chão junto ao túmulo de seu filho, com a cabeça entre as flores que eu espalhara. Jannarl veio deitar-se atrás dela, com seu braço em torno de sua cintura, e eles dormiram lá por toda noite.

A geração mais velha também foi dormir. Eu estava sentada, enrolada em meu manto vermelho como os caramujos--de-sangue, olhando para as brasas do fogo que morriam. Minha pele pinicava e se enrugava. O chão zumbia e tremia sob as solas dos meus pés. O anel de cobra em meu dedo estava totalmente gelado. Então, a lua cheia subiu acima do vale e jorrou sua luz branca sobre a floresta prateada.

Subitamente, algumas estrelas soltaram-se e caíram pelo firmamento, voando como andorinhas velozes. Prendi a respiração. Foi a coisa mais bonita que já vi, Venerável Madre. E lá, debaixo das estrelas cadentes, chorei.

– O mundo é tão cruel, venerável Velha – sussurrei. – E eu sou tão pequena. Há pouco que eu possa fazer.

Nunca falara com ela desta forma antes.

Maresi, respondeu a Velha. *Minha filha.*

Havia afeto em sua voz, mas havia também um alerta. Um pensamento me ocorreu: se eu realmente for a filha da Velha, se pertencer a ela, talvez eu seja capaz de mais do que acredito. Talvez seja mais do que somente eu mesma.

No dia seguinte, peguei um galho caído da árvore-prata de nossa família. Estou guardando-o e talhando um cajado. Preciso de algum suporte, pois tenho a sensação de que uma tempestade está a caminho.

Respeitosamente,
Maresi

ueridíssima Jai!

Ontem marcou o início da celebração do festival da colheita em Sáru. Tudo aquilo que é essencial foi agora colhido e preservado: seco, transformado em geleia, suco e picles, fermentado, assado e salgado. A minha mãe está muito feliz e diz que não se lembra da última vez que a despensa esteve tão cheia.

Estive ocupada demais para escrever a alguém há meia lua. Quando não estive participando do trabalho da colheita ou colhendo cogumelos, plantas e ervas na floresta próxima (não ouso ir longe), estive caminhando pelo vilarejo com meu cajado de madeira-prata, procurando sinais de soldados. Ninguém voltou para recolher impostos e o vilarejo todo está prendendo a respiração esperando que, por milagre, nos deixem em paz neste outono. Com todos os tributos que nos impuseram, mal temos tempo e forças o suficiente para conseguirmos o mínimo para viver do solo pedregoso de Rovas. Porém, este ano o clima foi ameno e os soldados e autoridades nos deixaram em paz desde o verão. Todos, jovens e idosos, estiveram livres parar arar a terra e enfim conseguimos encher as nossas despensas e os nossos depósitos adequadamente. À noite, penteio meu cabelo e prendo os fios que caem em uma trança, que cresce a cada dia. Enquanto faço isso, dirijo os meus pensamentos aos soldados e ao seu comandante e imagino que estou os amarrando forte – tão forte que não podem vir aqui e nos assediar. Tenho a impressão de que esses deveres são extremamente importantes, mas sempre estou muito cansada depois das minhas caminhadas. Espero que não esteja adoecendo. Talvez esteja apenas exausta de todo o trabalho físico. A minha mãe se certifica de que eu faça a minha caminhada pela manhã ou noite, independentemente do quão cansada eu esteja ou de quanta coisa tenha para ser feita em casa.

– Pegue aquele seu manto – diz ela sem nem olhar – e saia. Eu cuidarei dos pratos.

Sou grata pela oportunidade de ficar sozinha por um tempo. Mas, na realidade, tenho uma suspeita, como um espinho em meu coração, de que a minha mãe insiste nisso porque precisa ficar longe de mim.

Maressa e Dúlan estão sempre puxando a barra da saia de minha mãe enquanto ela trabalha, na esperança de que recebam uma tigela para lamber, um pedaço de bolo de mel para beliscar ou uma colher de geleia para experimentar. Minha mãe deixa que elas fiquem para que Náraes tenha um pouco de paz. Minha querida irmã não será derrotada, Jai. Ela segue a sua vida, sorrindo e rindo, fazendo seu trabalho, abraçando as filhas e ajudando o marido no moinho, agora que a farinha precisa ser moída. Eu vejo o quão difícil é para ela e a amo ainda mais por isso. Seu riso não vem de dentro; sorri com tristeza em seus olhos. Ela não quer pena, mas realmente aprecia ajuda. Então minha mãe e eu nos asseguramos de que a receba.

O festival da colheita começa com o vilarejo fazendo um sacrifício no arvoredo de oferendas como agradecimento pelas dádivas da terra. Porém, o festival de verdade não é celebrado lá; é longe e sagrado demais. Em vez disso, as festividades ocorrem em um terreno entre o nosso vilarejo e Jóla. Caminhamos até lá, com Dúlan nos braços de Jannarl e Maressa segurando a minha mão, mas Náraes preferiu ficar em casa. Akios nos seguiu ao local do festival, mas logo saiu para procurar os amigos. Era tarde com um sol quente e seco e uma brisa agradável e cães passavam entre as mesas procurando restos. O festival da colheita começa com um grande banquete, em que todas as famílias trazem algo das próprias colheitas e as mesas ficam abarrotadas de comida. Até o meu enorme apetite foi saciado! Conte à Ennike que ela teria adorado a sopa – com carne de verdade e bolinhos de farinha. Havia linguiças e chouriço, pães e tortas, geleias e bacon crocante, peixe defumado e porquinhos fritos, que são um tipo de massa de Rovas enrolada com gengibre e canela. Em mesas separadas, havia barris de bebida de malte e cerveja, além de jarros de aguardente. Os jovens que puderam caçar e pescar trouxeram pássaros selvagens, lebres e salmão-prata brilhante, que as suas mães e irmãs mais tarde defumaram e salgaram, preparando de diferentes maneiras.

Comemos até não conseguirmos mais nos mover, as meninas e eu, e nós três nos deleitamos igualmente em comer tudo sem ter de nos preocupar com nossas porções, pelo menos não dessa vez. Dúlan adormeceu no colo do pai com um pedaço de bolo na mão. Maressa recostou-se em mim com um pequeno suspiro de satisfação e puxei meu lenço sobre minha testa para esconder meus olhos do sol. Todos estavam sentados, conversando e fazendo digestão, e Dúlan não foi a única a cair no sono.

Quando o sol desceu um pouco e a temperatura caiu, nos mexemos para ajudar a limpar as mesas e guardar as sobras para que não estragassem. O povo do vilarejo nem sempre entende que certos alimentos nunca podem ficar no calor. Eles têm de ser colocados em porões frios ou guardados em recipientes com água fria do riacho assim que possível. Eles também não entendem que estão se envenenando ao requentar a mesma sopa de carne dia após dia até ficarem muito doentes. Normalmente culpam alguma praga que alguém jogou neles.

Hoje há mercado nas colinas e estou ansiosa! Espero que mercadores viajantes venham e que alguns deles tragam livros. Eu pagaria qualquer coisa para ler algo novo! Agora que a colheita acabou, talvez até tenha tempo para leitura.

Há também uma pequena possibilidade de que algum mercador tenha vindo do Sul e que cartas de uma Abadia em uma ilha distante tenham chegado até aqui. Estou explodindo de empolgação e ansiedade!

Como é maravilhoso ir dormir com a barriga realmente cheia para variar.

Noite

Este dia foi uma decepção! Aqui estou em meu quarto, quase chorando. *Nenhum* mercador veio. Ninguém. Tal coisa nunca aconteceu, segundo a velha avó Kild, que conseguiu se juntar às festividades apesar do seu ferimento. Nenhum livro, nenhuma carta. Tenho saudades de você, Jai. Sinto tanta saudade de todas que o meu coração está quase explodindo! Parece uma eternidade desde a última vez que as vi, quando o barco saiu do pequeno porto da Abadia e todas as irmãs e noviças estavam de pé nos degraus e penhascos, cantando para se despedirem de mim. Vi os seus cabelos claros voando ao vento, os cachos castanhos de Ennike e as tranças pretas lisas da pequena Heo. Essa foi a última vez que vi você.

Sua amiga esquecida,
Maresi

Minha querida Ennike Rosa!
O mercado está quieto hoje e ontem também estava. Os aldeões tiveram de se contentar em comercializar entre si, pagando com produtos. Eu montei uma pequena mesa onde expus as minhas er-

vas e os meus pequenos potes de loção que tenho feito quando tenho tempo. Eu tinha uma loção para juntas doloridas e inchadas, que troquei por papel, que o avô de Péra certa vez recebeu como pagamento por um leitão e nunca usou. Depois, troquei uma mistura de ervas para problemas digestivos por lindas velas de cera de abelha, que usarei neste inverno quando escrever para você no escuro. Tirando isso, a maioria das pessoas passou pela minha mesa com sorrisos educados.

O mesmo não pode ser dito sobre a mesa de Tauer. Ele ficou lá com os seus jarros, potes e as suas ervas e as pessoas se amontoaram ao redor. Elas pagaram com ovos, tortas, um galo vivo, uma faca decorada e até mesmo sal. Quando ficou óbvio que eu não venderia mais nada, guardei as minhas coisas e coloquei os sacos ao lado da Dama Cinzenta, que estava comendo um arbusto. Quando passei pela mesa de Tauer, ouvi-o dando seus remédios acompanhados com as orientações mais ridículas. "Não fale uma única palavra até tomar isso todas as manhãs", disse para uma mulher grávida, "e depois ande, ainda sem falar, três círculos em seu jardim". "Fique em uma encruzilhada iluminada pela lua e esfregue isso em sua verruga", orientou a um jovem, dando-lhe um saquinho. "Se seu coração for puro, a verruga desaparecerá dentro de uma lua."

Agora que a colheita terminou, me assegurarei de ir visitar Tauer e lhe pedir que me ensine o que sabe sobre ervas e cura. Pois ele tem, de fato, algum conhecimento genuíno – eu vi seus bálsamos ajudarem pessoas. Quero saber como e por quê.

Depois disso, caminhei para casa. Haverá uma dança esta noite para concluir o festival da colheita e a estação de crescimento e para saudar a chegada da estação mais escura, que é passada principalmente dentro de casa, quando nos ocupamos com todas as nossas milhares de tarefas domésticas. Porém, não sentia vontade nenhuma de participar; estava com saudades demais de todas na Abadia. Caminhei sem destino ao longo de cercas e riachos por entre a luz que se apagava. O ar estava frio e a noite provavelmente será ainda mais fria, mas nunca sinto frio com o meu manto vermelho.

Por acaso passei pela cabana de Kárun. Havia fumaça subindo da chaminé, então à distância já pude saber que ele retornara de suas viagens. Quando me aproximei, o vi do lado de fora, afiando seu machado. Kárun estava descalço, vestindo calças e uma camisa com as mangas dobradas. Quando me aproximei, ele me viu e me chamou.

– Enresdotter! Venha girar o rebolo para mim.

Girar o rebolo é um trabalho duro e cansativo, mas eu sabia que deve ser difícil para ele manter as ferramentas afiadas sem ajuda. Afiar foices e outros materiais é um trabalho para duas pessoas. Sem dizer nada, segurei a manivela do rebolo e comecei a girar. Kárun afiou seu machado, testou a lâmina e depois o afiou mais um pouco. Eu estava ficando com calor e tive de puxar o capuz. Ele olhou para mim e depois para as próprias mãos. Não parei de girar até ele terminar ambos os machados. O anoitecer havia se intensificado, mas não vi nenhuma luz amarela e quente saindo de sua cabana. As estrelas no céu começaram a acender.

– Então, Enresdotter – disse Kárun lentamente, e sentou-se no toco de árvore ao lado do rebolo.

A sua testa brilhava com suor, que ele limpou com o braço. Estava sentado com as pernas abertas, seguro e confortável com seu corpo. Eu mexia a barra do meu manto.

– Você está cortando lenha para o inverno? – perguntei, olhando para o céu estrelado. Tentei encontrar o máximo de constelações que pude reconhecer: a Ursa Vermelha, a Estrela Ardente, a Longa Dança, o Cervo e o Fauno.

– O inverno é a época da colheita para um lenhador – respondeu ele. – Hora de ir para as florestas da Coroa de novo. O novo nádor é um homem ganancioso. Eu imagino que ele queira ser bem visto pela Coroa, sendo o governante que traz o máximo de impostos e oferece a maior quantidade de riquezas de sua província. – Nunca o ouvira falar tanto. Desviei os olhos das estrelas. Estava tão escuro que não conseguia ver o rosto dele com nitidez, mas Kárun me encarava. – Entretanto, antes disso, vou começar a construir uma casa nova.

– Pois é, a sua cabana está ficando velha – falei, mas ele só cantarolou como resposta. – Onde você vai construí-la?

– Estava pensando na colina depois do Campo do Sul, sabe? Onde três trilhas se encontram.

– Um lugar visível – comentei e olhei para a velha cabana cinza, junto ao riacho, meio escondida pela vegetação.

– Fácil de achar por várias direções. E próxima da floresta. Como lenhador e transportador de madeira para a Coroa, posso pegar madeira para uso próprio.

– Você foi à Irindibul no verão passado?

– Fui. Fiquei lá por meia lua, arranjando trabalho onde podia. Ganhei algumas moedas também, por pregos e ferramentas.

– Você nunca pensou em ficar?

O riacho borbulhava sobre as pedras, uma pega guinchou raivosamente de um abeto sem folhas. A lua já subira acima das copas das árvores e o pátio de Kárun estava banhado por uma luz pálida. Ele limpou um pouco de serragem de suas calças, reparei que tinham remendos nos joelhos. Com certeza não gastava dinheiro com roupas novas.

– Não. – Ele olhou para mim. Seu olhar é sempre tão sincero. Eu acho difícil não desviar os olhos. – Não posso viver sem a floresta. Cidades são boas para visitar, mas é só na floresta que consigo respirar.

Foi exatamente assim que sempre me senti! Eu já usei essas exatas palavras para descrever o mesmo sentimento. Antes que eu tivesse tempo de responder, ele se levantou.

– Devo acompanhá-la de volta ao vilarejo?

Balancei a cabeça.

– Não, obrigada. Posso ir sozinha. Os homens do nádor não são vistos por aqui há muito tempo e na escuridão posso ouvi-los se aproximando antes que me vejam.

– Como quiser, Enresdotter – disse Kárun. – Obrigado por sua ajuda com o rebolo.

Fiz um gesto com a cabeça e caminhei de volta à trilha. Quando me virei novamente, o pátio estava vazio e a porta, fechada, mas ainda assim não havia nenhuma luz vindo de dentro.

Caminhei para casa lentamente. Eu não estava com nem um pouco de medo de estar sozinha no bosque escuro. Conheço a trilha bem o suficiente para segui-la até no breu. Quando estou cercada de árvores, consigo respirar. Não sou vista, não sou pesada em uma balança e considerada incapaz. Sou apenas eu mesma: Maresi de Rovas. Esta floresta testemunhou o crescimento, a vida e o trabalho do meu pai e dos pais dele e dos pais dos pais dele, e ela me conhece profundamente.

Carinhosamente,
Maresi

Inverno

enerável Irmã O!
Não escrevo há um tempo. Nada acontece em Sáru durante o inverno. Está frio e nevando e passamos a maior parte do tempo dentro de casa fazendo tarefas tais como tecer, costurar, bordar ou consertar ferramentas e utensílios. Eu nunca gostei muito de ficar reclusa. Fico mais feliz do lado de fora, na praia ou nas encostas das montanhas de Menos ou nas florestas de Rovas – com exceção da câmara do tesouro, é claro.

Você não pode imaginar o quanto sinto falta de livros aqui! Eu já li os que trouxe comigo tantas vezes que os decorei. De início, a minha família estranhava que eu passasse as minhas tardes de inverno lendo, mas é essa a hora em que há luz o suficiente e velas não são necessárias. Tenho meu lugar junto à janela onde arrasto um banquinho, enrolo-me em meu manto para me proteger das correntes de ar e fico lendo. Os livros que trouxe comigo foram escolhidos principalmente pelo seu uso para a escola: cada um sobre a história das terras costeiras, agricultura, constelações, matemática e cura. Além disso, também trouxe alguns das lendas reunidas do poeta Erva e contos de suas viagens através de Lagora, Lavora, Urundien, as planícies de Akkade, Rovas, Terra de Deven e todas as outras terras da costa sul. Leio esse livro repetidas vezes.

A minha mãe não gosta quando me vê sentada ociosa, na visão dela, e o meu pai... bem, meu pai raramente fala. Ele se ocupa engraxando botas, trançando cestos ou consertando ferramentas. Então, uma tarde, quando Náraes e as meninas estavam nos visitando e todos estavam ocupados – a minha mãe remendava calças, eu costurava meias para Akios, Akios e o meu pai trançavam cestos, Náraes amamentava Dúlan e Maressa brincava com o resto da lã –, o meu pai disse algo um tanto inesperado:

– Tenho certeza de que seria bom saber o que há nesses livros que você lê, Maresi.

A minha mãe ergueu a cabeça.

– Concordo – disse Akios. – Já posso ler um pouco, mas demoro muito. E alguns deles estão escritos em uma língua que desconheço.

– Vocês gostariam de saber? – Olhei, surpresa, para minha família.

– Gostaríamos!

O rosto de Náraes iluminou-se. Vendo o seu entusiasmo, não havia como a minha mãe se opor. Ela teve um outono difícil e todos fizemos o possível para amenizar os seus problemas e lhe trazer um pouco de felicidade. Deixei o meu tricô de lado e peguei a antologia de Erva. É o livro que contém as lendas mais antigas de Lavora: Landebast, que fundou a capital e a nomeou em honra de sua filha, Laga, de cabelos brancos; o herói Olok, que matou o terrível monstro marinho, Keal; o marinheiro Unna e Arra, a mulher de cabelos pretos, cuja canção fez as montanhas desmoronarem sobre seus inimigos e se tornou a rainha mais amada de Lavora. É a mesma história que Heo sempre lhe pedia que lesse, Irmã O. Decidi começar com essa.

Sentei-me à janela, enrolada em meu manto, cruzei as pernas, coloquei o livro no colo e comecei a ler em voz alta.

Eu li e li e li e ninguém na sala disse uma única palavra. Li até a luz lá fora começar a diminuir e as palavras se tornarem mais difíceis de serem lidas. Então, minha mãe se levantou de sua cadeira, acendeu duas velas e as colocou sobre a mesa. Coloquei-me sob sua luz e continuei a ler enquanto a minha mãe preparava o jantar. Quando a comida foi servida, levantei a cabeça num transe, minha mente mergulhando em mosaicos brancos e azuis de Lagora e os encontros noturnos de Arra com o Príncipe Surando.

— Posso ver as imagens em minha cabeça — disse Náraes. — É como se eu estivesse na floresta, na cidade, no porto e na casa de Evia.

— É como nossas baladas — completou meu pai, pensativo. — Você pode conhecer coisas que aconteceram em lugares em que jamais esteve.

— E há muito tempo também — falei. — A lenda de Arra é muito antiga.

— Ninguém poderia se lembrar de uma canção tão longa — disse minha mãe. — Mas nessas marcas pretas ela está preservada para sempre.

— Algumas canções também são muito antigas — eu disse. — Mas elas mudam com o passar dos anos. Todo cantor dá o seu toque.

— Continue, Maresi! — disse Maressa. — Mais!

— Agora estamos comendo — repreendeu minha mãe. — Venham e sentem-se, todos.

Contudo, quando acabamos de comer, ela acendeu outra vela para que eu continuasse a ler.

Agora leio em voz alta a coleção de Erva todos os dias. Náraes e Jannarl vêm com as crianças quando as tarefas do dia terminam e então a família toda se reúne, sentada, enquanto eu leio. Isso me faz mais feliz do que qualquer outra coisa – talvez até mais feliz do que me sentar na câmara do tesouro e ler sozinha, porque quando leio em voz alta vivemos os eventos da história juntos. Podemos discuti-la em seguida. E eu adoro erguer os olhos do livro e ver Maressa sentada com a boca aberta, presa a cada palavra, e ver a minha mãe curvada sobre a sua costura, mas tão concentrada na história que levanta a cabeça no instante em que paro de ler e exige silenciosamente que eu continue. Nunca estivemos tão próximos. Isso me faz desejar que o inverno nunca termine.

Porém, não posso ficar sentada dentro de casa para sempre, embora seja assim que o povo de Rovas tradicionalmente passe os longos invernos. Não é a minha natureza. Eu saio também, pela manhã, quando o sol cintila sobre a neve e derrama longas sombras azuladas. Obviamente, isso só me torna ainda mais excêntrica aos olhos dos outros. Com exceção de minha mãe, estranhamente, que me entrega as minhas meias e luvas e se assegura de que eu saia todos os dias, não importa o tempo que faça. Tenho luvas que eu mesma tricotei, além de meias de lã, botas de feltro e o meu adorável manto com capuz. Eu fiz um cajado para me apoiar quando fico cansada durante a minhas caminhadas e estou no processo de cravar nele conchas, cobras, maças e rosas e todas as fases da lua. Não é nenhuma obra-prima, mas é bom tê-lo.

Primeiro costumo dar uma volta pelo vilarejo, usando as botas de feltro do meu pai, e depois paro para ver Tauer no vilarejo vizinho. Eu passei a auxiliá-lo em suas tarefas diárias. Muitas pessoas o procuram por ajuda, mas poucas oferecem ajuda em troca. Elas oferecem presentes como agradecimento, e esses presentes são a subsistência dele. Quando eu estava lá no fim do outono, ele me deu uma cabra jovem, um dos filhotes de sua própria cabra. Acredito que ganhei a admiração da minha mãe quando voltei para casa com o animal. Finalmente estou contribuindo com algo substancioso para nossa mesa!

Quando vim para cá na última primavera, pensei que Tauer era um mero charlatão que enganava deliberadamente o povo pobre do vilarejo. Agora compreendo melhor. Ele me ensinou o que sabe com muita paciência e me explicou os seus métodos. Há com certeza uma área na qual o conhecimento de Tauer é muito maior do que o meu, e é sobre o povo de Jóla, Sáru e dos outros vilarejos próximos.

Ele lhes dá o que precisam para curar as suas doenças se possível – ervas, pomadas, bons conselhos –, mas dá um colorido com um pouco de misticismo.

– As pessoas tendem a ser mais ajudadas se há um elemento mágico – explicou para mim outro dia. – Esfregar uma pomada em uma verruga não é nada, mas se eu lhes disser para sair à meia-noite e esperar numa encruzilhada tripla, eles sentem que fizeram algo que, de fato, vale a pena. – Ele riu. – Então, se homem que tem a verruga for um jovem particularmente rude, eu às vezes acrescento que ela só desaparece se o seu coração for puro. Então lhe ofereço uma pomada mais fraca e, quando a verruga leva tempo para desaparecer, isso talvez o encoraje a examinar um pouquinho a própria consciência.

Ele é sábio de uma forma que eu não vi antes. Faz uso de tudo o que sabe sobre os aldeões e as suas famílias, como com a mãe de Árvan. Ele lhe deu uma loção para dor nas costas que continha muitas das ervas e raízes que eu aprendi que aliviavam a dor. Só que lhe orientou a passá-la à noite e então ficar totalmente quieta até o nascer do sol.

– E isso não foi tanto para o bem dela, mas para o do filho – sorriu. – Para que seus pobres ouvidos tivessem uma pequena folga das reclamações e dos resmungos, pelo menos à noite.

Depois da casa de Tauer, saio do vilarejo e continuo a minha caminhada. Ainda não nevou muito neste inverno, então não é tão difícil andar. Posso ficar sozinha com o vento, as pegadas de animais e o grasnado de corvos, sob o sol ou nuvens. Sempre caminho pela floresta. Como eu amo as árvores no inverno! Gelo cobrindo os galhos, partes verdes debaixo das árvores mais densas, o sol translúcido do inverno sendo filtrado pelos galhos.

Os únicos sons humanos que ouço são os cortes do machado de Kárun e os golpes do seu martelo, vindos da obra. Ele está construindo para si uma casa nova na colina entre Sáru e Jóla. Às vezes, quando ouço que ele está lá, esquivo-me para dentro de sua cabana. É claro que nunca está trancada. Kárun não tem nada que alguém possa querer roubar. Eu não sei por que vou até lá, mas parece tão empolgante e proibido! O meu coração bate ferozmente e me assusto ao menor som, embora saiba que ele está ocupado na construção.

A sua cabana é muito simples. É feita de toras brutas. O pai dele a construiu – ou pelo menos foi o que me disse Akios, que sabe muita coisa sobre Kárun. Há uma cama grande num canto, sem nenhuma cortina. Deve ser onde a mãe e o pai de Kárun costumavam dormir. Não sei onde ele dormia quando era criança. Talvez com eles. A cama tem um colchão de palha coberto com linho grosso. Kárun não tem roupas de cama, apenas um cobertor de lã pesado para se cobrir e outro cobertor menor, dobrado como um travesseiro. A casa é pouco mobiliada: uma mesa e um banco, um pequeno armário de roupas, um tapete tecido em casa no chão. Talvez tenha sido feito por sua mãe. Uma lareira, algumas panelas, um balde, um barril com peixe salgado. Alguns discos de pão de centeio pendurados no teto. Transportadores de madeira são, de fato, mais pobres do que fazendeiros. No inverno, eles cortam árvores, na primavera e no verão levam a madeira flutuando até cidades, estaleiros e outros lugares onde ela é necessária. Recebem pelo trabalho, mas não muito. Kárun só vive em sua casa durante uma época do ano. A época fria.

Às vezes, sento-me na cama e ouço o vento assobiando por entre as rachaduras. Pergunto-me por que ele ficou nessa velha cabana cheia de correntes de ar por tanto tempo.

Morro de vontade de arrumar as coisas para ele. Lavar o tapete. Esfregar as panelas até brilharem. É claro que não posso, porque assim saberia que eu estive lá. Tenho cuidado para apagar os rastros de que até me sentei na cama.

Estou escrevendo para todas vocês, mas é como gritar para o céu à noite. O inverno é incansável, interminável. Estou em casa há quase um ano e não fiz nada. Usei a prata da Madre da Abadia para pagar as dívidas do vilarejo para o nádor. Porém, não foi por isso que vim para cá. Eu queria abrir janelas e portas. Queria mostrar ao povo de Rovas que o mundo é grande, que as suas vidas não são predeterminadas e os seus futuros estão em suas mãos. Porém não posso influenciar ou ajudar nem a minha própria família. Náraes perdeu o seu filho. Akios está aprendendo a ler, mas com qual propósito? Seu destino é assumir a fazenda. Para que lhe servirá a alfabetização? Tornei-me uma contadora de histórias, uma filha que fica em casa e recusa propostas de casamento. Para quê? Eu não sei. Não sei mais nada. Sinto-me perdida e só.

Perdoe-me. Provavelmente não vou enviar esta carta. Eu não quero que você saiba dos meus fracassos. Maresi, a que deveria ir em frente e mudar o mundo, não conseguiu nada. Sou um completo fracasso. Tudo o que sei fazer é entreter a minha família com contos, ensinar Maressa e Akios a ler e fazer sopa de repolho. Segundo a minha mãe, não sei fazer nem isso direito.

Géros tem uma nova namorada, Tunéli. É um conforto saber que não importa o que ele sentia por mim, não era amor verdadeiro. Ele se deixou levar pelo desejo, como eu. Fomos levados pelo desejo de nossos corpos. Fico feliz, porque isso significa que nenhum de nós está sofrendo. Ainda assim, sinto uma pontada no coração quando vejo os dois juntos à tarde, não porque eu sinta falta dele, mas porque sempre é um golpe na minha vaidade.

Eu gostei da sensação de ser desejada por um tempo.

Eis a razão por que estou tão desanimada: uma noite, o meu pai sugeriu que eu abrisse a nossa casa como a minha escola. Poderíamos juntar as crianças do vilarejo durante as épocas do ano em que há pouco trabalho na fazenda. A minha mãe não disse nada para apoiar ou se opor à ideia. Então eu visitei cada fazenda e perguntei se as famílias enviariam suas crianças para nossa casa por três tardes por semana. Ninguém veio além de Maressa.

Na terceira tarde, a pequena Lenna da Fazenda Branca apareceu também. Ela tirou o gelo e a neve de suas botas e bateu a porta.

– Bem, há uma escola aqui ou não? – Ela olhou ao redor.

Maressa estava sentada à janela escrevendo letras em uma tábua. Ela ficou muito boa nisso e já consegue escrever o próprio nome.

Encarei-a. Lenna era a última pessoa que eu esperava. Ela já é praticamente uma pequena dona de casa. Cozinha, costura, borda e se interessa por fofocas e penteados.

– É claro. Se você... se você se sentar ao lado de Maressa.

– Ela já começou a aprender?

– Tenho lhe ensinado as letras desde o verão passado.

– Bem, eu sou mais velha, vou conseguir alcançá-la. Onde posso pendurar meu cardigã?

Lenna provou-se ser uma aluna muito entusiasmada. Ela realmente gosta de aprender, mas tem pouquíssima paciência e quer ser capaz de fazer tudo de uma vez (assim como Heo!). Ela fala sem parar, mas faz diversas perguntas com o mesmo entusiasmo. Às vezes, sinto o que você deve ter sentido, Irmã O, quando eu lhe fazia pelo menos cem perguntas por dia. Estou tentando mostrar a mesma paciência que você sempre mostrou e responder todas as perguntas que consigo.

Porém, duas alunas – uma delas sendo minha sobrinha – não é uma escola. Não é nada. Lenna e Maressa são minhas alunas, mas eu só lhes ensino a ler e contar e não consigo pedir qualquer pagamento.

Os aldeões suspeitam que eu queira encher a cabeças de suas crianças com besteiras intelectuais sem uso prático, que só tiram o tempo do trabalho de verdade.

Há tantas coisas sobre as quais preciso falar que ninguém aqui entenderia. Quando tento contar sobre o que fiz na cripta ou como ouvi a voz da Velha em Menos e também no arvoredo funerário, a minha mãe se afasta de mim. Ela muda de assunto. Ela se vira. Pergunto-me se tem medo de mim. Às vezes acho que sim. Certa vez, quando eu estava contando à Maressa sobre a vida em Menos, sobre os caramujos-de-sangue, o banho da manhã, a saudação ao sol e outras coisas inteiramente normais, a minha mãe me encarou durante muito tempo.

– Mal acredito que você esteve na minha barriga e a criei – falou. – Quem é você, Maresi Enresdotter?

As palavras dela me causaram muita dor. Eu me perguntei isso desde então. Quem sou eu? E por que a minha mãe está tão zangada? Ou é porque ela tem medo?

Então há certas coisas que guardo para mim mesma.

A minha mãe também está desapontada comigo, porque sou estranha e porque, apesar de toda essa estranheza, não consigo fazer nada.

– Se elas não vêm para sua escola – disse ela –, talvez você devesse pensar em fazer algumas mudanças no seu comportamento no vilarejo. – Não estava me olhando diretamente quando disse isso. – Agir um pouco mais como todo mundo. Como Náraes ou Péra. Daí, quando se acostumarem com você, talvez mandem as filhas para a sua escola. Não é tão difícil quanto você pensa: mudar, imitar os outros para se ajustar.

Eu não respondi. Não quis mostrar a ela o quanto essas palavras me machucavam. Não sou boa o bastante para minha mãe e ela acredita que seria melhor para todos se eu tentasse seguir a norma.

Talvez ela esteja certa. Talvez seja melhor para todos. Mas se eu me tornar um deles e ficar dentro de casa costurando e cozinhando e aceitar a corte de algum garoto do vilarejo, então não seria eu mesma. Como posso ensinar as pessoas se perder a minha essência? Eu me tornaria lentamente um deles e me tornaria complacente. Pessoas que são complacentes não tentam mudar as coisas. Tenho que continuar estranha. Tenho que fazer a diferença. Eu tenho que *ser* a diferença.

Sei que estou me contradizendo. Eu já sou diferente, mas não consigo fazer nada.

Ah, Irmã O, por favor não conte às outras sobre os meus fracassos.

Sua noviça,
Maresi

Querida Jai!

O inverno continua. Caiu mais neve e à noite faz um frio implacável, mas o sol já está trazendo um pouco de calor e luz para as manhãs. Está na hora de ir à floresta caçar e pescar. Normalmente, apenas os homens e meninos saem para esquiar em caçadas, acompanhados por trenós cheios de suprimentos, mas o meu pai sempre levou qualquer um de nós que tivesse idade o bastante para enfrentar as dificuldades: primeiro Náraes, depois Náraes e eu, e finalmente nós três. Eu estive à espera dessa caçada por muito tempo. Estou inquieta por causa desses dias intermináveis dentro de casa, embora as leituras em voz alta e a minha pequena "escola" tenham ajudado a passar o tempo. Além disso, sempre gostei dessas viagens e sentia falta delas até quando estava na Abadia.

A minha mãe e eu embalamos comida para a viagem: pão de centeio, queijo de cabra maturado que ganhei de Tauer, uma linguiça curada que obtivemos por troca, um saquinho de sal. As galinhas não estão botando ovos no momento, então infelizmente não há ovos cozidos. Estávamos contando, principalmente, com o que caçássemos e pescássemos para comer. Meu pai me fez um novo par de esquis. Eles são bonitos, com pele na parte de baixo para que deslizem bem contra a neve dura, mas que não sejam escorregadios demais nas encostas. Vestimos as roupas mais quentes que temos e fiquei feliz pelas longas ceroulas de lã. Minha mãe as tricotara para mim. Tricotei luvas grossas e um gorro e vesti calças de lã caseira, além de duas camisas, um suéter de lã bem grosso que herdei da minha avó e o meu manto por cima. Assim equipados, saímos: Akios, meu pai e eu. Jannarl pensara em se juntar a nós, mas resolveu ir com Máros e partiu alguns dias antes.

Meu pai puxou o trenó, então Akios e eu ficamos livres para apenas esquiar e aproveitar o ar fresco em nossos pulmões. O sol estava brilhando quando partimos e as pegas piavam nos arbustos em torno do riacho congelado, coberto por neve. Seguimos o riacho em direção ao leste, floresta adentro. Não havia marcas de esqui para seguir sobre a neve dura e que estava tão lisa que foi uma luta constante para impedir que os esquis escorregassem e deslizassem em todas as direções. Nevara bastante e a floresta estava belamente enfeitada: os galhos cobertos de branco curvavam-se em direção ao chão. Estava quieto – tão quieto quanto só uma floresta sob um cobertor de neve consegue ser. Um falcão voava silenciosamente sobre nossas cabeças. Ainda assim, tirei o meu capuz e escutei com atenção; eu podia ouvir um tom ecoando da própria terra. De início, pensei que o frio congelante devia estar fazendo algo ecoar, mas o tom nos acompanhou por toda a floresta. Os outros não pareciam ouvi-lo. Ele soava como uma corda que alguém puxara há muito tempo e que ainda vibrava com um tom quase inaudível. O som tremulava entre os meus esquis, as minhas botas e dentro do meu corpo, fazendo os meus dentes zunirem.

Acho que era o timbre próprio de Rovas e, conforme o dia passou e esquiamos ainda mais longe, meu corpo todo começou a zunir também. Era uma sensação agradável e me deu forças para acompanhar o ritmo do meu pai mesmo quando as minhas pernas e os meus braços tremiam com o esforço.

Meu pai retorna ao mesmo lugar todos os invernos, a uma distância do vilarejo de um dia esquiando. Não é longe do arvoredo de oferendas. Ele construiu um pequeno abrigo lá há muito tempo, próximo ao rio, mas mais acima, onde poucos passam. É um bom território de caça e pode-se pescar no rio também. A noite caía quando chegamos, então era tarde demais para pescar ou montar armadilhas. Tiramos nossos esquis e Akios tirou a mochila de suas costas. Akios e eu reforçamos o abrigo com galhos de pinheiro densos e frescos, meu pai cortou a lenha e limpou o local para uma fogueira em frente ao acampamento. Depois, pegou alguns gravetos secos do seu trenó e logo tivemos um adorável fogo ardente. Tirei a chaleirinha da mochila, a enchi de neve e a pendurei sobre o fogo; depois, quando a neve derreteu, coloquei algumas ervas para fazer chá. Foi maravilhoso me sentar perto das chamas, esquentando as mãos nos copos de madeira que havíamos amarrado em nossa mochila. Enquanto o vapor subia do chá, a escuridão aumentava à nossa volta e as estrelas invernais brilhantes iluminaram-se uma por uma. Nossa respiração flutuava como nuvens em torno de nossos rostos e o fogo estalava e chiava enquanto derretia a neve. Os meus dedos do pé estavam frios dentro das velhas botas de meu pai e o ar cortava meu nariz, mas estava contente sentada sobre um velho tapete de pele entre o meu pai e o meu irmão, mordiscando pão de centeio. Era como nos velhos tempos, quando eu era pequena e não sabia de nada sobre invernos da fome ou viagens para longe de minha família. Naquela hora, eu era simplesmente Maresi Enresdotter, em uma caçada de inverno com meu pai; e me senti bem, Jai.

Às vezes desejo nunca ter ido a Menos. Eu não tive coragem de admitir isso para mais ninguém, mas acho que talvez você entenda. Sim, a Abadia me deu tanto – segurança, comida, conhecimento, leitura e conhecer todas vocês –, mas no momento está tornando minha vida difícil. Tão... complicada. Antes de eu partir, tudo era muito mais simples. Eu me adequava. Agora, a minha cabeça está cheia de pensamentos e perguntas que eu não teria se não tivesse partido.

Escrevendo isso, um pensamento ainda mais doloroso me ocorreu. Talvez não me arrependa por ter sido enviada à Abadia quando criança. Talvez eu me arrependa de tê-la abandonado e deixado todas vocês para trás. Ainda assim, agora é tarde demais para arrependimentos.

Sei que você nunca dormiu em uma floresta coberta de neve, Jai, então deixe-me maravilhá-la. Primeiro, nos deitamos num tapete denso de galhos de pinheiro dentro do nosso abrigo. Depois, espalhamos uma pele de animal por cima e dormimos abraçados com uma segunda pele sobre nós. Estava tão quente e confortável! Colocamos lenha na fogueira antes de ir para cama e o meu pai acordou duas vezes durante a noite para alimentá-la, para manter animais selvagens afastados. Eu acordei quando ele se mexeu e fiquei deitada por um tempo, ouvindo o fogo crepitando e o tom murmurante ressonando do chão antes de cair novamente num sono sem sonhos.

Levantamo-nos antes do sol nascer. O meu capuz estava congelado e tanto o meu pai quanto Akios tinham pingentes de gelo em suas barbas, mas nenhum de nós tinha sentido frio durante a noite. Sacudimos o gelo das peles e fiz chá quente para os três.

– Vamos montar as armadilhas primeiro – disse meu pai –, então podemos capturar a presa esta noite, se houver alguma. Só que não acho provável. É mais capaz que tenhamos a primeira presa amanhã. Mas podemos passar o dia pescando.

Jogamos neve no fogo e seguimos cada um para uma direção. Akios já caçou com o meu pai diversas vezes e sabe os melhores lugares para colocar armadilhas. Eu tinha nove anos na última vez que saí para caçar e não tenho nenhuma lembrança de onde os animais tendem a ir. A crosta dura de neve também não revelava pegadas, mas escolhi três lugares que pareciam promissores e montei as armadilhas.

O dia estava ensolarado e fresco. Neve derretida pingava dos galhos das árvores ainda que a crosta se mantivesse firme, e eu não caí nenhuma vez. Odeio cair pela crosta, pois é difícil me soltar de novo. Desci o rio esquiando e encontrei o meu pai já pescando com uma longa linha através de um buraco pequeno que cortara no gelo. Peguei emprestado o machado dele e abri o meu próprio buraco no gelo, um pouco mais acima. Em seguida encontrei um pequeno toco de árvore, o arrastei sobre o gelo e me sentei. Então, era o caso de afundar o anzol no buraco e puxá-lo lentamente de novo, repetidas vezes...

Embora eu goste de dormir em uma floresta no inverno, *não* gosto de pescar no gelo. Ficar sentada parada é inacreditavelmente frio e tedioso – especialmente se os peixes não morderem a isca, o que foi o meu caso. Akios se juntou a nós um pouco mais tarde e logo pegou uma truta e duas percas gordas cheias de ovos.

Eu não pesquei nada. O zumbido da terra se intensificava em meu corpo, fazendo com que eu me contorcesse no meu assento. No fim, amarrei a linha ao toco e chamei Akios.

– Você pode ficar de olho nisso. Preciso esquiar para me aquecer um pouco.

Ele levantou a mão como resposta.

– Não vá muito longe – aconselhou o meu pai. – Eu vi os arranhões de um urso em um tronco de pinheiro ao norte daqui.

– Então, esquiarei para o leste – respondi. Calcei os meus esquis, peguei o cajado e atravessei o rio. A subida da margem foi difícil, apesar da pele de esquilo oferecer alguma aderência na parte de baixo de um dos meus esquis. Logo deixei a minha família e o rio para trás e passei a esquiar em direção ao leste. Havia um zumbido vibrando pelos meus pés e orelhas. Não demorou muito e o meu sangue estava correndo mais rápido e comecei a me aquecer. O sol tinha tocado as copas das árvores à minha direita. Escutei a minha respiração ressoar entre os troncos com tanto ritmo quanto o corte de um machado. Um falcão me surpreendeu com um guincho agudo acima de minha cabeça. Então, subitamente a floresta acabou.

Olhei através de uma encosta longa, sem árvores, onde fui ofuscada pelo sol brilhando sobre a neve. À distância, à beira da floresta, vi alguns trabalhadores, além de um grande cavalo desgrenhado preso a uma carroça. Havia me esquecido de que o inverno é a época de derrubada de árvores, quando as toras podem ser transportadas com facilidade para pontos de coleta ao longo do rio e serem levadas pela correnteza quando o gelo romper. Aqueles não eram os homens do nádor, mas lenhadores comuns como Kárun, contudo, o meu corpo ficou tenso em alerta. Lenhadores frequentemente vivem sozinhos e viajam de uma área de derrubada para a outra. Homens desconhecidos, sem laços com o vilarejo ou a província. Notei o quão escandaloso o meu manto vermelho devia ser contra a neve branca. O falcão circulou acima dos homens e guinchou diversas vezes seguidas, de maneira rápida. Parecia um alerta. Eu tinha de fugir naquele instante.

Logo que recuperei o controle sobre as minhas pernas trêmulas, virei-me e esquiei mais rápido do que nunca, voltando para meu pai e Akios.

Meu pai olhou, preocupado, para minhas bochechas vermelhas enquanto eu voava sobre o rio congelado.

– Urso?

Balancei a cabeça e recuperei o fôlego.

– Lenhadores. Não muito longe daqui, em direção ao leste.

– Eles a incomodaram?

– Não, saí esquiando assim que os vi.

Akios viera se vangloriar do peixe que pescara, mas, quando nos ouviu, uma ruga apareceu em sua testa branca pelo gelo.

– Uma derrubada de árvores, tão ao norte?

– Não acontece desde o início dos tempos – disse meu pai lentamente.

– Perto demais do arvoredo de oferendas – completou Akios.

– E do arvoredo funerário.

– Mas esta terra não pertence à Coroa – falei. – Eles não podem derrubar árvores aqui.

– Toda Rovas pertence à Coroa, Maresi – rebateu meu pai com frieza. – Os únicos direitos que temos são aqueles dados a nós pela Coroa.

* * *

Depois disso, foi difícil relaxar. Os homens estranhos estavam tão próximos e isso me causava arrepios. Havíamos pescado uma boa quantidade de peixe – ou melhor, Akios e meu pai pescaram. Eu não tive nenhuma sorte nisso. Akios e eu voltamos esquiando para o acampamento, levando os peixes, enquanto o meu pai deu uma volta para checar as armadilhas. Passamos a tarde limpando a pesca e tirando suas espinhas para torná-la mais fácil de pendurar para secar quando voltássemos para casa. Salguei levemente uma truta de tamanho médio e depois Akios a grelhou no fogo enquanto meu pai e eu tiramos a pele e colocamos no espeto para cozinhar uma lebre capturada por uma das armadilhas.

Quando escureceu, nos sentamos para comer a deliciosa truta oleosa com nossas mãos. De repente... algo se moveu à beira da luz do fogo. A mão do meu pai voou para o machado e Akios deu um salto, pondo-se de pé. Não tive tempo de pensar, porque o surgimento repentino de uma figura coberta por peles à minha frente me encheu de medo.

– O cheiro está bom – disse uma voz e Akios relaxou na mesma hora.

– Kárun!

Kárun parou, apoiou-se em sua vara de esqui e olhou para nós. Estava com esquis e vestia um chapéu e um colete que pareciam ser pele de lobo.

– Abençoado seja o seu lar – disse ele e sorriu. A pele ao redor dos seus olhos castanhos enrugou-se amigavelmente.

– Abençoado seja o viajante – respondeu o meu pai. – O que o traz aqui?

– Hoje eu vi Maresi com seu manto vermelho, então soube que vocês provavelmente estavam por perto.

– Sente-se, por favor! – disse meu pai, aproximando-se.
– Temos bastante comida para dividir.

Kárun tirou os esquis e os apoiou contra uma árvore. O meu coração ainda estava acelerado por causa do choque, a minha boca permanecia seca. Peguei um pedaço de peixe, com as mãos tremendo, e entreguei a Kárun quando ele se sentou entre o meu pai e Akios. Ele pegou o peixe e olhou nos meus olhos.

– Eu te assustei?

– Um pouco. Hoje eu vi os lenhadores e pensei... – interrompi.

Kárun fez um sinal afirmativo com a cabeça.

– Desculpe por isso. Mas, este ano, são homens bons. Homens de Rovas, nenhum vagabundo. O capataz é de Urundien, é claro, recebendo ordens do nádor. Mas não há motivo para temê-los.

Engoli em seco e senti a tensão derretendo em meu corpo.

– Vocês vieram bem longe ao norte.

Meu pai limpou a boca com a luva.

– Viemos. – Kárun colocou um pedaço de peixe em sua boca. – E não gosto disso. A terra aqui é sagrada. O nádor está abocanhando uma distância cada vez maior em Rovas. Mas nunca levantaríamos um machado contra uma árvore sagrada, você sabe disso, Enre.

Meu pai cutucou o fogo.

– Então, estão pagando bem este ano?

– O pagamento é o mesmo há muitos anos. É o suficiente para mim. Não tenho que alimentar ninguém mais. – Ele engoliu o peixe e deu a Akios um empurrão amigável. – E como vai você? O inverno está longo?

– Não tanto quanto costuma. Maresi tem lido para nós e parece que viajamos pelo mundo de nossa casa!

Kárun sorriu. O rosto dele muda muito quando sorri. Torna-se mais leve, mais simpático. Akios fez um gesto em minha direção com a mão.

– E Maresi tem uma escola agora!

Kárun olhou para mim.

– Isso é uma ótima notícia!

Estremeci. Era difícil receber elogios para um fracasso.

– Só a filha mais velha de Náraes, Akios e Lenna frequentam – falei. – Eu os ensino a ler, a escrever e a contar. Nem de longe é uma escola de verdade.

Meu pai colocou um pouco do chá que eu preparara em seu copo e o passou para Kárun, que deu um gole.

– Cheguei longe em meu projeto de construção – disse ele. – Coloquei o telhado antes de a neve chegar. Na última primavera, tudo o que eu tinha eram toras e um terreno a ser limpo. – Ele me encarou e parecia que os seus olhos tinham queimado direto dentro de meu coração. Ainda posso senti-los. – Então, eu pus a primeira tora.

Meu pai sorriu. Akios bocejou e Kárun apoiou o copo na neve.

– Bom, é melhor deixá-los agora. Ainda tenho que esquiar até nosso acampamento noturno. – Ele se levantou e prendeu os esquis. Quando segurou a vara de esqui, alguma coisa pareceu lhe ocorrer. – Quase me esqueci – falou, pegando um item que estava amarrado em suas costas.

Era um par de botas. Novas e de solado grosso, feitas de couro fino macio, com botões de osso branco.

– Você anda por aí com as botas gastas do seu pai – explicou em voz baixa. – Eu tinha um pouco de couro curtido sobrando e herdei as ferramentas de sapateiro da minha mãe – e talvez um pouco da habilidade dela, também.

– Ela era habilidosa com a agulha de couro – concordou meu pai.

Kárun me passou os sapatos. Eles tinham um cheiro agradável de couro e brilhavam à luz do fogo. Foram bem engraxados.

– Estive trabalhando nelas junto ao fogo durante as noites de inverno. Não podemos derrubar árvores depois que escurece, então há bastante tempo ao lado do fogo. Quando vi você hoje, corri para terminar. – Ele esfregou as mãos rachadas do frio.

Eu não tinha calçados próprios desde que deixara a Abadia, onde usávamos sempre sandálias. Olhei para Kárun boquiaberta.

Ele limpou a garganta.

– Bem, vou embora, então.

Kárun se foi. Ele se virou e partiu, esquiando entre os pinheiros cobertos de neve.

Eu pensei que meu pai faria algum comentário crítico, mas só lavou o copo de Kárun com um pouco de neve.

– Lembra-se do último inverno da fome? – perguntou ao meu irmão. – Kárun trouxe carne de caça para todas as casas que estavam tendo dificuldades, até a neve tornar impossível caçar.

Akios fez um gesto afirmativo com a cabeça.

– Também nunca pediu nada em troca, embora ele mesmo tenha tão pouco.

– O pai dele era um homem terrível. Maldoso com a esposa e com o filho. Enquanto ele viveu, eu não deixava a sua mãe ir a Jóla sozinha, porque isso significava passar pela cabana de Eimin e nunca sabíamos o que ele podia fazer. É incrível que Kárun tenha se tornado um homem tão decente.

– Como a mãe dele morreu? Ele não gosta de falar sobre isso. – Akios lavou o peixe de suas mãos na neve.

– Ela estava doente. O pai se recusou a pedir ajuda e, quando Tauer foi até a casa, o perseguiu com pauladas e palavrões. Kárun era jovem na época, não muito mais velho do que Maressa.

Olhei para as botas em meu colo. Havia muito trabalho por trás delas. Para juntar todo o couro. Cortar tudo na medida certa. A costura homogênea, paciente. Pensei nele enquanto menino, sozinho com um pai violento. Pisquei rapidamente, afastando as lágrimas, antes que Akios notasse e me provocasse por isso.

Mais tarde, enquanto estava deitada entre Akios e meu pai, debaixo dos galhos perfumados de pinheiro, tão enrolada sob a pele que apenas os meus olhos e o meu nariz eram visíveis, Akios sussurrou em meu ouvido.

– Você percebeu que nem agradeceu, Maresi?

Isso fora horrivelmente rude da minha parte. Preciso visitar Kárun da próxima vez que ele estiver no vilarejo e agradecê-lo como merece. Só de pensar que ele fez um par de botas novas especialmente para mim! Experimentei e elas servem bem, mas há um espaço extra para vestir meias grossas de lã. Os meus pés nunca vão ficar frios ou molhados nelas. Vou calçá-las quando sair para caminhar pelo vilarejo, perambular pela floresta e trabalhar no jardim e nos campos. É um presente mais importante do que ele provavelmente imagina. Mal posso acreditar que foram feitas só para mim. Há marcas de um presente de pedido de casamento, mas sem o pedido. Conversamos apenas algumas vezes. E ele nunca fez uma tentativa de se aproximar de mim de um modo que um homem faz quando deseja uma mulher, como Géos claramente fez.

Ele é um homem muito peculiar, esse tal de Kárun.

Voltamos para casa com muitos peixes e uma quantidade razoável de carne de caça e estivemos ocupados pendurando os pescados para secar no telhado do estábulo, onde os animais não alcançam. É o clima perfeito para secagem. A crosta de neve não está mais tão firme, então essa foi a nossa última caçada. Também está na hora de pararem com os cortes de árvore e os lenhadores estão voltando para casa antes de o gelo romper, quando finalmente poderão levar a madeira flutuando rio abaixo. Secamos um pouco da carne de caça, mas nos deleitamos com a maior parte em assados e cozidos deliciosos. Mostrei à minha mãe como a Irmã Ers me ensinou a preparar aves, recheados e em espetos, e pela primeira vez ela deixou que eu cozinhasse do meu jeito. Comemos três perdizes brancas inteiras e o meu pai se vangloriou que aquela era a coisa mais deliciosa que comera em muito tempo. Akios me cutucou e disse que eu seria uma boa dona de casa um dia. Isso me deixou zangada.

– Eu não deixei claro para você e para o resto do vilarejo que não pretendo me casar? Que há outras coisas para fazer?

– Eu só estava brincando – disse Akios, mal-humorado.

– Tudo bem, mas eu não estou.

– Sua escola não toma muito do seu tempo – rebateu minha mãe com frieza. – Há tempo para outras coisas também.

– Este é somente o início da minha escola – respondi desesperadamente. – É apenas o primeiro estágio. Você vai ver.

Não tenho certeza se acredito em minhas próprias palavras, Jai, mas quero acreditar. Eu quero acreditar que farei da escola um sucesso.

Só não sei como.

Sua amiga,
Maresi

Minha querida Ennike Rosa!

O sol está esquentando o meu rosto enquanto estou sentada à janela escrevendo. O gelo está pingando do telhado e o riacho está jorrando violentamente debaixo de sua fina cobertura de gelo. Pequenas manchas de terra já estão aparecendo perto das fachadas ao sul e os pássaros estão começando a retornar de seus abrigos de inverno. O canto deles está tinindo dos galhos nus em torno de nossa casa. É de tarde. O meu pai e Akios estão lá fora investigando quais fossos precisam de limpeza agora que a neve está derretendo. Estou escrevendo à bancada da fornalha, onde a minha mãe também está de pé, sovando massa. O cheiro parece levemente com massa lêveda e minha mãe está com farinha de centeio até os braços. Ela não diz nada, mas sei que acha que eu deveria estar ajudando. Não é necessário que diga isso em voz alta. Percebo por causa dos seus lábios franzidos, dos seus movimentos bruscos e pelo modo deliberado que me evita. Ela acha que estou sendo preguiçosa quando leio e escrevo, exceto quando leio em voz alta para toda a família. Meu pai acha que eu deveria ser deixada em paz, então ela parou de dizer qualquer coisa. Tenho tentado ler para ela trechos de minhas cartas na esperança que ela talvez possa me entender. Mas isso só torna as coisas piores. Uma tristeza surge em seus olhos e ela olha para mim como se eu fosse uma estranha. Então parei de tentar.

O clima tem estado ensolarado e limpo por bastante tempo agora e tudo fala – não, canta! – sobre a primavera. Ainda há muita neve, mas ela encolhe a cada dia que o sol brilha. A neve é grossa e estaladiça e é impossível andar sobre ela agora, mas continuo as minhas caminhadas pelas trilhas que percorri durante o inverno. Sempre carrego o meu cajado, que impede o cansaço de me atingir demais.

Quando eu estava caçando com o meu pai e Akios, ouvi um tom sendo cantado pela floresta ou pela própria terra, mas não o escutei em casa. Ele aparece em meus sonhos. Ele me chama, me seduzindo para fora do vilarejo e floresta adentro, onde alguma coisa terrível está esperando e me atraindo – alguma coisa sem nome, com dentes e garras –; o meu coração dispara e acordo sem fôlego, suada e com muito medo de voltar a dormir.

A Dama Cinzenta está impossível. Com frequência, levo-a comigo para minhas caminhadas, pelo menos onde há trilhas já pisadas na neve, mas ela age como louca e não para de tentar me puxar para fora do caminho e para dentro da floresta. Ela desvia da trilha, teimosa, e não há nada que eu possa fazer para obrigá-la a retornar. O que ela acha que encontraremos na floresta? Um belo garanhão? Prefiro evitar a floresta. Lembro-me do meu sonho sobre o perigo sem forma se espreitando por lá e me mantenho no caminho.

Talvez seja o sol de primavera que esteja fazendo a minha velha mula agir como uma louca. Eu devia perguntar à Irmã Mareane sobre isso. Agora sinto que tenho de deixá-la em casa quando saio e ela me encara cheia de raiva. Com certeza você não acredita que uma mula pode fazer tais expressões, mas é verdade, eu juro!

Akios comentou que eu fui muito rude quando Kárun me deu as botas (talvez Jai tenha lido essa parte de minha carta?); eu nem disse obrigada. Isso tem pesado em minha consciência desde então, ou seja, as botas não me trouxeram tanto prazer quanto teriam trazido. Eu as calço o tempo todo e, sempre que as amarro, admiro o trabalho por trás delas. Nem um único ponto fora de lugar. Penso nas mãos grandes de Kárun segurando a pequena agulha de couro. Fazer sapatos não é um trabalho fácil e poucos conseguem fazê-lo sozinhos. Kárun alegou que ele "por acaso tinha" couro que havia sobrado, mas não acredito nisso – couro de sapato não é algo que você tem sobrando por acaso.

Eu sabia que tinha de dar algo em troca como agradecimento, então costurei luvas de pele de vários belos coelhos que cacei no início do ano. Virei a pele do avesso e bordei algumas palavras de proteção na língua costeira na parte de fora delas. O povo de Rovas as veriam meramente como rabiscos decorativos. Terminei o par ontem; nesta manhã ignorei o olhar da minha mãe e saí. Não ouvi ninguém trabalhando na nova construção durante o inverno, então tomei a trilha que levava à antiga cabana de Kárun. Fumaça subia da chaminé, então soube que ele devia estar em casa. Eu bati e entrei.

Lá, na escuridão, Kárun estava de pé junto à fornalha misturando uma panela grande. Ele me olhou com surpresa quando entrei.

– Abençoado seja o seu lar – saudei e tirei a neve enlameada de minhas botas.

– Abençoada seja a viajante – respondeu, distraído. – Espere.

Kárun abaixou a vara que estava usando para misturar a panela e limpou as mãos na própria camisa. Tirou um pequeno copo de argila da prateleira e o encheu com uma jarra. Depois, veio até mim e me ofereceu o copo. Eu o peguei, olhei nos olhos dele e bebi um pequeno gole de aguardente. Ele deu um gole em seguida e apoiou o copo sobre a mesa solitária. Então me encarou com curiosidade, mas não disse nada.

– Você não deveria ficar de olho em sua panela? – perguntei, só para ter algo a dizer. Ele se virou, olhou para a panela sobre o fogo e riu.

– É roupa suja – falou. – A minha mãe me ensinou a ferver o linho para deixá-lo limpo de verdade.

Tirei as luvas e as mostrei para ele.

– Veja. Eu nunca lhe agradeci pelas botas. Você... eu fiquei tão surpresa. Então fiz isso, como agradecimento.

Foi horrível, Ennike, de repente eu não fazia ideia do que dizer! Percebi que tinha soado indelicada, quase rude, mas não consegui me conter. Kárun olhou atônito para as luvas em suas mãos.

– Experimente-as. Não tenho certeza se vão servir.

Ele as calçou com cuidado.

– Elas servem – disse em voz baixa. – São muito macias. – Ele levantou a cabeça. – Obrigado.

Seu olhar me atraiu. Ele queima em mim toda vez. Pisquei.

– Esses sinais são para proteção, sabe? Para não errar com o machado.

– Você não vai entrar? Sentar-se? – Ele apontou para o banco. – Não tenho nada especial para oferecer. Um homem solteiro como eu... é sempre só mingau e às vezes um pouco de carne.

– Vou, posso me sentar um pouco. Para não tirar a sorte da casa.

Eu caminhei com cautela até o banco e me sentei, ainda vestindo o manto. Estava usando um colete de couro por baixo, mas mesmo assim não me sentia aquecida o bastante, pois a cabana estava fria. A única luz vinha de uma janela solitária e do fogo na fornalha. Mas eu já sabia como a casa era por dentro por causa de todas as vezes que a visitei secretamente enquanto Kárun não estava. Minhas bochechas ficaram coradas ao pensar nisso.

– Tenho um pouco de pão que Tauer me deu – disse Kárun, tirando um pão e uma faca que colocou diretamente sobre a mesa. – Ajudei-o com seu pai quando ele teve que visitar um paciente.

Ele colocou um pouco mais de aguardente no copo e ofereceu para mim. Depois, se sentou do outro lado e cortou um pedaço de pão. Eu o peguei e mastiguei a crosta seca. Não precisava falar de boca cheia.

– Então, como está indo a escola? Eles estão aprendendo?

Engoli o pão seco.

– Um pouco. Maressa é a mais rápida, mas Lenna é inteligente também. Elas já sabem ler frases simples, escrever o próprio nome e palavras curtas. Elas também são muito boas com números.

– E Akios?

– Ele tem menos tempo para praticar do que as meninas, mas está progredindo também.

– Então mudou de ideia? – Kárun estava brincando com a faca.

– Sobre o quê?

– Sobre meninos em sua escola.

– Na verdade, Akios não conta – respondi. – Ele é meu irmão.

– Entendo.

– Você vai partir em breve novamente? – perguntei, só para mudar de assunto.

– Não, ainda não. Assim que secar um pouco, posso terminar minha construção. Depois é hora de fazer rolos para madeira.

– Rolos?

– Isso, para transportar as toras para o rio. Quando não houver mais gelo e o rio estiver alto, mas não forte demais, rolamos a madeira que derrubamos no inverno.

– E daí você a transporta rio abaixo?

Ele fez um gesto afirmativo com a cabeça.

– Um time parte primeiro e espera nos lugares onde a madeira tende a ficar presa. Eu pertenço ao time dos rolos, que fica até toda madeira estar no rio.

– Então você vai passar o verão em Urundien.

– Parte dele. Espero que cheguemos à Irindibul no auge do verão.

– Como é Irindibul? – perguntei com curiosidade.

As pessoas em Rovas raramente deixam as suas propriedades. Ninguém tem tempo nem oportunidade para viajar. As mulheres mudam de casa somente quando se casam e os homens quase nunca se mudam. Os transportadores de madeira e caçadores são a exceção.

Kárun encolheu os ombros.

– Grande. Muitas pessoas, muitos soldados. Nunca me sinto muito seguro lá. Nunca verdadeiramente em casa.

– Mas deve ter tanto para ver, tanto para experimentar!

– Na verdade, não. Trabalhamos da madrugada ao anoitecer com poucas pausas. Até as noites são curtas, pois a madeira tem que chegar à Irindibul antes do rio abaixar. – Ele levantou o pequeno copo de licor, pensativo. O copo quase foi engolido por sua mão enorme. Pensei naquela mão trabalhando em meus sapatos. Segurando-os. – Quando chegamos à Irindibul, nem precisamos colocar o pé na cidade. Somos pagos num ponto de recolhimento. Normalmente fico nas serrarias por lá, trabalho um pouco, ganho algumas moedas. Só entro na cidade para comprar o essencial. Sal, um novo rebolo, uma lâmina de machado, alguns tecidos para roupas. Essas coisas. – Ele esfregou o queixo. Gosto que ele se barbeia, ao contrário da maioria dos homens daqui. Ele não se esconde atrás de uma barba. – Então é uma questão de encontrar um barco que me leve de volta rio acima. Ou uma carroça. É longe demais para caminhar.

– Sim, mas... – Eu não sabia o que dizer, então não falei mais nada.

– Mas você, você realmente viajou – disse Kárun, me olhando. – Você viu coisas, aprendeu. Você é diferente de todos em Rovas, Maresi. – Seus olhos estavam escuros na penumbra da cabana.

Suspirei e olhei para o outro lado. Nunca vou me adequar. Eu me destaco. Sou estranha e diferente. Minha mãe não é a única que pensa assim.

– Sim, eu sou. Muito obrigada pelos sapatos, Kárun. Uso todos os dias. – Levantei-me.

Ele me olhou.

– Vou usar as suas luvas todos os dias.

– Logo vai ficar muito quente para usá-las. – falei, por nenhuma razão inteligível. Segurei a barra de meu manto em minhas mãos. – Obrigada pelo pão.

Saí e fechei a porta. Meu coração continuou acelerado até estar no meio do caminho para casa. Fiquei feliz por ter o meu cajado comigo. Corri meus dedos pela madeira rígida.

Com saudades,
Maresi

Primavera

ENERÁVEL IRMÃ O!
 Ontem comecei a trabalhar em meu canteiro de ervas. O solo já está exposto, mas ainda não é a hora de começar a trabalhar a terra, porque a camada de baixo ainda está congelada, contudo, o meu pequeno jardim junto ao muro sul está sem gelo. A porca da Fazenda Branca esteve lá, fuçando e comendo raízes e similares enquanto contribuía também para fertilizar o solo, então agora ele está bem adubado. Saí após o desjejum, comecei a arrancar os últimos tufos e a nivelar o solo. Quando a minha mãe terminou de lavar os pratos, ela saiu e me ajudou.

Foi muito agradável. Ainda está frio na sombra, mas o sol esquentou as nossas costas à medida que subiu no céu. Puxei o lenço para cobrir os meus olhos da luz ofuscante. Campainhas-de-inverno e outras flores de início de primavera haviam surgido aqui e ali e o ar estava tomado pelo canto dos pássaros. Minha mãe usava seu velho cardigã marrom, remendado várias vezes com cuidado. A sua trança grossa balançava no ritmo dos golpes da enxada. Trabalhávamos em um silêncio amigável. Ela tossia de tempos em tempos. Este inverno rigoroso foi duro com sua saúde.

Quando terminamos, a minha mãe endireitou as costas.

– Temos bastante cocô de galinha que sobrou do inverno e deve servir como bom adubo para plantas. O que você vai cultivar?

Fiquei feliz que a minha mãe estivesse mostrando interesse em meu jardim.

– Tenho sementes que guardei do ano passado, então vou plantar as mesmas coisas. As plantas perenes ainda estão lá no canto, onde ergui uma pequena cerca para manter a porca longe. Há hortelã, salsa e outras coisas assim. Eu estava pensando em plantar muitas ervas, repolho e muitos feijões neste ano, pois eles conservam bem.

– Verdade. As cenouras também. Cebolas?

– Isso, e alho.

Minha mãe fez uma careta.

– Argh, nunca me acostumarei com o gosto.

– Eu sei, mas tem qualidades medicinais. E o papai gosta.

– Ele gosta de todas as coisas estranhas que você trouxe – disse minha mãe rispidamente. Depois, deu um passo à frente, à beira do jardim. – Podemos trazê-lo até aqui. Gostei daquelas ervilhas de cheiro. Você acha que seria possível secar e conservar?

– Boa ideia, mãe. Acho que tenho o suficiente do ano passado para uma pequena horta. Mas teremos que construir algum tipo de suporte para que elas possam crescer.

– Também vamos precisar de uma cerca em volta de tudo – ponderou minha mãe, olhando para a porca da Fazenda Branca tomando sol no meio do quintal. – Ela vai parir em breve e me preocupo que os leitões possam comer tudo.

– O papai e Akios trouxeram para casa alguns tacos de madeira no inverno, então podemos começar agora, se você tiver tempo.

A minha mãe assentiu e passamos o restante do dia construindo uma cerca firme. Quando terminamos, fiz chá com as ervas que sei que ela gosta: hortelã, folha de framboesa e flor-de-mel. Sentamo-nos à mesa e bebemos, ainda com terra enfiada debaixo de nossas unhas.

Olhei para a minha mãe, ainda tão jovem com o cabelo castanho grosso e olhos doces. Ela tem a mesma idade que a Irmã Ers, acredito. Ainda usa o mesmo cardigã que vestia quando eu era pequena e faz a mesma trança, tem as mesmas mãos rachadas. Ela percebeu que eu a encarava, tossiu e se esticou para tocar a minha mão.

– É bom tê-la em casa, Maresi. Minha filha.

Eu sorri.

– É bom estar em casa, mãe. – E fui realmente sincera. É raro sentir-me assim, mas naquele momento tudo estava bem no mundo.

Minha mãe apoiou as costas e tomou um grande gole de sua xícara.

– Você também ajuda muito, não posso negar. Os alimentos que a sua horta deu no último verão nos ajudaram durante o inverno. Você faz muita coisa, apesar daquela sua escola.

Lá veio a facada, o pequeno espinho que destruiu meu bom humor. Mas nada poderia me preparar para o próximo golpe e o quanto ele seria doloroso.

– Sabe, comecei a gostar da ideia de ter uma filha que fique em casa, apesar de tudo. É um conforto saber que seu pai e eu não teremos que envelhecer sozinhos. Náraes mora perto, mas está completamente ocupada com a própria família e a casa dela, é claro. Akios provavelmente trará uma esposa quando a hora chegar, mas nunca é a mesma coisa do que ter a própria filha por perto.

Encarei minha mãe e ela balançou a mão, um pouco irritada.

– Sim, sim, eu sei que você terá a escola e tudo mais.

– Mas... o que você está dizendo, mãe?

– Bem, você deixou claro que não se casará e nem terá a própria família. Então você ficará onde está, aqui.

Eu não soube responder, Irmã O. Não pude pensar em absolutamente nada para dizer.

Eu não pensara nisso, sendo sincera. Sobre onde viverei, como vou sobreviver. Em outras palavras: o que vou fazer da vida. Eu sabia que fundaria uma escola, mas os meus planos nunca foram além disso. Não pensei uma única vez sobre como seria a minha vida. Eu não posso viver sozinha – é difícil demais em uma terra com um clima como os de Rovas. Uma pessoa precisa de outras. Mas isso significa que tenho de viver na minha casa? Aqui, com a minha mãe e o meu pai, até eu envelhecer e morrer? Cuidar deles enquanto Akios e sua esposa tocam a fazenda e eu moro em algum quartinho, de caridade?

Essa visão de futuro não me agrada nem um pouco, Irmã O.

Só que não consigo pensar em outra para substituí-la.

Sua noviça,
Maresi

Venerável Irmã O, de quem sinto tanta falta, Tauer foi o portador das boas notícias. É um milagre! Ele não falou nada a respeito no começo. Ele veio nos ver esta noite, no horário que normalmente nos visita, e foi recebido com o respeito e cortesia que em Rovas destinamos aos homens e mulheres tão sábios quanto ele. O meu pai puxou um banquinho junto ao fogo, pois as noites continuam frias, e a minha mãe se ocupou em oferecer o melhor que a casa tinha. As despensas estão bem vazias nesta época da primavera, mas as galinhas estão botando ovos e a minha mãe havia feito queijo cremoso fresco com o leite que conseguira da mãe de Árvan. Além disso, Akios foi até Náraes falar sobre a visita e ela logo chegou com pão. Fiz um chá de ervas que sei que Tauer gosta e o meu pai foi ao depósito pegar a linguiça defumada que Árvan lhe dera em troca de ajuda durante a época de plantio. Maressa e Dúlan estavam sentadas com os olhos arregalados, observando todas as delícias que estavam sendo servidas.

– Ovo! – sussurrou Dúlan, entusiasmada. Não há limites para a quantidade de ovos que essa garota pode comer.

– Mamãe, eu quero ovo e queijo com pão! – resmungou Maressa.

Náraes retrucou:

– Convidados primeiro.

– É bom ver as crianças com os rostos rosados – disse Tauer. – Não como em outros anos. Eu já vi pequenos demais definhando. – Ele tomou um grande gole de sua xícara de chá. – Vocês viram o quanto a primavera progrediu agora? As anêmonas estão florescendo – o sinal de um verão bom e longo.

– Isso seria uma bênção – respondeu meu pai enquanto cortava a linguiça. – Se tudo correr bem, essa promete ser a melhor colheita que vimos em muitos anos.

– Se ao menos o nádor nos permitisse ficar com ela desta vez. – Tauer franziu a testa. – Ninguém veio cobrar impostos no último outono. Temo que este ano eles exijam o dobro.

– Nossos vilarejos foram extraordinariamente protegidos do mal no ano passado – disse minha mãe.

Ela me olhou por um longo tempo e depois virou o rosto. Notei que Tauer também me observava com mais atenção que o normal.

– Você teve notícias de sua Abadia, Maresi? – perguntou ele, limpando a boca.

– Não tive – respondi com tristeza. – Nada.

– Bem, talvez haja algo aqui – falou e tirou um rolo grosso de cartas de dentro de seu colete. Olhei para ele, atônita. Seus olhos brilhavam.

– Meu genro, Gézor, foi visitar os pais em sua terra natal, Arik – você sabe, a dois dias de caminhada para o Oeste –, porque a mãe dele esteve doente o inverno todo e fiquei sabendo que ela tinha piorado. Bem, quando ele chegou, ela já estava recuperada, então Gézor ficou apenas um dia e uma noite antes de voltar. Só que ele encontrou um grupo de soldados no caminho, por isso fez um grande desvio para o Norte para evitá-los. Ele chegou às velhas encruzilhadas, aquelas em que o conselho se encontrava no passado.

– Aquelas junto às pedras verticais? – perguntou minha mãe enquanto tirava o último prato.

Ela se sentou ao lado de Náraes e começou a cortar mais pão.

– Essas mesmas – confirmou Tauer. – Então, quando ele chegou lá, havia um grupo de mercadores viajantes da Terra de Deven.

Meu coração disparou. Eu não conseguia tirar os olhos do rolo de cartas.

– Ele os saudou educadamente e ajudou um homem cujo cavalo tinha uma pedra presa em seu casco. Gézor é bom com cavalos, como vocês todos sabem. O pai do seu pai tinha cavalos desde que Gézor era pequeno. – Ele se inclinou para a frente e pegou uma porção grande de queijo com ovo. – Bem, quando eles acabaram de arrumar o cavalo, o mercador perguntou a Gézor se ele conhecia uma Maresi Enresdotter da Abadia Vermelha, pois tinha uma entrega para ela. E Gézor disse que, de fato, conhecia. Então o homem lhe deu essas cartas e algo a mais que eu tenho naquela bolsa junto à porta. – Tauer apontou para um saquinho que trouxera consigo, que eu mal tinha notado. – Gézor se arrependeu por não ter podido pagar o mercador. Ele tem a cabeça no lugar, o meu genro, apesar de seus defeitos e erros – um deles é o orgulho – e ele sabia que se pagasse bem, se espalharia o rumor de que as entregas para Maresi da Abadia Vermelha pagam melhor se elas chegam ao seu destino do que se forem vendidas pelo melhor preço. Mas o homem disse que não queria nenhum pagamento, pois ele considerava uma honra certificar-se de que as palavras chegassem à sua destinatária. Ele disse que era de um pequeno vilarejo na costa e que no último verão enviara sua filha para a Abadia na esperança que pudessem livrá-la da doença que a assolava por toda a infância e ela voltou com o vento do outono, saudável e forte. Também contou que estava a caminho da terra de Akkade, além das montanhas, para comprar lã, e viajaria de volta a

Valleria por volta do solstício de verão. Então, se você tiver cartas para enviar para o Sul, ele disse que pode levá-las quando voltar e que deve procurar por ele perto das pedras verticais quando as hepáticas florescerem.

Ele me olhou e riu de um jeito que fez seus olhos quase desaparecerem entre as rugas.

– Pois é, pois é, agora elas são suas. Pare de olhar para mim desse jeito desesperado.

Ele me entregou as cartas, que logo levei para o meu quarto e fechei a porta, tamanha era a minha animação, Irmã O. Não conseguia falar uma única palavra nem olhar para a minha família. Tenho de passar a noite na companhia de todas vocês e mais ninguém.

Escreverei novamente quando tiver lido todas as cartas.

Sua noviça,
Maresi

Querida Jai!

Obrigada por suas cartas! Entendo perfeitamente que tenha esperado até ter notícias minhas e saber que eu tinha chegado com segurança antes de escrever. E obrigada pela linha vermelha que me mandou! Como você sabia que eu havia rasgado meu manto? Não se preocupe, é um buraco muito pequeno. Posso consertá-lo com essa linha e ninguém saberá que um dia foi remendado.

Farei como me disse e pensarei em você toda lua nova, sabendo que estará fazendo o mesmo. Obrigada. Isso fará com que eu me sinta menos sozinha.

Como ousa rir do meu pedido de casamento! Você deveria saber que foi com certeza o primeiro e único de minha vida, então devo guardar a lembrança com carinho! Porém, falando sério, realmente queria que pudéssemos nos sentar debaixo do limoeiro e rir disso juntas.

Estou com uma inveja terrível de todos os livros que você leu na câmara do tesouro! Não pode imaginar o quanto anseio por esses livros. Sinto falta deles quase tanto quanto sinto saudades de vocês! Estou brincando, é claro.

É inacreditável pensar que o pai de uma menina que fora à Abadia para se recuperar de uma doença – que você ajudou a cuidar – tenha trazido as suas cartas até aqui. É difícil imaginar novas noviças chegando à Abadia, noviças que nunca terei a oportunidade de conhecer. Espero que faça amizade com elas, Jai, realmente espero. Porém, espero que sempre sobre um lugarzinho em seu coração reservado só para mim. Há, não há, Jai, minha amiga?

Sua amiga,
Maresi

ENERÁVEL IRMÃ NAR!
Agradeço do fundo do meu coração por todas as sementes que me enviou. Senti muita falta de açafrão; é uma planta tão útil. Plantarei rabanetes também. Pergunto-me o que minha mãe achará do seu gosto apimentado! Tivemos problemas com lesmas aqui – você tem algum conselho para se livrar delas? Estou lhe mandando um saco de sementes de flor-de-mel. Você já viu essa planta? As flores fazem um chá delicioso e acredito que tenham um efeito revigorante. Se você estudar as propriedades dela, terei muito interesse em saber das suas descobertas.

Cordialmente,
Maresi

ENERÁVEL IRMÃ MAREANE!
Agora tenho uma cabra e um filhote para cuidar. Ficarei muito grata por qualquer conselho que você tenha sobre cuidar desses animais!

Cordialmente,
Maresi

ENERABILÍSSIMA MADRE!

Obrigada por não me condenar por ter dado a prata a que me confiou. Você tirou um grande peso da minha consciência. Farei como me aconselhou e tentarei confiar nas pessoas ao meu redor, como confiei em todas vocês quando morava na Abadia.

Eu acredito que o presságio que você recebeu na Dança da Lua anunciou a morte do bebê de minha irmã no último outono. Não houve outras mortes desde então e também não vi a porta da Velha. Entretanto, ela está aqui, agora eu entendo e posso sentir a sua presença. Ela está em todos os lugares, assim como a Donzela e a Mãe. Embora pessoas diferentes lhe deem nomes e formas diversas, somos todos filhos da Primeira Mãe.

Respeitosamente,
Maresi

ENERÁVEL IRMÃ EOSTRE!

Obrigada por sua carta, embora breve. Sabia que seria a única que entenderia. Você previu com precisão o comportamento de Marget no ano passado: ela se afastou de tudo e todos, ficou a maior parte do tempo em casa, sem querer participar de tarefas comuns nem de celebrações. Ninguém a culpa pelo que aconteceu, mas eu acredito que ela culpe a si mesma.

Você escreveu que a solução é simples e que já tenho tudo de que preciso para ajudar Marget. Acho que entendo e estou envergonhada que isso nunca tenha me ocorrido. Farei o melhor que posso.

Cordialmente,
Maresi

Minha querida Ennike Rosa!

Obrigada por todas as suas palavras de encorajamento. Você é uma grande amiga, sabia? Não faz nenhuma diferença para mim que agora você seja a Rosa, serviçal da Donzela. Para mim, você sempre será Ennike, a primeira amiga que fiz na Abadia.

Você é muito engraçada com todas essas perguntas sobre Kárun! Eu só o encontrei algumas vezes desde que voltei para casa. Ele não é ninguém, sabe, apenas um vizinho. Bem, você verá quando eu enviar o segundo lote de cartas – e poderá ler sobre Géros e ver como estava errada! Estranhamente, não penso em Géros há meses. As coisas que fizemos juntos se espreitam em meus sonhos às vezes, mas ele foi substituído por uma espécie de homem sem rosto. Queria que você estivesse aqui, para que pudéssemos discutir esses sonhos. Eles são o tipo de coisa que só podem ser discutidos com a Rosa.

Obrigada por enviar mais língua-de-Deusa. Talvez precise dela no futuro, se eu decidir esquentar a minha cama com a companhia de um homem outra vez. Contudo, nunca quero ser mãe.

Posso ficar na presença da Donzela e da Velha, mas a Mãe exige tanta energia. Entende o que quero dizer? Gostaria de continuar livre para trabalhar e estudar. Além disso, se eu mesma não puder usá-la, há outras a quem posso dar, outras mulheres que não querem ficar grávidas de novo ou nunca.

Geja está tão grande! Foi maravilhoso receber uma carta e um desenho dela. Jai realmente leva jeito com ela.

Porém, imagino que ela vai me esquecer. Pois para ela e todas as novas noviças, Maresi Enresdotter se tornará um pouco mais do que um mito. Uma história para ser contada em noites de inverno.

Carinhosamente,
Maresi

Querida Irmã O!

Deixei as suas cartas por último. Sentei-me e li a noite inteira, sem prestar nenhuma atenção a Tauer ou ao jantar ou à minha família. Comecei a redigir as minhas respostas imediatamente, escrevendo várias cartas de uma vez, porque queria o sentimento de imediatismo, como se estivesse mesmo falando com cada uma, numa conversa genuína.

Foi muito sábio da sua parte me enviar mais papel.

Quase fui pega desprevenida pelo que me escreveu sobre a minha mãe. Com todo respeito, realmente me ofendi com as suas palavras. Estou tentando ao máximo escutar tudo o que ela tem a dizer. E entendo que foi difícil para ela me mandar para longe. Mas por que tem que ser tão difícil me receber de volta? Você diz que devo continuar aprendendo com ela. Porém, ela me ensinou tudo o que sabia durante os primeiros nove anos de minha vida. O que a esposa de um fazendeiro de Rovas pode me ensinar, eu que estudei na Abadia Vermelha? São dos seus ensinamentos que sinto falta!

Quando enviei as primeiras cartas, as que você já recebeu agora, ainda não havia me deparado com o tom que canta e ecoa através da floresta, que tanto me atrai e me amedronta. Você sabe o que é? Certos fenômenos que ocorrem parecem estar conectados, mas não entendo como. O falcão guinchando, o desejo da Dama Cinzenta de ir para a floresta, aquele tom... É como se eles estivessem tentando se comunicar comigo em uma língua que não entendo. Tenho rezado para a Primeira Mãe por orientação, mas ainda não recebi respostas.

Sinto falta de poder lhe fazer todas as perguntas que giram em minha mente. Você sempre devotava tempo para tentar respondê-las. Obrigada por tudo o que escreveu em suas cartas e por todas as suas orientações. Eu as manterei por perto quando as tempestades estiverem impetuosas e me sentir insegura e fraca.

Não me sinto mais tanto como uma estrangeira quanto me senti ao chegar aqui. Peço desculpas por ter reclamado tanto. Você está certa: nunca vou ser como todos os outros aqui, porque tive experiências que não são partilhadas com mais ninguém. Mas seguirei o seu conselho e tentarei usar isso a meu favor – se puder. Às vezes, Tauer me dá conselhos úteis. A sabedoria dele não é a mesma que a sua, pois não veio de livros, mas ele é longevo, viu bastante e ajudou muitos. Ele é um amigo da vida e da morte na mesma medida. Isso foi uma escolha. Agora, sou da opinião que a vida é a mais assustadora das duas.

A Madre da Abadia lhe contou sobre a visão que teve na Dança da Lua? Aquela em que me viu junto à porta aberta da Velha? Escrevi para ela dizendo que acredito que a visão previu a morte do meu sobrinho, mas temo que talvez não seja o caso. Não fui eu que abri a porta da morte para ele; não fui eu que o deixei atravessá-la. Não vi a porta da Velha desde que vim para cá, apenas senti a respiração dela. O que você acha que a visão significa? Isso me preocupa.

Concordo com a Madre da Abadia: você precisa de uma noviça. Sua teimosia é incompreensível. Estou em Rovas agora. Minha vida é aqui. Sempre deve haver uma serviçal da Velha na Abadia e, portanto, precisa treinar uma noviça. Você não é idosa e há tempo para uma nova menina vir à Abadia, uma que a Velha chame, como me chamou. Você vai ensiná-la tudo o que me ensinou sobre os mistérios dela e ainda mais e a garota será seu apoio e auxílio em todas as tarefas que agora faz sozinha.

Sua noviça,
Maresi

Venerabilíssima Madre!

É noite, mas ainda está claro, como sempre nesta época do ano em Rovas. Estou sentada em um quarto que é novo para mim, mas que, de súbito, é totalmente meu. É meu como nenhum quarto jamais foi. Meus braços nus estão cobertos por mordidas de mosquitos e o aroma de madeira fresca enche as minhas narinas. Eu amo esse cheiro. Meu coração está cheio de... eu não sei do que, Venerável Madre. Gratidão.

Kárun veio à nossa propriedade esta noite. Tenho certeza que a Irmã O deve ter lido em voz alta a carta em que o menciono. Eu estava sentada no pátio central, cuidando de Dúlan e Maressa enquanto desmanchava uma das blusas velhas de meu pai. A minha mãe queria aproveitar a lã para tricotar algumas roupas para as meninas. Náraes e Jannarl estavam visitando um vilarejo vizinho e as suas filhas esperavam impacientemente a volta deles.

As noites de Rovas no fim da primavera são mesmo especiais, Venerável Madre – a luz, o calor restante do sol do dia, o aroma do solo e do verão que desperta devagar. Mosquitos zuniam à nossa volta, a porca e seus filhotes estavam grunhindo e fungando pelo pátio. Maressa praticava escrever os nomes de todos os membros da família. Náraes é o mais difícil, então ela só escreve "mama".

Kárun apareceu no portão assim que a minha mãe saiu para esvaziar a água de lavar pratos. A saudação dele foi quase engolida pelos grunhidos ávidos dos porcos, correndo para ver se a minha mãe estava jogando algo que pudessem comer.

– Abençoado seja o seu lar – cumprimentou ele.

Minha mãe o observou com cuidado e suspeita.

– Abençoado seja o viajante – respondeu com rispidez. Ela não gosta muito de lenhadores e outros homens solitários. Diz que não confia neles. – Akios não está em casa.

– Tenho um assunto para discutir com Maresi – disse Kárun em voz baixa. Olhei para ele com surpresa.

Kárun estava apoiado contra o portão com as mangas de sua camisa dobradas, os pelos de seus antebraços, clareados pelo sol, tinham um brilho dourado na luz da noite. Seus olhos fundos dirigiram-se para mim com absoluta sinceridade. Ele não estava zombando ou brincando comigo. Seus cabelos estavam presos e a sua pele já estava bronzeada pelo sol da primavera.

– Você viria comigo? Tenho algo que gostaria de lhe mostrar – falou. – Se a sua mãe deixar.

Minha mãe parecia desaprovar enquanto eu deixava a blusa de lado.

– Você cuidaria das meninas? – perguntei.

Ela mexeu a cabeça como resposta e não fez nada para me deter. Depois, se virou e marchou direto para casa, retornando logo em seguida com o meu cajado. Ela me entregou sem dizer nada. Dei-lhe um sorriso pacificador ao pegá-lo.

– Não precisa se preocupar, mãe. Ele é um amigo de Akios. Não é nenhuma ameaça para mim. Voltarei logo.

Porém sei que não é a violência que ela teme. Minha mãe vê Kárun como um pretendente – independentemente de como eu me sinta sobre o assunto – e não quer ver uma de suas filhas casada com um lenhador pobre sem fazenda nem campo.

Kárun me levou para a trilha em direção a Jóla e não fiz perguntas. Era agradável caminhar, agradável me mover. Tenho passado a maior parte do tempo em casa recentemente, relendo as suas cartas, ordenhando a minha cabra, fazendo experimentos e cozinhando o soro para fazer queijo a partir dele. O jardim também precisa de muita atenção nesta época, quando tudo está crescendo, inclusive ervas daninhas.

As árvores começaram a florescer e o bosque estava de uma beleza estonteante: troncos claros e brilhantes debaixo de um véu fino de verde-claro. O riacho jorrava, alegre e selvagem, pelo lado esquerdo da trilha, como um instrumento melódico; pela direita crescia um carpete denso de campânulas, que são pequenas flores de primavera no formato de um sino. Elas são comuns nessa região e soltam um néctar perfumado divino.

– Ouvi que você recebeu cartas da sua Abadia – disse Kárun. – Isso deve tê-la deixado feliz.

– Recebi. – Sorri para mim mesma. Até hoje as suas cartas me alegram sempre que penso nelas. – Foi bom saber que todos lá estão bem, que estão pensando em mim e não me esqueceram.

Kárun me olhou.

– E há mesmo só mulheres lá?

– Só. Isso é mesmo tão estranho?

– Muito estranho. Não estou acostumado com homens e mulheres separados dessa forma.

– Vocês que caçam, derrubam árvores e transportam madeira são exclusivamente homens – rebati.

Ele fez um gesto afirmativo com a cabeça e pensou por um momento antes de responder:

– Verdade, mas muitos têm esposas e filhos esperando por eles em uma cabana em algum lugar. Eles sentem saudades de casa e sempre falam de suas famílias. Há também mães e irmãs. Talvez eu mesmo não passe tempo com muitas mulheres, mas com certeza não gostaria de ficar sem vê-las. Nenhuma de vocês.

– Tive que me acostumar com homens quando voltei para casa – comentei com hesitação.

Eu nunca havia falado com um homem sobre isso, sobre como me senti estranha ao ouvir vozes masculinas pela primeira vez ou ao ver homens por todos os lugares diariamente.

– Não há o que fazer, o que aconteceu com Marget – disse Kárun.

Eu o observei. Ninguém fala disso abertamente. Ele é a primeira pessoa que não evita o assunto.

– É verdade. Mas aconteceu muito antes, com coisas que aconteceram na Abadia. Homens cruéis nos causaram mal. Um grande mal.

– O que aconteceu com eles?

– Eu os matei.

Eu não planejava dizer isso, Venerável Madre. Simplesmente escapou. A única pessoa que sabe sobre esses eventos terríveis é Náraes. Não consigo sequer contar aos meus pais o que aconteceu com a porta e a Velha e o meu sangue. Eu me arrependi da revelação de imediato, suspeitando que Kárun passaria a me ver de forma diferente. Percebi naquele momento que eu não queria perder aquele olhar sério, inquisitivo, que ele sempre dirige a mim. Olhei para o chão, tropecei em meus próprios pés e engoli o nó preso na garganta.

– Então é esse peso que você carrega – disse Kárun, de um jeito calmo. – Eu sabia que havia algo.

Olhei para cima, meus olhos um pouco embaçados. Ele parara diante de mim na trilha, com o sol noturno iluminando-o por trás. Ele me olhava de maneira firme, sem medo ou nojo. Eu não podia responder e apenas mexi a cabeça. Ficamos parados lá por um tempo.

Foi um dos melhores momentos de minha época em Rovas, Venerável Madre.

Continuamos andando e chegamos a um lugar em que a trilha se dividia e um novo caminho levava a uma subida para o Norte. Andamos através de um pequeno mar de anêmonas, depois através de um arbusto de aveleira e emergimos em frente à obra de Kárun.

Porém, não era mais uma obra. Era uma casa completa. Bonita e dourada, mergulhada no sol noturno e cercada por aromas maravilhosos. Kárun tirou toda madeira e detritos, mas o terreno em volta está coberto por uma serragem de perfume doce. É uma construção pequena, somente um cômodo, mas com uma janela para o Sul e outra para o Oeste e uma chaminé de verdade – não só uma saída para fumaça que muitas casas velhas ainda têm. É mais adorável do que qualquer outra casa no vilarejo, no alto de sua pequena colina com vista para um campo de ovelhas de Jóla e o pequeno riacho, onde ele contorna alegremente uma curva. Atrás da casa, para o Norte e Leste, a floresta é ainda mais encantadora, repleta de folhas em movimento e canções de pássaros.

Apoiei em meu cajado e sorri.

– Isso é tão bonito, Kárun – falei. – E pensar que fez tudo isso sozinho!

– Bem, alguns dos garotos de Jóla me ajudaram com o telhado – disse Kárun, passando a mão na cabeça. – E tive ajuda para levantar as últimas toras. – Dei-lhe um tapa no braço, brincando, e ele riu, surpreso. – Mas, sim, é um bom local. É por isso que escolhi este lugar. Você quer entrar?

Eu o segui para dentro da casa. A luz do sol transbordava pela janela ocidental e fazia as paredes de madeira parecerem manchadas de mel ou ouro. Não é um cômodo grande, tem mais ou menos o tamanho da cabana de meus pais, mas sem um quarto separado. Há uma pequena lareira de pedra no lado norte e algumas prateleiras ao lado dela. Isso é tudo.

– É maravilhosa – elogiei, e as covinhas nas bochechas de Kárun aumentaram. Eu podia ver que a minha aprovação era importante para ele, embora não soubesse por quê. – Mas você ainda vai se mudar, certo?

– Não pretendo morar aqui.

Virei-me para encará-lo. Ele limpou a garganta e começou a esfregar as mãos.

– Construí isso para você, Maresi.

Eu o encarei.

– Para a sua escola. – Ele olhou para mim, analisando-me.

– Minha escola? – sussurrei. – Eu não tenho escola. Apenas três alunos.

Ele balançou a cabeça.

– Você precisava de ajuda para colocar a primeira tora, é só isso. Aqui está, eu a coloquei. Agora continuar construindo é com você. – Ele olhou em torno da sala. – Eu não sabia quais seriam os móveis apropriados para uma escola, mas é só me dizer e tentarei fazê-los antes de viajar para o Sul, rio abaixo. Está quase chegando a hora.

– Uma mesa comprida – disse lentamente, imaginando-a. – Com bancos.

Olhei para ele, e talvez tenha sido a primeira vez que o olhei *de verdade*. Um homem totalmente comum, crescido no solo de Rovas, como meu pai e meu irmão. Porém, diferente deles. Totalmente diferente. Ombros largos, braços fortes de balançar o machado durante o inverno e o verão, mãos grossas – mãos que ele usou para construir esse presente incrível. Além do mais, ele não quer nada em troca, Venerável Madre, sei disso. Eu me comuniquei bastante com a Donzela para saber.

– Por que, Kárun? – perguntei.

Ele hesitou.

– Sente-se, Maresi – pediu, apontando para o chão. Ele buscou as palavras por um momento. – O meu pai era um homem rico quando a minha mãe se casou com ele. Mas uma noite, quando estava bêbado, ele jogou dados sem entender o que estava escrito no papel que definia as apostas. Ele perdeu a nossa fazenda, o gado, tudo. – Kárun olhou para o nada através da janela. – Depois disso, ele mudou. Descontava sua raiva e vergonha nas outras pessoas.

– Em sua mãe – sussurrei.

– Isso. Os meus pais se mudaram da fazenda, longe o suficiente para que ninguém soubesse da vergonha de meu pai. Quando criança, estava sempre alerta para que ele nunca tivesse motivo para dirigir sua raiva para mim ou para a minha mãe. – Ele respirou fundo. – Quando eu era pequeno, minha mãe ficou muito doente. O meu pai disse que era porque ela era uma mulher pecaminosa e a doença era um castigo. Quando também fiquei doente, ele disse que era culpa da minha mãe. – Ele cerrou os punhos e apertou os nós das mãos contra os joelhos. – Quando ela morreu, ele enfim permitiu que Tauer viesse cuidar de mim. Fiquei curado. – Eu podia ver os músculos de sua mandíbula ficarem tensos. – Quando comecei a trabalhar como um transportador de madeira, havia várias pessoas na equipe que contraíram a mesma doença. Já havíamos chegado à periferia de Irindibul àquela altura e um curandeiro foi chamado. Com algumas misturas, ele curou a todos e explicou que era uma doença de fácil remédio, mas se não tratada poderia ser fatal.

Ele se inclinou para a frente e pegou minha mão. Fiquei surpresa, mas permiti que a segurasse entre as suas. Elas eram grossas e quentes.

– Conhecimento é proteção, Maresi. A vida dos meus pais poderia ter sido diferente.

– Obrigada, Kárun Eiminsson – agradeci, olhando-o direto nos olhos. – Obrigada por acreditar em mim. Obrigada pela sua ajuda. Farei o melhor para merecê-la.

Então, ele me deixou sozinha na casa e aqui estou, inspirando o aroma de minha própria escola. Não sei como preenchê-la. Mas um presente como esse tem de ser usado – e bem usado. Não posso desperdiçá-lo ou subestimá-lo. Tenho o dever de continuar construindo sobre as fundações que Kárun ergueu.

Com amor e respeito,
Maresi

ENERÁVEL IRMÃ O!

Agora preciso contar o que aconteceu anteontem. Não escrevo há algum tempo.

A primavera é um período movimentado por aqui. Estamos trabalhando bastante para cultivar e fertilizar o solo pedregoso e argiloso; cantando as canções antigas para a terra e para o céu, pedindo por calor e água em medidas iguais e percorrendo novamente velhos sulcos. Por um tempo, voltei a ser simplesmente Maresi Enresdotter, com um lugar em nossa comunidade. Foi bom trabalhar lado a lado com a minha mãe, o meu pai e Akios. A primavera veio cedo e bonita, com chuvas leves à noite e dias quentes e ensolarados – o clima perfeito para a semeadura.

As sementes cresceram bem e a primavera transformou-se em início de verão. Todos no vilarejo têm admirado satisfeitos os campos verdes, prevendo uma colheita recorde. Finalmente a fome está começando a se apagar, tornando-se uma simples memória. O crescimento em meu canteiro de ervas acelerou e tudo está desabrochando. Os inícios de noite são cheios do som de sapos coachando, o que é um sinal de um longo verão, segundo Tauer. Ele é cheio de superstições, mas às vezes tem razão. Minha pequena "escola" foi suspensa durante essa época atarefada, apesar da bela construção nova que ganhei (acredito que a Madre da Abadia tenha lido aquela carta em voz alta?). Todos nós temos estado ocupados com nossas atividades de primavera, tanto adultos quanto crianças.

Na noite que agora quero recontar, saí para minha caminhada habitual pelo vilarejo. Dei continuidade ao hábito desde o último outono. A solidão faz bem para mim. Sempre trago o meu cajado comigo e, às vezes, a Dama Cinzenta. Quando me sinto cansada, minha mãe normalmente me segue, como, de fato, fez nessa ocasião. Ela estivera de pé no pátio com os olhos fixos na fronteira da floresta por um tempo. Parecia estar ouvindo algo. Então, cheirou o ar e se virou para mim. Eu estava sentada num banco, descansando as minhas costas. Fiquei tirando ervas daninhas do meu jardim o dia todo e tudo doía.

– Agora não é hora de descansar! – exclamou, irritada, enterrando o espinho de sempre em meu coração.

Aqui, não sou independente; não tenho autonomia sobre o meu próprio tempo. A minha mãe não tolera preguiça ou ociosidade. Ela entrou para pegar o meu cajado e o meu manto, o qual me entregou com a mesma expressão indecifrável que sempre faz quando o vê.

– Mas mãe, estou tão cansada – respondi, embora eu soubesse que seria inútil.

– O trabalho tem que ser feito, esteja você cansada ou não – disse a minha mãe rispidamente. Seus lábios formavam uma linha dura. – Você sabe muito bem o que está a caminho.

Não fazia ideia do que ela estava se referindo, mas estava cansada demais para protestar. Peguei o cajado, enrolei o manto em torno de mim e puxei o capuz para que a minha mãe não visse a minha expressão de amargor. Era uma bela noite. *Talvez seja melhor ficar longe da minha mãe quando ela está com esse humor*, pensei.

Caminhei pela trilha ao redor de nosso vilarejo e em direção a Jóla. Lá, o caminho desce para um vale onde o riacho segue serpenteando. Apoiei-me com pesar em meu cajado a cada passo, perdida em pensamentos sobre o meu canteiro de ervas e como eu podia procurar mais papel e livros novos para ler. Fui desperta dos meus pensamentos pelo mesmo zumbido que ressoa da terra. Olhei para cima.

Névoa estava subindo do vale. Ela escorria das valas e do riacho, tateando com tentáculos brancos, entrelaçados, em direção às colinas e campos. E, naquela névoa, reconheci o odor inconfundível de ferro e sangue com um arrepio gelado: a respiração da Velha.

Foi você quem me ensinou sobre o domínio da Velha não só sobre a morte e a sabedoria, mas também sobre o frio e as tempestades, a escuridão e o gelo. Eu senti esse arrepio gelado antes, fluindo de detrás da sua porta.

– Não – falei e bati meu cajado com força no chão. – Não.

Dei um passo e ouvi a grama recente ser amassada sob minhas botas. A geada estava vindo. Já é verão. Ouvi falar sobre geadas vindo nessa época do ano, mas em tempos imemoriais. Noites de geada próximas ao solstício de verão são conhecidas como Noites de Ferro. Uma geada agora nos custaria a colheita inteira. Nenhuma semente sobrevive para uma segunda semeadura. Se perdermos as plantações agora, não teremos alternativa além de pegar sementes emprestadas do nádor a preços absurdos mais uma vez. A geada agora significa fome.

– Não – neguei e bati o cajado de madeira-prata no chão com meus passos. – Agora não. Não aqui. Não.

Jóla está situada em terras altas e é menos vulnerável à geada do que os campos baixos do nosso vilarejo. Virei-me e corri para casa. Ao chegar ao nosso primeiro campo, vi mais névoa gelada e esbranquiçada subindo do vale. Eu estava exausta, mas me esforcei para juntar as forças e bati com todo meu calor e força vital no chão com os meus pés e o meu cajado. Sei muito bem que a Velha é poderosa demais para ser subjugada. Sei que ela leva o que quiser. Mas não havia alternativa: precisava tentar. Pensei naqueles que seriam mais afetados pela fome: os pequenos – incluindo Dúlan – e os idosos. Caminhei em torno dos campos, entre eles e a névoa, dizendo "Não" a cada passo. Bati com força o meu cajado no chão para intensificar as minhas palavras. Eu me recusava a desistir. Vi as pessoas do vilarejo saírem e olharem desamparadas para a névoa que subia do riacho cada vez mais alto, do reino gelado da Velha. Mas não parei para falar com elas. Continuei a andar.

Quando caminhei por todo o lado ocidental dos campos, ouvi passos atrás de mim. Passos profundos, pesados. Uma voz começou a cantar. Era uma balada antiga que eu nunca ouvira antes, mas reconheci a voz e foi como se um fogo se acendesse dentro de mim.

Era a minha mãe.

Ela cantava uma ode ao cisne negro conhecido em Rovas como Kalma. Ele governa o reino da morte e acompanha os mortos debaixo das árvores de madeira-prata, acima do grande lago escuro que jaz imóvel debaixo de suas raízes brancas e brilhantes. Era uma canção sobre a escuridão, o frio e a morte, mas era também sobre como tudo tem sua época, e como, agora que é verão, o cisne deve enfiar a sua cabeça dentro da asa e esconder o rosto até sua hora chegar. Seu reino de frio e gelo voltará quando os dias forem mais curtos do que as noites.

Depois de ouvir a balada várias vezes, pude me juntar. A canção e a voz de minha mãe me deram a força para continuar. Passo a passo. Entrelacei minhas palavras à canção, palavras para a Velha: minha professora e amiga, minha inimiga e meu terror. Eu lhe implorei para nos deixar em paz. Implorei para aguardar a sua hora.

Pingentes brancos de gelo já haviam se formado em meu cajado.

Pessoas apareceram entre os campos. Elas caminhavam pela beira das valas, silenciosas e resolutas, observando a geada se arrastando para cada vez mais perto. Meu pai e Akios estavam lá, além de Jannarl e das meninas, todos da Fazenda Branca e até mesmo Árvan. Eles viram nós duas. Não disseram nada, apenas nos olharam com expressões de terrível preocupação.

Então, por detrás de minha mãe e eu, surgiu uma bela voz feminina. Eu reconheci Náraes e o meu coração se encheu de uma alegria indescritível. A grama quebrava debaixo de meus pés e o céu já estava escurecendo, mas continuei a levantar e dobrar os joelhos e bater os pés no chão, com força. A terra tremeu em resposta. Ouvi Jannarl juntar-se à canção. Depois Akios. Mais e mais vozes se juntaram a nós e todos me seguiram pela noite escura e fria. A terra roncava e zumbia debaixo de meus pés. O meu cajado estava frio como gelo em minha mão, mas o meu coração ardia quente. Todos no vilarejo formaram um círculo ao redor dos campos e das casas e caminhei em frente a todos, batendo os pés e o cajado e cantando.

Caminhamos por toda noite, Irmã O. Alguns carregavam lampiões e tochas, mas a maioria encontrou o caminho pela luz da lua crescente. Quando a manhã chegou e os primeiros raios do sol arrastaram-se sobre a beira da floresta, vimos que os campos entre a mata e Sáru estavam brancos de gelo. Mas o verde em germinação dos nossos permanecia intocado, exceto por um cinto estreito no lado sul mais próximo ao riacho.

Parei de andar e não me lembro de mais nada. A minha mãe disse que eu estava coberta dos pés à cabeça com uma camada grossa de gelo e tinha pingentes congelados pendurados nos meus cabelos. O meu pai me pegou quando desmaiei. Ele me carregou para casa em seus braços e a minha mãe esquentou água para me aquecer o suficiente para tirar o cajado de minha mão rígida. Os meus braços e pernas pareciam congelados e a minha família temeu que eu pudesse perder alguns dedos da mão ou dos pés ou pior. Mas quando a minha mãe tirou minhas roupas, ela encontrou meu torso tão quente quanto uma fornalha. Esse calor se difundiu lentamente para os meus membros e logo a minha pele não estava mais azulada e congelada, mas rosada e lisa.

Ontem dormi o dia inteiro, debaixo de uma pilha de cobertores e peles em meu quarto, e a minha mãe me acordou de vez em quando para fazer com que eu tomasse bebidas quentes. O meu sono era pesado e repleto de sonhos: preto e frio, mas também barulhento e cheio de riso – um riso que ainda ecoa em minha mente enquanto escrevo para você agora. Às vezes parecia que alguém acariciava meu cabelo e, às vezes, que uma voz conhecida sussurrava o meu nome, uma voz tanto suave quanto séria.

Era como a sua voz, Irmã O, porém diferente.

Hoje, quando acordei e me levantei, a nossa mesa estava lotada de comida. Akios estava ocupado mastigando e pôde apenas mexer a cabeça para mim, com a boca cheia. Havia pão que acabara de ser feito, bolos com aroma de mel, um pequeno presunto defumado, ovos frescos, linguiça, hidromel e até manteiga salgada. Olhei para a minha mãe, que estava entre a fornalha e a mesa com as bochechas vermelhas.

– É para você – disse ela. – Todos no vilarejo têm vindo com presentes desde ontem.

Comi como se nunca houvesse visto comida antes em toda minha vida, como depois da Dança da Lua. Ainda sentia aquele calor maravilhoso em meu coração e sei qual é sua origem, Irmã O. É o meu povo. Rovas está ardendo dentro de mim.

Naquela noite, alguém bateu à porta. Os pais de Jóla. Entre eles, o filho e o genro de Tauer, entraram. Gézor, que é casado com a filha de Tauer, falou por todos:

– A semeadura de primavera está feita e terminada. Não precisamos das crianças na fazenda por algum tempo agora. Então, se Maresi ainda quiser ensiná-las a ler e coisas assim, tudo bem – falou e os outros homens murmuraram concordando. – Podemos pagar com comida, se você aceitar.

Eu acabara de sair do meu quarto e encontrei o filho alto de Tauer, Orvan.

– Queremos que os nossos filhos saibam todas as coisas que você sabe.

– Não posso lhes ensinar o que fiz na noite passada – disse com cuidado. – Aquilo não era conhecimento, mas um dom.

– Seja como for – respondeu Orvan. – Você sabe algo que ninguém aqui sabe, que é ler. O nádor nos enganou muitas vezes com as suas palavras escritas. Mas não vai enganar nossos filhos.

– Não, não vai – concordei com seriedade. – Então, está combinado.

Quando eles partiram, minha mãe me encarou.

– Então será uma escola de verdade agora.

– Será, mãe. E ainda posso contribuir para a família se eles derem alimentos como pagamento.

– Isso não me preocupa. Mas e o seu outro trabalho? Ele é tão importante para todos nós.

Ela estava de pé com as mangas dobradas após ter lavado os pratos. Seu avental estava úmido e de repente notei como ela estava cansada. Havia caminhado e cantado comigo antes de qualquer outra pessoa. Caminhou a noite toda e depois cuidou de mim, preparou a comida e limpou a casa.

Que coisa estranha ela estava dizendo, Irmã O. Estivera falando coisas estranhas desde a minha volta. Afundei em um banco sem tirar os olhos dela.

– O que você quer dizer, mãe?

– Você sabe muito bem! – Ela secou as mãos no avental. – Você tem feito isso o tempo todo, ainda mais desde o outono. – Encarei-a. – O que você fez ontem!

– Ontem eu afastei a geada – falei lentamente. – O que fiz no outono passado?

Minha mãe franziu a testa.

– Você não sabe mesmo? – Ela veio e se sentou ao meu lado. Estudou meu rosto cuidadosamente. – Não, não sabe. Pela pata da ursa, você não sabe! – Ela deu uma risada curta. – As suas caminhadas em torno do vilarejo. O cajado. E aquele pente que te vi usar. – Balancei minha cabeça. – Você está protegendo o vilarejo, Maresi. Achei que estivesse fazendo de propósito! Por que você acha que a colheita do ano passado foi melhor do que nunca? Por que acha que os homens do nádor não estiveram aqui para coletar impostos ou nos perturbar?

– Eu fiz isso? – sussurrei.

– Não aprendeu nada naquela Abadia? É claro que foi você. Tem mais poder dentro de si do que qualquer um que já vi, Maresi. E com as suas caminhadas e o seu cajado você firmou uma barreira protetora nas profundezas do solo ao redor do vilarejo. Nenhum mercador podia nos encontrar no outono passado, não se lembra? Você escondeu o vilarejo inteiro do mundo.

– É por isso que você me seguia todas as noites. É por isso que tem olhado para mim de uma forma tão estranha.

O rosto de minha mãe suavizou.

– Tenho?

Fiz um gesto afirmativo com a cabeça, incapaz de falar.

– Isso me assustou, só isso. Todas as coisas que você pode fazer. Eu já vi antes, quando criança. Isso me assustou na época também. Pensei que fosse algo que lhe ensinaram na Abadia.

– Não. Não isso. Por um tempo, passei todas as noites achando que você queria se livrar de mim.

– Minha filha. – Ela segurou minha mão. – Eu nunca ia querer isso! Não quero nunca perdê-la de novo, entenda.

Ficamos sentadas em silêncio por muito tempo. Finalmente lembrei que minha mãe havia mencionado o pente.

– O que estou fazendo com o pente, então?

– Isso eu não sei. Mas quando você penteia o seu cabelo, parece que algo está sendo amarrado bem forte. Às vezes, sinto dificuldade para respirar. – Minha mãe tossiu, como se apenas a lembrança apertasse seu peito.

Pensei como imaginara amarrando os homens do nádor com força com todos os fios de cabelo que entrelacei em uma trança debaixo do meu travesseiro.

– Acredito que esteja amarrando os homens do nádor – expliquei lentamente. – Segurando-os com força. Isso é parte da proteção.

Minha mãe fez um gesto afirmativo com a cabeça.

– A proteção enfraqueceu durante o verão. Eu não sei por quê. Só que você a fortaleceu ainda mais depois que os soldados espancaram aquele menino.

– Foi por causa de Géros – respondi e senti minhas bochechas enrubescerem. – Parei de fazer todas essas coisas quando estava com ele. – A minha mãe assentiu, sem parecer zangada. – Mas, mãe, como você sabe de tudo isso? Você sabia que a geada estava vindo, foi você quem me fez sair para encontrá-la. Como pode sentir o que estou fazendo quando eu mesma jamais entendi?

Minha mãe soltou minha mão e virou-se para longe.

– Aprendi a reconhecer essas coisas quando eu era muito pequena. Era uma questão de sobrevivência. – Ela colocou um cardigã sobre os ombros, ainda de costas para mim. – Hora de trazer as galinhas para dentro. Esta noite, faço isso, para que você possa ir para cama. – Ela se apressou para fora antes que eu pudesse fazer mais perguntas.

Hoje caminhei até a escola que Kárun me deu e vi os alunos subindo a colina. Todas as crianças de Sáru e Jóla com mais de cinco anos estavam lá, tímidas e com os olhos arregalados. Havia dez delas no total, meninos e meninas. Aceitei meninos também, pois o que mais eu poderia fazer? Ainda não tenho mesa nem bancos, então as crianças se sentaram de pernas cruzadas no chão, eu lhes dei todas as tábuas e pedaços de carvão e o sol entrou pelas janelas abertas e, assim, minha escola começou.

Sua noviça,
Maresi

TERCEIRA COLETÂNEA DE CARTAS

Verão

ueridíssima Jai,

Pouco depois da Noite de Ferro, um dos netos de Tauer correu para me contar que um comboio comercial das planícies de Akkade fora visto ao norte. Corri para a encruzilhada com as pedras verticais, mas não havia ninguém lá. Estava morrendo de medo de perder o "meu" mercador, então armei acampamento junto às pedras na companhia – e proteção, tenho de admitir – de Akios, e lá dormimos. Sustentamo-nos com ovos de pássaros forrageiros, além de um pouco de queijo e pão que meu irmão trouxera, e nos sentimos em casa. Foi uma pausa bem-vinda dos deveres infinitos da vida no vilarejo.

No segundo dia, o comboio chegou; filas de cavalos e mulas carregadas com cestos de lã balançando. Encontrei o meu amigo mercador e dei-lhe as minhas cartas. Ele se recusou a aceitar pagamento e ainda me deu um saco da melhor lã de ovelha. E, desde então, bem, tenho trabalhado mais do que nunca.

Trabalho na escola por quatro dias e, em seguida, fecho-a por dois para que as crianças possam participar das tarefas necessárias em casa e depois reabro a escola por mais quatro dias. Tentei espelhar os métodos da Irmã O, ensinando as crianças a ler, escrever e pensar. Só que é difícil ensiná-las a escrever sem materiais apropriados. As tábuas e o carvão logo se tornaram impraticáveis, porque não é possível apagar o que foi escrito. Eu apresento a eles as letras, ensino a pronunciá-las e a colocar as palavras juntas. Leio em voz alta com frequência, porque a maioria dos meus livros estão em uma língua estrangeira e preciso traduzir em meio à leitura. Apenas o livro de Erva está na língua local. Também fazemos algumas contas simples, com auxílio de pedras e pinhas. Muitos deles são ótimos com números, porque pastorearam porcos e cabras nos bosques e sabem quantos animais têm em suas fazendas. Estou frustrada, não por causa do ritmo de aprendizado, mas porque há tanto que eu gostaria de ensinar e fazer com eles que não posso por falta de ferramentas. Às vezes saímos para a floresta e lhes apresento diferentes plantas medicinais. Também lhes ensino como se lavar e que a higiene é igualmente essencial para o alimento, a casa e o corpo. Sei que isso nem sempre é bem recebido pelas famílias, mas é uma das coisas mais importantes que tivemos de aprender quando chegamos à Abadia, você não concorda?

Maressa e Lenna não estão muito contentes em ter de me dividir com todas as outras crianças; Maressa, em particular, está se metendo em diversas travessuras para demonstrar o seu descontentamento. Muitas crianças têm bastante dificuldade em se sentar quietas e prestar atenção, porque não é algo que elas tenham feito antes. Mas há um garoto chamado Édun, neto de Tauer e irmão mais velho do pequeno Naeri de cabelos pretos, que é o meu favorito. Sei que uma professora não deve ter um aluno favorito, mas você não resistiria a Édun, Jai. Ele tem grandes olhos castanhos e redondos e cabelo castanho encaracolado, e, embora raramente fale, nunca tira os olhos de mim. Ele já consegue ler melhor do que Maressa e Lenna.

Akios está um pouco desapontado que não pode participar da escola. Há coisas demais a serem feitas na fazenda. Pratico leitura com ele à noite, se tenho forças.

Mas há tantas outras coisas a fazer – como se a escola em si não fosse o suficiente! Desde a Noite de Ferro, a atitude dos aldeões comigo mudou. Eu me preocupava que pudessem ter medo de mim ou me considerar ainda mais esquisita depois do que fiz naquela noite. E é verdade que com certeza não me veem como um deles, mas agora estão felizes com a minha presença. Muitos que antes procuravam Tauer agora vêm até mim por causa de suas doenças, ferimentos, gravidez, cabras mancas e tudo mais. Eu os ajudo o máximo que posso. Às vezes realmente consigo ajudar, enquanto em outros casos o melhor que posso fazer é dar um pouco de conforto ou bons conselhos. Entendo cada vez mais o papel que todas as receitas estranhas e rituais prescritos por Tauer têm em seu trabalho ajudando os outros. O meu pequeno canteiro de ervas está sendo usado constantemente e passo muito tempo tirando ervas daninhas e cuidando dele, porque posso prever que precisarei de muitas ervas secas neste inverno. Tento encontrar tempo para preparar misturas e loções também, para ter de reserva, mas é difícil conseguir fazer tudo.

Tem sido um bom verão, com chuva o suficiente e bastante calor e sol, mas não tive muito tempo para aproveitar. Eu mal participei das oferendas de verão este ano; contribuí apenas com um pequeno pão de nozes que eu fizera (que não ficou nada parecido com o pão de Nadum da Irmã Ers) e voltei cedo para casa. Géros está noivo de Tunéli agora. O casamento será no outono, depois da colheita. Eu os vi dançando antes de voltar para casa. Desejo-lhes tudo de bom. Na verdade, eu estava cansada demais para dançar. Juro, de verdade, não senti nenhuma mágoa, nem mesmo tive a vaidade ferida! Apenas estou tão cansada o tempo todo.

Fico mais feliz no início da manhã quando vou para minha escolinha e a grama ainda está úmida do sereno e os pássaros estão tão cheios de vida que a floresta inteira parece estar cantando. Então, por um momento, posso desfrutar da beleza do verão de Rovas. A época da colheita está se aproximando e a escola terá de fechar suas portas por um tempo, pois precisam das crianças em casa, nas fazendas. Devo dizer que estou ansiosa por isso, pois tenho tanto a fazer o tempo todo que vai ser um alívio não ter de pensar na escola, pelo menos por um tempo.

Tenho a minha mula e as minhas cabras para cuidar também. Elas me fornecem fertilizante para o jardim e me tornei hábil em ordenhar a cabra mais velha e fazer queijos deliciosos. Minha mãe disse recentemente que faço queijos melhores que os dela, o que não é um elogio qualquer. Há alguns dias, Akios e eu estivemos na floresta colhendo galhos de bétula para secar como alimento de inverno para os animais. Aproveitei a oportunidade para colher algumas plantas selvagens, tanto as comestíveis quanto as com propriedades medicinais. A escola estava fechada, então estávamos livres para passar o dia todo fora. A Dama Cinzenta nos acompanhava, carregada de cestos e, mais uma vez, estava sendo muito teimosa, tentando me arrastar para dentro da floresta. Mas as pessoas dizem que há soldados nessas áreas, então não ousamos ir muito longe. Eles ainda não nos encontraram, graças à proteção que criei.

À noite, ainda caminho em torno do vilarejo, não importa o quanto esteja cansada, levo o meu cajado de madeira branca na mão, batendo a proteção no solo.

Sua amiga,
Maresi

Minha querida Ennike Rosa!
Estou escrevendo isto à beira da floresta, onde vim buscar um pouco de paz e silêncio. Daqui consigo ver o vilarejo um pouco abaixo de mim, do outro lado do riacho e dos campos. Acredito que ninguém possa me ver. As minhas calças marrons e a camisa de tecido cru se misturam com os troncos de pinheiros. O sol da tarde está ardendo e puxei o lenço sobre os olhos, do jeito que sempre fazia a Irmã Loeni brigar comigo. Minha pele ficou bastante bronzeada com todo esse sol de verão. Um odor quente, seco e picante está emanando da grama e da casca lisa, porém grossa, do pinheiro atrás de mim. Estou tentando economizar papel escrevendo em letras pequenas – espero que você consiga lê-las.

Você pode ler esta carta em voz alta para a Irmã Eostre. Quero especificamente contar às duas o que aconteceu com Marget.

Estou envergonhada do meu comportamento diante dela. Sinto que a traí. Ela era minha amiga antes da minha partida de Rovas. Por que lhe dei as costas?

Então comecei a visitá-la mais. Ela fica feliz com a minha companhia, acredito, pois tem passado a maior parte do tempo em casa desde que foi levada pelos soldados. Não consegui pensar em nada consolador para lhe dizer, nada que apague o que aconteceu. Mas conversamos sobre tudo que é possível. Ela demonstrou interesse no meu tempo na Abadia e lhe contei sobre nossas aulas e tudo mais. Tem sido positivo para mim também. Sinto tanta falta de vocês, irmãs.

Ela nunca mais falou de Akios e também não a vejo bordar nada para o enxoval. Numa noite após a Noite de Ferro, quando estávamos lavando roupas juntas no riacho, lhe perguntei a respeito com cautela, pois estava preocupada que talvez ela temesse que ele a rejeitasse por causa do que aconteceu.

– Não suporto pensar em nenhum homem – respondeu enquanto torcia, pensativa, uma das camisas de seu pai. – Não quero ofender Akios, mas agora acho todos os homens desprezíveis.

– Eu sentia a mesma coisa quando deixei a Abadia – falei lentamente. – As vozes dos homens me amedrontavam. Ainda me amedrontam, sendo sincera.

– O que aconteceu lá? – perguntou ela, tirando cabelo úmido da testa.

Então, pela primeira vez, contei em detalhes o que aconteceu na Abadia quando os homens vieram, quando a Deusa usou o corpo da Rosa como canal para poupar as outras irmãs e noviças da violência dos homens. Eu lhe contei sobre o homem que me esfaqueou, sobre o sangue, e a porta para o reino da Velha.

Ela ouviu com calma, sem tirar os olhos do meu rosto. Em torno de nós, os pássaros de verão cantavam nas bétulas verdes, o sol não parecia se mover de onde pendia sobre os limites da floresta e nossas roupas estavam esquecidas sobre as pedras. Foi maravilhoso conversar sobre tudo isso com alguém que ouvia sem julgar.

Quando terminei, ela se inclinou para a frente e segurou as minhas mãos. Seus olhos castanhos olharam firmemente dentro dos meus.

– Senti enquanto caminhávamos em torno dos campos, Maresi. Senti um poder imenso em você e na terra. Ninguém pode resistir a tal força. Nenhum soldado. Ninguém. Quero aprender isso. Quero ser capaz de fazer tudo o que você faz.

– Eu lhe ensinarei tudo o que posso – prometi com seriedade. – Nem sei como faço tudo isso, nem se isso pode ser ensinado. Mas vou tentar. – Dei-lhe um sorriso e meu coração se aqueceu ao pensar que talvez pudesse ajudá-la. – Irmã Marget.

Desde então, Marget me segue por todos os lugares. Ela se tornou a minha sombra, da mesma forma que eu era a sua quando cheguei à Abadia. Estou fazendo o máximo para ser tão boa para Marget quanto você foi para mim. Ela parece cheia de uma energia nova, como um vento forte que sabe precisamente em que direção está soprando. Começou a frequentar a minha escola. Muitos criticam e sei que os pais dela não estão nem um pouco felizes. Marget não está na idade escolar – está na idade de se casar. Deveria estar costurando e bordando aventais, visitando casas vizinhas onde moram jovens rapazes de idade adequada. Mas Marget não se importa com o que devia estar fazendo. E eu estou feliz com sua companhia.

Agora tenho de voltar para casa e ajudar minha mãe a cozinhar.

Carinhosamente,
Maresi

Venerável Irmã O!

Estamos tendo um bom verão. O clima tem sido favorável para a colheita depois da Noite de Ferro. Estou extremamente ocupada com o trabalho e temos muitos alimentos para comer. Mais galinhas da minha mãe tiveram pintinhos e o nosso bando aumentou. Comemos os galos, o que foi um luxo raro. Minha horta nos forneceu feijões, ervilhas e vegetais variados e agora sou a pessoa para quem os aldeões pedem conselhos sobre doenças e preocupações, o que significa que a minha família está sempre recebendo presentes (um cesto de ovos, morangos silvestres, um pequeno pacote de carne-seca, uma truta recém-pescada, um cúbito de linho tecido em casa). Assumi muitas responsabilidades que nunca imaginei quando deixei a Abadia: drenar abscessos, colocar ombros no lugar, fazer remédio contra verruga, aliviar cólicas de sangue da lua, ajudar algumas mulheres a evitar a gravidez e outras a engravidar, passar pomadas em costas doloridas de velhos, auxiliar em partos. Porém, os casos mais difíceis são aqueles em que não posso ajudar. Tive de falar para a avó de Péra e Tunéli que não havia nada que eu pudesse fazer para salvar a vista dela. Árvan se cortou feio com uma faca e, embora eu tenho evitada que sangrasse até a morte, não pude salvar o seu dedo.

Tauer está feliz em dividir o peso da responsabilidade pela saúde dos aldeões. Seu pai idoso ocupa muito tempo e as pessoas de Jóla ainda dependem dos conselhos dele em vez dos meus. Ele já tem trabalho o suficiente.

Agora é a colheita, o que significa que fechei a escola por enquanto. Estou muito feliz com ela, embora tenha me custado muito. Eu quero que a minha se torne igual a sua. Quero pensar que estaria orgulhosa de mim. Você sempre manteve a compostura, respondia todas as nossas perguntas e sabia como nos ensinar. Uso os mesmos métodos: leio ou recito para as crianças, depois peço que recontem o que acabaram de ouvir para discutirmos juntos. Soletro as palavras e eles têm de repeti-las para mim. Tento ajudá-los a ver as coisas em seu contexto e de maneira holística. Embora eu tenha dificuldades em me manter calma e controlada como você quando os menores não conseguem ficar parados e começam a correr perseguindo abelhas que entraram na escola, a puxar os cabelos uns dos outros ou a andar de quatro imitando gatinhos.

Hoje um carregamento de Jóla chegou à nossa fazenda. Todas as famílias cujas crianças eu ensino juntaram dois sacos de farinha de centeio, um pote de mel, duas galinhas, quatro meadas de lã cinza e verde e – o mais precioso de todos – uma vintena de velas de cera. O próprio vilarejo também pagou muito bem pelas minhas aulas e até incluíram pagamento para as aulas que pretendo dar durante o inverno, se o tempo permitir. A minha mãe e eu estivemos ocupadas o dia todo empacotando tudo e organizando o depósito e a despensa.

Nosso relacionamento está diferente agora que sei que estou protegendo os vilarejos com as minhas caminhadas. Minha mãe não critica mais a minha escola. Ela vê que continuo com a proteção e está feliz que estou contribuindo para o estoque de alimentos. Mas estou explodindo com perguntas não respondidas. Como a minha mãe soube o que eu estava fazendo quando nem eu mesma entendia? E por que evita as minhas perguntas sobre o assunto? Ela apenas tosse e se vira para o outro lado.

Falei com Náraes sobre isso há pouco tempo. Ela a conhece melhor do que eu, afinal. Estiveram juntas esse tempo todo. Minha mãe e eu perdemos muito quando viajei. Náraes estava sentada, costurando as calças de Maressa (ela pediu para usar calças agora, como eu) e ergueu as sobrancelhas quando toquei no assunto da nossa mãe.

– Você sabe que ela sempre foi um pouco estranha – minha irmã disse, encolhendo os ombros. – Ela não é daqui, no fim das contas, então nunca se adequou de verdade. Não acho que queira ser lembrada de sua antiga vida. Ela sempre diz que o que está feito está feito, e é inútil perder tempo com isso.

A minha mãe não é de Sáru nem de nenhum dos vilarejos próximos. Eu sempre soube disso, é claro, mas não é algo em que penso com frequência. O cabelo castanho dela, que Akios também herdou, é mais claro do que o da maioria das pessoas de Rovas. Nunca encontramos nossos avós maternos nem nenhum parente de minha mãe.

– De onde ela vem?

Náraes cortou a linha e inspecionou criticamente as calças.

– Maressa gasta os joelhos mais rápido do que consigo costurar. Não era assim quando ela usava saias! A mãe vem de algum lugar no Oeste, mas nunca disse de onde.

Náraes não estava muito interessada em falar sobre nossa mãe, então levei as minhas perguntas ao meu pai. Eu queria falar com ele onde a minha mãe não ouvisse, então o procurei naquela tarde enquanto ele afiava a sua foice e o seu machado atrás do estábulo. Ele ficou feliz pela ajuda com o rebolo.

– Encontrei sua mãe na floresta, você sabe disso – falou e sorriu com a lembrança. – Vocês amavam essa história quando eram pequenos.

– Mas com certeza era só uma história – rebati. – Ela não pode ter aparecido do nada.

Ele examinou a lâmina da foice e balançou a cabeça.

– Não está afiada ainda... Bem, ela apareceu. Era inverno e o chão estava duro por causa da neve. Eu saí sozinho para esquiar e caçar. Isso foi na época do nádor anterior, não aquele com que você cresceu, mas o pai dele. Aquele que chamavam de caçador de galinhas, porque...

– Eu sei por que o chamavam assim. – Eu não queria ouvir aquela história da galinha mais uma vez. – Você saiu esquiando e a lua estava cheia, então ficou na floresta por um tempo e encontrou algo em uma das armadilhas. De início, você pensou ser um urso pequeno.

– Ela rugia como um – disse ele, e eu podia ouvir o carinho em sua voz. – E estava vestida com camadas de peles. Mas era a sua mãe e passei um bom tempo acalmando-a antes de ousar me aproximar e libertá-la da armadilha. Depois, a levei para casa e minha mãe e eu cuidamos dela até recobrar a consciência e ganhar um pouco de carne em seus ossos. Ela era tão magra, provavelmente não teria sobrevivido por muito tempo sozinha na floresta. Mas tudo deu certo e nos casamos no verão seguinte.

– Mas de onde ela veio? O que ela estava fazendo na floresta no meio do inverno?

– Eu perguntei algumas vezes, no começo. – Meu pai endireitou as costas. – Mas logo ficou óbvio que ela não queria tocar no assunto, então parei de perguntar. E não foi fácil fazer muitas perguntas no início, porque ela ainda não havia aprendido nossa língua. Depois, com o passar do tempo, não parecia mais ser importante.

Parei de girar a manivela.

– Ela falava uma língua diferente?

Meu pai fez um gesto afirmativo com a cabeça.

– Mas ela logo aprendeu a nossa língua e agora nem dá para perceber. Duvido que as pessoas sequer lembrem que ela não é daqui. Eu não lembro.

– Ela nunca me conta nada! Sabe tanta coisa sobre as quais nem faço ideia. E tem agido comigo de um jeito tão esquisito desde que voltei para casa – está distante e fria!

Naquele momento, meu pai pareceu envelhecido e corcunda de um modo que nunca notei.

– Você sabia que a sua mãe tentou trazê-la de volta? Na mesma noite em que você partiu, ela saiu correndo sem chapéu nem agasalho. Akios e Náraes estavam sozinhos em casa e me contaram quando cheguei. Corri atrás dela, sem saber onde procurar. Eu a encontrei no dia seguinte. Ela ainda estava andando, mas não tinha ideia de onde estava. Mal me reconheceu. Quando eu a trouxe para casa, ela estava congelada e ficou na cama por muitos dias. Não achamos que sobreviveria. Não tenho certeza se ela queria sobreviver. Aquele resfriado que ela pegou nunca a deixou realmente. Quando você voltou para casa, achei que talvez melhorasse, mas talvez seja tarde demais para isso. – Ele esfregou os olhos. – Ela me culpa por ter mandado você embora. Ela se deixou ser convencida, mas depois se arrependeu. Nunca me perdoou.

Isso foi outra coisa que eu não notara antes. Há tanto que não sei sobre os meus pais, Irmã O. É como se os visse pela primeira vez.

Sua noviça,
Maresi

 enerabilíssima Madre!

O verão continua, mas o ar mais frio e as tardes mais escuras indicam a chegada do outono. Tauer prevê uma estação fria e um inverno precoce. Porém, sei que conseguiremos sobreviver, nossos depósitos estão quase explodindo.

Vamos conseguir, mas não sei o que será dos outros. Venerável Madre, não paro de aprender coisas novas em Rovas, de ver coisas para as quais eu era cega e o que vejo atemoriza o meu coração. Estive tão concentrada em proteger o meu vilarejo que eu não fazia ideia do que estava acontecendo no resto das terras. Fechei os olhos voluntariamente.

Cerca de dez dias atrás, um mendigo veio ao nosso vilarejo e foi de casa em casa. Ele veio à nossa por último, quando o sol estava se pondo. Demos a ele um pão que se costuma oferecer a mendigos, depois a minha mãe lhe serviu uma tigela de mingau e cortei um pedaço de bom tamanho de queijo de cabra. Ele se sentou em um banco do lado de fora e devorou tudo avidamente, embora também deva ter recebido comida de outras casas. Estava sujo e tinha os cabelos compridos, a barba ia até o peito, castanha, emaranhada com sujeira, e ele não cheirava bem. Sua pele estava queimada pelo sol e a sujeira estava incrustada nas rugas de seu rosto. A minha mãe não queria chegar perto, mas eu tinha de descascar e deixar secando um cesto de ervilhas para o inverno e preferi me sentar lá fora a fim de não fazer sujeira dentro de casa. Então me sentei ao lado dele e tentei respirar pela boca.

– Não comi uma comida boa dessas o verão todo – disse ele e engoliu o mingau quente. – Essas *casa* aqui me deram mais para comer do que consegui em dez *vilarejo* juntos. – Ele olhou para mim da beira de sua tigela. – Eu mal pude encontrar este lugar, sabe. As *trilha* que eu sabia que deveriam estar lá na floresta se apagaram e desapareceram. Mas a mãe de minha esposa era de Sáru, então eu sabia que o vilarejo estava aqui, sabia sim. Eu não desisti. Segui o rio, segui, e depois fui para o Oeste. Não parei de continuar devagar. Tinha algo resistindo, mas não dá *pra* manter longe tipos como eu. Nenhum soldado me incomodou aqui, não. Não como nas estradas. Não como em outros *vilarejo*.

Eu queria me levantar e ir embora. Queria bloquear as verdades trazidas por ele. Porém, no fundo, Irmã O, eu já sabia. Algo impediu que eu partisse e continuei descascando ervilhas sem olhar para cima.

– Há muitos soldados nas estradas, então? – perguntei, conseguindo manter a compostura de minha voz.

Ele deu um sorriso zombeteiro, mas pareceu mais uma risada.

– Muitos? Um homem honesto não consegue andar de uma encruzilhada a outra sem encontrar com eles, ser molestado e acertado com a parte larga de uma espada. Mas deixam tipos como eu em paz. Já levaram tudo o que eu tinha. O nádor levou tudo. – Ele cuspiu no chão e levantei a cabeça, surpresa. Ninguém ousa criticar o nádor abertamente. Nunca se sabe quem pode estar ouvindo. – Ele tomou a minha fazenda e os meus *animal* quando não pude pagar os *imposto*. Mas a colheita havia sido um fracasso – o que eu poderia fazer? Então fomos para a rua, a minha esposa, a minha filha e eu. Isso foi há duas primaveras.

Voltei a olhar rapidamente para as ervilhas. As cascas estavam verdes e saudáveis e as ervilhas que extraí eram redondas e doces. O porco e as cabras ficariam com os restos e eu secaria os grãos junto à fornalha, onde os animais não alcançariam.

– Agora, só resta eu. A senhorita tem mais daquele queijo?

Levantei-me, derrubando as cascas de ervilha que estavam em meu colo, e corri para dentro para pegar queijo. Quando saí de novo, não consegui me sentar e fiquei de pé com os braços cruzados. O mendigo engoliu o queijo com várias mordidas grandes e depois catou cuidadosamente cada migalha de sua barba.

– A vida é difícil nos *vilarejo*, sabe. Os *soldado* perseguem eles. Contam cada galinha, medem cada campo, pesam cada saco de farinha. Os impostos serão brutais este outono. Pode escrever. – Ele olhou para mim com olhos sagazes. – Mas aqui não. Não, a jovem cuida disso.

– E o que você sabe sobre isso? – retruquei.

– Posso ser velho e posso ser pobre – disse o homem, e sugou o ar entre os dentes de uma forma particularmente desagradável. – Mas não há nada de errado com o meu nariz. A jovem senhorita tem cheiro, ela tem. Não pode esconder o cheiro de tipos como eu.

Na hora, não entendi o que ele quis dizer. Mas uma noite, quando estava deitada e acordada, ocorreu-me que minha mãe me cheirou uma vez. Meus poderes, as coisas que eu faço, deixam um odor em mim, e a minha mãe, que claramente sabe muito mais do que lhe dei crédito, o reconheceu. Sempre achei que ela estava cheirando a lavanda que guardo com minhas roupas. Agora sei a verdade.

Outros também o reconhecem, e não só mulheres. É uma grande surpresa – mas agora percebo o quão enganada estive, de várias maneiras.

A minha terra natal está sofrendo, Venerável Madre. Subitamente tudo é arrebatador e difícil – o mundo é grande demais. Há tanto a ser feito. Eu estava me sentindo satisfeita com minha escola, mas agora vejo que não é o suficiente.

Eu me pergunto: o que a Irmã O faria? O que a Venerável Madre me aconselharia? E a resposta está aqui em algum lugar, muito próxima. Pois sei que você faria alguma coisa, simplesmente não se arrastaria para um buraco e se esconderia, como a lebre que espera passar despercebida pela raposa.

A raposa está se aproximando cada vez mais, já está farejando a boca da toca, enquanto estou lá dentro, tremendo de medo.

Respeitosamente,
Maresi

Outono

INHA QUERIDA ENNIKE ROSA!
A colheita terminou e logo será hora de reabrir a escola. Muitas famílias continuam ocupadas com várias tarefas e o festival da colheita ainda está por vir. Mas quando tudo isso estiver feito, finalmente poderei voltar ao topo da colina e ver os meus alunos subindo a encosta gramada. A geada começou a cobrir a grama pelas manhãs. O outono com certeza está vindo cedo este ano e, que pena, a geada levou todas as nossas maçãs de inverno. Elas não tiveram tempo para amadurecer.

Falando nisso, você sabe do que tenho sentido falta recentemente? Limões! Aqui é frio demais para limoeiros. Eu me lembro de como nós duas costumávamos fazer caretas quando Jai enfiava os dentes na casca amarela azeda, mas limões dão um sabor maravilhoso aos alimentos. O frango suculento, assado inteiro e recheado com limões, azeitonas e tomilho da Irmã Ers! Ah, às vezes sinto tanta falta da comida da Abadia que me dá água na boca. Sempre ganhávamos muitas surpresas deliciosas no outono. Bom, você ainda ganha, é claro. O mel e os bolos de nozes da Irmã Ers! E aquele cozido de peixe com mariscos e montes de temperos...

Como agradecimento por aliviar a dor de dente de Feira – o suficiente para Jannarl conseguir ajudar a arrancar o dente dela –, Haiman me deu um linho marrom grosso com o qual estou tentando costurar calças para mim. A minha mãe se recusa a ajudar, porque ela ainda é da opinião de que devo usar apenas saias e trançar meu cabelo. Ela aceitou todo o resto, exceto a minha aparência. Pelo menos parou de me perturbar por isso. Ela ficou muito fatigada durante a época da colheita, sua tosse não aparenta sinais de melhora e nenhum dos chás que lhe faço ajuda. Às vezes, ela faz um chiado horrível quando respira. Queria que a Irmã Nar estivesse aqui para me aconselhar. E como queria que Jai estivesse aqui com seus dedos ágeis! Ela teria terminado de costurar essas calças há muito tempo. Tenho lutado com elas toda noite por vários dias. Há sempre uma hora em que a frustração se torna demais para mim; jogo a costura para um canto e juro nunca mais tocá-la. Ainda assim, preciso de calças novas, pois as velhas estão gastas demais e não vão aguentar mais um inverno.

Porém, não era sobre isso que pretendia escrever. Ontem, de manhã cedo, fui à minha escolinha pela primeira vez depois de um tempo. Queria me certificar de que tudo estava como deixei. Meus pais estão indo ao vilarejo de Murik, para o mercado que ocorre após o festival da colheita, e querem que os acompanhe enquanto a escola está fechada. A irmã do meu pai se casou em uma grande propriedade em Murik, onde o filho dela, Bernáti, assumiu a fazenda. Ele é casado com a irmã de Jannarl, então Jannarl e Náraes querem vir também.

Murik, que fica a uma caminhada de dois dias para o oeste, é um vilarejo muito maior do que Jóla ou Sáru e seu mercado atrai comerciantes de todos os lugares. Como ninguém consegue achar o caminho para nossos vilarejos ultimamente, precisamos de certas coisas. Meu pai quer uma lâmina nova para o machado; a minha mãe, uma chaleira. Náraes espera comprar alguns carneiros, pois estamos precisando muito de lã para roupas. Quero comprar mais papel e tinta, como sempre. Um pouco de açúcar seria bom, se houver algum, e o nosso estoque de sal está quase acabando. Sal só pode ser comprado dos mercadores oficiais do nádor, cuja loja é fortemente protegida por soldados. Sinto-me um pouco desconfortável com essa viagem, mas entendo que é necessária.

De qualquer maneira, ia escrever o que aconteceu ontem. Lá fui eu para a minha escola atravessando a grama coberta de gelo, passando pelos arbustos de rosas cheios de cinorródios. Preciso encontrar tempo para colher alguns: secando-os e moendo-os, eles fazem uma farinha reparadora, a Irmã Nar me ensinou. Eu vestia as luvas que a minha mãe tricotara para mim, o manto vermelho e calçava as botas.

Os raios do sol outonal recaíam sobre minha escola coberta pela geada, fazendo-a cintilar como o palácio de Irindibul. Para minha surpresa, havia fumaça saindo da chaminé. Corri até lá e abri a porta.

– Olá? Quem está aí? – falei sobriamente.

A sala cheirava a fumaça e madeira fresca. Parei à porta, atônita. No centro da sala havia uma mesa comprida com bancos, porém ela era muito peculiar, com a beirada levantada por toda extensão, como uma caixa rasa.

– Sou só eu, Maresi – disse uma voz baixa.

Kárun estava ao lado da lareira, empilhando lenha. Ele limpou as cascas de madeira de suas mãos e sorriu para mim. Usava uma camisa nova, azul, que deve ter comprado em Irindibul. Ela fazia com que parecesse um estrangeiro. Como um pássaro azul que voou até aqui em vez de ir para o Sul durante o inverno. Suas mangas estavam dobradas. Eu me esquecera de como os ombros dele eram largos. O azul acentuou a cor morna de seus olhos. Estava feliz em vê-lo, devo admitir. Eu o julguei mal quando o conheci naquela primeira primavera. Ele é um bom homem.

– Kárun! – exclamei. – Você está de volta! – Sorri para ele, fazendo-o sorrir também.

– Bem, já voltei há algum tempo, mas estive ocupado aqui. Queria arrumar algumas coisas antes de chegar a hora de você reabrir a escola. – Ele fez um gesto para mesa. – Ainda não está terminada.

– É muito bonita! – falei e admirei a beleza da mesa de madeira clara. – Mas por que a beirada é assim?

– Ouvi dizer que as professoras dos meninos ricos em Irindibul os fazem escrever em areia. Então peguei alguns sacos de areia fina, das margens junto à Catarata da Senhora. – Seu entusiasmo crescia à medida que falava. – E é por isso que construí essas beiradas. Você pode encher o espaço entre elas com areia e as crianças podem escrever com gravetos. Vou construir alguns tampos leves para a mesa, assim também pode ser usada normalmente quando estão fazendo outra coisa.

– Kárun! – exclamei, surpresa e atônita demais para dizer qualquer outra coisa.

– É uma ideia muito boba? Talvez não seja assim que você ensine a escrever. – Ele cruzou os braços sobre o peito. Corri até ele e toquei o seu braço.

– É uma ideia maravilhosa – respondi, sem conseguir impedir que lágrimas enchessem meus olhos. – Tem sido uma dor de cabeça tão grande tentar pensar em uma maneira para que possam praticar a escrita de letras e palavras. Isso é perfeito. Absolutamente perfeito.

Kárun olhou para a minha mão em seu braço. Tirei-a bem rápido. Estávamos muito próximos um do outro. Eu podia sentir o calor irradiando do corpo dele. Podia ver claramente os tocos de barba crescendo em seu queixo. Ele me olhou e senti as minhas bochechas começarem a esquentar. De repente, desejei ter deixado minha mão onde ela estava.

– Construí algumas prateleiras aqui – falou, sem perder o contato visual. – E há algumas coisas que comprei em Irindibul.

Olhei para a pilha de madeira. Atrás dela havia uma estante de livros marrom e elegante. Em uma das prateleiras havia um ábaco com contas muito coloridas, pintadas com padrões decorados típicos de Irindibul. Mas não prestei muita atenção àquilo, pois ao lado havia dois livros! Soltei um grito e corri para eles. Dois livros de capa de couro, Ennike! Eu estava sem palavras e corri os meus dedos sobre as lombadas. Tirei o primeiro com cuidado, depois o outro, abri cada um deles e li as folhas de rosto, belamente escritas à mão. Um título era *Soberanos de Urundien e os seus reinos* e o outro, *Quatro peças por Andero e uma seleção de sabedorias e aforismos de Ofoli*. Livros absolutamente novos. Livros de que eu jamais ouvira falar – que nem a Irmã O conhece. Eu mal podia esperar para me sentar e começar a lê-los.

Só que você sabe quanto custa um livro, Ennike. Você sabe quanto trabalho vai em uma única página.

– Não havia muitas opções – justificou-se Kárun atrás de mim. – Espero que esses possam ter algum uso.

Engoli em seco algumas vezes e me virei.

– Isso é demais – falei e olhei para ele. – Você deve ter gastado tudo o que ganhou nesses livros e no ábaco. Não posso aceitá-los.

– Eles não são para você – respondeu, olhando-me nos olhos. – São para a escola.

Eu não tinha como discutir frente àquilo.

– Além disso, não foram tão caros – completou suavemente e começou a vestir seu colete de couro. – Agora, vou sair e fazer um tampo para a mesa. Se você achar que é uma boa ideia.

Estou convencida de que ele estava mentindo ao dizer que os livros não foram tão caros, mas não falei nada. Eu lhe respondi que a mesa cheia de areia era uma ideia excelente e que ficaria grata se construísse um tampo. Kárun calçou as luvas que fiz para ele e saiu. Parecia frio demais do lado de dentro, apesar do fogo. Olhando à minha volta, descobri algo que não havia notado antes. Ao lado da parede oposta, junto à lareira, havia um colchão sobre o piso. Um cobertor grosso estava em cima dele. Kárun estava dormindo na escola? E caso estivesse, por quê? Mas não tinha tempo para pensar nisso. Agarrei os livros, os abracei em meu peito e corri para casa com tanta pressa que tropecei várias vezes e quase caí. Escondi-me em meu quarto e fiquei sentada lendo até tarde e hoje passei o dia lendo. A minha mãe e o meu pai podem falar o quanto quiserem. Ler um livro que nunca li antes, ver palavras completamente novas e descobrir novos pensamentos e mundos – eu senti *tanta* falta disso, Ennike! Tenho de escrever e contar a Jai sobre isso também, pois sei que ela entenderia como me sinto. Ou talvez você pudesse ler para ela a última parte sobre os livros, para que eu possa continuar a ler agora.

Mas pode omitir algumas partes sobre Kárun.

Carinhosamente,
Maresi

enerável Irmã O!

Tenho dois livros novos! Ou melhor, a escola tem dois livros novos. Eles são de Irindibul e são escritos na língua partilhada por Rovas e Irindibul. Um deles é um volume bem fino contendo quatro peças curtas escritas por um homem chamado Andero, que acredito ter vivido há cerca de cem anos. Elas são histórias bem divertidas. Fico feliz de ter algumas peças para ensinar teatro aos meus alunos e talvez até fazer uma pequena performance. Mas a segunda seção do livro me interessa mais, pois contém os aforismos e sabedorias de um homem chamado Ofoli, com belas ilustrações. Você já ouvir falar dele? Estou estudando com atenção, porque parece que uma verdade maior e mais complexa está escondida entre as máximas frequentemente banais e comuns.

O título do livro maior, encadernado com couro preto, é *Soberanos de Urundien e os seus reinos* e é muito informativo. Percebo que deve ter sido comissionado por algum monarca e, dessa forma, estou considerando suas alegações com cuidado. Por exemplo, não acredito de fato que cem mil guerreiros de Lavora colocaram-se contra o exército de Bendiro durante a época de Arra e Surando. Lavora era uma terra pequena e teria tido dificuldades de mobilizar tantos homens. Mas estou aprendendo muito sobre o nosso reino, a maior parte é novidade para mim. Há mapas também – o primeiro que vi que inclui a minha província. O livro contém uma lista de soberanos, vários mitos sobre a conquista e ascensão de Urundien, quem se casou com quem e por que, como várias regiões foram conquistadas (ou, em alguns casos, como o de Lavora, como escaparam da conquista) e os grandes feitos de vários governantes. Uma coisa interessante que aprendi é que Evendilana, que é citada na lenda de Arra dentro do livro de Erva, parece ter sido uma pessoa real. Como uma mulher, ela é mencionada apenas brevemente, mas de forma fascinante e muito intrigante:

> Quando Bendiro, o Verdadeiro, faleceu, a sua filha Evendilana era a única herdeira do trono. Por um tempo, o reino foi governado pela segunda esposa de Bendiro e pelo principal conselheiro dele, o duque de Marena. Esperava-se que a princesa se casasse com o duque, mas veio a governar o reino por direito próprio por dez anos. Acreditava-se que ela tinha grande talento em todos os instrumentos musicais e que ouvi-la tocar podia levar homens adultos às lágrimas. Depois disso, a terra foi governada por Kamarel, o Justo, que conquistou as montanhas de Tungara e nove minas de prata.

Curiosamente, não é dito que Evendilana morreu quando seu governo acabou. As mortes de todos os outros soberanos foram registradas em detalhes. Também não é dito que ela se casou com Kamarel, pois o livro menciona as três esposas dele e os filhos que teve com elas. A impressão é que Evendilana era filha de Bendiro com a sua primeira esposa, que é mencionada um pouco antes no texto:

> Em seu aniversário de vinte e um anos, Bendiro se casou com Venna, filha de um governante da província de Rovas, selando, assim, a união entre a província pobre e o reino poderoso. Venna era conhecida por sua beleza, mas era contra a aliança, mais entre Rovas e Urundien do que entre ela e Bendiro, e faleceu alguns anos depois do casamento. Bendiro então se casou com a filha da irmã do marido de sua tia, Tarenna de Tandari. Quando se casou, ela trouxe consigo trinta cavalos, sete navios de guerra e um pavão.

Isso significa que Evendilana, a infeliz princesinha das histórias, tem sangue de Rovas! Essa descoberta me deixou totalmente encantada.

Sua noviça,
Maresi

QUERIDÍSSIMA JAI!

Tanto aconteceu desde a última vez que lhe escrevi. Ainda não me recuperei totalmente. Tudo o que vi e passei são de enorme importância, mas ainda não sei como agir nem o que isso significa para mim ou para Rovas.

Como Ennike deve ter lhe contado, meus pais queriam ir ao mercado de Murik para comprar várias coisas; e como a irmã de Jannarl também vive lá, Jannarl e Náraes vieram conosco. Viajar num grupo grande pareceu mais seguro. Antes de partir, visitei a escola com algumas roupas de cama que os aldeões haviam oferecido como pagamento pelas aulas. Como Kárun doou móveis e livros para a escola, pensei que era o mínimo que eu podia fazer. Parece que ele está morando na escola enquanto faz os preparativos finais para o inverno e posso entender por quê. O casebre dele é de um estilo antigo, com uma saída para fumaça e nenhuma chaminé de verdade, além de escuro e cheio de correntes de ar. O outono está muito frio e há geada todas as noites. Quando cheguei à escola, Kárun não estava em lugar algum, mas uma pilha alta e arrumada de lenha estava junto à parede. Arrumei a cama e deixei um pouco de comida sobre a mesa: alguns ovos cozidos, pão de centeio e queijo de cabra que eu mesma fizera. Afinal, ele é um jovem solteiro sem fazenda e imagino que a sua dieta seja bastante monótona.

Partimos de madrugada há seis dias. A Dama Cinzenta puxava uma pequena carroça que havíamos pegado emprestada enquanto eu caminhava ao lado dela, com o meu cajado como apoio. Eu estava vestindo as calças novas que costurara. Elas não são do tamanho certo, mas pelo menos são quentes e não têm buracos. Fiz um esforço para estar apresentável, pois o mercado é uma ocasião festiva. Escolhi um dia de clima um pouco mais ameno para lavar o corpo e o cabelo no celeiro. Usei meu pente da Abadia para arrumar os fios. Estava vestindo a blusa de linho que Náraes bordara, um suéter que minha mãe tricotara e calçava as botas que Kárun me dera. Eu também usava na cabeça um lenço de lã que recebera como pagamento pelas aulas e, na minha cintura, o cinto branco, preto e vermelho de minha mãe. O manto vermelho que me deu ainda é a coisa mais elegante que possuo e ninguém mais em Rovas tem nada comparável.

Maressa e Dúlan foram na carroça com os adultos atrás delas. Trouxemos alguns produtos para vender ou trocar: alguns sacos de farinha, dois cestos cheios de ovos, o meu queijo de cabra e um pouco de soro fervido, as frutas silvestres em conserva de Náraes, os cestos finos de palha do meu pai e uma seleção das minhas ervas secas, especiarias, xaropes e pomadas. Fomos para Jóla primeiro e depois para mais longe, seguindo para sudoeste pelas trilhas e marcas de carroça. Era um dia ensolarado, mas muito frio, com geada por todos os lados. As tramazeiras tinham cachos pesados de frutos, o que Tauer diz ser um sinal de um inverno rigoroso. A Dama Cinzenta seguiu a trilha com obediência e dessa vez não tive de brigar com ela. Estávamos enfim fazendo o que ela há muito queria: ir embora do vilarejo. Assim que deixamos Jóla para trás, eu ouvi. Aquele tom. O tremor no solo que se espalhava pelas minhas pernas e para dentro do meu corpo e fazia os meus dentes formigarem. Sabia que estivera à minha espera e ele me invadiu com um poder inacreditável, enchendo-me da cabeça aos pés, e por um tempo tive dificuldade de ouvir qualquer outra coisa. Isso me amedronta. Eu sei que é o som da Velha e de Rovas. Talvez sejam uma única coisa. É o modo da Velha falar comigo aqui. Não posso ouvi-lo no vilarejo e comecei a suspeitar que é outro efeito da barreira protetora que criei. Parece que nada pode penetrá-la. A Velha está usando esse tom para me dizer que quer algo de mim e comecei a suspeitar o que pode ser.

Mas não quero enfrentá-la.

Os outros sons logo retornaram: o ruído da grama sob minhas botas, o rangido das rodas da carroça, Maressa apontando as coisas com entusiasmo para o avô. O falcão gritava triunfantemente sobre nós. Os últimos pássaros migratórios piavam alto sobre as nossas cabeças. Estão indo para o Sul. O desejo de me juntar a eles em sua viagem não é nem de perto tão forte como era no ano passado, nessa mesma época. As árvores mudaram de cor e agora exibem folhas cor de laranja, vermelhas e douradas que brilham entre o verde discreto dos pinheiros.

Caminhamos até a fome nos alcançar e nos sentamos aos pés de uma tramazeira toda laranja para comer algumas das provisões que minha mãe e Náraes haviam embalado. Depois continuamos a andar. Tivemos de atravessar um riacho e, em dado momento, chegamos a um pequeno rio e precisamos fazer uma grande busca até conseguir encontrar uma velha ponte decrépita.

Caminhamos por muitos campos, amarelos com o restolho. Mais tarde, chegamos a um pequeno vilarejo composto por quatro cabanas cinza de madeira agrupadas ao redor de um pátio central. Não vimos nenhum animal, mas fumaça saía das chaminés. A minha mãe se aproximou de uma das casas e bateu à porta, enquanto Jannarl tirava as meninas da carroça e eu me sentava para descansar as pernas.

A minha mãe estava prestes a entrar, como é costume em Rovas, mas naquele instante a porta foi aberta por uma mulher magra com um cardigã cinza e uma saia de tecido cru. Ela olhou fixamente para minha mãe sem dizer nada nem convidá-la a entrar.

– Abençoado seja o seu lar – saudou a minha mãe.

A mulher à porta relaxou um pouco quando ouviu nossa saudação antiga, mas continuou ali parada e não deu espaço para permitir que a minha mãe entrasse.

– Abençoados sejam os viajantes – respondeu em voz baixa. – O que os traz aqui?

– Estamos a caminho do mercado de Murik – disse minha mãe educadamente. – E gostaríamos de saber se poderíamos esquentar água em sua fornalha e deixar as pequenas se aquecerem um pouco. – Ela apontou para Maressa e Dúlan. Quando a mulher as viu, sorriu e deu um passo para o lado.

– É claro. Perdoe a minha indelicadeza, mas nunca se sabe quem está nas estradas hoje em dia. Por favor, entrem e se aqueçam, mas não temos nada a oferecer.

Todos nós entramos e encontramos uma sala simples com pisos de madeira de verdade e tapetes gastos. Quatro camas estavam presas a duas paredes e havia uma mesa comprida de madeira escura, limpa, e dois bancos estreitos com almofadas bordadas. Tudo era velho, desbotado e gasto. Fiz um pouco de chá em uma chaleira que a mulher me emprestou. Ela tinha duas filhas, uma da idade de Akios e outra um pouco mais jovem. Ambas eram muito bonitas, uma loira e outra morena, com tranças grossas, mas braços magros. Entendi por que sua mãe temia soldados.

Enquanto bebíamos nosso chá e as menininhas brincavam com um gatinho preto como carvão, a mulher e sua filha mais velha nos contaram um pouco sobre as suas vidas. Uma doença levou o homem da casa há dois invernos e agora elas mesmas trabalhavam a terra, com a ajuda de um tio de uma fazenda vizinha. Elas não tinham animais, nem mesmo galinhas.

– O nádor levou alguns deles como impostos e nós não tivemos escolha senão comer o que sobrou – disse a mulher, sem um pingo de amargor. Ela podia muito bem estar falando sobre a geada – algo inevitável, a força da natureza. – Ele já levou os impostos deste ano. Não sei como vamos sobreviver ao inverno.

A menina mais nova tinha marcas vermelhas de uma alergia severa. Olhei para elas de perto.

– Se você encontrar aveia, pode usar para aliviar a alergia. Cozinhe um mingau, deixe-o esfriar e coloque-o sobre a pele.

Ela encolheu os ombros e olhou para o outro lado.

Antes de continuarmos a nossa viagem, os meus pais se entreolharam brevemente. Depois, a minha mãe saiu, foi até a carroça e trouxe consigo um avental cheio de ovos, que entregou para a mulher da casa.

– Como um agradecimento pela hospitalidade.

A mulher olhou para os ovos por muito tempo, mas balançou a cabeça.

– Nunca colocamos um preço na hospitalidade em Rovas. Eu não serei a primeira a receber pagamento por um pouco de calor e água.

– Então considere isto um presente de vizinhos – disse a minha mãe com teimosia. No final, convenceu a mulher a aceitar os ovos.

Continuamos a andar em silêncio. As meninas dormiam na carroça, enroladas em peles. Quando escureceu, armamos acampamento em uma encosta bonita de onde era possível ver, à distância, a fumaça de Murik. A previsão era que chegássemos um pouco após o meio-dia do dia seguinte. Akios e eu acendemos uma fogueira e minha mãe dividiu as provisões. O som da Dama Cinzenta mastigando me fez dormir, junto com o murmúrio persistente do tom de Rovas.

Esta carta se tornou muito longa, perdoe-me, Jai. Palavras demais, a Irmã O diria. Concentre-se no assunto! Mas é assim que devo escrever, para capturar tudo o que aconteceu e como me senti. Essa é a minha natureza. Esta carta será tão longa que levarei muitos dias para escrevê-la. Agora está escuro demais e a minha mão está cansada. Boa noite, Jai, minha amiga. Continuarei amanhã.

É de tarde e tenho um pouco de tempo para mim. Todos os outros saíram, para variar. Às vezes sinto que nunca posso ficar sozinha de verdade, exceto quando caminho em torno do vilarejo para fortificar a proteção. Faço isso mais do que nunca agora. Faço com tanta frequência que a minha mãe diz que vou me exaurir. Realmente estou muito cansada. As minhas pernas estão tremendo. Eu ficaria contente em dormir até o fim da manhã.

Se eu vivesse com a irmã de Jannarl, Selas, e nosso primo Bernáti, nunca me sentiria só. Murik é o maior vilarejo que vi em Rovas, com cerca de vinte propriedades. Ele fica num lindo vale fértil, que foi cultivado por tanto tempo que a floresta foi empurrada para trás e domesticada. Como deve ser exuberante no verão! Mesmo agora, quando os campos nus estão escuros com lama, é uma região bonita. O vilarejo em si consiste em cinquenta construções, que formaram uma vista incrível para Akios e as meninas! Até Náraes admirou à sua volta com olhos arregalados enquanto caminhávamos entre as casas a caminho da fazenda de Bernáti. Havia muitas pessoas circulando por causa do mercado. Podíamos vê-lo à distância.

Mesas e barracas haviam sido montadas em um dos campos cheios de feno fora do vilarejo, cavalos e bois foram amarrados ao redor e fumaça subia das fornalhas de ferreiros e das várias fogueiras em que a comida estava sendo cozida. Música e conversas distantes viajavam pelo vento.

Maressa se levantou na carroça e quase caiu para fora dela, desesperada para ver melhor. Porém, primeiro iríamos ver Bernáti. Ele mora numa colina à beira do vilarejo, longe dos barulhos e odores das outras propriedades. Eu sabia que eles tinham uma casa grande e luxuosa, mas, ainda assim, fiquei atônita quando a vi. É como uma casa em cima da outra, Jai! Você consegue imaginar? Há outro piso no lugar onde deveria ser o telhado, com paredes e janelas ao redor dele, e só por cima disso é que vem o telhado. E a propriedade contém tantas construções que parece um pequeno vilarejo em si. Elas são organizadas em três lados e há uma cerca de verdade com um portão pelo pátio.

A primeira coisa que vimos foi um soldado. Ele estava guardando a porta de um dos barracos, entediado. Havia uma espada ao seu lado. Todos paramos ao portão, confusos. Meu pai veio ficar à frente de nós, mulheres, e Jannarl se juntou a ele. Eles conversaram rapidamente, sussurrando. O soldado nos olhou, zangado, mas não se moveu.

Depois, a porta da casa se abriu e tia Míraes deu um passo para fora.

– Irmão – exclamou em alto e bom som, para que o soldado pudesse ouvir. – Abençoados sejam os viajantes!

– Abençoado seja o seu lar – respondeu meu pai com certa incerteza.

– Entrem, entrem – disse tia Míraes. – Vocês vieram de longe. E trouxeram as pequenas, Míos ficará contente! Míos é o meu neto mais novo. Venham, entrem.

Meu pai abriu o portão e nós entramos. Minha tia estava como eu me lembrava: era ossuda e tinha orelhas protuberantes, como meu pai. Ela vestia uma blusa branca com a gola alta bordada em verde e vermelho, uma saia de linho listrada e um avental bordado impecavelmente limpo amarrado em sua cintura. Nunca fui vê-la quando era pequena, porque ela e seu marido, Tan, sempre nos visitavam. Eles tinham carroça e cavalo próprios e podiam viajar pela estrada longa entre os vilarejos em um único dia. Sempre traziam presentes para nós, crianças: brinquedos que o tio esculpira, alguns bolos deliciosos que a tia fizera. Seus filhos, Bernáti e Tessi, eram mais velhos e passavam a maior parte do tempo com os adultos, mas eu gostava muito deles. Tessi era especialmente gentil e sempre contava histórias maravilhosas para mim e Akios. Ela é solteira e vive na casa da família. Costumava trazer um pedaço enorme de manteiga para minha mãe e vários queijos que ela mesma fizera com o leite do seu gado e, às vezes, um creme doce delicioso.

Isso foi antes da fome, é claro.

O soldado nos observava, ainda em silêncio, enquanto soltávamos a Dama Cinzenta, a amarrávamos num anel em uma parede e lhe dávamos um pouco de palha para mastigar. Então, entramos na casa. Vou descrevê-la para você, pois deve ser uma das maiores casas de fazenda em toda Rovas.

Bem, nas cidades eles certamente têm casas maiores e mais sofisticadas, mas no campo casas de dois andares com tantos cômodos são muito raras.

No andar térreo fica a sala principal, com uma lareira grande de tijolos e uma fornalha de pão, onde a tia Míraes e a irmã de Jannarl, Sela, cozinham em panelas grandes que estão penduradas em correntes. Sua família é grande, então as panelas também têm que ser. A sala principal é enorme, com uma grande mesa comprida no meio e bancos de cada lado, além de camas embutidas nas paredes encobertas por cortinas belíssimas, onde os garotos da fazenda e ordenhadeiras dormem. Há três garotos e duas garotas trabalhando para eles. A sala é majestosa, imagine, com pisos de madeira e vários carpetes listrados e compridos, tecidos em casa, e tapetes nas paredes. Há apenas duas janelas, então é um pouco escuro, mas muito limpo e arrumado. Há até uma mesa grande presa à parede que pode ser dobrada e usada para carpintaria durante o inverno, quando está frio demais para trabalhar lá fora. Há um quarto onde Selas e Bernáti dormem juntos com seus filhos – Míos, que tem a idade de Maressa, e Kunnal, que tem dez anos. Também há uma despensa fria – ou a sala do leite, como eles a chamam –, em que guardam alimentos. Em outra sala maior moram a irmã mais velha solteira de Bernáti, Tessi, e a filha dele com Selas, Unéli, que tem doze anos. Há também um tear.

No total, há treze pessoas vivendo na mesma casa. À nossa chegada, todos, exceto tia Míraes, estavam no mercado. Ela ficara em casa, pois não queria deixar a fazenda sem supervisão. Explicou brevemente quando nos sentamos à mesa após nos oferecer uma tigela grande de mingau quente e delicioso, entregando uma bonita colher de madeira talhada para cada um.

– O mercador de sal está aqui – disse em voz baixa com um olhar furtivo para a porta. – Aquele é um de seus soldados que guarda alguns dos depósitos de sal enquanto o mercador está fora com outros dois. Como a maior propriedade no vilarejo, tivemos que acomodá-los, como sempre. Os soldados dormem aqui com os meninos da fazenda e o mercador dorme no quarto de Bernáti e Selas. Eles dormem conosco e as ordenhadeiras foram ficar com Tessi. – Ela nos olhou com uma certa preocupação. – Teremos que levar os meninos da fazenda e soldados para o sótão, que deve ser quente o suficiente por enquanto, então vocês terão espaço aqui embaixo. Não podemos mover o mercador de sal.

– Não se preocupe, irmã – disse meu pai. – Ficaremos bem.

Ele e a minha mãe, porém, trocaram um olhar apreensivo. O mercador de sal sempre viaja cercado de soldados. E as pessoas comuns como nós querem o mínimo de contato possível com eles.

– Não há o que fazer – concordou a minha mãe em voz baixa. – Não há outro lugar para ficar.

– Não precisaremos ficar mais de duas noites. Maressa e Maresi podem dormir lá em cima com Tessi e o resto de nós cabe aqui embaixo.

– Vocês têm que ser muito amigáveis e educadas com o mercador e os homens dele – alertou Náraes para Maressa com seriedade. – Fiquem longe de seu caminho o máximo que puderem e só falem com eles se falarem com vocês primeiro.

– Sim, mamãe – disse Maressa com a boca cheia de mingau. – Podemos ir para o mercado agora?

– Em breve – respondeu Jannarl. – Como tem sido o verão?

– Bom, na maior parte do tempo – disse Míraes, que ainda estava de pé à cabeça da mesa para se certificar de que tínhamos tudo de que precisávamos. – Alguns dos campos foram afetados pela geada, mas só os menores. Tivemos uma boa colheita e leitões saudáveis de todas as minhas três porcas sobreviveram. Há mais soldados no vilarejo do que só os do mercador, é claro – ela suspirou. – Eles coletam impostos, na verdade – perdi nove leitões. Sem mencionar a farinha que levaram. A cada ano fica mais arbitrário o quanto a Coroa acha que deve ser taxado. Esta família tem muitas bocas para alimentar e parece que teremos um inverno terrível. E há muitos que não têm tanta sorte quanto nós.

– A colheita foi pior para outros? – perguntou minha mãe.

– Não, não exatamente. Só que muitos ainda não se recuperaram dos invernos da fome anteriores. E com esses impostos severos, para a maioria é impossível se recuperar. Vocês mesmo verão no mercado.

– Você deveria ter um pouco mais de cuidado, irmã – aconselhou o meu pai em voz baixa. – Não expresse seu descontentamento tão alto com os homens do nádor nas proximidades.

– Ah, mas não foi o nádor quem decidiu tudo isso – disse Míraes, surpresa. – Ele só está seguindo as ordens da Coroa. O soberano de Urundien é o verdadeiro ladrão.

Quando terminamos de comer, fomos ao mercado. Estávamos cansados, mas as crianças estavam animadas e só tínhamos dois dias para cumprir todas as tarefas. Deixamos as nossas coisas em casa com Míraes e caminhamos para dentro do turbilhão de sons e aromas.

O mercado era maravilhoso – até nós vermos o que estava acontecendo à beira dele. Só que até então, pude me divertir com as pessoas vestidas de modo festivo, os cheiros deliciosos e os produtos maravilhosos exibidos nas mesas. Havia tecido, lã e linha à venda, além de muitas panelas. Havia ferreiros, cada um com uma bigorna. Havia artesãos de cestos, músicos, bobos da corte, médicos, mercadores de especiarias e lá, no meio da multidão, estava a banca do mercador de sal com o seu toldo vermelho-sangue e dois soldados parados de cada lado. Havia muitos soldados se movendo na aglomeração, levando o que queriam sem pagar e olhando para todas as jovens bonitas. Senti um medo constante de ver aqueles que haviam estado em nosso vilarejo. Aqueles que levaram a minha prata e desonraram o corpo de Marget.

Moviamo-nos como um grupo, Maressa nos ombros do pai, Dúlan nos braços da mãe. Andamos por meio das bancas como um pequeno bando de galinhas. Náraes foi a primeira a notar algo estranho.

– Vejam que quase ninguém está vendendo animais. E poucos vendem comida.

Era verdade. Encontramos um homem com alguns porcos jovens e magrelos à venda por um preço ridículo. Uma mulher estava vendendo ovos de pato e outra vendia pintinhos. Um mercador do Sudoeste tinha várias linguiças defumadas e havia uma mulher grande de bochechas vermelhas vendendo porcos fritos temperados. Todos temiam o inverno iminente e os seus estoques eram esparsos. E carneiros, que Náraes procurava, não eram encontrados em lugar algum.

– Suponho que terei que comprar só lã, então – disse minha irmã, desapontada. – Estava torcendo tanto para começar a criar os meus carneiros.

Não encontrei nem papel nem tinta. Praticamente ninguém saber ler em Rovas.

Foi quando estávamos caminhando pela beira do mercado, onde os poucos animais que estavam à venda eram mantidos, que eu os vi. Um grupo de soldados apontava para algo pequeno que ficava aparecendo em uma pilha de lixo com movimentos rápidos. Um soldado jogou restos de uma maçã na figura que se movia e cabelos pretos desgrenhados desapareceram na pilha. Logo estava de volta e outro apareceu ao seu lado.

Eram crianças. Mais de duas. Crianças raquíticas, com roupas rasgadas, vasculhando o lixo em busca de algo comestível. Eu vi uma – não pude dizer se era um menino ou uma menina – mordendo o resto da maçã que o soldado havia jogado fora e engolindo-o com duas mordidas. O soldado xingou e pegou uma pedra, uma pedra grande. Ele a jogou e acertou uma das crianças na perna. A criança não emitiu um único som, apenas se arrastou e sumiu de vista.

Eu tinha o meu cajado, mas nenhuma porta prata apareceu para ser aberta. Eram muitos soldados e estávamos desarmados. Encarei-os e os amaldiçoei, conjurando a ira da Velha, a maldição da Donzela e a fúria da Mãe. Um deles se virou para nós.

Era um dos que havia coletado a minha prata na primeira primavera, aquele que usava roupas mais elegantes do que os outros. Virei a cabeça rapidamente e escondi o rosto sob o manto, mas não antes de vê-lo franzir a testa, como se tentasse se lembrar de alguma coisa. Escondi-me atrás de minha mãe, mas ele nos seguiu com o olhar enquanto nos apressamos para desaparecer no mar de gente. Meu coração estava disparado – de raiva e medo.

E foi isso que vi durante essa viagem, Jai. Vi a miséria. Vi a fome. Não só naquelas crianças. Havia mendigos e famílias forçadas a andar de vilarejo em vilarejo após terem sido expulsas de suas casas, enxotadas pelo nádor porque não podiam pagar seus impostos e suas dívidas ou porque não podiam mais sobreviver das provisões escassas da terra.

De repente, eu os vi por toda parte no mercado, onde, de início, tudo o que vira eram tecidos de lã e panelas pretas. Eles vagavam entre as bancas com olhos famintos. Sentavam-se no chão, enrolados em cobertores rasgados, com as mãos ou tigelas de madeira esticadas para os passantes. Na maioria das vezes, sem dizer uma única palavra. O pior foi ver famílias com crianças pequenas. Eu mal podia olhar para os pais. Seus olhos eram cheios da dor por fracassarem em alimentar os seus pequenos.

A refeição da noite foi uma tortura. O mercador de sal e os soldados dele juntaram-se à mesa da família e todas as mulheres na casa tiveram de servi-los. A atmosfera era formal e pesada com palavras não pronunciadas. O que me incomodou mais foi aquele Maheran, o mercador de sal, um homem alto de cabelos brancos de Irindibul, que não parava de reclamar de Rovas – sobre como as pessoas eram preguiçosas aqui e como o nádor faz o que pode para ajudar todos que passam fome, sofrem de doenças ou têm acidentes, mas é quase impossível ajudar pessoas tão tolas e teimosas como o povo de Rovas. E ninguém discordou dele! Ao contrário – a família toda de tia Míraes concordou, especialmente o primo Bernáti. Eles culparam o soberano de Urundien pelos impostos altos e retrataram o nádor como um intermediário que fazia o máximo que podia, mas só recebia ingratidão de todos.

– O nádor está fazendo o que pode por Rovas – disse meu primo para o mercador de sal, que trajava uma jaqueta de veludo preto com bordado de pérolas e chupava a carne de um dos galos de Míraes. – Ele é generoso ao emprestar dinheiro para aqueles com dificuldades. Mas é claro que são empréstimos, não doações, e então as pessoas parecem fazer um escândalo por ter que pagá-lo de volta.

Meu pai e eu nos entreolhamos brevemente. Não dissemos nada. Não dissemos nada sobre as crianças sendo atingidas por pedras jogadas pelos soldados. Não dissemos nada sobre Marget e todas as garotas como ela de quem ouvimos falar. Não dissemos nada sobre os empréstimos altíssimos. Nada sobre como quase fomos forçados a deixar a nossa casa e a nossa terra. Olhamos para os nossos pratos e toda a comida deliciosa que essa família rica teve de servir mesmo em uma época de dificuldades e não dissemos nada.

Naquela noite, quando eu estava na cama com Tessi, e Unéli e Maressa já estavam dormindo em outra cama, Tessi me contou que as crianças que havíamos visto eram órfãs cujos pais haviam morrido de doença ou de fome e agora não tinham quem cuidasse delas. Esse é um novo conceito em Rovas. Sempre cuidamos dos vulneráveis. Se uma criança perde seus pais, ela vai morar com um vizinho. Se uma viúva fica sozinha com várias crianças para cuidar, os vizinhos e amigos ajudam com a semeadura e a colheita. É assim que é – o modo que sempre foi, até agora.

Agora há pessoas demais que estão com fome, fracas e sozinhas. E ninguém se considera forte o bastante para cuidar delas. Tessi disse que às vezes deixa comida lá fora para essas criancinhas, mas só quando Bernáti e os pais não estão vendo. Estão preocupados demais com o próprio destino neste inverno.

— Temos nossas próprias crianças para pensar, eles sempre dizem — sussurrou na escuridão morna do quarto. — Temos que cuidar dos nossos primeiro, mas não concordo com eles.

Depois dessa conversa, fiquei sentada e acordada por muito tempo, com um xale enrolado ao redor dos meus ombros. Lembrei-me do gosto de pão feito com serragem e casca de árvore, da sensação de fome tão forte que tentei comer gravetos e grama. Pensei nas crianças levando pedradas enquanto tentavam comer lixo.

Finalmente, me levantei e me vesti, com cuidado para não acordar ninguém, e desci. Movi-me o mais silenciosamente possível na escuridão, mas quando cheguei à sala alguém agarrou meu braço.

Era a minha mãe.

— Silêncio — sussurrou em meu ouvido. — Siga-me.

Ela me levou para a porta dos fundos.

— Os soldados guardam o estoque de sal à noite também — sussurrou. — Vamos. — Passamos sorrateiramente pelo banheiro. Meu coração quase parou quando uma sombra separada da escuridão veio em nossa direção. — É o seu pai — sussurrou minha mãe quando congelei. — Ele trouxe um pouco de comida.

Engoli meu susto.

— As crianças — sussurrei. — Não consigo dormir.

— Eu sei. Vamos ajudá-las.

Meu pai veio até nós com um saco debaixo do braço.

— Temos que nos apressar.

Eu havia me levantado com a intenção de ajudar as crianças famintas, mas não tinha um plano. Meus pais, por outro lado, haviam se decidido assim que as viram.

– Elas eram tão raquíticas – sussurrou meu pai. – Pareciam com vocês, crianças, durante o inverno terrível. Não podemos simplesmente deixá-las aqui. Mas a minha irmã não pode saber de nossos planos.

– Ela está preocupada demais com os seus estoques – disse a minha mãe quando deixamos o pátio. – Pegamos um pouco da comida dela e um pouco da nossa. Não precisamos de nada do mercado, não de verdade. Ouvi as pessoas conversando ontem e sei onde as crianças normalmente passam a noite.

Encontramos os órfãos em um celeiro fora do vilarejo, escondidas no feno. A primeira que encontramos era uma menina que parecia ter por volta de dez anos, embora talvez fosse mais velha e apenas parecesse mais jovem devido à desnutrição. Ela nos olhou em silêncio, na expectativa. Olhou para o meu pai.

– Desde que deixe os pequenos em paz, farei com ele por três moedas de cobre. – Ela olhou para o saco debaixo de seu braço. – Ou pão. Eu farei por pão também.

Meu pai não sabia o que dizer. Nem eu. A minha mãe pegou a sacola, enfiou a mão e tirou um pão. Ela se ajoelhou diante da menina, que tinha feno em seu cabelo e um cheiro indescritível.

– Aqui. Coma. Você não tem que fazer nada em troca.

A menininha olhou para ela, depois para o pão. Depois, o agarrou e o enfiou pedaço por pedaço na boca, até não caber mais. Enquanto mastigava, segurando o pão com força, olhou para minha mãe.

– Há quantos de vocês aqui? – perguntou a minha mãe.

A menina não respondeu, apenas continuou a mastigar.

– Vocês querem vir conosco? Somos de um vilarejo ao leste chamado Sáru. Lá você pode comer e ter um lugar quente para morar.

– Por quê? O que vocês vão fazer conosco?

Ela olhou para minha mãe, não com suspeita, mas de forma calculista. Valeria a pena? Valeria o risco acompanhar esses estranhos? Era uma expressão terrível de ser vista no rosto de uma criança. Eu jamais a esquecerei.

– Porque vi os meus filhos passarem fome – disse minha mãe lentamente. – Se eu e o pai delas tivéssemos morrido, gostaria que alguém as ajudasse.

A menina engoliu a última migalha de pão.

– Há Mik, Berla e eu. E a irmã menor de Mik, que não sei o nome, ele só a chama de Pequena.

– Algum de seus pais está vivo?

A menina balançou a cabeça.

– Minha mãe morreu no inverno passado e não vejo meu pai há anos. Os pais de Mik e da Pequena morreram na última primavera com certeza, os soldados os mataram. E Berla, eu não sei de onde ela vem, mas se alguém se importasse, não estaria aqui.

– Fale para eles nos encontrarem amanhã ao escurecer na ponte sobre o riacho. Você sabe onde é?

A menina confirmou com a cabeça. A minha mãe tirou mais comida do saco: pão, queijo, linguiças e cenouras.

– Divida a comida, mas não comam tudo de uma vez ou se sentirão mal.

A menina olhou fixamente para a comida, sem dizer nada. Ela pegou o queijo em seus braços e o acariciou.

– Qual é o seu nome? – perguntei.

Ela me encarou com os olhos arregalados.

– Silla – disse.

Voltamos caminhando em silêncio para não atrair atenção. Não pude perguntar aos meus pais o que planejavam fazer. Mas estava imensamente grata por sua coragem e iniciativa. E orgulhosa. Orgulhosa de ser filha deles. Apertei a mão de minha mãe na escuridão antes de subir e ela deu um tapinha na minha como resposta.

Visitamos o mercado novamente no dia seguinte e compramos e trocamos o que pudemos. Havia apenas objetos de uso diário e ferramentas, como lâminas de machado, pregos, uma chaleira para minha mãe, lã para Náraes, linho e algumas especiarias – nenhum animal ou alimento. Há uma falta visível de qualquer coisa comestível. Havíamos planejado vender os nossos ovos e nossa farinha, além dos meus queijos, mas meus pais e eu nos entreolhamos e em silêncio concordamos em trazer os alimentos de volta para casa. As crianças precisariam deles. Eu só vendi alguns pedaços de queijo.

Quando compramos tudo de que precisávamos, juntamo-nos na pequena praça no centro do mercado, em volta da qual vendedores de comida estavam agrupados. Meu pai havia prometido a Maressa e Dúlan um porquinho frito para cada uma. Só que antes que pudéssemos chegar à vendedora, três soldados abriram caminho pela multidão para chegar a um poste que estava no meio da praça. Dois deles arrastavam um homem semiconsciente. O meu estômago se contraiu de medo num nó. A praça ficou quieta. Náraes tentou virar suas filhas para o outro lado, mas curiosos estavam vindo de trás e nos empurrando, e mais soldados vinham atrás deles. Não podíamos escapar. Os dois soldados chicotearam o homem no poste, de pé, e o terceiro, que usava luvas de couro caras, abriu um pergaminho e o pregou no poste acima da cabeça do homem.

– Em nome da Coroa, nosso benevolente e estimado nádor castiga este homem por seu crime hediondo – leu o soldado em voz alta. – Ele foi pego roubando sal dos estoques do mercador de sal nomeado pelo soberano, um dos piores crimes que podem ser cometidos. O nádor, em sua piedade infinita, decretou que a vida do homem fosse poupada, mas que a sua mão direita seja cortada, para que sempre seja reconhecido como o ladrão e criminoso que é.

– Por todos os espíritos de Rovas – exclamou Akios em voz baixa.

Eu lhe dei uma pequena cotovelada para pedir que ficasse quieto. Olhando para os rostos dos soldados, vi a mesma crueldade, o mesmo amor pela violência e pelo poder que vi naqueles homens que invadiram a cripta naquela primavera em Menos. Eu não vi a porta da Velha. Porém, meu corpo inteiro zunia, os meus dentes doíam e a minha visão estava embaçada.

Viramos os rostos enquanto os soldados aplicavam o castigo, mas não pudemos abafar os gritos do homem. Não pudemos evitar o cheiro de carne queimada quando eles queimaram o toco de braço para estancar o sangue. Akios apertou a minha mão. Meu pai ficou perto de mim e me apoiei nele com os meus olhos fixos no chão, tentando encher minhas narinas com o cheiro de lã e suor da blusa dele. Pensei nas meninas, mas não consegui olhar para elas.

Quando tudo terminou, soltaram as amarras do homem e ele caiu no chão. Uma mulher correu até ele e caiu de joelhos ao seu lado. Segurou a cabeça dele em seu colo, chorou e gritou. Os soldados estavam a uma pequena distância e observavam a mulher. Eles riram de uma piada que fizeram. Caminhei lentamente até o poste e o homem. A mulher que o segurava era mais jovem do que ele, talvez a sua filha. Ajoelhei-me ao lado dela, com os olhos dos soldados em minhas costas.

– Você tem algum lugar aonde possa levá-lo?

Ela fungou e mexeu a cabeça afirmativamente. Seu rosto e suas mãos estavam sujos.

– Você tem que manter o ferimento limpo, entendeu? Nunca o toque com as mãos sujas. Lave as mãos toda vez que for tocá-lo. Se ele ficar com febre, dê-lhe um chá de casca de salgueiro fervida, você consegue fazer isso? Ou flor-de-lima. Eu tenho um pouco em casa, mas aqui não.

Minhas palavras eram sussurradas e apressadas. Ela soluçou.

– Ele não pegou nenhum sal. Não é de sal que precisamos – é de comida! Mas ninguém acredita nele. Ninguém nos ajudou.

Segurei-a pelo ombro, senti como era raquítica debaixo de sua blusa fina de linho.

– Lembre-se! Flor-de-lima ou casca de salgueiro. E lave as mãos.

Subitamente uma voz de criança atravessou o ar.

– Não é o que diz aqui. Está escrito: "o ladrão de sal deve pagar uma multa na forma de uma vaca ou equivalente ou cinco chicotadas." Não diz nada sobre morte ou cortar a mão.

Maressa estava de pé em frente do poste olhando o papel que o soldado havia pregado. O papel com ordens reais diretamente do soberano de Urundien.

Os soldados pararam de falar e olharam para Maressa. Direto para ela. Jannarl veio correndo e a tomou em seus braços, mas era tarde demais. O soldado líder, aquele com as luvas caras de couro, aproximou-se com passos largos.

– O que a menina disse?

– Nada – murmurou Jannarl. – Ela está sempre inventando coisas. Está naquela idade.

– Não, não estou! – disparou Maressa. Ela olhou para mim. – Eu sei ler! Maresi me ensinou, não ensinou? Maresi, *fale* para eles!

Levantei-me lentamente. Lá estava eu, com o meu manto vermelho-fogo, que ninguém em Rovas já vira igual. Desejei ardentemente que não estivesse vestindo-o naquele momento. Desejei não ter expressado compaixão pelo homem condenado e por sua filha, e que não houvesse sido vista falando com eles. Desejei estar em minha cama na Casa das Noviças, em segurança debaixo de meu cobertor.

– É claro que a menina não sabe ler – respondi lentamente, quase como se eu mesma fosse lenta. – Ninguém sabe, exceto os lordes no castelo do nádor.

Os olhos de Maressa se encheram de lágrimas. Ela escondeu o rosto no ombro de Jannarl e fungou.

– Maresi idiota – sussurrou. – Maresi horrível, idiota. – Jannarl a segurou forte para impedir que falasse mais. Os soldados esqueceram a menininha e dirigiram a atenção para mim. Jannarl e Maressa conseguiram desaparecer na multidão sem serem notados.

– Maresi – disse o soldado. – E de onde você é, Maresi? Ele sabia meu nome agora. Meu corpo inteiro e tremia.

– De Assa. No Norte.

– Você conhece este criminoso? – Ele apontou para o homem inconsciente no chão. Eu balancei a cabeça. – Por que você estava falando com essa mulher?

Não consegui pensar em nada para dizer. A mulher jovem no chão olhou para cima. Havia fogo em seus olhos.

– Ela estava tentando roubá-lo! Ver se ele tinha alguma moeda ou sal em seus bolsos.

– Entendo. – O soldado riu. – E seu manto, você o roubou também?

Subitamente eu soube o que tinha de fazer. Sussurrei o nome da Rosa, levantei-me e sorri direto para o soldado.

– Não. Foi dado para mim por um mercador de sal. Pelos meus serviços. Sou sua favorita especial.

O sorriso que se espalhou pelo rosto do soldado fez meu estômago embrulhar.

– Verdade? Você deve ser muito talentosa, neste caso. – Ele esticou suas calças com a mão.

Balancei meu manto e estiquei um lado do quadril de uma forma que esperei ser atraente.

– Você mesmo pode lhe perguntar.

– Talvez você possa me mostrar os seus talentos? Hoje à noite, depois que terminar o trabalho. Não posso lhe dar um manto como esse, mas posso pagar bem.

Sorri para ele sugestivamente.

– Onde o encontrarei?

– Na Fazenda Gennarla, você sabe onde é?

Com o coração disparando, concordei com a cabeça, fiz reverência e desapareci na multidão. Ninguém me seguiu.

Quando cheguei à beira da praça do mercado, não consegui mais me conter. Caí de joelhos e vomitei. A minha mãe me encontrou lá e me ajudou a levantar. Ela tirou meu manto e o enrolou, colocando debaixo de seu braço enquanto me arrastava de volta à fazenda de minha tia. Partimos imediatamente, sem esperar pela cobertura da escuridão. Tive de me esconder debaixo da lã, do linho e dos sacos na carroça da Dama Cinzenta até estarmos bem longe do vilarejo. Maressa estava deitada em cima dos montes e chorou por todo o caminho para casa. Porque ela não ganhara o porquinho frito que haviam lhe prometido, porque tivera de deixar a fazenda maravilhosa dos parentes e o mercado emocionante e porque tinha sido traída por sua amada tia.

Armamos acampamento quando chegamos à floresta e minha mãe e eu voltamos à ponte sobre o riacho sob a luz do anoitecer. Quatro crianças nos esperavam lá, quietas e assustadas, e as trouxemos ao acampamento tão rápido quanto pudemos e demos-lhes algo para comer. Elas viajaram conosco na carroça de volta à Sáru e Maressa logo as acalmou. Barrigas cheias as ajudaram a se acalmar também.

Talvez Silla possa viajar para o Sul, para Menos, na primavera. Não podemos enviá-la agora que o inverno está chegando, mas é o lugar certo para ela – posso sentir isso. Ela precisa do conhecimento e da proteção que somente as irmãs podem oferecer. Já comecei a planejar a viagem. Minha mãe e eu estamos costurando e tricotando roupas para ela e para as outras crianças. Silla e Berla estão conosco enquanto Mik e sua irmãzinha (cujo nome é Eina) estão morando com Náraes e Jannarl. Mik adora Jannarl e o segue por todo canto, ávido para mostrar que é um homenzinho. Dúlan e Eina têm mais ou menos a mesma idade e Náraes diz que cuidar de duas meninas é praticamente a mesma coisa que cuidar de uma. Não posso dizer que acredito, mas ela parece contente. Apenas Maressa não está totalmente feliz com os recém-

-chegados, mas Mik é seu serviçal obediente e faz tudo o que ela pede e manda, acalmando-a de certa maneira.

E Berla, a pequena Berla de cabelos pretos. Tem cerca de nove anos. Fala muito pouco. Ela é difícil, está sempre roubando comida e outras coisas ou se escondendo atrás de celeiros de feno e casas de secagem, sumindo por um dia ou mais. Mas ela sempre volta. E não fala com ninguém, exceto Silla.

Sua amiga,
Maresi

VENERÁVEL IRMÃ O!

Quando voltamos para casa de nossa viagem ao mercado de Murik, os soldados haviam encontrado o caminho para Jóla. Tenho certeza de que a culpa é da minha ausência. Tenho protegido intencionalmente apenas Sáru, mas acredito que a proteção se estendeu até Jóla, pois ninguém exigiu impostos ou molestou os habitantes de lá por muito tempo também. Assim que partimos, a proteção dos vilarejos enfraqueceu. Ela deve ter mantido sua integridade em torno de Sáru, mas, por um breve momento, Jóla foi exposta e isso foi suficiente.

Os soldados saquearam celeiros e barracos impiedosamente em nome dos impostos. Por sorte, Géros vira a aproximação dos soldados e conseguiu chegar antes deles ao vilarejo, pelas trilhas mais rápidas da floresta. Avisadas, todas as jovens tiveram tempo de se esconder no depósito subterrâneo que eles cavaram na encosta da colina, tão protegido por grama e arbustos que os soldados jamais as encontrariam.

Em Sáru, fizemos uma reunião na casa de Jannarl e Náraes e decidimos doar o que podíamos para os nossos vizinhos em Jóla. Portanto, nossos estoques não estão tão grandes como estavam no início do outono, mas conseguiremos nos manter.

Agora eu circulo os dois vilarejos pela manhã e à noite. Bato contra a terra a proteção com tanta força que o meu corpo inteiro vibra por muito tempo depois. Penteio os meus cabelos com tanto vigor que estão começando a parecer um pouco finos, mas a minha trança de proteção está grossa e longa. Estou com medo, Irmã O. Estou com medo do futuro de minha terra natal – deste mundo. E não sei o que posso fazer a respeito disso ou se posso fazer alguma coisa além de proteger aqueles que estão mais próximos de mim.

Reabri a escola, o que é bom, pois me dá outra coisa para pensar. É muito mais fácil ensinar as crianças a ler e escrever agora que tenho uma mesa de areia para praticar. Temo que o nádor tenha ouvido falar da minha escola. Sei que ele não permitiria. Tenho quase certeza de que agora sabe o meu nome. Maressa revelou o meu nome e que sabe ler. Eu consegui uma distração, mas os soldados podem ter percebido que ela realmente estava lendo o que estava escrito no aviso. Minha esperança é que eles mesmo não saibam ler ou pelo menos não muito bem e que apenas tenham recebido o papel e uma indicação do que dizia – ou melhor, do que não dizia.

Eu não ouso pensar no que pode acontecer se o nádor descobrir que há alguém em sua província que não só sabe ler, mas está ensinando outros a ler também. Não acredito nas mentiras do mercador de sal. O nádor não é um intermediário inocente, ele é a fonte do sofrimento das pessoas. E não mostrará piedade para aqueles que tiram o povo de Rovas da ignorância.

Tenho três alunos novos na escola: Silla, Mik e Berla. Mik está muito feliz de se livrar da responsabilidade pela sua irmã mais nova por parte do dia e está fazendo um esforço verdadeiro para aprender. Silla perturba muito os meus outros alunos, mas tenho esperanças de que ela se acalmará com o tempo. Já Berla fica sentada e quieta na maior parte do tempo, olhando para a janela, mas começou a responder perguntas quando são feitas e, por incrível que pareça, sempre descubro que ela estava ouvindo e, quando responde, está sempre certa.

Carinhosamente,
Maresi

MINHA QUERIDA ENNIKE ROSA!
Está muito frio agora. Ainda é outono, mas o clima ignora isso e não só as noites são geladas, mas os dias também são muito frios. O vento também está extraordinariamente forte. O prédio da escola está congelante todas as manhãs e, embora eu vá o mais cedo possível acender a lareira, as crianças ainda têm de vestir seus casacos por metade do dia para não congelarem. E, ainda assim, os seus dedos estão rachados e vermelhos quando segu-

ram os pauzinhos para praticar a escrita das letras. De vez em quando, faço com que corram várias vezes em torno da mesa comprida, para manter a temperatura de seus corpos elevada.

Marget tem jeito para lidar com Silla e, desde que elas se tornaram amigas, Silla se acalmou e parou de distrair tanto os outros. Com frequência, ela volta para casa com Marget depois da escola e ajuda com o trabalho da casa. Às vezes fica lá para a refeição da noite também.

Marget às vezes me acompanha em minhas caminhadas em volta dos vilarejos. Ela não me perturba, mas tê-la por perto torna as coisas diferentes, sem dúvida. Quando lhe perguntei o que estava fazendo, ela respondeu: "Ouvindo. Aprendendo."

Ela quer entender como estou protegendo os vilarejos, como levo a minha energia para dentro da terra. Queria poder explicar, mas não tenho as palavras. Óbvio que essa seria a coisa que ela consideraria mais fascinante. Pela primeira vez desde que voltei para casa, sinto que ganhei uma amiga de verdade. Ela não quer ser a minha amiga só porque nos conhecemos quando crianças, mas por causa do que eu sou agora: Maresi, a que expulsa a geada, a do manto vermelho, professora, estrangeira.

Marget às vezes passa parte da noite em nossa cabana e ajuda em qualquer coisa que eu estiver fazendo: consertando uma roupa, fervendo soro, moendo raízes para alguma mistura. Se leio em voz alta para a família, ela se senta aos meus pés, enrolada num cardigã grande que pertencia ao pai dela, ouvindo com atenção. Seus olhos brilham com emoção, mesmo quando o texto não é triste. É quase como ter Heo aqui. Eu gosto disso.

Passei pela cabana de Kárun bem cedo em uma manhã gelada, antes de o sol nascer e quando ainda estava escuro debaixo das árvores. Percebi que várias telhas estavam faltando em um canto do telhado da cabana. Devia estar assim há algum tempo, mas eu nunca havia notado. Ainda era cedo, então sabia que ele estaria em casa. Sem pensar, caminhei direto para porta, bati e entrei.

Não estava muito mais quente dentro do que fora. Kárun estava acendendo o fogo, mas vi que o balde de água junto à porta tinha uma camada de gelo. Ele devia ter acabado de se levantar, mas estava completamente vestido, com um colete de couro e botas. Suspeito que durma com as roupas diurnas. Fechei rapidamente a porta, mas ainda senti correntes de ar atravessando as rachaduras.

Kárun limpou a casca de madeira de suas mãos e fechou a saída de fumaça.

– Está tudo bem na escola? – perguntou.

A voz dele era muito grave e quase a senti vibrando dentro de mim. Desviei rapidamente meu olhar do buraco no telhado. A chuva deve escorrer por ele para dentro da casa.

– Tudo está indo muito bem. A mesa que você construiu torna bem mais fácil ensinar as crianças. Tenho três alunos novos, talvez tenha ouvido falar das crianças de Murik que trouxemos para casa?

– Ouvi, o seu pai as mencionou quando nos encontramos na floresta outro dia. Isso foi uma coisa boa que você e sua família fizeram, Maresi.

– Foi ideia de meus pais. Eles não podiam ficar olhando as crianças passarem fome.

– Eles são pessoas boas, os seus pais. Não é surpresa que você se tornou assim.

Havia ternura em sua voz e as minhas bochechas ficaram coradas.

– Os livros que você me deu são usados todos os dias e o ábaco também – eu disse subitamente. – A única coisa, é...

– Sim? – Ele se aproximou um pouco, pois estava escuro na cabana e difícil de enxergar direito à meia luz. Dei um passo para mais perto dele também.

– Que é frio pela manhã. Preciso acender o fogo muito antes das crianças chegarem e, ainda assim, é tão frio que tenho dificuldades de prender a atenção delas.

Mexi os dedos dentro das botas que ele tinha me dado. Meus pés nunca ficam frios quando as uso.

– Fiz o possível para fechar os vãos – disse Kárun.

Ele se afastou de mim um pouco. De repente, notei a distância crescente entre nós. Tudo o que eu dissera estava soando errado. Não era isso que eu queria dizer.

– Não é isso – gaguejei. – Eu só estava pensando... que seria um grande favor e gentileza com as crianças se você considerasse se mudar de volta para a escola. Daí poderia acender o fogo de manhã e não estaria tão frio quando eles chegassem. Você sai para trabalhar durante o dia mesmo, enquanto a usamos.

Ele me lançou um olhar inquisitivo.

– Não vou dizer não para isso – respondeu lentamente. – Não tive tempo de arrumar a cabana como eu gostaria antes do inverno. A chuva e o vento entram.

– Seria uma bênção chegar a um local já quente – falei, subitamente ciente de quanto formal e dura eu soara.

– Desde que não a atrapalhe – replicou Kárun.

Balancei a cabeça, mas não consegui olhá-lo. Eu não estava com pressa de ir embora, mas não conseguia pensar em mais nada para dizer, então deixei a cabana murmurando algumas palavras.

Ontem a escola estava fechada para que as crianças pudessem descansar. Depois, quando eu estava à caminho da escola nesta manhã, avistei à distância a fumaça saindo pela chaminé. Havia pegadas no gelo sobre os degraus de pedra diante da porta e, quando entrei, estava quente e aconchegante, com um leve cheiro de mingau e fumaça. Acho que Kárun vive de mingau. Contra a parede havia uma cama de madeira, rudemente talhada. Ela estava bem arrumada com os lençóis que eu lhe dera.

Acho que levarei um pouco de comida para ele de tempos em tempos, como agradecimento. Ele não vai conseguir ficar muito tempo na floresta sem comer nada além de mingau. A minha mãe não sentirá falta de uma linguiça nem de um pedaço de pão. E as minhas cabras ainda estão produzindo leite, então temos queijo de vez em quando. Às vezes penso se teremos que abater o filhote neste inverno – bem, ela não é mais filhote, não de verdade. Seria maravilhoso ter duas cabras para ordenhar no futuro.

Carinhosamente,
Maresi

 ENERÁVEL IRMÃ O!
Suas cartas chegaram! Elas chegaram por uma rota totalmente inesperada – não conseguiria nem sonhar que receberia cartas suas

duas vezes no mesmo ano! Kárun estava esperando por mim do lado de fora da escola um dia quando abri a porta para mandar as crianças para casa. Ele deu um sorriso largo, revelando linhas profundas de expressão. Era óbvio que tinha algo especial para partilhar comigo, mas estava esperando que todos os alunos descessem correndo pela encosta. Ele, então, entrou e tirou algo da manga de seu casaco.

– Recebi isso de um dos caçadores de peles que subia o rio de Kandfall – disse, dando-me um rolo grosso de papéis. – O gelo ainda não se formou. Ele recebeu de um mercador que havia navegado para o Norte, não disse de onde. É para você.

Eu fiquei tão tomada pela felicidade que precisei me sentar, pois soube logo o que devia ser, peguei o rolo e o apertei contra o meu rosto. Ter notícias suas de novo e tão logo! Kárun sorriu para mim.

– Notícias bem-vindas, acredito.

Fiz um gesto afirmativo com a cabeça, os olhos cheios de lágrimas.

– Cartas de casa – sussurrei.

– De casa – repetiu e olhou para as próprias mãos. Ele se virou e partiu em direção à floresta.

Voltei para dentro na mesma hora, feliz por ter um lugar para ler em paz. Só que desta vez não comecei a escrever as minhas respostas de imediato; ao contrário, estou saboreando a ideia. Sei que essas cartas terão de esperar até o inverno passar para serem enviadas. Tenho muito tempo. Vocês todas escrevem cartas tão longas e bonitas! Fico com tanta vergonha dos meus garranchos e rabiscos ininteligíveis.

Suas cartas são um tesouro especial, Irmã O. Posso sentir o seu encorajamento para a minha escola e a importância da inclusão. Como já escrevi para você, aceitei os meninos desde o início. Você está certa, Rovas é muito diferente da terra natal de Jai. As mulheres não são privadas de conhecimento aqui – todos são igualmente privados dele. Homens e mulheres sempre fizeram tudo lado a lado. Seria muito tolo da minha parte excluir os meninos da escola, agora eu entendo. Suponho que esse era apenas o modo como eu estava acostumada a imaginar a educação: escolas são para meninas, conhecimento é para mulheres. Mas estou aprendendo. Estou aprendendo o tempo todo, Irmã O.

Pensei muito sobre o que você escreveu sobre me concentrar em unir ao invés de excluir. Você quer dizer que estou errada em proteger os vilarejos como faço? Mas o que teria acontecido sem a minha proteção? Suas palavras alimentaram as minhas preocupações, Irmã. Você disse que não pode me aconselhar ou me dizer o que é certo ou errado, pois os caminhos da Abadia não são os únicos caminhos. Eles também não são necessariamente apropriados para um lugar como Rovas. Você tem razão, é claro. Porém, acredito que também tenho de reconhecer as minhas limitações, não tenho? Certamente não posso proteger Rovas inteira do nádor. Isso é impossível. Sou apenas uma mulher e o meu poder não é tão grande. Pergunto-me se até mesmo o poder da Velha é grande o suficiente. Por "unir" você quer dizer que eu deveria juntar toda Rovas aqui, dentro dos limites de minha proteção? Se ao menos eu pudesse falar com você e pedir seu conselho!

Sua carta diz para encontrar a sabedoria dentro das escrituras, mas não entendo como. Li tudo o que trouxe comigo muitas vezes, assim como os livros que Kárun me deu, mas não encontro respostas.

E sim, estou rezando para a Velha, mas ela está em silêncio. Ou, talvez esteja falando de um lugar distante, além de uma parede, e não consigo ouvir as palavras dela, apenas um murmúrio que faz meus ossos doerem.

A minha irmã está grávida de novo e não sinto nada além de um forte calor emanando dela. Nem um pouco do arrepio gélido da Velha desta vez. Acredito que é o calor do aspecto Mãe que posso sentir. Ele brilha vermelho no interior de minhas pálpebras; por outro lado, a saúde da minha mãe está deteriorando. O som de sua tosse me rasga por dentro e o meu pai carrega mais uma ruga de preocupação em seu rosto magro. Às vezes, minha mãe vai para cama com o dia claro para descansar. Isso nunca aconteceu antes.

Obrigada pelos papéis! Foi o melhor presente que você poderia ter me mandado. Estou sempre desesperada por papel.

Agradeça à Heo pela mensagem. As palavras dela foram tão sábias que eu mal reconheço minha pequena Heo. Suponho que não seja mais tão pequena e, além disso, é noviça da Lua. A Lua não precisa escolher, ela escreveu, e eu entendo o que quer dizer. Ela quer dizer que a Lua carrega todos os três aspectos da Deusa: a Donzela, a Mãe e a Velha. Mas não sou a Lua nem a Primeira Mãe. Sou apenas Maresi, e o meu caminho é mais estreito.

Agora me ocorreu que Kárun deve ter pago o caçador de peles pelas cartas. Alguém assim nunca teria feito um favor sem pedir nada em troca. Tenho de pagar seus gastos.

Sua noviça,
Maresi

ueridíssima Jai!

Obrigada pelas suas três cartas longas e emocionadas! A sensação foi de que você estava aqui ao meu lado enquanto as lia. Pretendo relê-las com frequência, sempre que me sentir sozinha. Minha saudade da Abadia é diferente agora do que quando lhe escrevi no último outono e inverno. Ela não desapareceu nem diminuiu, mas aprendi a viver melhor com ela. Depois do que fiz pelo vilarejo na Noite de Ferro e depois de enfim começar minha escola, encontrei meu lugar aqui. Até tenho uma nova sombra: Marget. Embora ninguém nunca vá tomar o seu lugar, Jai!

Ela parece boa, essa Tsela. É estranho pensar que outra pessoa que goste de ler tanto quanto nós foi à Abadia! Tenho certeza de que você está certa: eu e ela nos tornaríamos amigas rápido. Mas certifique-se de que ela tome muito cuidado com os pergaminhos mais antigos, está bem? Eles são importantíssimos para a Irmã O, como você sabe. Fico um pouco nervosa ao saber que Tsela tem particular interesse em lê-los. Você tem certeza de que a Irmã O não se importa que ela vá à câmara do tesouro com tanta frequência?

Não seja tão dura com Náraes. Ela estava certa! De fato, preciso me certificar de que realizo minha tarefa e missão. Desde que lhe contei sobre a promessa que ela me pediu, tenho tido sucesso em mantê-la. Desisti de meu pequeno desvio com Géros (que, a propósito, teria acabado muito mal para todos, porque eu não estava protegendo os vilarejos quando estava com ele!) e fundei a minha escola. Com a ajuda de Kárun, é claro. Estou fazendo o que vim fazer e um pouco mais do que isso: eu educo e protejo. Mas isso não parece satisfazer a você ou à Irmã O. As duas estão me dando bronca e temo que estejam zangadas comigo. Não fique brava, por favor, Jai. Eu não poderia aguentar a ideia de desapontá-la de nenhuma maneira. Especialmente quando nem entendo o porquê! Você com certeza não ia querer que eu me casasse com meu primeiro pretendente, não é? Como Árvan? Você não faz ideia de como é a vida de uma mulher casada aqui. Ou talvez você faça – pense em sua mãe, com sua casa e filhos. Ela tinha tempo livre para alguma outra coisa? Algo dela? Poderia ter uma escola e cuidar de pessoas doentes, estudar e continuar a aprender? Não, você sabe que não poderia. E essas são todas as coisas que quero fazer.

É claro que há uma parte de mim que também sonha com uma vida com um homem. Afinal, experimentei isso com Géros, então sei o que estou negando a mim mesma. Mas isso não é tão importante. E no que se refere a filhos, bem, tenho as minhas sobrinhas. Elas são mais do que o suficiente. Minha irmã está grávida de novo e logo terá um recém-nascido para cuidar, então precisará de mais ajuda do que nunca. Além disso, as crianças em minha escola precisam de mim.

Fico tão feliz que você acende uma vela para mim todas as noites. Às vezes temo que todas na ilha se esqueçam de mim. Outras estão tomando o meu lugar, como Tsela. Mas agora pensarei na vela em sua janela e deixarei a chama me aquecer na minha saudade.

Sua amiga,
Maresi

INHA QUERIDA ENNIKE ROSA!

Suas impressões de Géros parecem engraçadas para mim agora. O verão que passei com ele tornou-se uma memória distante. É como se houvesse acontecido com uma Maresi diferente. Não tenho o mínimo de vergonha do que aconteceu nem das coisas que fizemos. Tudo o que partilhamos me trouxe para mais perto da Donzela e de seus segredos, sei disso. Sua descrição é bonita: "semelhante a uma oração". Essas experiências me deram um entendimento maior dos homens e das mulheres, da força e do poder do corpo físico, de como essas forças podem afetar as pessoas e o seu significado para a própria vida. É um conhecimento inestimável para se ter, pois acredito que poderia facilmente ter tomado uma decisão tola.

Quando vim para a escola há meia lua, Kárun estava lá para minha surpresa. A escola estava fria e escura. Entrei e o encontrei deitado em sua cama, pálido e com os olhos fechados.

– Você está doente? – perguntei, preocupada. Tirei o gelo de minhas botas (ainda não nevara) e me aproximei de sua cama. Ele balançou a cabeça.

– Minha perna – explicou. – Quebrada.

Levantei o cobertor imediatamente, embora ele tenha tentando me deter.

– Qual? Esta? Onde?

– A canela – murmurou.

Eu o examinei, assim como a Irmã Nar me ensinou e senti uma fratura clara. Ele não fez nenhum som além de uma inspiração ríspida. Sua perna estava um pouco quente, mas fiquei feliz que o ferimento parecia limpo e o osso não estava esmagado. Não perguntei como aconteceu. Ele é um lenhador: há milhares de maneiras de se machucar na floresta.

– Como você veio para casa? – perguntei.

– Andei – Kárun respondeu, com dificuldade.

– Eu lhe darei algo para a dor e para evitar que tenha febre e infecção. E depois é melhor fazer uma tala. – Eu o cobri de novo com cuidado e corri para acender o fogo na fornalha. – Você pode explicar para as crianças. Volto logo.

Ele tentou dizer algo quando eu saía, mas fechei a porta contra os seus protestos. Encontrei algumas das crianças do vilarejo no caminho para casa e lhes disse o que havia acontecido e que eu chegaria atrasada. Ao chegar em casa, juntei as ervas necessárias e algumas outras coisas antes de correr de volta. Tenho tanto orgulho dos meus alunos – eles trouxeram mais lenha e água do riacho, e Péra e Lenna colocaram uma chaleira no fogo para que houvesse água quente quando eu chegasse. Aproveitei a oportunidade para lhes ensinar sobre ervas medicinais e como melhor utilizar as várias propriedades das plantas ao preparar bálsamos e loções. Minha amiga Marget prestou muita atenção a tudo que fiz e foi de grande ajuda. Kárun recebeu um chá que controla a febre e a dor para tomar. Depois, mostrei às crianças como fazer uma tala para um osso quebrado, se ele estiver tão claramente quebrado quanto o de Kárun, e expliquei como endireitar o osso se estiver torto. Marget me ajudou a enrolar a perna com a lã macia que eu trouxera de casa e depois fizemos uma tala com duas tábuas finas que Akios me dera. Kárun aceitou tudo muito bem, não disse nada e apenas arfou de dor.

Com tudo isso pronto, fiz uma sopa para ele tomar enquanto estava deitado na cama. Então, olhei para os rostos ansiosos de meus alunos.

– Foi um dia muito diferente até agora. O que vocês acham de esquecermos nossas aulas normais e eu ler em voz alta a coletânea de Erva para vocês e o paciente?

As crianças gritaram de alegria e tirei o livro da minha bolsa. Então, li a história que começa assim: "Quando a serpente Keal surgiu pela primeira vez, contorcendo-se das profundezas do oceano, o reino de Lavora ainda não existia, e muitas tribos pequenas viviam em constante luta umas com as outras. Olok, o herói, veio de uma das menores tribos." Estou tão contente de ter alguns livros na língua das crianças!

A serpente Keal pode ser um pouco assustadora e as crianças mais velhas tomaram as mais jovens em seus braços para que não ficassem assustadas – ou talvez para que elas mesmas não sentissem medo. Kárun ficou deitado imóvel na cama e ouviu também. Quase pensei que estava dormindo, pois ele estava tão parado, mas vi os seus olhos brilhando. Ele não os tirou de mim.

Quando terminei a história, mandei as crianças para casa e lhes disse para não virem no dia seguinte, a fim de deixar Kárun descansar. Marget arrumou as minhas ervas e faixas e limpou a bagunça que eu fizera cozinhando a sopa.

Então, me assegurei de que Kárun comesse um pouco.

– Seu chá ajudou com a dor – falou quando terminou de comer. – Mas a história ajudou ainda mais. Você lê bem.

– Fico feliz que a dor diminuiu. Você não deve ter dormido muito na noite passada.

– Não.

Olhei para ele de perto. Seu rosto estava tão pálido que imaginei que ainda estava com muita dor. De repente percebi que mal podia me deter de esticar a mão e acariciar sua testa, seus cabelos, seu rosto áspero.

– Mais do que qualquer coisa, você precisa dormir. Odeio ter que deixá-lo sozinho.

– Mande Akios. Ele pode me ajudar, se necessário.

Enrubesci. Não tinha passado pela minha cabeça que Kárun provavelmente precisaria de ajuda para ir ao banheiro.

Akios ficou feliz em pegar um cobertor e algumas coisas e partir ao entardecer para passar a noite na escola e ajudar Kárun. Depois, eu os visitei pela manhã e preparei o café para ambos. Ao chegar, pareci ter interrompido uma discussão séria e intensa entre os dois. Tentei questionar Akios sobre isso, mas ele evita habilmente as minhas perguntas.

Kárun insiste que devo continuar com a escola.

– Eu não construí esta casa para se tornar uma enfermaria – disse com sua honestidade habitual. – Quando o inverno chegar para valer, as crianças serão forçadas a ficar em casa. Você tem meia lua, no máximo, até os pais os manterem dentro de casa. Então deixe as crianças virem. Não me incomoda. Talvez eu aprenda algumas coisas.

Então, as crianças virão e a escola vai continuar.

Já faz dez dias que tenho dado aulas com Kárun na escola. Foi difícil de início, mas me acostumei. Acostumei-me com seus olhos sempre presos em mim e com o modo como isso faz eu me sentir.

Seu olhar tem um efeito em mim. Posso admitir para você. Você previu isso em sua carta mais recente. Como pode saber de algo sobre o qual eu não tinha ideia?

Às vezes, minhas pernas ficam bambas simplesmente por eu estar perto dele. Tenho de me sentar e há um zumbido em meus ouvidos que mal permite que eu escute o que as crianças estão dizendo. Quero estar perto dele pela mesma razão que queria estar perto de Géros, mas por outras razões também. Meu corpo o deseja, mas além disso eu quero... Não tenho certeza do que quero. Gosto de cuidar dele, certificar-me de que come direito, tem lençóis limpos em sua cama e está bem. Mas, mais do que isso, quero estar com ele. Conversar. Ele me contou tudo sobre a sua infância. Depois que a mãe dele morreu, o pequeno Kárun teve de cuidar de si mesmo. Quando ficou grande o suficiente para cuidar do fogo, seu pai frequentemente saía para cortar madeira e caçar na floresta e o deixava sozinho por longos períodos. Nessas ocasiões, Kárun vagava para longe. "Eu me perdi tantas vezes no ano que aprendi a nunca me perder de novo," disse certa vez. Ele sempre se sentiu à vontade com Tauer e foi Tauer e sua esposa que se asseguraram de que tivesse roupas quando menino. Perguntei-lhe uma vez se ele se sentia solitário; em resposta, sorriu para mim. Ele sorri lentamente e isso me faz lembrar do nascer do sol sobre a floresta, iluminando aos poucos seu rosto sério, cada vez mais, até transcender as copas das árvores e de repente banhar tudo com uma luz dourada. Sinto como se algo acendesse dentro de mim também. Sempre espero fazê-lo sorrir. "Eu nunca estou sozinho," respondeu. "Estou cercado pelas árvores. Pelos pássaros, os animais, o vento e o sol. Sempre tenho a melhor companhia." Ele consegue reconhecer todos os pássaros pelo canto, todos os animais pelas pegadas e garras, pelos dentes e pelas fezes. Até fez amizade com alguns animais e sua voz torna-se suave e calorosa quando fala sobre a corça que lhe mostrou seu filhote numa primavera ou sobre o porco-espinho que o visitava todas as noites quando vivia sozinho em sua cabana durante o primeiro ano após a morte de seu pai. Quando a voz dele se acalora assim, desejo que nunca pare de falar.

Quando leio em voz alta, estou lendo para ele. Recentemente li o poema de amor "Unna, a marinheira" e cada palavra pulsava entre nós.

Mais do que qualquer coisa, gosto de como ele me olha. Sempre que possível, seu olhar persiste em meu rosto ou corpo por um breve instante. A sensação que isso desencadeia dentro de mim... Não tenho palavras, Ennike. Sei que ele me deseja. Não sou tão inocente. Eu podia me render a essa fraqueza que pulsa em meu corpo e ele não protestaria se me juntasse a ele em sua cama. Sonho com isso todas as noites, sozinha em meu colchão. Seu peito largo, seus braços fortes – quero senti-los em torno de mim. Quero sentir a pele dele debaixo de meus dedos e lábios. Quero inalar o seu cheiro profundamente.

Estou corando ao escrever isso. Mas você é a Rosa, então entende. Você sabe que poder está escondido no corpo e nos desejos de uma mulher.

Porém, não é à Rosa que sirvo. Eu pertenço à Velha, embora nunca tenha oficialmente me tornado sua noviça. Estar com Kárun seria diferente de como foi com Géros. Não me satisfaria apenas com o seu corpo. Eu cairia na armadilha que Náraes me fez prometer que não cairia. Não devo deixar que nada me distraia do meu chamado.

Estou escrevendo sobre isso apenas para você e não para Jai, porque ela não entenderia. Em suas últimas cartas, parecia querer que escolhesse um caminho diferente. Pergunto-me se é porque ela gosta tanto de crianças? Ela ama cuidar das noviças mais jovens. Nunca senti isso. É claro que adoro as pequenas na Abadia também, não porque sejam crianças, mas por serem elas mesmas, se isso faz algum sentido. Especialmente Heo. Só que a considero mais uma irmã do que uma filha.

Minha escolha não é um grande sacrifício ou dor, acredite em mim. Mas é com uma certa melancolia que olho para Kárun e sei que essa vida não é para mim. Talvez esteja errada em aceitar o prazer de estar perto, de cuidar dele e ouvir o carinho em sua voz quando fala da floresta que ama tão profundamente. O prazer de tentar fazê-lo rir e aquele relampejo de felicidade quando consigo. Eu não quero machucá-lo ou levá-lo a acreditar que há uma chance de algo mais se desenvolver entre nós.

Logo, ele estará saudável de novo. Vai continuar a levar sua vida solitária e eu, a minha. Isso é direito e certo. Ainda assim, não consigo deixar de sentir, minha Ennike Rosa, que quando isso acontecer, meu mundo ficará mais cinza.

Carinhosamente,
Maresi

Inverno

ENERÁVEL IRMÃ O!

A minha mãe está terrivelmente doente. Tornou-se impossível ignorar. Tauer e eu tentamos tratar a tosse dela com todos os chás e misturas que conhecemos, mas eles lhe trouxeram apenas um alívio momentâneo e até isso está se tornando mais raro.

O inverno chegou e a neve caiu. A escola está fechada porque é difícil para as crianças irem até lá, mas de qualquer maneira eu teria cancelado as aulas. Não quero sair do lado de minha mãe por muito tempo. Eu a deixo só para caminhar em torno do vilarejo com meu cajado, e meu pai e Akios ficam com ela quando saio. Há muitos dias ela tem estado fraca demais para sair da cama e temo que logo não conseguirá mais se levantar. Ela come porções mínimas e muitas vezes não consegue manter nem isso no estômago. Já tinha pouca carne, mas agora está tão magra que posso contar as suas costelas quando a lavo com um trapo úmido e a ajudo a vestir uma camisola limpa. Tento persuadi-la a comer, preparando os mesmos tipos de comida que ela costumava fazer quando eu era pequena. Eu as tempero exatamente como ela costumava, mas não faz muita diferença. Ela só come algumas colheradas, de qualquer maneira, mas tem tentado – ela é incrivelmente corajosa –, só que não está funcionando.

– Não deve ser muito divertido de repente ter que cuidar de sua própria mãe – disse ela outro dia e tocou minha mão. – Sei como é ver uma pessoa amada se transformar em alguém que você não reconhece.

– Você cuidou de mim quando eu era pequena – respondi, engolindo as lágrimas. – Agora é a minha vez de cuidar de você. E você é a mesma que sempre foi. Ainda é a minha mãe. Nada pode mudar isso.

Temo que ela vá morrer, Irmã O. Eu acreditava que não temia mais a morte. Acreditava que a Velha fosse minha amiga e que havia vencido o terror que afeta a maior parte das pessoas quando está à porta dela. Eu estava errada, Irmã O, estava tão errada. Era jovem e burra e cheia de arrogância! É apenas a minha morte que não temo mais. Perder uma pessoa amada é completamente diferente. Acabei de ter a minha mãe de volta, depois de tantos anos separadas. Recuso-me a deixá-la partir agora. Sinto que se ao menos puder ficar sentada ao lado dela dia e noite, a Velha não poderá vir buscá-la.

Ela ainda tem forças para falar, embora seja silenciada por constantes acessos severos de tosse; e gosta de me ouvir. Leio em voz alta para ela e conto sobre minha vida na Abadia. Ela me ouve agora de um jeito que não escutava antes.

– Fiquei desolada quando você partiu – confessou uma noite enquanto eu estava sentada massageando os seus pés com sebo de carneiro. Sua voz estava fraca e precisei me inclinar para ouvi-la. – Parte de mim morreu. Depois você voltou, cheia de todas essas coisas que nunca vi ou vivenciei, chamando outra mulher de Madre. Achei tudo muito doloroso. Você teve tantas experiências sem mim. Era tão independente. Parecia que eu não era mais necessária.

– Eu preciso de você, mãe! Sempre vou precisar, não consigo ficar sem você!

Não consegui dizer mais nada. Choro toda vez que ela começa a falar assim.

– É claro que consegue – disse ela. – E é um grande conforto para mim saber disso. Foi isso que Leiman me disse antes de morrer e agora entendo o que quis dizer. Você deveria saber que não me arrependo de ter deixado seu pai mandá-la para longe. Não mais. Porque caso contrário você não seria a mulher que é hoje. Eu estaria me preocupando e pensando se conseguiria cuidar de si mesma. Mas agora sei que tudo ficará bem.

Então, ela começou a tossir e pedi que não falasse mais. Logo adormeceu. É um alívio quando ela dorme, pois sei que não está com dor. Saí do quarto e meu pai estava sentado diante do fogo com uma faca e algo talhado em suas mãos. Mas não estava talhando. Estava apenas sentado olhando para as sombras. Sentei-me ao lado dele e apoiei a cabeça em seu ombro.

– Ela teve uma vida boa – falou lentamente. – Ela me disse isso. Disse que foi feliz comigo. Não me culpa por nada.

– Ela continuará a ter uma vida boa – respondi.

O meu pai endireitou a postura e se virou para ficar de frente para mim.

– Maresi, você está cega. Ela está morrendo. Você precisa enxergar. Tudo o que podemos fazer agora é ajudá-la a ter a melhor morte possível.

Não conseguia acreditar que ele diria tal coisa. Meu próprio pai!

– Não podemos simplesmente desistir! – gritei.

– Você acha que essa é uma batalha que pode lutar – disse ele, colocando seu braço em torno de mim. – Mas não é. Não há ninguém contra quem lutar.

Ele está errado, Irmã O. Fale para mim que ele está errado! Eu espantei a geada. Posso lutar contra a Velha. Ela *vai* se curvar diante da minha vontade. Não tenho intenção alguma de deixá-la entrar. Eu caminho em torno do vilarejo e posso mantê-la à distância. Canto canções – canções de Rovas e da Abadia – e sinto em minhas entranhas e em meus ossos o quão impenetrável o escudo protetor é.

Desta vez eu sou aquela quem decide.

Vários dias se passaram desde que escrevi pela última vez. Minha mãe parou de falar e tem sido difícil para ela respirar. Sinto-me impotente. Se a Irmã Nar estivesse aqui, com certeza conseguiria curá-la, mas meu conhecimento e minhas habilidades não são o suficiente. Tudo o que posso fazer é sentar-me com ela. Eu lhe dou água com uma colher agora. Gota a gota.

Akios mal aguenta entrar no quarto dela. Ele sai, apesar do frio terrível. Não sei aonde ele vai, mas leva Silla e Berla consigo, o que acho ótimo. É difícil ter estranhos na casa no momento. Náraes vem visitar todos os dias. Às vezes traz as crianças, mas normalmente as deixa em casa. Ela quer que se lembrem da avó como era antes, ela diz. Isso me deixa zangada.

– Por que precisam se lembrar dela? Ela está bem aqui! Não está morta!

Eu esperava que Náraes ficasse zangada e brigasse comigo. Queria uma discussão. Mas tudo o que ela fez foi tomar-me em seus braços e me abraçar. Ela não disse nada.

Lá fora há uma terrível nevasca. Está atingindo a casa com tanta força que as paredes estão tremendo. É a pior que tivemos o inverno todo. Às vezes quase ouço a voz da Velha no vento e nas correntes geladas de ar que se arrastam por entre as rachaduras nas paredes. Mas não vejo sua porta e não posso ouvi-la chamando a minha mãe. Meu pai, Náraes e Tauer, estão todos errados.

Meu pai e eu nos revezamos para ficar ao lado de minha mãe. Neste momento, ela está dormindo em minha cama. Akios dorme no espaço acima da lareira e eu alimento o fogo para controlar o frio. Às vezes tenho de sair do quarto por um tempo, pois é tão horrível ouvir a respiração forçada e sufocada de minha mãe. Os membros dela estão gelados, e não importa o quanto eu os esfregue e massageie, não consigo deixá-los quentes. Há uma chaleira com água sobre o fogo onde faço vários chás de ervas, fracos, que dou para ela. Mas nada parece lhe dar qualquer alívio.

Faz um dia que a minha mãe parou de falar. Ela está tão magra que seu crânio é visível sob o cabelo ralo. Náraes e eu o cortamos curto para que parasse de formar nós. Minha mãe está deitada com os olhos abertos, vazios, embora às vezes eles procurem os meus e parece que ela está tentando me perguntar algo. Eu não sei o quê.

Mal me lembro da última vez que dormi direito.

Eu mesma tenho pouco apetite. Meu pai faz mingau e Náraes traz pão, mas não consigo comer. Caminhar em volta do vilarejo está se tornando cada vez mais difícil, não só por causa da tempestade que se recusa a acalmar, mas também porque estou fraca. É como se algo, o tom murmurante da Velha, estivesse me pressionando na luz cinza do inverno.

Meu pai e Akios estão ocupados construindo algo no barraco. Eu sei o que é. Eles saem logo depois do início do dia. Aplainando e lixando, serrando e batendo pregos. Fico furiosa, mas não há nada que possa fazer. Apenas manter a minha mãe viva. É isso que estou fazendo. Ela está viva. Todos dizem que lhe resta pouco, mas ela ainda vive.

Mais tarde

Náraes veio se sentar comigo esta noite, enquanto meu pai estava cuidando dos animais e Akios foi a algum lugar, não sei aonde. Eu estava sentada com a minha tigela de mingau diante de mim e ela empurrou a colher para mais perto da minha mão.

– Coma. Você não deve se amargurar até a morte. Maresi, a mamãe teve uma vida boa. Não tão longa quanto algumas pessoas, mas boa mesmo assim. Ela teve nosso pai e nós. Deixe-a partir, Maresi.

Notei que Náraes estava chorando. Suas lágrimas pareciam tão estranhas. Tudo dentro de mim doía. Desejei ter lágrimas para chorar, mas os meus olhos estavam secos.

– Sinto falta dela – sussurrou Náraes. – Eu sinto falta da minha mãe forte e enérgica. É assim que quero me lembrar dela. Não como está agora. Tudo o que eu queria para ela era uma morte boa e rápida, mas não parece estar tendo uma.

Eu empurrei a tigela para o lado e me levantei. Não conseguia mais ouvir aquilo. O som do chiado da respiração curta de minha mãe preenchia o quarto. Ela estava deitada debaixo de várias peles, porém era tão magra que a cama parecia quase vazia. Quando me sentei na beira do colchão, ela olhou direto para mim e fez um barulho. Primeiro pensei ser apenas um gemido, mas, quando me inclinei para mais perto, ouvi que ela estava formando uma palavra.

– Fora – gemeu fracamente. – Fora.

– Você quer sair, mãe? Há uma tempestade lá fora. Está frio demais.

Ela olhou para mim, implorando. Então entendi o que ela queria. Pela Deusa, perceber isso me cortou por dentro como uma faca. Doeu cem vezes mais do que quando levei a facada na barriga na cripta. Eu era a causa de todo esse sofrimento. A culpa era minha e de mais ninguém.

– Sim, mãe. Você pode ir. – Eu estava chorando tanto que mal consegui pronunciar as palavras. – Perdoe-me. Você pode ir.

Minhas lágrimas pingaram no anel em meu dedo – o anel que você me deu. Ele brilhou como o metal da porta da Velha. A porta que eu não vira, embora minha mãe estivesse à beira da morte. Ela estava à beira da morte há muito tempo.

Levantei-me e peguei o meu cajado, encostado contra a parede. O frio me atingiu como um golpe, permeando as minhas narinas e o meu peito a cada respiração. Pude sentir a proteção que eu construíra durante todas essas luas caminhando em torno do vilarejo, como uma marca no ar. Ela entrava na terra, entre as raízes das árvores e mais abaixo. O próprio ar tinha o seu gosto: metal e terra. Levantei o meu cajado de madeira-prata para o céu negro, acima de minha cabeça, e bati. Repetidamente. Com cada batida, meu cajado talhado encontrou a barreira. A parede. A proteção que eu fizera. Era forte, Irmã O. Era moldada por todo o meu medo da fome e da desnutrição, dos homens do nádor e de perder todos com quem eu acabara de me unir novamente. Era moldada pela minha sabedoria, pelos símbolos de poder em meu cajado, pela mágica ancestral de cores e cabelos e a força de vida da Primeira Mãe. Quando meu cajado encontrou a proteção e pude sentir o quanto ela era forte, compreendi que não era construída apenas pelo meu poder. Nada assim poderia vir de um simples humano. Era o poder sem limites da Primeira Mãe e eu era apenas o seu canal. É o mesmo poder de Anji, a fonte dos talentos concedidos às Primeiras Irmãs, é o poder que Arra invocou quando cantou ao vento e ao fogo e às montanhas, é a energia que a ancestral de Heo atravessou para restaurar o equilíbrio para seu povo. É a energia que me ajudou a abrir a porta da Velha na cripta e massacrar todos aqueles homens. É uma força muito maior do que qualquer pessoa: é a força vital por detrás de todas as coisas.

Mas eu não atravessei a barreira. Com as mãos cortadas e vermelhas e minhas costas doendo com a força, eu a rompi, Irmã O. Eu caminhei em torno de nossa casa e rasguei o meu próprio trabalho. Fui derrubada pela onda de poder que me atingiu quando a barreira cedeu. O zumbido, o murmúrio, o tremor do chão me envolveram e subitamente pude ouvir os sons de que era feito. *Maresi, minha filha*, sussurrou a Velha.

Levantei-me e entrei. Ao redor da cama estavam Náraes, meu pai e Akios. Meu pai segurava uma das mãos da minha mãe, Akios, a outra, e Náraes acariciava sua cabeça. Ao pé da cama estava a porta da Velha. Caminhei até a minha mãe. Inclinei-me para beijá-la e sussurrar meu adeus. São palavras que não pretendo dividir com ninguém. Elas pertencem a mim e a ela. Nossas últimas palavras.

Depois, me levantei e caminhei até a porta da Velha. Eu não tinha sangue em minhas mãos, não o meu, nem o da

Rosa, nem o da minha mãe. Mas eu abrira essa porta uma vez. Ela me conhecia. Minha mão tocou a maçaneta – na forma de uma cobra engolindo sua cauda, como o meu anel – e abri a porta para o reino da Velha.

Desta vez eu falei primeiro.

– Leve o que é seu – disse para a escuridão. – Liberte minha mãe de seu sofrimento.

Maresi, sussurrou a Velha, e sua voz não me assustava mais. Ela parecia carinhosa, Irmã O. Soava quase como você. A maçaneta da porta estava fria em minha mão e o ar estava cheio de um odor que reconheço bem: a respiração da Velha. Só que desta vez foi diferente, depois de eu ter aberto a porta com calma e decidida. Nenhuma oferenda de sangue foi necessária. Não houve gritos. Eu deixei minha mãe atravessar. Ela respirou brevemente e depois ficou completamente imóvel. Minha mão ainda estava na maçaneta. Aí veio uma última respiração engasgada e depois nada mais. Eu sei que a Velha a recebeu e minha mãe tornou-se parte de todos os mistérios da Velha – e a Velha dos dela.

Então fechei a porta, lenta e silenciosamente, e com o coração doendo.

Agora a minha mãe se foi.

Náraes e eu preparamos minha mãe para o enterro. Nós a lavamos, penteamos o seu cabelo curto. Ela não se parece mais com minha mãe. Sua expressão facial mudou. Ela já está em outro lugar. Quando ficou pronta, paramos e olhamos para ela.

– Você teve mais tempo com ela do que eu – comentei friamente. – Três anos antes de eu nascer e oito anos enquanto eu estava fora.

– Eu sei – disse Náraes, e apertou a minha mão. – Não é justo. – Ela suspirou. – Podemos olhar as roupas agora, para saber como vesti-la.

Ela abriu a tampa do baú junto à cama e tiramos as poucas roupas de minha mãe: três blusas, quatro camisolas, uma saia comum, uma saia para ocasiões especiais e um avental bordado para festivais. Lá no fundo do baú, encontramos um objeto bem embrulhado com um pano cinza de lã. Enfiei minhas mãos para tirá-lo, o colocamos no chão e o desembrulhamos juntas.

Dentro havia uma espada. Era longa, pesada e afiada e claramente havia passado por mais de uma batalha. Náraes e eu nos entreolhamos. Levantei a espada com cuidado e a examinei. Duas palavras estavam gravadas no cabo. Não por um ferreiro, mas raspada com um prego ou algum outro objeto afiado. *Náora*, dizia. O nome de minha mãe. E Leiman. De repente lembrei que minha mãe mencionara esse nome quando estava doente.

– Ela ganhou isso de seu primeiro marido – disse meu pai atrás de nós. Viramo-nos. Ele estava de pé olhando para a espada. – Ela a carregava quando a encontrei na floresta. Disse o nome dele muitas vezes enquanto delirava de febre e eu e a minha mãe cuidávamos dela.

– Leiman era o marido dela? – Eu olhava fixamente para o nome na espada.

– Era. Eles se casaram quando eram muito jovens. Ele já estava morto quando ela veio para cá.

– Como ele morreu?

– Eu não sei. Náora não queria falar sobre nada que acontecera antes de nos encontrarmos, então não perguntei. Nós nos casamos e eu sempre ficava surpreso que ela, de fato, queria estar comigo. Suponho que tenha tido uma vida muito diferente quando era mais jovem, mas eu a conheço como a minha esposa e a mãe dos meus filhos. E meu verdadeiro amor.

Nunca ouvira tais palavras saindo da boca de meu pai. Eu me levantei e o abracei. Ele realmente a amava. Eu mal a conhecia, porém sei tudo o que preciso saber: ela era a minha mãe.

Somos abençoados de termos uns aos outros: meu pai, Náraes, Akios e eu. Não estamos sós em nosso luto. Conversamos sobre a minha mãe, nos lembramos dela, a recriamos como era antes de adoecer. Penso no que ela me disse, que não se arrependia mais de ter deixado o meu pai me mandar para longe, porque foi graças à Abadia que aprendi a me virar sem ela.

Sei que ela está certa. É estranho, Irmã O. A saudade dela chega a doer. É como um enorme buraco negro dentro de mim. Mas, ao mesmo tempo, ela ainda está muito presente. A única diferença agora é que vive em mim em vez de viver no próprio corpo. Carrego tudo o que ela era aqui dentro: em meu corpo, na minha mente e no meu coração.

Minha mãe ficou deitada em sua cama o dia todo e os aldeões vieram lhe dar adeus com canções e pequenos presentes. Meu pai e Akios prepararam a pira funerária. Nesta época do inverno, não conseguimos cavar um túmulo na terra congelada entre as raízes das árvores-prata, então temos de queimar o corpo e espalhar as cinzas no arvoredo funerário.

Ela está deitada em seu caixão agora, que meu pai e Akios fizeram com tanto amor. Náraes e eu a enrolamos e as pequenas colocaram como presentes grãos, sal e pão. Quando anoitecer, os homens vão carregar o caixão para a pira fora do vilarejo e, sob as luzes das estrelas de inverno, meu pai vai acender a chama.

Não sei se sou capaz de testemunhar isso. Eu vou tentar. Porém, a simples ideia do fogo acendido para consumir o que um dia foi minha mãe é horrível demais para aguentar.

Quando tudo estiver acabado – essas coisas em que não consigo pensar – as cinzas serão levadas para o arvoredo funerário. Não será uma viagem fácil, pois está muito frio e nevou recentemente, tornando a viagem árdua. Ouço o sussurro da Velha mais uma vez, como a ouvi na Abadia. Não conseguia escutá-la antes através da proteção que construíra em torno do vilarejo. Minha barreira afastou até a própria Velha. Não achei que tal coisa fosse possível; mas barrar a Velha não pôde manter a morte fora do vilarejo.

Podíamos esperar antes de ir ao arvoredo funerário, mas tanto eu quanto meu pai achamos que tem de ser agora. Náraes concorda.

– Você apareceu em meus sonhos – disse-me hoje. – Debaixo das árvores-prata. Mas as árvores estavam sangrando.

Meu pai fez uma bainha simples para a espada de minha mãe. Tanto ele quanto os meus irmãos concordam que devo herdá-la.

Os outros ainda estão dormindo, mas estou vestida, comendo mingau e escrevendo para você. Logo vou sair para acompanhar a minha mãe em sua última jornada. Estou pensando em você, Irmã O, e preciso dividir meus pensamentos. De repente me dei conta de que provavelmente não estarei presente quando a sua hora chegar. Não poderei ajudá-la atravessar para o reino da Velha. Não poderei acompanhá-la em sua viagem final ou estar lá quando seus ossos forem deixados na escuridão fria da cripta. Isso dói. Mas o que é mais doloroso é o medo, que gradualmente se transforma em certeza, de que eu não a verei de novo nesta vida. Espero que possa me perdoar. Eu preciso escrever as palavras que nunca lhe disse, Irmã O. Você é muito querida para mim. Você me deu o presente mais precioso que tenho: meu amor pelo conhecimento e pela palavra escrita. Fez com que eu me sentisse segura quando cheguei à Abadia quando criança. Lembro que acariciou meus cabelos e que foi a primeira pessoa a me tocar com carinho desde a minha mãe. Nunca poderei agradecê-la o suficiente por tudo o que me ensinou ou significa para mim. Pois você permitiu que eu escolhesse o meu caminho, mesmo quando ele me levou para longe da Abadia e de você.

Vesti-me com todas as roupas que tenho, pois este inverno é o mais frio que já houve em Rovas. Estou levando o meu cajado comigo e a espada. Lembro-me de uma imagem que uma vez vi em uma tigela de prata no Templo da Rosa, quando Ennike, Jai e eu estávamos ajudando a antiga Rosa a polir prata e cobre. Ela mostrava a Donzela Guerreira, com os seios nus, os cabelos esvoaçantes e uma expressão feroz em seu rosto jovem, com uma espada levantada acima de sua cabeça. É com essa imagem na memória que carrego a espada enquanto acompanho a minha mãe e a guio para lá. A Velha está sussurrando para mim. Posso ouvi-la com muita clareza. *Maresi*, sussurra em toda sombra. *Maresi*, uiva nos ventos gelados.

Algo está esperando por mim lá fora. A Estrela Negra está escura, a lua está baixa e a noite mais longa e mais escura do ano espalha-se diante de nós. Não é um bom sinal, Irmã O. Posso sentir em meus ossos e em meu sangue. Reuni todas as minhas cartas no baú junto à minha cama e no topo há uma nota com instruções para Akios, escrita com letras grandes, claras, para que ele possa ser capaz de ler sem a ajuda de Maressa, pedindo-lhe que se assegure de que sejam enviadas, caso eu não volte desta viagem. Pois me pergunto se não é isso o que a Velha está tentando me falar o tempo todo. Ela está me alertando sobre um grande perigo, mas também está me chamando. Atraindo-me. Agora que posso ouvi-la não tenho mais medo – nem um pouco, Irmã O. Sei que ela vai me orientar – se necessário. As minhas ações me pertencem e carrego a responsabilidade e a culpa. Porém, não estou sozinha. Nunca estarei sozinha, desde que eu deixe a Velha entrar. Eu a imaginava antes como uma bruxa faminta, de boca preta com dentes amarelos, cabelos desgrenhados e mãos como garras que arranham. Mesmo depois que abri sua porta pela primeira vez e aprendi a não a temer, essa imagem permaneceu. Não mais. Agora ela tem o rosto da minha mãe. E o que me lembro da mãe do meu pai, que nunca vi ser má ou estar zangada. Todas as mulheres sábias e fortes que passaram pela porta da Velha antes de mim emprestaram seus rostos e sua sabedoria, suas vozes e seus corações. Por que eu deveria temê-las? Elas estão comigo agora e não tenho medo.

Estou pronta.

Mais tarde

Estou escrevendo isto em um abrigo que montamos na floresta. Está muito frio. Perdoe-me se for difícil de ler minha letra; os meus dedos estão muito congelados. A fogueira ajuda pouco. Porém, tenho de escrever agora, pois logo poderá ser tarde demais.

Tenho horror de contar o que aconteceu. É tão inacreditável, tão terrível. Eu não sei… Não sei como vamos um dia nos recuperar disso, Irmã O.

Quando deixamos o vilarejo, o frio era muito intenso. Todos na procissão carregavam algo que pertencera à minha mãe ou que ela fizera ou dera para eles, como é a tradição. Roupas, um vidro de loção, luvas tricotadas. Eu levava a espada e o meu cinto entrelaçado. Também carregava o saco de cinzas. O meu pai caminhava à minha frente, marcando as árvores pelo trajeto para ajudar a minha mãe a encontrar o caminho, e Náraes e Akios caminhavam atrás de mim, espalhando gravetos de zimbro e cantando as canções que impedem que ela volte do reino dos mortos. Pensei nisso enquanto andava segurando o saco e batendo meu cajado no chão no ritmo das canções. Por que temos tanto medo de que os que partem possam retornar? Poderíamos viver ao lado deles, se necessário? Ou tememos que eles tragam algum terror inominável de volta consigo do reino da morte, ou que nos arrastariam para lá consigo? Por que fariam isso? Se nos amaram em vida, não há razão para não nos amarem na morte.

Não tenho certeza do que acredito sobre a morte, Irmã O. É realmente um mundo atrás de uma porta prata ou eu só o imagino dessa forma para espiar o incompreensível? Há realmente um mundo debaixo das raízes das árvores-prata ou a morte é outra coisa totalmente diferente? Podemos ver o que acontece em nosso mundo depois que morremos ou o contato é interrompido para sempre?

Chegamos ao arvoredo de oferendas primeiro.

Mas o arvoredo de oferendas não estava lá.

Como já mencionei, o arvoredo fica em um vale. Árvores imemoriais, enormes, de folhas largas crescem em torno de um carvalho ancião onde nossas oferendas são feitas. Um riacho corre para o nordeste.

Tudo o que restava quando chegamos à beira do vale no início da tarde era o riacho. As árvores se foram. Nos lugares delas havia tocos, alguns tão grandes quanto a fundação de uma casa pequena. Havia marcas visíveis no solo onde os troncos foram arrastados e havia grandes pilhas de gravetos e galhos por todos lados. Todos nós paramos, quietos, mudos. Um vento fantasmagórico gemia pelo vale vazio. Não havia sinais de fogueiras de lenhadores e me lembrei do que Kárun me dissera.

Eu deveria saber. Deveria ter visto os sinais. Talvez tenha sido a minha proteção ao redor dos vilarejos que me impediu de perceber ou talvez minha mente estivesse muito cheia de preocupações sobre a minha mãe para notar qualquer outra coisa.

Maresi, a Velha sussurrou ao vento. *Apresse-se.*

– Meu pai rezou neste arvoredo – disse meu pai lentamente. – Ele honrou e fez sacrifícios para a terra. Como o pai e a mãe antes dele. E eu me lembro de minha avó dizendo que a mãe dela fizera o mesmo e o carvalho ancião já era grande e antigo na época.

– Onde faremos nossas oferendas agora? – perguntou Náraes, desolada.

Não falamos mais nada. Continuamos em direção ao arvoredo funerário, concordando silenciosamente em acelerar o passo o máximo possível.

Nosso arvoredo de oferendas é usado apenas por Sáru e Jóla. Outros vilarejos fazem suas oferendas em lugares diversos. Mas o arvoredo funerário é para toda Rovas. Aqueles que moram mais além têm várias tradições com seus mortos.

Eles queimam os corpos e trazem as cinzas para o arvoredo ou os enterram próximo de seus vilarejos e os desenterram novamente quando resta apenas o esqueleto, e trazem os ossos para o arvoredo para seu descanso eterno debaixo das árvores-prata sagradas. Mas todos que morrem em Rovas terminam a sua jornada no arvoredo funerário, mais cedo ou mais tarde.

Anoiteceu. Continuamos incansavelmente debaixo da foice estreita da lua. Minhas mãos e meus pés estavam como gelo, mas, tirando isso, o frio não me incomodava. Eu batia meu cajado no solo. A terra ouvia o meu chamado. Rovas respondia e pedia que me apressasse.

Foi muito tempo após o pôr do sol quando chegamos ao vale profundo onde as árvores-prata crescem. Graças à neve, ainda pudemos encontrar o caminho. A trilha para o vale passa entre duas encostas. Só que não era mais uma trilha; era uma estrada limpa. Na encosta da colina oriental, vimos pontos de luz brilhando na escuridão, embora não ouvíssemos nada. Supomos que se tratava apenas de acampamentos noturnos de lenhadores. Eu segurava o cabresto da Dama Cinzenta e a guiava em direção à trilha dentro do vale, rezando à Deusa que ela não sentisse vontade de zurrar. Os trenós deslizavam em silêncio sobre a neve. Nós não falávamos; mal ousávamos respirar. Paramos à beira do vale. Uma nuvem mascarava a lua e uma escuridão grossa se espalhava diante de nós. Agarrei a mão de Náraes. Prendemos a respiração e aguardamos.

A nuvem vagou para longe e a luz da lua estreita derramou-se dentro do vale. Tudo cintilava e brilhava como se fosse feito de prata. As árvores ainda estavam de pé. Engoli em seco e me apoiei pesadamente sobre meu cajado.

Porém, quando descíamos para o vale, vimos que já haviam começado o trabalho. As árvores-prata mais próximas estavam caídas, derrubadas, com os galhos ainda intactos. Estava muito escuro para conseguirmos encontrar a árvore funerária de nossa família, então armamos acampamento entre os troncos massacrados e acendemos uma fogueira. Era um risco. Não sabíamos o que os lenhadores poderiam fazer se a vissem. Só que sem fogo, não sobreviveríamos à noite.

De manhã cedo, apagamos as brasas e continuamos a avançar pelo vale. Meu pai nos guiou para a árvore certa. Akios sacrificou uma galinha, Náraes pendurou uma colher de madeira-prata nos galhos e eu cavei a neve para expor o solo e enfiei uma moeda de cobre debaixo de uma raiz. Não pude fazer muito mais do que um arranhão no solo congelado. Meu pai espalhou as cinzas de minha mãe em um círculo ao redor da árvore, sobre o solo nu, enquanto todos nós entoamos a canção da terra. Enquanto cantávamos, olhei para os rostos de minha família e tive a certeza de que, embora cada um carregasse a sua própria dor, nenhum de nós tinha de suportá-la sozinho.

Depois, caminhei três vezes em círculos em volta da árvore e fiz uma oração para cada aspecto da Primeira Mãe, uma a cada volta. Em seguida, fiquei parada por um tempo e observei a luz do dia iluminar o solo coberto por neve e os troncos e as folhas brancas e agradeci em silêncio à minha mãe por tudo que ela me ensinara e mostrara.

Quando o meu pai e os meus irmãos começaram a se preparar para partir, puxei o meu manto vermelho em torno de mim e saí sem ser notada para caminhar de volta através da floresta branca, silenciada pela neve, até a boca do vale. O frio mordia meu rosto. O meu cajado não parava de tentar escorregar de minhas luvas e a espada da minha mãe balançava desconfortavelmente em minhas costas.

Os lenhadores haviam entrado no vale a essa altura. Um time de cinco homens já estava cortando os troncos derrubados enquanto grupos de dois ou três caminhavam examinando as árvores vivas com machados a postos. No total, havia talvez uns vinte homens. Não vi nenhum soldado.

Mas sabia que eles viriam.

– Abençoado seja o seu lar – saudei.

Alguns homens levantaram a cabeça e depois desviaram-na, sem dizer nada, e eu sabia que eram de Rovas. Eles sabiam o que estavam fazendo, que tabus estavam quebrando apenas em carregar um machado no terreno de sepultamento dos seus ancestrais. Os outros só olharam para mim fixamente, com seus chapéus de pele puxados sobre as testas.

– Sete gerações de uma família de Murik jazem debaixo daquela árvore – falei e apontei para uma árvore que dois dos homens haviam acabado de inspecionar. – E aquele grupo de árvores é o local de descanso final de cada habitante do pequeno vilarejo de Isto, ao sul de Rovas.

– Deixe-nos em paz – disse um homem pequeno e sem barba, um lenço tricotado cobria metade de seu rosto. Ele deu alguns passos em minha direção e passou os dedos no machado pendurado em seu cinto, mas não se aproximou mais. Eu não representava nenhuma ameaça.

– Ordeno que parem – mandei e me posicionei com firmeza, colocando as duas mãos sobre o meu cajado. – Este é um solo sagrado. – Levantei a voz para que todos pudessem me ouvir. – Esta é a floresta onde todas as pessoas em Rovas são enterradas desde tempos imemoriais. Milhares e milhares de corpos jazem debaixo dessas árvores. As cinzas de um número igual de pessoas estão espalhadas nesta terra sagrada. Este é o reino da morte. Virem-se e nunca voltem e serão poupados da ira da Velha. – Então, me ocorreu que nenhum desses homens conhecia a Velha. Varri a minha memória, procurando o que eu sabia da crença de Urundien e das crenças do meu povo. Prossegui com seriedade. – Grande é a ira dos ancestrais. E o pássaro Kalma não guia um traidor em sua última jornada embaixo das raízes das árvores-prata.

Os homens que eu adivinhara serem de Rovas se afastaram das árvores e entreolharam-se nervosamente. Eles abaixaram seus machados.

– Não temos medo de uma peçonhenta, jovem ou velha – disse o homem que supus ser o capataz. Ele falou de modo calmo e sem raiva, mas com certa irritação. – Só estamos fazendo o nosso trabalho. A jovem deveria ir para casa. Está frio na floresta hoje.

– Não posso fazer isso – respondi. Minha voz também era calma. Virei-me para os lenhadores de Rovas. – Este é o terreno sagrado de Rovas e vocês são daqui. É vergonhoso levantarem os seus machados contra as árvores dos seus ancestrais. Também vão cortar as árvores dos seus pais? Vocês vão seguir ordens cegamente? – Virei-me de novo para o capataz. – Este é o reino da morte e ele é meu. Os mortos são o meu povo e eu sou a sua guardiã.

Então eu vi a porta da Velha. Ela estava à esquerda dos homens – alta, brilhante e silenciosa. Tudo o que eu tinha de fazer era ir até lá e abri-la. Sabia que ela aceitaria a oferenda. O arvoredo funerário é o domínio da Velha, assim como a cripta debaixo da Casa da Sabedoria. Ela devoraria os homens, assim como fez quando abri a porta na Abadia.

– Oiman, não podemos fazer isso – explicou um dos homens mais velhos. Os homens de Rovas haviam se reunido em um grupo. Eles olharam uns para os outros e depois para o capataz. – Não é só azar que dá danificar uma árvore-prata.

– Agora, vejam bem – disse Oiman, com paciência. – O nádor mandou cortarmos algumas árvores-prata para ele. Ele consegue um preço fenomenal por elas em Urundien. E árvores-prata crescem apenas aqui – nós sabemos disso. Então é aqui que vamos derrubá-las.

– Então não podemos mais trabalhar para o nádor – respondeu o lenhador, sério.

Oiman deu de ombros.

– Está bem, mas vocês não terão o pagamento por todo o trabalho do inverno, lembre-se disso.

Os homens murmuraram uns para os outros, mas não se moveram.

– Que seja. – Ele se virou e apontou para um grupo de Urundien que estava ao lado de uma árvore caída. – Vocês podem começar a derrubar, então.

O homem que respondera pelos lenhadores de Rovas balançou a cabeça.

– Não podemos deixar que façam isso.

Os homens de Rovas se espalharam num semicírculo em frente à árvore, suas mãos nos cabos dos machados. A expressão de Oiman endureceu.

– É assim agora, é?

Ele deu um passo em direção aos homens que haviam permanecido fiéis a ele, que discutiram o assunto brevemente. Todos os homens de Rovas me encaravam. Ouvi outras vozes e me virei. Atrás de mim, entre as árvores, estava a minha família, assistindo. As mãos de Náraes seguravam a própria barriga de forma protetora e o meu pai e Akios tinham uma expressão séria. Eles estavam esperando; não me deixariam sozinha.

Finalmente, sem uma única palavra, Oiman e seus homens guardaram as ferramentas e cordas e amarraram tudo aos seus cavalos. Sem olhar para trás, pegaram a trilha e desapareceram de vista. Náraes correu até mim com meu pai e Akios logo atrás.

– Você conseguiu! – Ela agarrou minhas mãos. – Você os mandou embora!

Meu pai foi até os lenhadores e os cumprimentou com um aceno da cabeça.

– Eles vão voltar, não vão?

– Vão – disse um homem, mais jovem desta vez, com cabelos loiros e olhos azuis afetuosos, mas com uma expressão severa. – E mais deles virão.

– Com soldados também – acrescentou outro homem. – Muitos soldados. – Ele apontou para o meu cajado. – Foi você quem expulsou a geada?

Fiz um gesto afirmativo com a cabeça.

– O que pretende fazer agora?

Olhei para trás, para a minha família.

– Acho que vou enviá-los para casa e ficar aqui, fazendo o que puder.

– Mandem suprimentos neste caso. Comida, cobertores, peles. Armas. – Ele se virou para os outros homens. – Podemos construir uma barricada aqui, com as árvores derrubadas. Este é o único caminho para o vale. Marek, você e Lessas são responsáveis por mover nosso equipamento da colina – se os outros não o levaram. Biláti e Merran, construam abrigos para nós e para a expulsora da geada.

Antes disso, porém, todos os homens ficaram em volta das árvores derrubadas e o homem mais velho, cujo nome era Uvas, liderou uma oração por perdão.

Em seguida, começaram a trabalhar.

Três dias se passaram. Os homens trabalharam rápido para construir uma barricada razoável com os troncos das árvores derrubadas. Eles montaram três abrigos. Queriam construir um só para mim, mas eu os convenci a me deixar dormir em um dos seus.

– Vocês são meus irmãos – falei –, e confio em vocês como irmãos.

Eles balbuciaram e coçaram as próprias barbas, parecendo mais desconfortáveis do que satisfeitos. Havia cinco deles. Marek, o jovem de cabelos loiros e olhos azuis ternos, é o mais novo. Ele e Lessas vêm de um vilarejo ao sul de Rovas. Acredito que sejam de alguma forma aparentados, primos talvez. Biláti é do Oeste e tem três filhos em casa: um menino e duas meninas. Sente muitas saudades dos três e fala sobre eles sempre que pode. Depois, há Merran – com uma barba que vai até o seu peito e uma cicatriz grande em um olho –, que vem de uma propriedade muito próxima à Murik. Uvas, que liderou a discussão, trabalhou como lenhador e transportador de madeira a vida toda e, portanto, não se considera habitante de nenhum vilarejo. Perguntei se ele conhecia Kárun e disse que sim. Tem mais admiração por Maresi, amiga de Kárun, do que ele tinha por Maresi, que expulsou a geada. Kárun tem uma boa reputação como um homem honesto e trabalhador. Uvas disse que estivera no mesmo time de transportadores de madeira que Kárun por muitos verões.

Meu pai e Náraes não ficaram contentes de serem mandados para casa e muita persuasão foi necessária. Akios recusou na mesma hora e, quando se tornou evidente que o meu irmão ficaria comigo, meu pai por fim concordou em fazer o que lhe foi pedido. Então, hoje meu pai e Náraes voltaram com os suprimentos que eu solicitara, lotando o trenó da Dama Cinzenta. Contudo, não trouxeram consigo apenas comida e peles – o vilarejo todo se juntou e Jóla também. Você acredita, Irmã O? Eles todos vieram! Até as criancinhas estavam lá. Apenas Kárun com sua perna quebrada e os idosos com mais dificuldade de se mover ficaram para trás. O cavalo de Jóla puxava um trenó com pilhas de suprimentos e crianças pequenas. Náraes me deu um abraço longo e me apoiei nela, feliz em inalar seu cheiro familiar. Foi quase como receber um abraço de minha mãe.

Quase.

Em seguida, Marget correu e me abraçou com força.

– Náraes nos contou o que você fez – sussurrou em meu ouvido. – Como foi corajosa. Forte! Mas você não precisava enfrentar tudo sozinha, sabe. Sempre que precisar de ajuda, deve dizer. Também sabemos fazer algumas coisas.

– Eu sei, Marget – respondi. – Embora talvez não tenha percebido isso antes. Por muito tempo, acreditei que os ensinamentos da Abadia eram o único tipo de conhecimento que importava. Estava convencida de que tinha de fazer tudo sozinha. Mas todos vocês provaram que eu estava errada. Fico tão feliz por sua ajuda.

É hora de pôr um fim a toda essa exclusão: afastar amigos e família de minha vida e o mundo de nosso vilarejo. Ao contrário, me abrirei àqueles que me ajudarem. E, o que é infinitamente mais assustador, me abrirei para o mundo.

Não desviarei o olhar. Ao menos tentarei mudar as coisas. Tornar as coisas melhores. Parece tão presunçoso escrever isso – eu provavelmente soo ridícula. Nesse caso, por favor perdoe sua antiga aluna. Considere isso como tolice de juventude, se quiser. Mas acredito que enfim compreendi a minha verdadeira missão.

Sua noviça,
Maresi

Queridas Jai e Ennike!
Estou escrevendo para as duas agora, porque o papel e o tempo são escassos. Estamos construindo um acampamento de verdade no arvoredo funerário. Quanto tempo vamos ficar por aqui, não sabemos, mas deixar as crianças dormirem ao ar livre todas as noites não é uma opção. Os lenhadores decidiram ficar. Eles são homens trabalhadores e prestativos e nos ajudaram a construir duas cabanas de madeira. Elas são muito simples, construções de toras com lareiras diretamente no chão e uma saída de fumaça, como nos velhos tempos. Os lenhadores trouxeram as toras das colinas acima do vale, é claro. Ninguém mais levanta um machado para uma árvore-prata. Inclusive, vi vários deles procurarem as árvores de suas famílias e fazerem oferendas para os ancestrais.

Não é certo armar residência no arvoredo funerário. Este é um terreno sagrado, proibido para tudo, exceto enterros, e para todos, exceto os mortos. Aqui devemos falar em voz baixa, fazer oferendas aos mortos e depois partir de imediato. As pessoas mais velhas, nas quais os velhos costumes e as antigas tradições têm raízes profundas, dizem que há um frio aqui que penetra em seus ossos até a medula. Isso as deixa acordadas à noite. Eu sinto também – o frio da Velha. Está me deixando preguiçosa e lenta, mas não podemos deixar o vale desprotegido, sem ser vigiado, nem por pouco tempo. Então tive de ajudar os meus vizinhos a se acostumarem a viver e a dormir entre os mortos. Não tem sido fácil, pois eles temem os espíritos daqueles que se foram. Conto-lhes a história do lobo que corria com a sua alcateia e somente quando morreu percebeu que os outros eram fantasmas o tempo todo. É uma velha balada de Rovas que a maioria dos habitantes ouve desde pequenos. Eu a usei como uma ferramenta para ilustrar que os mortos não têm nenhuma intenção de fazer mal aos vivos. Fazer oferendas nas árvores funerárias também ajudou. Kild, que é agora a mais velha em nosso vilarejo, guiou todos em várias oferendas aos nossos ancestrais e a essas árvores e a este solo. Isso também parece ter trazido conforto para as pessoas.

Temos abrigo contra o frio e o vento, além de comida, e estamos esperando. Não sabemos o que esperamos ou quanto tempo levará. Uvas – líder dos lenhadores –, a avó Kild, Kavann – o mais velho de Jóla – e eu nos reunimos às manhãs para discutir o que achamos que pode acontecer e o que devemos fazer.

– Posso derrotar quem quer que venha – falei em uma das nossas primeiras reuniões e ninguém me questionou. Eles acreditam que sou capaz de qualquer coisa que eu diga.

– Então virão outros – disse Uvas, coçando sua barba. – O nádor enviará mais e mais.

– E não podemos guardar este lugar para sempre. Nem você pode fazer isso, Maresi – disse Kild.

– Você tem razão. Então o que vamos fazer? Posso criar outro escudo protetor para segurá-los – pelo menos, acredito que posso –, mas tem que ser mantido continuamente.

– Entendemos pouco de suas habilidades, Maresi Enresdotter – disse Kavann, devagar. – Mas temos que dar um susto bem grande para que o nádor não tente tomar esta floresta de novo.

– Então não será o suficiente apenas assustar seus soldados ou mesmo matá-los – disse Kild.

Ela estava sentada ereta, com a muleta ao seu lado. Desde que o cavalo do soldado esmagou o seu quadril, não consegue mais andar sem ela. Suas mãos enrugadas estavam descansando sobre a saia bordada e ela parecia o epítome de uma mulher de Rovas no fim de sua vida, quando não se espera que faça mais nada exceto fiar junto à lareira, cercada por filhos e netos. Porém, lá estava ela, fazendo planos comigo e os dois homens. A Velha é forte nela. Estou feliz de tê-la ao meu lado. Nosso lado.

– Temos que mostrar ao próprio nádor do que somos capazes. Do que *você* é capaz. – Ela me olhou, determinada e, de certa forma, radiante.

– Soldados virão sem dúvida – disse Uvas. – E eles devem enviar uma mensagem ao nádor. Podemos tomar vantagem disso? Temos que trazê-lo aqui.

– Acredito que eu saiba como – falei.

Então, contei-lhes sobre o pente e a tempestade e tudo o que aconteceu em Menos naquela primavera. Foi bom falar sobre isso. Percebi que os homens ficaram com medo, embora tenham tentado não demonstrar. Eles se entreolharam e depois olharam para o chão. Estávamos sentados em volta de uma pequena fogueira, debaixo de uma das árvores-prata menores, onde os lenhadores haviam trazido alguns tocos para nos sentarmos. Era o lugar para nos reunirmos. O lugar dos anciões. E o meu.

Kild riu de alegria quando terminei a minha história.

– É isso que faremos a eles – disse várias vezes e mexeu a cabeça. – Exatamente assim.

– Mas esses homens não podem morrer – respondi. – Eles têm que viver e contar ao nádor o que viram.

– Assim será – disse Kavann.

Já estamos esperando há dez dias.

Melhoramos as nossas defesas, construímos uma barricada mais alta e fizemos um plano de como os aldeões poderão escapar, se necessário.

Comecei a dar aulas curtas todos os dias em uma das duas cabanas. Muitos adultos entram, sentam-se e seguem as aulas por um tempo. Fico feliz que possam ver o que estou ensinando aos seus filhos. Especialmente quando leio em voz alta, seja um dos livros da escola ou um dos meus, a cabana fica lotada.

Os soldados atacaram de madrugada. Fui alertada de sua vinda quando a Velha me acordou sussurrando o meu nome. Eu me levantei e caminhei entre os corpos adormecidos no chão da cabana, onde vários outros também acordavam. Assim que abri a porta, ouvi se aproximarem: o relincho dos cavalos, o barulho das armas, a neve quebrando debaixo dos cascos. Os lenhadores faziam guarda junto à barricada e eu podia ver o brilho de seus cachimbos à meia-luz. Entrei e pendurei a espada em minhas costas. Peguei o cajado e todo o resto estava em um saco, pendurado ao cinto trançado de minha mãe que eu carregava na cintura. Coloquei uma das folhas da Irmã Nars em minha boca e mastiguei-a enquanto saía lentamente. Não acordei ninguém, mas muitos se sentaram quando ouviram a agitação lá fora.

Consegui subir até a tora mais alta da barricada e me posicionei lá antes de os cavalos nos alcançarem. A porta da Velha surgiu ao meu lado, flutuando parada, invisível para todos, exceto para mim. Toquei o batente para me fortalecer. Eu não quero abri-la. Ainda não falei isso para a Irmã O e talvez nunca fale – talvez eu não viva para escrever outra carta. Não quero causar mais mortes, há mortes o suficiente no mundo. Jai, acho que você entende isso mais do que qualquer outra pessoa. Você também matou. Nunca falamos a respeito, mas sei que isso a atormenta. Eu a ouvi falando durante o sono. Eu a ouvi chorando. Não quero abrir a porta para o reino da morte por qualquer outra razão que não seja ajudar uma pessoa boa a ter uma morte tranquila. O que eu nunca disse para a Irmã O, nem para ninguém, é que ainda ouço os gritos daqueles homens na cripta. Ouço os seus ossos sendo esmagados, sinto o cheiro de seu sangue. Um deles me esfaqueara. E, mesmo assim, desejo que eles não precisassem ter morrido.

Porém, devo fazer o que for preciso. Os meus desejos pessoais não são mais importantes.

Posicionei-me ao lado da porta da Velha, tirei o meu pente e mastiguei a folha amarga até a minha boca se encher de saliva.

– Parem! – gritei, quando o primeiro cavalo surgiu. O soldado montado nele puxou as rédeas e levantou uma mão. Os outros se juntaram a ele e contei vinte no total. Todos armados até os dentes e a cavalo. Muitos, mas não demais. O nádor não deve ter esperado muita resistência – por que deveria? Para ele, éramos apenas alguns lenhadores e camponeses miseráveis.

– Este é um território proibido – falei, e a minha voz estendeu-se para longe na manhã silenciosa de inverno. Ela ressoou entre as colinas e ecoou entre as árvores. – Essas árvores são sagradas. Vocês que vêm de outros lugares não entendem, então estou explicando. Debaixo de cada uma delas, várias gerações estão enterradas. Esta floresta inteira é um terreno de sepultamento.

– Eu a reconheço! – gritou um dos soldados no meio dos outros. – A vagabunda do mercado!

Eu não podia ver o rosto dele, mas sabia quem estava falando. Cerrei os dentes e tentei impedir que as minhas mãos tremessem. Ouvi os aldeões saírem das cabanas e se posicionarem atrás da barricada. Silenciosos e alertas. Eles podiam me ajudar pouco. Mas estavam lá. Não me abandonaram. Olhei rapidamente para trás e vi que as mulheres estavam um pouco para o lado e prestes a soltar os seus cabelos trançados.

Segurei firmemente o meu cajado numa mão e o pente na outra. O sol subiu acima das copas das árvores. Seria um dia frio, claro e sem vento.

O capitão dos soldados falou.

– Rendam-se e ninguém será machucado. O nádor está disposto a perdoá-los, se voltarem para as suas casas agora mesmo.

Podia ouvir os soldados atrás dele rindo e sussurrando. É claro que ele estava mentindo.

Nenhum dos soldados carregava arcos, pelo que pude ver. Para nos machucar teriam de subir ou dar a volta na barricada.

— Eu lhes ofereço o mesmo perdão — respondi. — Este é o domínio da Velha, Kalma, a Grande Loba, ou qualquer que seja o nome pelo qual a conheçam; é a mesma coisa: morte. Rendam-se e vocês poderão viver.

O chão zuniu debaixo de mim. A Velha sussurrou nas sombras. O comandante ergueu a mão para ordenar os outros a atacar.

Enfiei o pente em meu cabelo e o puxei repetidamente com força, por todo o comprimento. Então me virei e joguei o pente para as mulheres que estavam reunidas à direita da barricada. Marget o pegou. Seu cabelo estava solto e o rosto tinha uma expressão indecifrável. Ela enfiou o pente em seus cabelos imediatamente. E então veio o vento.

Os soldados estavam se aproximando. Olhei para o céu, onde nuvens escuras haviam aparecido do nada, convocadas pelo nosso vento. Nosso chamado. Sussurrei para a Velha, para a senhora da escuridão e da tempestade e do frio, para que me ajudasse e me emprestasse a sua força. Segurei o cajado com ambas as mãos e o bati firme na tora de madeira-prata debaixo dos meus pés. Essa madeira, que havia passado a vida conversando com muitas gerações dos nossos mortos através de suas raízes, respondeu com um tinido baixo que reverberou entre as encostas. O tinido penetrou no chão e se fundiu com o zumbido do solo de Rovas. As massas de neve penduradas no alto das colinas responderam com um som abafado que foi ficando mais forte. Os soldados puxaram as rédeas de seus cavalos e olharam ansiosos para cima. A neve pôs em movimento uma enorme onda branca.

As mulheres atrás de mim pentearam seus cabelos e o vento ficou mais forte – um vento escuro, incessável, cheio de sussurros fantasmagóricos. A neve começou a descer com pressa as encostas. O sol foi obscurecido por uma nuvem escura.

Permaneci firme, segurei o meu cajado e pensei em Arra, a mulher de cabelos pretos que moveu uma montanha inteira com a sua canção, e soube que eu era capaz de fazer o mesmo se precisasse. Não estava sozinha: eu tinha apoio. O bafo da Velha escorria pelas rachaduras da porta. Encarei o comandante dos soldados.

– Partam, enquanto ainda podem! E levem uma mensagem para o nádor: isto é o que o povo de Rovas é capaz. Nós convocamos o vento. Nós podemos libertar o poder do céus sobre vocês. Vejam como escondemos o sol! Nós não vamos desistir. E exigimos que ele venha aqui em pessoa para conversar. Pois ninguém danifica a floresta dos mortos.

Eles hesitaram por um momento, mas o estrondo da neve era inconfundível e, quando um dos soldados de trás virou seu cavalo e partiu subindo a colina a galope, os outros seguiram o exemplo. Eles escaparam por pouco da avalanche que veio despencando em duas direções ao mesmo tempo. Eu mesma tive de saltar da barricada para evitá-la, mas a madeira poderosa aguentou. O terreno entre as colinas encheu-se de neve, bloqueando a entrada e a saída do vale.

Sua amiga,
Maresi

enerabilíssima Madre!
Estamos aguardando a chegada do nádor. Tudo depende de ele ouvir nossos chamados. Mas algo inacreditável está acontecendo: muitos mais, que não chamamos, estão vindo.

Rovas inteira está aqui.

As primeiras pessoas chegaram alguns dias depois que os soldados foram embora. Elas vieram de vilarejos do Sul, não muito distantes. Atravessaram a neve com esquis e trenós para entrar no vale. Elas trouxeram comida e barracas. Família inteiras estão vindo, com crianças e tudo mais. Alguns trouxeram um porco ou um bode consigo.

–Abençoado seja o seu lar – disse uma mulher idosa dentre os recém-chegados.

– Abençoada seja a viajante – respondi.

O meu vilarejo se reuniu para cumprimentar todos, com uma certa reserva. Marget e Akios passaram oferecendo chá quente. Não tínhamos aguardente. Depois que a mulher idosa bebeu, agachei-me ao seu lado na neve e aceitei o copo meio cheio que ela passou para mim.

Ela era o tipo de mulher cujo rosto traz alegria a todos que o admiram, com bochechas redondas e olhos castanhos tão carinhosos em meio a todas suas rugas. Ela encostou na minha mão, de um jeito que me lembrou a minha mãe.

– Os mortos nos chamaram – contou. – Todas as noites. Aqueles que fizeram sua viagem final para o reino debaixo das árvores-prata vieram até nós em sonhos. Os anciões tiveram uma reunião e perceberam que devia ser um chamado. Os mortos precisam de nós. Então aqui estamos.

Contamos a todos o que acontecera. Decidimos que as crianças poderiam dormir em uma das cabanas que havíamos construído, para se manterem aquecidas à noite.

E dia após dia mais pessoas chegavam. Elas ouviram o chamado da Velha ou dos mortos ou da própria terra – não sei dizer. Mas estão vindo. De início, foi algo como um festival da colheita, depois um mercado de outono e agora é a maior reunião de pessoas que já vi. A atmosfera é estranha: sombria, pesada. Todos sabem por que estamos aqui. Estamos aqui para fazer resistência, de uma vez por todas. Para mostrar àqueles homens que dominam, oprimem e exploram qual é o limite. Ele está bem aqui, perante o reino dos mortos. Diante de tudo que o povo de Rovas considera sagrado.

Nossos parentes de Murik também chegaram, relutantes, trazidos pelo chamado. Tia Míraes estava lá com seu marido Tan, os meus primos Tessi e Bernáti – acompanhado por sua esposa Selas, e pelos seus filhos. Bernáti não queria ter vindo, foi a sua irmã Tessi quem me contou quando nos encontramos. Ele resistiu até o fim, dizendo que era tudo superstição e que seria tolice deixar a fazenda vazia e desprotegida. Mas os sonhos não o deixaram em paz, até ele por fim se recusar a dormir.

– Toda noite, quando ele fechava os olhos, via todos os seus vizinhos e amigos que haviam morrido de fome e doenças. Eles o arrastavam em silêncio com mãos ossudas, querendo levá-lo para baixo das raízes das árvores-prata. Ele tem medo deles. – Ela balançou a cabeça. – Minhas avós me chamaram com canções de dormir que costumavam cantar para mim quando eu era pequena. Elas estavam sentadas debaixo das árvores funerárias e cantavam, tão doces e cheias de ternura, e os sonhos me deixaram muito feliz. Era como tê-las aqui comigo novamente.

Pelo que entendi, todos foram contatados de um modo diferente. Mas todos ouviram o chamado, alguns por amor e outros por medo.

Tessi me agradeceu por cuidar das crianças órfãs que a sua família a impedira de ajudar. Eu lhe disse que todo agradecimento devia ir para o meu pai e para a minha mãe, não para mim. E, então, chorei, como costumo fazer quando falo da minha mãe. Não choro porque estou dilacerada pela perda, mas porque as lágrimas aliviam o peso. Estou tão feliz de ter tido esses últimos anos com ela. Tão feliz que pudemos ficar juntas e pude ver tantos lados diferentes dela que eu jamais havia visto. Eu queria que ela houvesse visitado meus sonhos e chamado por mim, para que pudesse estar ao seu lado mais uma vez, mas isso não aconteceu.

Enquanto isso, as pessoas estão, de modo geral, animadas, especialmente os jovens. Eles nunca passaram por nada parecido. A ameaça é abstrata e inimaginável para eles. Estão reencontrando velhos amigos e fazendo novos e todas as conversas ao redor das fogueiras fluem desde o início da manhã até bem tarde à noite. Nunca houve tanta vida debaixo das copas das árvores-prata. E não só amizades estão surgindo, mas também amor. Tenho certeza de que um ou dois bebês foram concebidos aqui. Então veja, Venerável Madre, todas as três estão reunidas aqui: a Donzela, a Mãe e a Velha. Elas me trazem força e conforto. Não importa o que acontecer, todos os aspectos da Primeira Mãe estão comigo. Hoje sei que elas sempre estiveram aqui e nunca as deixei para trás, como uma vez pensei. Mas agora sinto isso indubitavelmente, até mesmo fisicamente: o solo está fervendo com o poder delas. Embora estejamos no meio do inverno, sinto isso – é a própria vida e a morte, em uma dança eterna.

A noite mais longa do inverno já passou e a luz está retornando. Houve um pouco de sol e o clima está mais ameno. É bom. Os abrigos nos protegem do frio mais forte. Eu até ouvi pássaros cantando nos dias mais ensolarados. A crosta da neve é firme o bastante para ir caçar, então grupos têm entrado nas florestas atrás de presas e estamos sobrevivendo. Esta é a floresta da Coroa, é claro, mas a necessidade não conhece nenhuma lei. Veados, lebres e vários pássaros selvagens são assados sobre fogueiras por grupos de cozinheiros. Várias panelas de mingau estão penduradas sobre outras fogueiras e todos se servem como querem e, em troca, adicionam um pouco de farinha ou amido de milho à panela.

Mas a parte mais mágica e maravilhosa de tudo isso, Venerável Madre, é que os pais trazem os filhos até mim pela manhã.

– Se as crianças de Jóla e Sáru estão aprendendo a ler e escrever, então nossos filhos com certeza não podem ficar fora – dizem.

Tenho mais de cem alunos. É um milagre! Depois de tamanha luta para convencer até quem eu conhecia a vida toda a enviar os filhos para a minha escola, agora tenho mais alunos do que consigo lidar! Eu os dividi em vários grupos, para que todos ganhem pelo menos algum benefício. Um grupo para os alunos mais avançados, um para os muito pequenos, um para os medianos e um para as crianças mais velhas. Akios me ajuda a ensinar uma introdução básica ao mundo das letras e das palavras. Eu lhes ensino letras, a escrever os próprios nomes e a ler os nomes dos outros. Também leio em voz alta para eles e, com frequência, os adultos se juntam a nós. A floresta inteira se silencia para ouvir a minha voz.

Venerável Madre, quando falo todos ouvem, tanto os jovens como os velhos. Você acredita? Lembra-se quando cheguei à Abadia, desastrada e ignorante e infantil? Naquela época, você poderia imaginar? Eu com certeza não poderia! A parte mais estranha é que me sinto exatamente a mesma menina de antes. Estou sempre com um pouco de medo de cometer um erro, de me expor, e de que as pessoas percebam que sou apenas uma criança e não alguém que deveriam ouvir com tanta atenção. Ajuda saber que a Primeira Mãe está comigo; mas só um pouco.

Então esta é a situação atual da vida no vale. As necessidades de todos estão sendo atendidas. Mas esperar é difícil e não saber o que vai acontecer quando a espera acabar é ainda pior.

Respeitosamente,
Maresi

 INHA QUERIDA ENNIKE ROSA!

Kárun chegou ontem. A perna dele sarou o suficiente para que apoie seu peso sobre ela com segurança. Um grupo de pessoas de Murik passou pela escola com um cavalo e trenó e ele perguntou se podia acompanhá-los. Eu não fui recebê-los. Parei de fazer isso há algum tempo. Tantas pessoas têm vindo que precisamos fazer turnos para dar boas-vindas aos recém-chegados, lhes mostrar onde construir seus abrigos, lhes explicar o que aconteceu e como tudo funciona no acampamento. Agora há abrigos estendendo-se para longe, entre as árvores-prata.

Ele veio procurar por mim ao anoitecer. Eu havia me recolhido, à procura de apenas um grão de solidão, e subi a barricada, o que mal é necessário agora que a neve da avalanche quase chega ao topo. Não estamos construindo mais defesas. Se o nádor vier com um exército inteiro, defesas comuns serão inúteis. Temos um plano completamente diferente.

Gosto de subir na tora mais alta e observar o sol afundar atrás das árvores na colina do sul (agora, durante o inverno, o sol desce no sudoeste ao invés de diretamente no oeste) e olhar as estrelas competirem para ver qual é a primeira a brilhar. A Estrela Negra é a vencedora esta noite. O olho da Velha dentre toda a escuridão. Eu estava sentada lá em cima quando alguém tossiu abaixo de mim. Suspirei por dentro, pois realmente preciso desses momentos sozinha para lidar com todas as responsabilidades colocadas sobre mim durante o dia. Uvas e Náraes assumiram o acampamento. Não sei bem como a minha irmã se tornou a pessoa a assumir esse papel, mas ela o exerce muito bem. Corre de um lado para outro o dia todo, dando ordens e se certificando de que os diferentes turnos e grupos de cozinheiros estão funcionando e que tudo está indo bem. Ela parece se divertir. O meu pai, Jannarl e os pais dele tomam conta das meninas enquanto ela está ocupada.

Então, quando olhei para baixo, vi um homem com um colete de couro apoiando-se em uma muleta. A respiração dele pendia no ar à sua volta, como fumaça branca, então não pude ver seu rosto de imediato na sombra da barricada. É claro que não fora difícil me encontrar ou me reconhecer: ninguém mais tem um manto vermelho-sangue. Então ele disse meu nome:

– Maresi.

Quase caí no chão. Tive de me segurar com ambas as mãos. Sua voz grossa atingiu o meu peito, e ainda mais fundo.

Agora, preciso ser sincera: tenho pensado nele constantemente desde que vim para cá. Tento ignorar, tento suprimir a imagem dos seus olhos e das suas mãos e as lembranças das poucas vezes que nos tocamos. Sem sucesso. Algo sobre essas lembranças me fortalece. Ele me mostrou um cuidado indescritível desde o início. Ninguém mais se importou comigo como ele, minha querida Ennike Rosa.

– Sim? – respondi, tão baixo que tive de limpar a garganta e repetir um pouco mais alto.

– Você pode descer?

– Um momento – pedi. E respirei fundo algumas vezes. Depois desci.

As rugas que se formam ao redor dos lábios dele quando sorri são tão bonitas. Como nunca reparei? Ele estendeu a mão para me ajudar a descer, em seguida parou no meio do movimento e percebeu que não era uma boa ideia. Pulei sem ajuda.

– Como está a sua perna? – perguntei, inspecionando-a. Ele riu baixinho.

– Bem, consigo andar. Mas jamais conseguiria chegar aqui se não tivessem me dado carona.

Forcei-me a olhar em seus olhos. Eles não são apenas afetuosos, Ennike. Ah, eu não consigo descrevê-los! Também não consigo descrever os sentimentos que fluem por mim quando olho para eles. Sinto-me feliz e temerosa; acolhida e com o coração partido, tudo de uma vez.

– A minha mãe e o meu pai me chamaram. Em meus sonhos. Eu sabia que tinha que vir. – Ele olhou para o outro lado. – Só queria que você soubesse que estou aqui, se precisar de mim.

Kárun continuou parado como se tivesse algo a mais para dizer. A minha boca estava seca. Eu queria que ele dissesse. Mas quando falou, não eram as palavras que eu queria ouvir.

– Sou um lenhador pobre, Maresi. Sei disso. Não tenho nada a lhe oferecer. Não como... – Ele interrompeu. – Mas lhe darei qualquer coisa de que precisar. É só pedir.

Ele se virou abruptamente e saiu mancando com a muleta.

Permaneci junto à barricada por muito tempo. O lugar onde ele estivera cheirava a resina e fumaça. Ou talvez eu só tenha imaginado isso.

Não o vi desde então. O acampamento é grande. Talvez ele também esteja se mantendo recolhido. Mas só de saber que está aqui, por perto, me deixa acordada à noite. O meu corpo inteiro parece em chamas. Meu coração começa a disparar toda vez que vislumbro alguém que se pareça com ele na multidão.

Sua amiga,
Maresi

MADA E VENERÁVEL IRMÃ O!

Esta carta será longa. Estou completamente exausta, mas você me ensinou que tenho de escrever enquanto as lembranças ainda estão frescas. Qualquer detalhe pode ter importância e a memória humana é falha, especialmente quando se trata de coisas que são dolorosas de lembrar. Isso pode ser uma bênção para mulheres comuns, mas é uma maldição para uma cronista. E eu percebi que esse é o papel que continuo a ter; estas cartas são as crônicas do retorno de Maresi Enredsdotter de Menos para Rovas. Além disso, sei que você as adicionará aos arquivos da Abadia. Então é como uma cronista que escrevo agora e me esforçarei para fazê-lo de forma mais lúcida e clara que sou capaz.

Começarei com os cães.

Trinta dias depois da partida dos soldados, o nádor chegou. Não sei dizer exatamente quantas pessoas haviam se juntado no acampamento do vale, mas suponho que fossem milhares. Um número inconcebível. Nossa situação se tornara muito difícil, pois a comida era escassa. Porém, ninguém reclamava e, até onde eu saiba, ninguém desistiu e voltou para casa. É claro, estávamos todos muito conscientes da possibilidade de que não teríamos casas para voltar. Quem sabe o que o nádor fez com nossas fazendas desertas?

Estávamos de guarda; estivemos o tempo todo. Porém, o som de uma corneta de manhã cedo nos tomou de surpresa. Isso foi há três dias. Nada podia ter me preparado para os eventos dos últimos três dias. Eu não tinha nada em que me apoiar, nenhum conselho para seguir. Agi inteiramente por instinto e ainda não posso ter certeza se fiz certo ou errado ou se eu poderia ter feito melhor. Todos nós saímos de nossos abrigos e cabanas de madeira e olhamos para o sul do vale. Lá no alto, contra o branco dos montes cobertos de neve, havia o contorno de centenas de figuras montadas a cavalo. Armas brilhavam no sol e havia uma exibição vibrante de cores: vermelho-vivo, verde-escuro, azul da meia-noite, dourado e prata em faixas e escudos.

Virei-me para o meu povo, preparada para instruí-los a levar as crianças para dentro das cabanas, como havíamos combinado há muito tempo. Mas antes que eu pudesse dizer uma única palavra, a corneta voltou a soar e a sua nota repicou pelo vale de forma alta e clara. E então, outro som: cachorros.

Eles vieram descendo as encostas, cinquenta ou mais cães, com mandíbulas abertas. A crosta de neve mantinha-se firme debaixo de suas patas leves e rápidas. Não tive tempo para reagir, o meu coração batia tão forte que eu mal era capaz de ouvir os seus uivos, e a minha boca estava seca demais para formar uma única palavra. Eu podia ver suas bocas vermelhas bem abertas, seus caninos longos e afiados. Ouvi gritos atrás de mim enquanto as mães tentavam levar seus filhos para dentro ou para cima das árvores. Pensei em minhas sobrinhas. Pensei em minha irmã grávida. Mas estava principalmente pensando em mim, Irmã O, e na sensação daqueles dentes se afundando em minha carne.

Felizmente, nem todos estavam tão impotentes e atônitos quanto eu. Pais, irmãos e filhos correram para a barricada, armados com cassetetes, pedras, bastões ou até mesmo somente galhos de árvores-prata. Eles não deixariam os cães perto das mulheres e crianças sem lutar. Havia mulheres entre eles também. Avós com nada a perder, com tranças brancas longas e cardigãs tricotados em casa, estavam posicionadas e determinadas, aguardando o ataque, armadas com cassetetes e vassouras.

Os cães ultrapassaram a barricada, escorregando e deslizando na neve. Nossas barreiras haviam sido construídas para homens e cavalos, não cachorros.

– Parem – sussurrei.

Onde encontrei a força para falar é um mistério. Era um esforço pronunciar uma única palavra. Eu não tinha pente, cajado ou espada. Apenas a minha voz.

Os cães pararam. Todos viraram os seus focinhos para mim e me encararam com olhos negros brilhantes. Eles me olharam fixamente por muito tempo. Em seguida, mudaram de direção, andaram em silêncio até mim e cheiraram as minhas mãos. Seus rabos estavam calmos e parados. Depois, apenas se deitaram, descansaram as cabeças em suas patas e ganiram de modo suave.

De pé num mar de cachorros, olhei à minha volta. Havia um silêncio denso. Nem os pássaros cantavam. Vi os homens aguardando na colina, com suas cores fortes e armas brilhantes. Ninguém sabia o que fazer em seguida.

Eles esperavam que os cães nos perseguissem. Não haviam planejado um ataque coordenado, pois é difícil demais descer para o vale a cavalo, sobre a precária crosta de neve. Nossa defesa não era grande, mas não podiam ver nossos preparativos lá de cima. Devem ter visto que éramos muitos, pelas fogueiras acesas, abrigos e pessoas, embora a maioria estivesse escondida atrás das copas das árvores. Entretanto, com certeza viram que éramos gente comum e não guerreiros.

Os soldados e cavaleiros de cores fortes retiraram-se. Paramos para respirar e nos reagrupar: levamos as crianças para um lugar seguro o mais longe possível, armamos todos que queriam lutar em uma possível batalha com quaisquer armas que fomos capazes de encontrar: pedaços de madeira, machados, alguns arcos. Os cães continuavam deitados sobre a neve, acompanhando cada um dos meus movimentos com seus olhos escuros. Era muito desagradável. Conversava com Uvas sobre o que fazer quando a mensagem chegou. Um mensageiro estava descendo o vale esquiando.

Enquanto eu caminhava em direção à barricada, vi a minha família entre aqueles que se preparavam para lutar. Apenas Náraes e as meninas não estavam lá. Meu pai me lançou um olhar nervoso, mas depois sorriu, encorajando-me. Akios ergueu uma mão. Seus olhos pálidos brilhavam de ansiedade. Vi Kárun também. Ele me observou subir na barricada e posicionar-me no topo ao lado de Uvas. Eu me aprumei, ficando mais alta.

O homem de esquis era um soldado, mas não carregava nenhuma arma. Ele parou diante da barricada em uma nuvem de neve. Em seguida, falou com uma voz alta que se espalhou pelo vale.

– Sua Graça Kendmen Thuro, o nádor de Rovas, e a rainha Voranne de Urundien convocam cordialmente o líder ou os líderes de seus súditos insurrecionais para uma audiência em seu acampamento.

A rainha! Uvas e eu nos entreolhamos, atônitos. O que a soberana de Urundien fazia aqui, na periferia de sua província mais insignificante? O mensageiro aguardava uma resposta.

– Informe à Sua Graça e à Sua Majestade que aceitamos o convite.

O mensageiro parecia estar esperando mais. Olhei para Uvas. Ele limpou a garganta.

– Informe-os que Uvas Hammeirsson, lenhador e caçador de peles, virá.

Ele olhou para mim. Respirei fundo.

– Informe-os que Maresi Enresdotter, expulsora da geada e domadora de bestas, a do manto vermelho, que fala com deusas e abre a porta para o reino da morte, virá.

Enquanto o mensageiro subia a colina esquiando, sorri para Uvas.

– Melhor impressionar – comentei. – Assim eles não sabem o que esperar.

Ele abriu um sorriso largo através de sua barba.

– Você, Maresi, não é como ninguém aqui em Rovas. Se eu tivesse um filho, estaria fazendo de tudo para vocês se casarem.

– Nunca vou me casar – afirmei, mais por costume.

Descemos. Meu pai, Akios e Náraes vieram até a mim. O rosto de minha irmã estava vermelho.

– Então você vai encontrar a rainha em pessoa – disse ela.

Por um momento, pensei que estivesse prestes a trançar o meu cabelo ou arrumar as minhas roupas, mas, em vez disso, ela me passou o meu cajado. Akios deu para mim a espada de minha mãe. O meu pente estava enfiado no cinto que minha mãe tecera. Então, a minha irmã, o meu pai e o meu irmão se revezaram para apertar as testas contra a minha brevemente. Eles não disseram mais nada. Depois vieram outros – não todos no acampamento, mas todos dos nossos vilarejos e aqueles eu conhecera durante nossa estada no arvoredo funerário. Eles tocaram meu ombro, apertaram suas testas contra a minha e murmuraram:

– Abençoada seja a viajante.

Marget apoiou sua testa contra a minha por muito tempo. Foi quase como ter as irmãs da Abadia comigo, Irmã O. Depois foi a vez de Kárun. A respiração dele estava suspensa ao seu redor como uma nuvem de fumaça. Ele parou diante de mim e me olhou direto nos olhos; meu coração batia quase tão fortemente quanto quando os cães atacaram.

Dei um passo à frente e me inclinei para mais perto a fim de sussurrar para ele:

– Kárun, você é diferente de todos os homens que já encontrei. Ninguém é tão atencioso, gentil ou forte. Só quero lhe dizer que eu te amo. – Ele respirou fundo e seus olhos se tornaram grandes e muito escuros. Dei um sorriso estremecido. – Não espero nada. Não faço nenhuma exigência. Sei que tenho um caminho difícil pela frente e não posso pedir para ninguém caminhar comigo. Mas só quero que saiba o que está em meu coração.

– Maresi – respondeu ele com uma voz tão grave que vibrou dentro de mim.

Então não disse mais nada e parecia incapaz de se mover. Virei-me rapidamente e puxei as alças que seguravam a espada em minhas costas. Talvez não partilhasse meus sentimentos da forma que eu pensara.

Uvas e eu nos prendemos aos esquis emprestados. Usei o meu cajado como um bastão de apoio. Ele tinha o seu machado; eu tinha minha espada. Antes de partirmos, me virei para olhar os cães que aguardavam.

– Venham – ordenei e eles se levantaram de imediato, quase em silêncio, com suas línguas dependuradas e seus olhos fixos em mim. E, seguidos por cinquenta cães caçadores, esquiamos para fora do vale.

Vinte soldados com espadas empunhadas nos encontraram na boca do vale. Com olhos escuros e testas franzidas, eles observaram em silêncio os cães me seguindo, o meu manto vermelho e o meu cajado talhado. Não falaram nada, mas nos cercaram e nos levaram pela trilha para dentro da floresta. Era um dia quieto, sem vento, com um céu cinza. A floresta estava pensativa, escura e cheia de segredos à nossa volta. Eu estava com medo, mas me lembrei de que essa era a minha terra. O poder da terra era meu para usar. Esse pensamento me manteve calma, de certa forma.

A neve deslizava suavemente debaixo dos nossos esquis enquanto os soldados marchavam pela neve de um jeito desengonçado. Uvas olhou para mim de debaixo de seu capuz e fiz um gesto de concordância com a cabeça. Estava grata por sua companhia, embora soubesse que o que deveria ser feito recairia apenas sobre mim. Essa era a minha tarefa. Eu tinha de fazer o nádor deixar o arvoredo funerário em paz, agora e para sempre.

Porém, não sabia como.

Depois de um tempo, chegamos a uma clareira que fora ampliada artificialmente, derrubando as árvores. Havia um muro baixo ao redor, como defesa contra animais selvagens ou ladrões ou nós no vale – não pude dizer quem. Soldados com armaduras completas moviam-se entre abrigos feitos de galhos de abeto e peles de animais. No meio da clareira, havia duas tendas grandes e opulentas cercadas por cortesãos andando a passos largos, protegidos por mantos grossos, enfeitados com mantos e chapéus de pele. Quando entramos no complexo – Uvas, os soldados, os cães de caça e eu – todos no acampamento se silenciaram. Seus olhos estavam voltados para mim. Fomos levados para a maior tenda, onde dois soldados seguravam a sua aba de lado para permitir que entrássemos.

– Deitem-se – ordenei aos cachorros e eles se deitaram juntos do lado direito da tenda, observando. Eu vi muitos homens e mulheres fazendo o sinal contra mau-olhado. Tiramos os esquis e entramos.

Estava quente dentro da tenda. Havia uma pequena fornalha de ferro junto a uma parede e um cano para canalizar a fumaça para fora. Nunca vi algo tão eficiente. Pergunto-me se há um ferreiro em Rovas que poderia construir tal coisa? Mas como se certificariam de que o metal aguentaria a temperatura?

Em torno da fornalha havia alguns homens e mulheres vestidos com elegância. Não consegui adivinhar quem era o nádor dentre os três homens com mantos longos e botas altas de couro macio. Eles eram tão parecidos que se confundiam, com suas barbas bem aparadas e narizes aquilinos de Urundien. Mas não havia como errar quem era a rainha. Ela usava um longo vestido verde-musgo confeccionado da mais fina lã, além de um manto com arminho na barra. Seu cabelo era preto como uma noite de inverno, trançado e enrolado em uma coroa ao redor da cabeça e adornado com joias que cintilavam sob a luz dos candeeiros, brilhando em várias mesas em torno da tenda. Eu sabia quem ela era por sua postura e como os outros se portavam em relação a ela, sempre ciente de onde estava e nunca tirando os olhos dela, mesmo quando não pareciam estar olhando-a diretamente

– Sua Graça, Vossa Majestade. – O soldado se curvou. – Apresentando Uvas Hammeirsson, lenhador e caçador de peles. – Ele hesitou e olhou para mim. – E Maresi Enresdotter, expulsora da geada e domadora de bestas, do manto vermelho, que fala com deusas e abre a porta para o reino da morte.

Nós nos curvamos.

– Esses são os plebeus de Rovas que você não pôde subjugar, meu bom Kendmen.

A rainha fez um gesto para que nos aproximássemos. Um dos homens de nariz aquilino se estufou.

– Vossa Majestade não me deu permissão para subjugá-los – disse com indignação. Vi então que a sua vestimenta era um pouco mais extravagante do que a dos outros dois e que usava uma corrente grossa de ouro no pescoço. – Não há razão para Vossa Majestade interromper sua viagem de caça por essa mera... – ele procurou a palavra certa e abanou sua mão no ar – trivialidade – concluiu.

– Praticamente toda a província se reuniu em um vale de raras árvores-prata – disse a rainha –, apesar de ter nos garantido de que havia só algumas pessoas. – Enquanto falava, ela não desviou os olhos de mim, ignorando o nádor. – Elas estão impedindo que os homens do meu capitão derrubem a floresta que lhes ordenou a derrubar. Essas pessoas deixaram as suas fazendas e as próprias casas para proteger essa floresta. Não é o que chamo de trivialidade. Devo chamar isso de ocorrência extraordinária. E estou curiosa, caro Kendmen. Isso é muito mais interessante do que caçar veados.

A rainha me analisou tão abertamente que eu ousei fazer o mesmo. Ela não era jovem nem velha, talvez cerca de dez anos mais velha do que Náraes. Não sabia que Urundien tinha uma rainha, então ela não devia estar no poder há muito tempo. Enquanto estava lá, de pé, ouvindo e sendo observada, vasculhei a minha memória à procura de tudo o que sabia sobre a história de Urundien e dos seus soberanos e, particularmente, sobre as poucas soberanas.

– Portanto, Maresi Enresdotter... e Uvas Hammeirsson. – A rainha virou um dos anéis em sua mão esquerda. – Por que estão impedindo que os emissários reais trabalhem?

– Vossa Majestade – falei. Esperava que fosse apropriado – o que eu sabia sobre me dirigir a uma rainha? Segurei o cajado em minha mão com firmeza. – Somos seus súditos fiéis. Nunca nos rebelamos contra qualquer nádor que a Coroa em Irindibul tenha nomeado para nos governar. Mantemo-nos nas florestas onde podemos caçar e coletar madeira e nunca tocamos a terra da Coroa. Tem sido assim há gerações. Mas esse vale, ele é mais do que sagrado. – Fiz um gesto em direção ao nádor. – Ele causou destruição aos nossos arvoredos de oferenda, onde fazemos sacrifícios para a terra, o ar e tudo que faz Rovas o que é. Esses são os lugares onde honramos a mudança das estações e fazemos orações e agradecimentos pelas boas colheitas há centenas de anos. Embora estejam situados na nossa parte da floresta, sequer levantamos a voz quando ele a devastou. Mas isso – isso é o arvoredo funerário de toda a província. É o reino da morte. O nádor ordena que os lenhadores ergam os seus machados contra o que há de mais sagrado. Debaixo dessas árvores brancas jazem todos os mortos que já foram sepultados em Rovas. E nossos mortos... – Minha voz falhou.

– Nossos mortos somos *nós* – disse Uvas de forma clara. – Nós preferimos morrer a violar os túmulos, pois que povo permitiria que as suas mães e os seus pais fossem violados?

– É por isso que vocês convocaram todo seu povo lá? – perguntou a rainha.

Neguei com a cabeça.

– Eu não convoquei ninguém, Vossa Majestade. Foram os próprios mortos.

– Bobagem – disparou o nádor. – Bobagem absurda! Não dê ouvidos a essa bruxa louca e tagarela, Vossa Majestade.

– Ela também sabe ler – disse uma voz vinda de um dos cantos mais escuros da tenda. Eu não olhei. Não podia me permitir ser provocada. De qualquer forma, sabia que era o soldado do mercado que falara. A rainha arqueou as sobrancelhas, mas o nádor ignorou a interrupção e continuou a falar, mais acalorado agora.

– Permita-me liderar um ataque montado. Temos homens o suficiente para massacrar cada um desses camponeses rebeldes.

– É verdade? – A rainha direcionou o olhar brevemente para o nádor. Ela cerrou os lábios com força antes de continuar a falar, como se tentasse se controlar. – Você propõe exterminar todos os homens, mulheres e crianças em sua própria província? Quem você prevê que trabalhará a terra, caro Kendmen?

O nádor olhou furioso para mim, pois não ousava encarar a sua soberana. E foi neste momento que percebi, pela primeira vez, que havia esperança. Havia esperança por meio da negociação, sem derramamento de sangue, pois a rainha não era nem tola nem sanguinária. Entretanto, era orgulhosa. Eu precisava encontrar um modo de resolver a situação sem que a rainha passasse vergonha, pois sabia que se isso acontecesse, ela podia se virar contra nós em um segundo. Passei os dedos na caveira que Akios me ajudara a esculpir no topo do meu cajado e fiz uma oração silenciosa à Velha, para que a sua sabedoria me guiasse para o caminho certo.

– O que você fez com os cachorros? – perguntou a rainha, virando-se novamente para mim.

– Eu não sei, Vossa Majestade. Eu lhes mandei parar e eles pararam. Eu lhes mandei vir e me seguiram.

– E a avalanche, você provocou aquilo?

– Provoquei, com ajuda. Das mulheres de Rovas, da Primeira Mãe e da própria Rovas.

– Do que mais você é capaz?

Olhei para o cajado em minhas mãos. Do que sou capaz? Eu não tenho ideia. Mas sabia que não podia dizer isso. Não na tenda real.

– Posso fazer o que for preciso – respondi, olhando direto nos olhos da rainha. Ela devolveu o olhar, analisando minhas palavras. O nádor zombou.

– Palavras vazias. A avalanche foi um fenômeno natural e os cachorros não foram bem treinados.

– Meus próprios cachorros, mal treinados? É isso que você está dizendo, caro Kendmen? E você correu até aqui pessoalmente quando a mensagem sobre essa avalanche mágica interrompeu a nossa caçada, quando estávamos nos divertindo muito na floresta.

Toda vez que a rainha usava o primeiro nome dele, o nádor fechava os olhos por um segundo, como se fosse um grande desprazer ouvir o seu nome pronunciado com tamanha familiaridade e óbvia superioridade. Comecei a ver que ele estava indignado de ter uma mulher como monarca e líder. Pela frequência do uso da rainha do epíteto "caro", supus que ela também não gostava nem um pouco dele.

O nádor virou-se para a rainha.

– Vossa Majestade, eu lhe imploro, permita-me cuidar desses rebeldes. Não há razão para interromper a sua caçada. Não importa o que aconteça, não importa o que essa bruxa possa ou não fazer, vou cuidar disso. Não há razão para encher a sua linda cabecinha com essas preocupações. Conheço uma floresta próxima que é cheia de veados e javalis selvagens. Acredito que há uma alcateia de lobos brancos por ali também. Não seria bastante apropriado como troféu levar de volta a Irindibul a pele branca de lobos para todas as mulheres da corte?

A rainha o encarou e sua expressão de desprezo não passou despercebida por ninguém na tenda.

– Por que você está tão interessado em derrubar essas árvores-prata, *caro* Kendmen?

– Por quê? Por Vossa Majestade, é claro – respondeu o nádor. Ele tirou um lenço de seda e limpou a testa. – Não desejo perturbar essas pessoas com impostos altos então, para alcançar a tributação estipulada por Vossa Majestade, devo encontrar outras formas de renda na província. Esse tipo de madeira é inigualável em toda Urundien. Ela é duradoura e branca como a neve, nunca escurece ou amarela, e é muito difícil de queimar. Poderia ser usada até no palácio. Um pavilhão eternamente branco como a neve junto ao lago, talvez?

Uvas e eu trocamos olhares quando o nádor alegou que seus impostos não eram altos. A rainha me encarou, seus olhos brilhando à luz do candeeiro. Então lançou ao nádor um sorriso brilhante.

– Tenho grande estima pela sua lealdade e seu trabalho árduo para a Coroa, meu bom Kendmen. E você tem razão, esse tipo de negociação realmente me entedia. É melhor deixá-las para os homens. – Ela bocejou e se espreguiçou. – Eara, Talrana, venham, vamos voltar para a minha tenda. – Os homens se curvaram enquanto a rainha saía.

As duas mulheres, belamente vestidas de cinza e azul, respectivamente, a seguiram. Quando a rainha chegou à abertura da tenda, eu ouvi o nádor dizer: "Veja como ela é volúvel. Continuo a dizer que o reino não pode ser governado por uma mulher." Não acho que a rainha tenha ouvido. Em seguida, uma voz alta e imponente soou à entrada da tenda.

– Maresi Enresdotter, você hesita em seguir as ordens de sua rainha? Devemos deixar as negociações para os homens. Venha.

Olhei rapidamente para Uvas, que me fez um gesto para partir. Virei-me e me apressei atrás da soberana de Urundien e Rovas, com o olhar do nádor queimando as minhas costas.

* * *

Agora os meus olhos estão pesados demais, querida Irmã O. Não posso escrever, não agora. Preciso dormir um pouco. A minha vela está acabando e eu não ouso pedir outra. Continuarei amanhã, se a rainha permitir.

É manhã, mas dois dias se passaram desde que escrevi. Estou completamente tomada pela fadiga. Eles mal me deixam dormir aqui. Não estava preparada para tudo o que é esperado de mim.

Continuarei de onde parei.

Quando saí da tenda, a rainha estava olhando os cães.

– Eles só obedecem a você agora? – perguntou.

– Eu não sei, Vossa Majestade – respondi com cuidado. – Nunca fiz nada assim antes. Meus poderes não são meus. Eles vêm para mim da Velha, da terra, do povo de Rovas. Não há nada excepcional sobre mim.

– Você é a primeira dos meus súditos de Rovas que encontro que sabe ler – disse a rainha, com um sorriso amargo. – Isso é excepcional em si. Acredito que o soldado disse a verdade.

– Sim, Vossa Majestade. Também sei escrever e contar.

– Humm. Eu ficaria feliz se você transferisse a sua autoridade sobre os cães para os meus adestradores para que eles possam levá-los embora. Eles estão atrapalhando aqui.

Agachei-me e olhei para os cachorros. Cinquenta pares de olhos escuros olharam para mim.

– Sejam livres – falei em voz baixa.

Um por um eles se levantaram, chacoalharam-se e foram embora em diferentes direções. Homens de jaquetas de couro marrons vieram correndo, assobiaram para seus cães e os levaram através da clareira. A rainha não observava os cães; ela me observava. Então se virou e caminhou para a segunda grande tenda, seguida por suas aias.

Essa tenda era um pouco menor, mas mais aconchegante, com carpetes no chão, uma cama de viagem junto à parede oposta, uma mesa com cadeiras dobráveis e uma fornalha similar à da outra tenda. As aias acenderam rapidamente os candeeiros. Parei perto da entrada da tenda e observei. A rainha murmurou algo para a mulher de cinza, que pegou um jarro e serviu uma bebida vermelha em um copo de vidro de verdade. A rainha o levantou para mim.

– O que é que vocês dizem aqui em Rovas? Abençoada seja a viajante?

Ela deu um gole e depois me ofereceu. Eu, Maresi Enresdotter, recebendo um copo da mão de uma rainha.

– Abençoado seja o seu lar – sussurrei. O vinho tinha um gosto diferente daquele da Dança da Lua na Abadia. Muito mais doce. O gosto era bom.

A rainha veio à mesa e se sentou.

– Maresi, expulsora da geada. Venha e sente-se. Temos muito o que discutir e não muito tempo para fazê-lo.

– Foi um pretexto então? Vossa Majestade estava apenas fingindo estar entediada?

Ouvi a pergunta sair dos meus lábios antes que eu tivesse tempo de pensar e amaldiçoei a minha impulsividade. Ainda preciso aprender a controlá-la! Mas, para o meu alívio, a rainha apenas deu um riso seco.

– Claro que sim. Tive de encontrar um modo para discutir com você em paz sem a interferência do nádor. O homem é um idiota. E acredito que você tem muito a me contar, mas ele faria o máximo para impedir que eu a ouvisse.

Venha e sente-se agora. Rainhas não estão acostumadas a ter que repetir.

Apressei-me para sentar-me à mesa, num banquinho que uma das aias havia me oferecido.

– Devo deixar uma coisa clara desde o início – disse a rainha com seriedade, acenando para que a mulher de azul lhe servisse outro copo de vinho. – Sou a soberana de Urundien. O nádor e os meus conselheiros fazem tudo que podem para negar a minha autoridade e me encorajar a passar o meu tempo ocupada em tarefas mais femininas do que governar. Eles querem que eu me case. Mas jamais o farei. Então, você sabe ler, Maresi Enresdotter. Onde aprendeu?

– As canções e contos da Abadia Vermelha chegaram ao palácio de Irindibul?

Ela olhou para mim, pensativa.

– Chegaram, tive uma babá que me contou tais histórias quando eu era uma menininha.

– Elas não são só histórias – falei. – Estive lá. A Abadia é um lugar real, em uma ilha distante, no Sul. É um lar de conhecimento e aprendizado, irmandade e trabalho. O meu pai e a minha mãe me enviaram para lá para me salvarem da fome há dez anos.

– Houve muita fome em Rovas?

– Houve, Vossa Majestade. Três anos de fome extrema desde que nasci.

– Isso explica a ninharia que chega aos cofres reais dos impostos de Rovas – disse a rainha. Ela notou minha expressão. – Ou não?

– Vossa Majestade, devo dizer que os altos impostos são a razão da fome – respondi, o mais educadamente que pude.

– Verdade? Suspeitei que o nádor não é sempre... honesto em suas prestações de contas. Gostaria de saber mais sobre essa província, seu povo e sua capacidade de pagar impostos. Você e eu teremos logo longas conversas sobre isso. Mas agora temos assuntos mais importantes para tratar. O que está acontecendo no vale?

Expliquei tudo para a rainha da melhor forma que pude. Contei-lhe brevemente sobre as crenças de Rovas e nossa visão da terra e do reino dos mortos. Mencionei as minhas crenças, falei sobre a Velha, como posso ouvi-la e senti-la e que às vezes também vejo a porta de seu domínio. Contei-lhe a história de como descobri que a floresta estava sendo devastada e como os lenhadores de Rovas se uniram à nossa luta. Contei-lhe sobre a avalanche e a partida dos soldados e a chegada do povo de Rovas. Mencionei a minha escola para as crianças também e a rainha ergueu as sobrancelhas. Ela não me interrompeu uma única vez, mas claramente eu lhe dera muito em que pensar. Porém, ela ficou quieta e bebericou o seu vinho e me deixou prosseguir. Quando terminei, ela bateu o copo furiosamente sobre a mesa.

– Kendmen pode alegar ignorância a respeito de tudo isso, o que tenho certeza de que ele faria se eu o confrontasse. Mas, pela barba de meu pai, como nádor é dever dele conhecer a própria província, os seus costumes e as suas tradições! Assim que vocês resistiram, ele deve ter percebido que estava tentando devastar seu solo sagrado, porém simplesmente não se importa. Ele só quer encher os próprios bolsos. Há muito tempo suspeito disso, mas não tinha provas o suficiente. Ele deixou que eu mandasse os cães atacá-los, na crença de que eram um bando de insubordinados desobedecendo as ordens da Coroa.

Ela se levantou e dei um salto do meu banco. Até eu entendo que não se deve permanecer sentada quando uma rainha está de pé. Ela começou a andar pela tenda, de um lado para o outro.

– Agora ele me colocou em uma situação impossível. Se eu ceder, após ter pessoalmente mandado os cachorros serem soltos, parecerei fraca. Sou humilhada e minha reputação fica prejudicada; mas o que é pior, perco o respeito desses malditos velhos com que tenho de manter boas relações o tempo todo. Você não imagina o quanto eles tentam me manipular, me enganar, roubar a coroa de mim. Eles acham que é fácil, agora que a coroa está na cabeça de uma mulher. Tenho de estar constantemente alerta contra pessoas cujo trabalho é me aconselhar e me apoiar nos meus deveres como a soberana recém-coroada.

Ela virou-se para mim abruptamente.

– Não desejo nada de mau para o seu povo. O seu povo é o meu povo e o dever de uma soberana é tomar conta dele, não massacrá-lo. Só que o nádor quer fazer de vocês um exemplo. Ele está, sem dúvidas, aterrorizado de perder o controle de sua província, o que aconteceria caso se rendesse completamente. E não posso ser humilhada diante do meu povo nem dos meus conselheiros. – Ela caiu de volta a seu assento. – É claro, não tenho conselheiros confiáveis para consultar. Ninguém está ao meu lado.

Com raiva, puxou uma de suas tranças e começou a mexer nela.

– Vossa Majestade – chamei e caí de joelhos ao seu lado. – Você me permitiria lhe aconselhar? Não sou nenhuma conselheira perspicaz, sei disso. – A rainha me olhou por debaixo de sua testa franzida. Engoli em seco. – É do meu interesse que esse conflito seja resolvido sem que Vossa Majestade seja humilhada ou perca o respeito e ao mesmo tempo permita que o meu povo volte para casa ileso e preserve o nosso arvoredo funerário agora e para sempre.

A rainha me olhou com amargura.

– Eu tenho alternativa? – Ela suspirou e balançou a cabeça. – Ah, o que tenho a perder?

A rainha pediu mais vinho para nós duas e me convidou a me sentar novamente no banco. Eu estava tão nervosa que a minha boca estava seca. Tentei me lembrar de tudo que lera sobre a história de Urundien. Havia uma solução em potencial. Apenas uma. Apertei as mãos, procurando as palavras certas.

Ela tirou um fuso de um cesto ao lado de sua cadeira e começou a fiar. A linha era a mais fina e macia lã de ovelha e as mãos da rainha eram ágeis e determinadas. Meus nervos acalmaram-se imediatamente, de certa forma. Puxei o banquinho para um pouco mais próximo dela.

– Pergunto-me, Vossa Majestade, se há algo que esteja acima da Coroa em Urundien. Algo para que até a soberana tenha que se curvar?

Ela franziu a testa, ainda segurando o fuso.

– Eu tinha um pai astuto, Maresi de Rovas. Ele nunca foi destinado a ser rei, pois era o mais novo de três filhos. Ele não se sentiu forçado a ter filhos e cresci em sua propriedade nas colinas fora de Irindibul, longe das intrigas do palácio. O meu avô viveu até a idade avançada e teve o grande azar de ver os seus dois filhos mais velhos morrerem, um de doença e outro por causa de um acidente de caça totalmente desnecessário. E, de repente, o meu pai se tornou rei à meia-idade. Mas ele não viveu muito tempo. E agora é a minha cabeça que carrega a coroa.

Enquanto ela falava, suas duas aias preparavam bolos, ferviam a água para o chá e serviam tudo elegantemente sobre a mesa entre mim e a soberana de Urundien. As mãos da rainha moviam-se o tempo todo e a lã que ela fiava tornava-se homogênea e muito fina. Notei que ela a segurava de uma forma um pouco diferente de como me ensinaram, em um ângulo maior. Pergunto-me se todas as mulheres fiam desse jeito em Urundien ou se é uma peculiaridade dela.

– Assim que os dois irmãos do meu pai morreram e ele percebeu que eu teria de usar a coroa um dia, ele começou a me treinar para as minhas eventuais responsabilidades. Mas ele foi tomado de nós cedo demais, então o meu treinamento foi abreviado – algo que os meus oponentes apontam a cada oportunidade que têm. Mas, mesmo criança, aprendi que há uma coisa acima do soberano de Urundien, e essa coisa é a lei.

Suspirei aliviada, tão alto que a rainha me olhou como se estivesse se divertindo.

– Eu conheço um pouco sobre as leis mais antigas de Urundien – comentei lentamente, procurando as palavras e os nomes certos em minha memória. – A não ser que esteja errada, houve um rei chamado Bendiro que viveu há muito tempo. Ele se casou com Venna, filha de um governante de Rovas, para selar a aliança entre nossa pequena província e o seu poderoso reino. – Temo que acabei me perdendo em reflexões ilusórias sobre o que lera e talvez tenha esquecido com quem estava falando. – Rovas era uma província muito pobre naquela época e recebia muita ajuda de Urundien, especialmente durante os dez anos em que a filha de Bendiro, Evendilana, reinou. Não sei por que Rovas interessava a Urundien, pois não temos grandes recursos para oferecer. Seria por causa da madeira?

A rainha girava o fuso contra a parte exterior de sua coxa.

– Pode muito bem ter sido por causa da madeira. Bendiro era um rei expansionista e, antes de sua morte, tentou conquistar Lavora, o reino costeiro, para ganhar acesso a grandes rotas comerciais para o Leste. Ele pode ter planejado construir uma frota e, neste caso, a madeira de Rovas seria útil. Mas é mais provável que Rovas apenas funcionasse como um escudo contra as planícies de Akkade, no Norte. Eles não foram sempre pacíficos como são agora, os bons nômades de Akkade.

– Seria interessante saber mais sobre essa época da história de Rovas – admiti e então me lembrei de tentar me concentrar em nossa discussão. – Essa Venna de Rovas deve ter sido uma mulher extraordinária, pois quando o pacto entre a província e Urundien foi feito, três leis foram escritas. A primeira era relativa a impostos: Rovas pagaria um décimo de sua produção em impostos, que seriam coletados anualmente. A segunda se referia à floresta: foi estabelecido que a maior parte das florestas do Sul e do Leste são territórios reais e mantidos para as necessidades de caça e madeira da Coroa, enquanto o restante era livre para o uso do povo de Rovas. Mas a terceira lei é diferente de todas no livro de leis de Urundien e foi escrita sob a iniciativa de Venna. Ela estipula que o povo de Rovas é livre para praticar as suas crenças e tradições sem interferência de Urundien.

A rainha parou de fiar. Seus olhos brilhavam.

– Eu *ouvi* falar disso! Não foi meu pai quem me ensinou, foi... – Ela bateu as palmas das mãos. – Foi *Kendmen*! Ele estava me ensinando enquanto caçávamos. Falou da floresta e dos direitos de caça e mencionou essa parte sobre "crenças e tradições". Desprezando-as, é claro. Ah! – Ela se levantou.

– Eu vim aqui porque suspeitava que ele estava desviando renda da Coroa. Rovas nunca teve tão poucos impostos como agora. Mas isso! – Ela sorriu, sem calor ou benevolência. – Ele cavou a própria sepultura. Agiu ilegalmente e com consciência. – Eu também me levantei e a rainha colocou uma mão em meu ombro. – Maresi Enresdotter de Rovas, você me mostrou como esse conflito pode ser resolvido sem derramamento de sangue nem humilhação. Eu...

Ela parou. Havia uma comoção do lado de fora da tenda. Em retrospecto, o barulho havia começado há algum tempo, mas nós estávamos concentradas demais na conversa para notar. Era um tilintar de armas, cavalos relinchando, homens chamando, mas tudo um pouco abafado. Agora eram cascos batendo contra o solo congelado.

A mulher de azul enfiou a cabeça para fora da tenda e então se recolheu rapidamente, com o rosto pálido.

– Eles estão partindo a cavalo! – sussurrou. – Todos os soldados!

Maresi, sussurrou a Velha dentre a batida dos cascos. *Apresse-se, minha filha.*

A rainha praguejou, as palavras tão sujas que eu jamais esperaria ouvi-las de uma dama. Ela correu para a entrada da tenda, mas virou-se de volta de imediato.

– Eles já se foram! Apenas alguns ficaram, creio que para me proteger. – Ela arrumou seu manto rapidamente. – O louco. O traidor! Ele está indo para o vale sem consultar sua rainha, sem a minha permissão! Provavelmente dirá que acreditava ter total liberdade para lidar com a situação como considerava adequado. Talrana, minhas luvas. Eara, traga meu cavalo. Já! – Ela correu para fora, luvas na mão, com Eara seguindo-a de perto. Fui atrás delas.

Uvas me esperava fora da tenda com a minha espada.

– Eu não ousei interrompê-las. Eles me tiraram da tenda assim que você foi embora. Não sei o que pretendem fazer.

– Atacar – disse brevemente e coloquei a espada em minhas costas. – Eu irei com a rainha. Se você conseguir um cavalo, siga-nos. Senão, terá que esquiar.

Logo, a rainha estava montada em seu cavalo. Ela me ajudou a subir atrás dela e, sem falar nada, saímos desacompanhadas do acampamento. Em direção ao meu vale, meu povo, meus mortos.

Perdão, eu adormeci em minha mesa. Estou feliz que tenham me dado uma mesa e uma cadeira. Também tenho lenha para a pequena lareira no canto do meu quarto. Deve ser meia-noite agora. Posso ouvir o vento gemer através das paredes grossas de pedra. Porém, nenhuma corrente de ar pode me alcançar aqui dentro. Acordei com a cabeça apoiada sobre o meu braço direito, então se minha letra estiver ilegível é porque minha mão estava tão dormente quanto eu. Acabei de colocar mais lenha na fogueira, então consigo enxergar o suficiente para escrever. A minha pequena vela quase acabou. Arrependo-me de tê-la deixado queimar enquanto dormia.

Continuarei de onde havia parado antes de cair no sono. O que aconteceu em seguida tem grande importância, pois demonstra as várias faces da Velha, Irmã O. Ela é tão maior do que eu imaginara.

Galopamos através da floresta. A rainha estava inclinada para a frente, guiando o cavalo enquanto eu me segurava, os meus braços em torno de sua cintura e as minhas coxas grudadas ao cavalo. Nunca galopei tão rápido. Eu não conseguia ver nada além das costas cobertas pelo manto preto da rainha e nem podia prever os saltos e guinadas do cavalo sobre os blocos de neve e outros obstáculos. O cavalo da rainha deve ser um dos mais rápidos de Urundien, mas a neve e o gelo ainda atrapalhavam. Os soldados tinham uma vantagem significativa e eles também estavam indo a toda velocidade. O nádor deve tê-los ordenados para ir rápido, pois sabia que a rainha tentaria detê-lo.

Rangi os dentes e rezei para a Velha.

Quando chegamos à ravina no vale, eu ouvi os gritos. Meu povo gritava e um terror inominável tomou conta de mim. A passagem ainda estava cheia de neve e as pegadas dos cavalos levavam à encosta ocidental para dentro do vale. A neve deve ser menos profunda lá. Eles sequer haviam tentado forçar a nossa barricada. Talvez tenham tomado o meu povo de surpresa. O terror me paralisou e perdi a habilidade de me segurar firmemente na sela. Escorreguei do cavalo antes de chegarmos lá. A rainha continuou e talvez nem tenha notado a minha queda. Quando consegui me ajoelhar na neve fofa, eu a vi chegando à barricada, onde um soldado saltou e agarrou as rédeas de seu cavalo. A rainha gritou furiosa, mas seus gritos mal podiam ser ouvidos em meio ao barulho vindo do vale além da barricada.

Irmã O, por que eu fico congelada de medo e mal posso agir quando é mais necessário? Por que sou tão fraca? Eu não queria descer lá; não queria encarar o que estava acontecendo do outro lado da barricada. Eu queria me virar, me espreitar pela floresta, me arrastar debaixo de um abeto denso e nunca mais me mover. Porém, me forcei a seguir em frente. Subi a barricada arrastando-me. A rainha havia desmontado e deixado o seu cavalo e o soldado à própria sorte. Ele não ousou levantar a mão para a rainha, embora com certeza tenha recebido ordens para impedir que ela seguisse em frente. Ela começou a subir a encosta para dar a volta e descer do outro lado. Subi a própria barricada, que ninguém se dava mais o trabalho de proteger. Eu estivera envolvida em sua construção. Sabia como subir. Quando cheguei ao topo, agachei-me sobre a tora mais alta e descansei por um segundo, com os olhos fechados e o coração disparado. Em seguida, abri meus olhos.

Os soldados galopavam pela multidão de pessoas – meu povo –, balançando suas espadas indiscriminadamente. Seus cavalos paravam e davam coices. Eu vi o nádor, cavalgando com seu manto preto, juntando-se à violência com frieza. Vi pessoas amontoadas no chão e outras com pedaços de madeira e machados oferecendo resistência.

Tentei entender o que estava vendo.

Não vi nenhuma criança.

Eles as haviam levado em segurança. Ou elas estavam escondidas dentro das cabanas.

Vi pouquíssimos idosos. Talvez estivessem com as crianças.

Homens e mulheres lutavam lado a lado contra os soldados.

Alguns dos soldados golpeavam com o lado largo das espadas. Eles estavam tentando tirar o povo do vale. Grupos de pessoas já fugiam para o alto da colina, para evitar os golpes de espada e coices dos cavalos. Mas outros soldados não tinham tanto escrúpulo. Eles usavam a ponta das espadas. Vi pessoas caírem e não se levantarem. A neve estava manchada de vermelho. Os soldados pressionavam o povo de Rovas cada vez mais. Passo a passo, as pessoas estavam sendo levadas para a beira do próprio vale. Se partíssemos agora, o perderíamos para sempre. O nádor não deixaria o vale até a última árvore-prata ser derrubada. Uma mulher estava deitada com o rosto na neve. Não conseguia ver quem era, mas isso importava? Ela era minha irmã, minha amiga, minha vizinha, minha sobrinha, a filha que jamais terei.

Sentei-me. Então a vi. A porta. A porta da Velha estava ao meu lado, brilhando no sol de inverno. Ela exercia sobre mim a mesma força de sempre. A mesma atração misturada ao terror. A voz da Velha falava através das rachaduras.

– Eu não quero – sussurrei. – Chega de mortes.

Limpei as minhas lágrimas com a luva e me levantei. O vento levou o meu manto vermelho e o espalhou atrás de mim, como uma bandeira em fogo. Todos se viraram para olhar. Soldados e meu povo. Eles ficaram parados. Algumas pessoas de Rovas caíram de joelhos. O vento soprou os meus cabelos, encobrindo os meus olhos. Não queria abrir a porta, nem naquele momento, Irmã. Não há escassez de morte, dor e mágoa no mundo. Não há necessidade de mais.

Mas não era uma escolha a ser tomada por mim. Virei-me para olhar a porta. Estiquei a minha mão. Em seguida, olhei para ela mais de perto.

Não era a mesma porta.

Essa porta não era feita de prata, mas de madeira-prata branca como a neve.

Fora isso, parecia a mesma, com a mesma maçaneta no formato de uma cobra com olhos de ônix; mas essa porta era inteiramente talhada em árvore-prata dura como pedra e absolutamente branca, crescida no solo de Rovas. Fui tão cega, Irmã O. Tão tola. Pensei que o poder da Velha só podia fluir em uma direção. Como se ela fosse tão direta, tão fraca! Como se a morte fosse simples.

Despi a luva e corri os dedos sobre a maçaneta. O vale prendeu a respiração. Então a girei e abri totalmente a porta.

Eles emergiram para fora como uma tempestade furiosa. Todos aqueles pelo quais estávamos lutando. Belos, fortes e furiosos, transbordaram através da porta dos mortos, aparecendo como eram em vida, para que pudéssemos reconhecê--los. À frente estava a minha mãe. O meu coração disparou. Tirei a espada da bainha e lancei para ela, que a capturou no ar. Ela levantou a espada e guiou os mortos para o vale.

As almas partidas de Rovas haviam retornado para se vingar. Os soldados e os homens de Urundien gritaram e fugiram, num pânico selvagem. Eles foram tomados pelo horror abjeto que agarrava e rasgava as suas mentes, enchendo-os de escuridão e pavor. Vi soldados arranhando o rosto ou vomitando de medo. Para eles, os nossos mortos surgiam como terríveis fantasmas com olhos ardentes e garras curvadas, com um único desejo: rasgá-los e arrastar suas almas para a morte. Foi assim que a rainha me descreveu mais tarde.

Tolos. Essa era a porta dos mortos, através da qual nenhuma pessoa viva podia passar. Os fantasmas continuaram a transbordar pela porta que eu abrira, milhares deles, geração após geração, unidos em sua intenção de defender os seus descendentes e o seu solo sagrado.

Cavalos fugiram a toda velocidade, alguns deles com soldados ainda montados em seus dorsos e outros com selas vazias. Minha mãe balançou a espada e não era um objeto fantasmagórico – ela tirou sangue de verdade. Os rovasianos se recolheram para as laterais e agora eram os soldados a serem levados para o topo da colina e para fora do vale. Vi os mortos desistirem da perseguição a uma pequena distância do alto da colina. Eles provavelmente não podiam deixar o arvoredo funerário. Mas os soldados não pararam de correr e não olharam para trás. O nádor perdera o seu cavalo e a minha mãe não demonstrou nenhuma piedade quando fez a sua espada dançar. Ele gritou por piedade, mas ela não tinha intenção de ser piedosa. Ela sabia como brandir uma espada, eu vi. Usava-a bem. Não era a primeira vez que a erguia contra um inimigo.

– Parem!

Uma voz clara, embora tremida, soou sobre o barulho. A rainha, que havia perdido seu manto, correu em direção ao exército dos mortos. Ela se ajoelhou diante da minha mãe e esticou as mãos. O nádor estava deitado de lado na neve, com sangue escorrendo por seu rosto e seus ouvidos, sua boca aberta em um grito silencioso.

– Nós não merecemos a sua misericórdia, mas eu imploro por ela. – A rainha não podia olhar nos olhos de minha mãe, mas sua postura era de orgulho. – Sou a rainha deles, não de vocês. A de vocês não pode ser vista pelos olhos dos vivos. Mas como rainha, imploro por sua misericórdia. Juro que ninguém levantará um machado contra suas árvores funerárias sem castigo, enquanto o reino de Urundien existir e enquanto monarcas cumpridores das leis reinarem. E a ninguém além do povo de Rovas será permitido pôr os pés nesta terra.

O exército de fantasmas havia parado. Os últimos soldados haviam subido a encosta e fugido do vale e apenas o nádor e a rainha haviam ficado. Um som gutural saiu do nádor, como se houvesse sido arrancado de seu peito contra a sua vontade. O povo de Rovas estava imóvel, quieto, aguardando.

A minha mãe estendeu a espada para a rainha. Sem hesitar, a rainha passou a palma de sua mão pela lâmina. Gotas vermelhas pingaram sobre a neve branca.

– Eu juro com meu sangue real – prometeu a rainha.

– Nós ouvimos e somos testemunhas – anunciei e virei-me para o meu povo. – Ouçam as palavras e a promessa da soberana de Urundien.

– Nós ouvimos e somos testemunhas – responderam os homens e mulheres reunidos debaixo das árvores.

Minha mãe se curvou brevemente e se virou. A multidão de fantasmas deixou a rainha e o nádor na encosta da colina; uma de joelhos, o outro caído no chão, derrotado e humilhado. Então, os mortos viraram-se para nós e procuraram os seus parentes. Eles não ofereceram nenhum abraço, nenhuma palavra. Porém, os vivos puderam dizer suas palavras finais, as que não haviam sido ditas, que pesavam em seus corações e haviam causado muitas noites insones e tanto sofrimento. Eu vi a minha avó segurando algo em seus braços. Era um bebê, que ela levou até minha irmã. Por entre lágrimas, Náraes sussurrou palavras carinhosas em seu ouvido.

Gradualmente, os mortos começaram a voltar através da porta que eu mantinha aberta para eles. Muitos me cumprimentaram acenando com a cabeça ou com uma reverência contida. De repente, notei alguém de pé ao meu lado e olhei para baixo.

Era Anner. Minha amada irmãzinha. Ela estava exatamente como eu me lembrava, porém diferente. Ela estava... mais. Mais alta. Mais bonita. Não era realmente mais minha irmãzinha. Ela não disse nada, pois os mortos não têm voz no reino mortal. Mas um calor e uma alegria transbordaram em meu peito, me deixando mais leve e mais abençoada do que antes. Toda a culpa que um dia sentira por sua morte se dissolveu e desapareceu.

A minha mãe foi a última a passar pela porta. Ela parou e me entregou a sua espada. Era pesada e sólida em minha mão.

Não tinha palavras a dizer a ela, pois tudo já fora dito. Também não senti a necessidade de ouvi-la dizer nada, pois ela também dissera tudo. Mas senti o seu amor. Era tão forte como quando ela estava viva.

Eu ainda o sinto.

Apoiei a minha testa contra o batente e sussurrei algumas palavras para Velha antes de fechar a porta, lentamente e com cuidado.

E assim foi feito.

Sua noviça,
Maresi

 ueridas Jai e Ennike Rosa!
Tudo já acabou, mas o meu trabalho continua. As primeiras tarefas foram enterrar os mortos e cuidar dos feridos. Muitos estavam feridos, alguns seriamente. Eles haviam tomado golpes de espada na cabeça ou no rosto, resultando em narizes quebrados, crânios rachados e sangrando, pele esfolada e dedos cortados na tentativa de se defenderem. Coices de cavalo tam-

bém haviam causado hematomas terríveis. Nunca me senti tão grata por tudo que a Irmã Nar me ensinou sobre curar, costurar ferimentos e colocar ossos no lugar, quais ervas e plantas usar para proteger contra a febre e daí por diante. Eu corria desde cedo até bem tarde e ainda não consegui tomar conta de todos.

Contamos trinta e um mortos. Nosso vilarejo perdeu Máros, meu amigo de infância.

Houve uma certa reserva entre Kárun e eu depois da minha declaração de amor. Ele falou ainda menos do que antes e não disse nada sobre a minha revelação. Mas nunca saiu do meu lado. Certificou-se de que eu comesse ao menos uma vez por dia. Forçou-me a dormir pelo menos parte da noite, quando estava determinada a não deixar os feridos nem por um momento. Assegurou-se de que nem todos viessem a mim com as suas preocupações, formando grupos para ajudar quem precisasse, seja por causa de ferimentos, comida, familiares perdidos, disputas ou a volta para casa. Garantiu que eu estivesse livre para cuidar dos gravemente feridos e mais nada. Não trabalhei sozinha; havia muitos homens e mulheres com conhecimentos para me ajudar. Mas todos me procuravam para as decisões finais.

Quando eu cambaleava de exaustão, a mão de Kárun estava lá para me dar apoio. Quando desabei em lágrimas devido à fome e falta de sono, ele garantiu que eu me sentasse e comesse um pouco. E quando as más lembranças e os maus pensamentos me perseguiam e impediam que eu dormisse, ele percebia e se deitava ao meu lado, a uma distância respeitosa, mas próximo o suficiente para eu pegar a sua mão se quisesse. Era o único jeito que eu conseguia dormir. Era como ter você ao meu lado, Jai – o conforto de saber que eu não estava sozinha. Porém, tudo foi muito diferente. Porque enquanto estava deitada com a sua mão grande e áspera segurando a minha, eu me perguntava se ele me amava como eu o amo. Suas ações diziam que sim. Só que ele não disse nada que confirmasse.

Quando todos começaram a deixar o arvoredo funerário para voltar para as próprias casas, a rainha Voranne veio a cavalo para me ver, em pessoa, como se eu fosse da realeza. Ela pediu para falar comigo em uma das cabanas de madeira onde eu estava tratando aqueles com ferimentos graves.

– Há algo a mais que eu possa fazer para o seu povo? – perguntou de forma muito direta, tirando suas luvas.

Ela estava vestida exatamente como na última vez em que eu a vira, com o manto preto e chapéu branco de pele sobre os cabelos escuros. Aqueles que podiam, ajoelharam-se quando a rainha entrou, mas ela fez rapidamente um gesto dizendo que não havia necessidade.

– Não, Vossa Majestade. Você já fez tanto oferecendo toda comida e bandagens. Todos já estão fora de perigo e só precisam se recuperar o suficiente para voltarem para casa.

– Quando você acha que isso vai acontecer? – perguntou e bateu suas luvas contra a palma de sua mão.

Limpei minhas mãos no avental que Náraes me emprestara.

– Difícil dizer. Aquele homem ali teve a rótula do joelho esmagada e seu vilarejo é…

– Emprestarei meus cavalos – interrompeu a rainha. – Aqueles que conseguirem cavalgar podem fazê-lo, meus soldados os acompanharão. Meus soldados, não os do nádor. Organizarei carroças para aqueles que não podem cavalgar.

Maresi Enresdotter, essas pessoas não precisam mais de você, mas eu preciso.

– Vossa Majestade?

– Você deve ir comigo para Kandfall. Preciso que alguém me ajude a examinar as contas do nádor sobre os impostos coletados. Tenho de ter prova de sua fraude. Não preciso de mais evidências incriminadoras de seu caráter, considerando que ele liderou um ataque contras as pessoas a quem deve proteger, contra os meus desejos expressos, e pretendia destruir a floresta num vale que ele sabia ser sagrado. Ele já foi levado à Irindibul e aguarda julgamento. Mas, para corrigir os impostos futuros, preciso ver o que ele fez. Para isso, preciso de você. E depois precisamos estabelecer novas orientações sobre como Rovas será governada e taxada no futuro. Não estou muito feliz com sua escola, por exemplo. Temos muito o que discutir. Minha estada em Rovas está chegando ao fim, pois sempre que deixo Irindibul tenho uma enorme confusão de pendências me aguardando quando retorno.

Quando ela mencionou a escola, não tive alternativa além de concordar. Farei tudo para defendê-la, minhas irmãs. Tudo.

Guardei os meus pertences naquela noite e, na manhã seguinte, alguns dos soldados da própria rainha vieram com cavalos e carroças para os feridos. Eu teria preferido ficar com vários dos casos mais sérios, mas até eles estavam ficando impacientes e queriam voltar para casa. Espero que todos os feridos tenham sobrevivido. Dei instruções detalhadas sobre como cuidar deles. Mas a viagem para casa é longa para muitos e as noites têm sido frias. Apenas cerca de dez pessoas ficaram no acampamento: os feridos e suas famílias. Minha própria família já voltara para Sáru com os outros aldeões. Meu pai não queria me deixar, mas eu insisti. A fazenda precisa dele e de Akios mais do que eu preciso no momento. Além disso, Akios estava entre os feridos, eu mencionei? Ele quebrou vários ossos da mão esquerda e eu queria que ele fosse para casa e descansasse direito. Marget levou um terrível arranhão em sua bochecha direita. Talvez deixe uma cicatriz, mas fiz um bom curativo e ela não sofrerá com a febre por causa do ferimento, pelo menos. Náraes e Jannarl saíram ilesos, e estavam entre os primeiros a partir com suas filhas.

A única pessoa de Jóla ou Sáru que ficou foi Kárun.

Na manhã de minha partida, um soldado trouxe um cavalo com uma bela sela para mim e curvou-se. Eu me virei e lá estava Kárun, por perto, como estivera o tempo todo.

– Então você está me deixando agora – falou.

Seus olhos estavam cheios de dor e ele me olhou diretamente, como sempre faz, mas eu pude ver que era difícil. Dei um leve tapa no cavalo, pedi ao soldado que esperasse e fui até Kárun. Ele estava lá com seu colete de couro, com aqueles ombros largos, que tenho de me deter para não esticar os braços e tocá-los. Também vestia as luvas que eu tinha dado a ele, como sempre.

Não tinha planos sobre o que dizer. Não estava ciente que eu tomara uma decisão. Mas, de pé diante dele, prestes a sair cavalgando com a rainha, eu soube exatamente o que queria. Soube o que dizer. E, apesar de toda ajuda que ele me dera, não tinha ideia de como ele reagiria.

Segurei ambas as suas mãos e olhei-o nos olhos, meu estômago se afundando como toda vez que o olho ou toco.

– Estou deixando-o agora, Kárun Eiminsson. Mas, se você quiser, nunca sairei do seu lado de novo.

Prendi a respiração. Eu precisava de uma resposta antes de partir.

Ele apertou minhas mãos nas dele.

Respirei fundo e senti lágrimas encherem meus olhos.

– Se você me quiser, eu sou sua, Kárun.

– Se eu quiser? – Ele me puxou para perto e me segurou com força. – É claro que quero, Maresi, não quero mais nada. É o que eu quero desde a primeira vez que a vi, ao lado de seu irmão, com seus cabelos soltos como uma coroa brilhante. Mas sou um pobre lenhador. Não tenho nada para lhe oferecer. – Seus olhos eram selvagens. Famintos.

– Eu não preciso de nada – sussurrei. – Só de você.

E então, minha queridíssima Jai e amada Ennike Rosa, ele me beijou.

Maresi

enerável Irmã O!

Acabei de retornar de outra reunião com a rainha. Estou aqui no castelo do nádor há dez dias agora e diariamente a rainha e eu nos sentamos curvadas sobre pergaminhos e livros cheios de colunas de números. O nádor tem recebido impostos que, em alguns anos, correspondiam a quase metade de tudo produzido pelo povo de Rovas, enquanto enviava menos de um décimo para a Coroa. Ele viveu uma vida de luxo, com tapeçarias caras, carpetes e lençóis de seda e uma mesa mais opulenta do que a da própria realeza. A rainha já começou a vender os itens mais caros para encher os cofres do nádor com dinheiro vivo.

– Para comprar sementes para os fazendeiros que precisarem na primavera – falou.

Ela vai nomear um novo nádor assim que retornar a Irindibul, mas levará tempo para encontrar a pessoa certa e ainda mais tempo até ele chegar em Rovas. A rainha está deixando uma de suas aias, Talrana, aqui para se assegurar de que tudo corra bem durante esse tempo.

– Eu ficaria feliz em nomeá-la como nádor – disse a rainha uma noite, depois de passarmos meia eternidade estudando as colunas de números. – Ela é prática e inteligente e certamente não daria problemas, pelo menos. – Então suspirou e deu gole de seu vinho, que sempre estava disponível sobre a mesa. Ela bebe muito vinho, a rainha. Pessoalmente, acho que torna os números mais difíceis de serem entendidos, então peço uma bebida maltada ou fermentado. A rainha diz que o último é uma abominação, mas sempre garante que haja uma garrafa gelada para mim. – Mas infelizmente não pode ser. Não posso incorrer em tantos inimigos que tal nomeação provocaria.

– Quem quer que seja nomeado nádor, acho que seria bom que fosse solteiro, mas disposto a casar com uma mulher de Rovas – sugeri.

Tornei-me melhor em oferecer conselhos que não foram solicitados. A rainha especificou que eu deveria fazer isso, o que suponho significar que todos são solicitados. Foi difícil, de início, mas ela sempre ouve cuidadosamente as minhas sugestões, não importa quais sejam. Às vezes fica irritada, mas me leva a sério.

– Você quer dizer como quando Bendiro se casou com Venna? É algo a ser pensado. – Ela colocou o copo sobre a mesa e olhou para mim do outro lado, por entre as velas acesas. – Você seria uma candidata excelente para casamento. Ao seu lado, o nádor não ousaria fazer algo de errado. – Ela riu da minha expressão de horror e balançou a cabeça. Quando ri, parece uma menininha malcriada e são nesses momentos que mais gosto dela. – Calma, só estou brincando com você. Nunca funcionaria – homens nunca se deixam ser aconselhados e guiados por mulheres como você. Ou como eu. – Ela suspirou suavemente. – Quem quer que se torne nádor precisa de uma mulher que possa lhe ensinar sobre Rovas sem que ele perceba que está sendo ensinado.

– Talvez isso seja verdade em relação a homens de alto escalão em Irindibul – retruquei com cuidado. Nunca é bom contradizer *demais* a rainha.

– Você ainda tem uma opinião sobre os homens diferente da minha – disse a rainha, secamente. – Então está decidido. Eu nomearei um nádor tão sábio e leal quanto puder ser encontrado naquele meu lugar podre, e você me ajudará a encontrar-lhe uma esposa. Mas, por hora, preciso saber: quantas pessoas você estima que vivem em Rovas? Estou pensando se posso lhes dar uma ajuda agora que a primavera está se aproximando. Você me mostrou que esterco é essencial para uma agricultura viável, mas para ter tal esterco cada família deveria ter uma vaca.

E assim continuamos por muito tempo noite adentro. Estivemos nos referindo àquelas leis há muito estabelecidas e escrevendo novas instruções para o próximo nádor. Eu realmente quero ajudar a rainha – e, consequentemente, Rovas – o máximo que puder, mas é difícil quando sou constantemente lembrada da minha ignorância. Quantas pessoas moram em Rovas? Posso apenas supor, baseado no que sei sobre os vilarejos e o tamanho da província. Recomendei que a rainha faça um censo. Também lhe disse que nunca deve esperar altos impostos dessa província, pois o clima é árduo demais e o solo é muito fraco. Mas se ela deixar os habitantes prosperarem, poderá contar com súditos leais e proteção de qualquer ataque possível do povo de Akkade ao Norte, além de muitos lenhadores e caçadores, o que é provavelmente o maior benefício que nossa província madeireira pode oferecer à Coroa. Pelo menos acredito nisso. Nada me preparou para aconselhar uma rainha como governar seu reino. Nem mesmo a Velha pode ajudar nesse assunto.

Tivemos também discussões longas, e, por vezes, acaloradas, sobre a escola. A rainha não gosta dela.

– Sujeitos com conhecimento demais são difíceis de serem governados – diz, fazendo uma careta sempre que trago teimosamente o assunto da escola de volta à conversa. – Já concordei em ajudar durante a fome e com todo tipo de assistência. Você até me convenceu a abolir os impostos nos piores anos de escassez. Você nunca está satisfeita, Maresi Enresdotter?

– Vossa Majestade, está certa em pensar que pessoas que sabem ler e escrever não são tão fáceis de serem enganadas – respondi. – Mas isso também significa que nenhum nádor poderá enganá-las como este o fez. Isso também torna mais difícil enganar a Coroa.

– Não sei se estou convencida – disse ela. – Mas como ouso recusar algo a alguém que pode liberar os mortos entre os vivos?

A rainha se levantou e então riu. Ela não tem medo de mim, de fato. Não muito, pelo menos. E se rendeu quanto à escola, no final. Expliquei que não há muito tempo para ensinar as crianças, porque elas sempre precisam ajudar em casa e na fazenda. Apenas algumas letras, alguns números e a história de Urundien. Planejo ensiná-las mais do que isso, é claro, mas a rainha não precisa saber de tudo. Pelo menos ainda não.

Em troca, ela exigiu multas por caçar na floresta da Coroa, pois a lei funciona de ambos os lados. Concordei, mas enquanto estava quebrando a cabeça pensando como teríamos dinheiro para isso, ela trouxe um pergaminho assinado mostrando um número de compensação pelas árvores derrubadas em nome da Coroa em terras comuns pertencentes ao povo de Rovas. As somas se anulavam.

Entretanto, os maiores desafios da minha estada aqui no castelo não têm sido ajudar Sua Majestade com números e bons conselhos. Aparentemente, os deveres de um monarca também incluem dar bailes e almoços para pessoas importantes. Nessas ocasiões, ela espera que eu me junte à mesa, comendo peixes e aves recheados com frutas secas e especiarias raras. Ela me veste com as roupas de suas aias, que são as coisas mais desconfortáveis que já vesti em toda a minha vida. Talrana lavou e penteou o meu cabelo, mas eu impus um limite no que se refere a trançá-lo.

– Quem sabe que tempestades isso poderia causar – alertei e ela deixou para lá.

Tive de me sentar ao lado de homens de barbas brancas que falavam de pessoas e acontecimentos totalmente desconhecidos para mim ou que achavam adequado me contar tudo sobre a história de Rovas (a maior parte estava errada) ou tive de ficar de pé em um salão de baile abafado observando outros dançarem melodias com flautas e instrumentos de cordas, entediada e exausta após todas aquelas noites insones ajudando a rainha. Sua Majestade nunca parece estar cansada. Ela escreve leis e dança com duques egocêntricos e come compotas de maçã da mesma maneira agradável. Somente quando estamos a sós que posso vislumbrar uma esfera mais ampla de seu caráter e a inteligência aguda debaixo daquelas tranças bem-feitas.

O espadachim-mestre da rainha me contou sobre a espada de minha mãe. Ele disse que é antiga, cem anos ou mais. Ela parece muito simples para mim, mas ele ficou impressionado com o modo com que foi feita e moldada e diz que continuaria afiada sem amolá-la por mais cem anos. Ela vem do Oeste, ele acredita, mas não sabe dizer precisamente de onde. Falou que é diferente de qualquer espada que tenha visto.

Eu quero voltar para o meu vilarejo, Irmã O. Sinto falta da minha casa e da minha cama, independentemente do quanto seja confortável o colchão em que estou dormindo. Sinto falta de cozinhar o meu próprio mingau de manhã e quero dar uma olhada no curativo de Akios. Quero saber se a minha cabra já teve filhotes. Quero caminhar pelos vilarejos, não para proteger o solo, mas para me assegurar novamente de que tudo está bem. Minha escola está me esperando.

A escola e Kárun. Irmã O, não desistirei dele. Eu sou dele e ele é meu. Pretendo mostrar à Náraes que ela está errada: posso ter um homem, uma família e trabalhar ao mesmo tempo – se o homem for como Kárun. Espero que você não esteja muito desapontada comigo. Não há nada que diga que a serviçal da Velha tem que ser celibatária. Durante diferentes períodos da vida de uma pessoa, diferentes aspectos da Primeira Mãe podem se tornar mais importantes. A Irmã

Eostre foi uma vez serviçal da Donzela e agora tem uma afinidade maior com a Mãe e nenhuma é melhor ou pior do que a outra. Como a serviçal da Lua, posso carregar qualquer coisa em mim. Eu sou grande o bastante. Forte o bastante. Eu sei disso e é uma sensação incrível. Sinto que posso fazer qualquer coisa. Mas, para ter sucesso, para aguentar, preciso de alguém que me ame, que queira ficar comigo e me ajudar. Então, poderei suportar tudo.

Carinhosamente,
Maresi

Queridíssima Jai!
  Tudo tem sido muito estranho. Por quinze noites, estive dormindo em uma cama de penas entre lençóis de seda e comendo um desjejum trazido ao meu quarto, consistindo em leite fermentado, pão recém-feito, mingau com geleia e manteiga, porquinho frito e mais. Eu usei vestidos que valem tanta prata quanto uma vaca. Comi à mesa da rainha com várias pessoas importantes. E eu, Maresi de Rovas e Menos, ajudei e aconselhei a realeza!

Mas nesses quinze dias mal estive ao ar livre e estou enlouquecendo. Não tenho ideia de como o inverno está virando primavera. De vez em quando, tento roubar algum tempo para mim no pátio, mas a rainha tem me deixado sempre atarefada e só consegui isso algumas vezes. Há muita beleza para ser admirada aqui no castelo, mas nada se compara às belas florestas que cercam o meu vilarejo. Sinto falta de casa.

Ontem pela manhã estava olhando as frases das diretivas que a rainha, com minha ajuda, escreveu para o próximo nádor. A rainha estava ocupada respondendo cartas da corte em Irindibul. Eles estão claramente impacientes pelo retorno dela. Então, alguém bateu à porta e um lacaio entrou.

– Há alguém aqui que gostaria de encontrar a bruxa. – Ele corou e começou a gaguejar. – A expulsora da geada. A do manto vermelho. Ela que fala com os mortos... – A rainha, irritada, fez um gesto para que ele fosse embora.

– O filho de um dos meus vários parentes – falou. – Totalmente incompetente, mas precisa de educação. Tê-lo aqui como lacaio está lhe ensinando algo, pelo menos. Eu espero.

Pouco depois, Kárun entrou pela porta. As bochechas dele estavam vermelhas por causa do ar frio do inverno e ele vestia o seu colete de couro de sempre e suas botas de cano alto. Queria correr até ele, abraçá-lo, beijá-lo, mas continuei sentada, incapaz de falar. Às vezes temo que o nosso beijo tenha sido apenas um sonho. Às vezes temo que ele tenha se arrependido. Que tenha se arrependido do que me disse. Porém, lá estava ele.

Ele se curvou para a rainha sem tirar os olhos de mim. Eles estavam escuros e revelavam um desejo que fez meu rosto ferver. A rainha suspirou e abaixou sua pena.

– Kárun Eiminsson. Você veio para levar Maresi para casa, suponho.

– Vim, Vossa Majestade. Se me permitir. Precisam dela no vilarejo.

– Há algo errado? – Subitamente me senti nervosa.

– Não, de modo algum. – Ele deu um passo em minha direção, em seguida olhou para a rainha e parou. – Mas os seus alunos estão impacientes para que reabra a escola. Há tempo para aulas agora, antes da semeadura de primavera. A mão de Akios está sarando bem, assim como o joelho da mãe de Jannarl, mas seria bom se você pudesse vir vê-los de qualquer maneira. Seu pai está muito preocupado. – Ele olhou para a rainha e deu um passo para mais perto. – E eu estou com saudades, Maresi.

Kárun falou essas últimas palavras muito suavemente. Minha respiração ficou entalada em minha garganta.

– Eu também preciso dela – disse a rainha, girando a pena entre seus dedos. – Não há mais ninguém que possa dar conselhos tão bons. Ou que seja tão irritantemente teimosa. Também nunca tive companhia igual para conversas tão interessantes. – Depois, ela se levantou com um suspiro suave. – Mas é hora de retornar a Irindibul. Por estas cartas, posso supor que todos fizeram uma bagunça horrorosa. Intrigas e golpes foram planejados e a minha ausência é interpretada por muitos como fraqueza e negligência. Precisarei trabalhar em dobro para lhes mostrar como estão errados. – Ela sorriu para mim. – Irei me certificar de que arrumem as suas malas, Maresi, para que você possa viajar esta tarde. Não há sentido em prorrogar o inevitável. – Então se virou para Kárun e o sorriso desapareceu. – Você pretende se casar com Maresi?

– Se isso for o desejo dela, Vossa Majestade – confirmou Kárun. – Tudo o que sei é que eu quero dividir minha vida com ela.

– Apesar do conhecimento de tudo que ela é capaz? Você deve ser, o quê? Um lenhador? Ela pode abrir os portais para o reino dos mortos. Pode conjurar tempestades e domar animais furiosos. Como você vai controlar uma mulher assim?

– Vossa Majestade – Kárun hesitou e a rainha acenou com a cabeça, encorajando-o.

– Você tem permissão para falar livremente.

– Não quero controlá-la. Maresi pode cuidar de si mesma. – Senti-me tão aquecida e orgulhosa quando ouvi a admiração na voz de Kárun. – Tudo o que posso oferecer são as minhas mãos. Elas podem estar vazias, mas são fortes. E o trabalho delas será ajudar Maresi em tudo o que faz. Há certas coisas que ela ainda precisa de ajuda. Como ser levada de volta para casa, quando é gentil demais para saber o que é bom para ela.

A rainha riu.

– Homens extraordinários esses que vocês têm aqui em Rovas – disse para mim. – Talvez eu devesse levar alguns deles como imposto também. – Então ela deu aquele sorriso maroto de que gosto tanto. Depois, veio e me beijou nas bochechas.

– Maresi Enresdotter, minha amiga. Sentirei a sua falta. Você é bem-vinda para me visitar em Irindibul sempre que desejar. Que escândalo você causaria se andasse pelos corredores do palácio com o seu manto vermelho e o cajado entalhado! – Ela riu alto. – Não cause problemas demais para o novo nádor. Mas reporte as atividades dele para mim. Enquanto eu reinar, Maresi Enresdotter será ouvida pela Coroa.

– Vossa Majestade. – Curvei-me o máximo que pude. – Obrigada por ouvir a mim e ao povo de Rovas.

A rainha deixou a sala e fechou a porta, deixando Kárun e a mim sozinhos. Aproximei-me dele e coloquei minhas mãos em seu rosto.

— Então, você ainda quer esta bruxa? — perguntei.

— Mais do que qualquer coisa — sussurrou. — Mas você tem certeza que me quer? Eu nunca disse o que sentia porque você deixou tão claro que iria devotar sua vida à escola, não a um marido e filhos. Respeito isso, Maresi. Eu a admiro por isso. Não quero ficar no seu caminho.

Ele colocou as mãos em minha cintura e meus joelhos enfraqueceram tanto que mal consegui ficar de pé.

— Você não ficará — respondi. — Nós podemos trilhar esse caminho juntos.

— Maresi — disse ele e em seus lábios meu nome soou diferente como nunca.

Então não falamos mais nenhuma palavra por um bom tempo.

Sua amiga,
Maresi

INHA QUERIDA ENNIKE ROSA!

O inverno tem se transformado em primavera enquanto estive em Kandfall. Ainda há neve e as noites são frias, mas os dias são amenos e muito mais claros do que eram há uma lua.

A rainha Voranne me deu um presente de despedida incrível. Kárun e eu levamos sete dias para completar a viagem para casa, embora devesse ter sido feita muito mais rápido.

Tínhamos tantos animais e objetos conosco. Pode também ter havido outros... atrasos em nossa viagem.

A rainha me deu um boi. Ele estava preso a uma carroça quando Kárun e eu chegamos ao pátio na tarde em que ele veio me buscar. A carroça estava cheia de feno para as quatro vacas que estavam amarradas atrás – uma para cada fazenda em Sáru. E havia muito mais na carroça além disso, coisas que apenas descobri quando descarreguei tudo em casa. Escreverei uma carta à Irmã O detalhando tudo o que havia lá, você pode lhe perguntar. Por hora, quero lhe contar sobre nosso maravilhoso retorno.

Foi a primeira vez que Kárun e eu passamos tempo realmente juntos, a sós. Falamos sobre tudo e sobre nada. Sentamo-nos lado a lado na carroça puxada pelo boi, deslizando sobre a terra congelada por trilhas da floresta quase indiscerníveis e nos beijando até os meus lábios doerem. Quando não podíamos mais aguentar, parávamos a carroça e fazíamos amor no feno sob o céu claro do início de primavera.

O poder do corpo, querida Rosa, é ilimitado. Eu sempre acreditei que a Velha era o mais forte dos três aspectos da Primeira Mãe, mas isso é outra coisa que aprendi aqui que nunca entendera na Abadia – qualquer um dos aspectos da Deusa para o qual você estiver olhando no momento, ele será o mais forte. Quando eu era criança e quando estava na Abadia, era a Velha, porque estava cercada pela morte e depois por aprendizado. Neste momento, é a Donzela, que exerce o mais irresistível poder. Eu tremo de desejo quando estou com Kárun e quando penso nele, quando me toca ou olho para ele. Eu o quero sobre mim, dentro de mim, o tempo todo. Quero sentir o peso de seu corpo. Quero sentir a sua respiração em meu ouvido.

Depois da viagem para casa, o meu corpo inteiro estava doendo e não era porque a carroça era desconfortável.

Hoje, quando chegamos a Sáru, nos separamos – ele foi à escola e eu levei as vacas para as fazendas – e senti como se o meu coração fosse explodir. Nunca quero estar separada dele. E não vejo razão alguma pela qual eu deveria.

Carinhosamente,
Maresi

ENERÁVEL IRMÃ O!

A rainha me deu um baú do tesouro. Ela tinha um baú de verdade cheio de livros da biblioteca pessoal do nádor! Ah, você não pode imaginar o deleite que senti ao abri-lo. Em cima dos livros, havia maços grossos de papel e diversas penas e muitos potes de vidro de verdade com tinta. Dividi todo o resto que ela me deu com as outras fazendas em Jóla e Sáru. Isso pertence a eles tanto quanto a mim. Estavam comigo, lá no arvoredo funerário, desde o início. Mas os livros e papéis são meus, todos meus! Eu os guardei nas prateleiras na escola. Reabri a escola assim que retornei e foi uma alegria ver os rostos animados de meus alunos novamente. Muitos talharam os próprios cajados para caminhar para a escola. Suponho que queiram ser como eu.

O mais caro dos presentes foram as vacas, uma para cada fazenda em Sáru. Logo chegamos a um acordo que todos dividiriam o boi para arar a terra. De qualquer forma, todos nós ajudamos uns aos outros com a semeadura da primavera, então o boi pode muito bem pertencer a todos. E a rainha nos deu ainda mais além disso: a mais fina lã em cores que jamais poderíamos criar com nossas técnicas de tingimento; linho tão fino que é quase possível ver através dele; várias cabeças de machado e lâminas de faca; agulhas de costura; botões de prata e osso e um saco grande de pregos de ferro. Ela pode ser a rainha, mas certamente é uma mulher muito prática.

Uma nova fase está se iniciando. Faz quase dois anos que voltei a Rovas e posso enfim relaxar e me sentir segura. Não passaremos fome este ano e, presumindo que o novo nádor seja um homem honesto, nunca passaremos fome de novo. Sempre teremos que trabalhar duro, mas estamos acostumados a isso. Não preciso mais gastar as minhas forças protegendo o vilarejo, então posso me dedicar à minha missão: educar as crianças. Neste verão, tentarei viajar para o outro vilarejo e também ensinar as crianças de lá a ler e escrever. Kárun continuará trabalhando como lenhador, mas não vai mais transportar madeira. Preciso dele aqui em casa. Ele cuida de todos aspectos práticos da escola – lenha, limpeza da neve e coisas assim – para que eu possa concentrar toda minha atenção no ensino. E quando eu sair pela estrada, ele vai me acompanhar e carregar os livros, o papel, o ábaco e qualquer outra coisa que eu precisar. Acredito que ganharei o suficiente como professora para colocar comida na mesa para nós dois. De fato, sou paga em alimentos e provisões. Kárun também tem uma pequena renda como lenhador e pode caçar para reforçar nossa dieta.

Meu pai e Akios podem tocar a fazenda muito bem sozinhos, embora meu pai diga que a casa parecerá vazia sem mim. Kárun e eu vamos nos mudar para o prédio da escola na primavera. Talvez nós dois ajudemos com o trabalho da fazenda nas épocas mais atarefadas e dessa maneira também poderemos colocar um pouco de nosso próprio pão sobre a mesa.

Assim que tiver nomeado um novo nádor, a rainha Voranne prometeu enviar um mensageiro até nosso pequeno vilarejo para me avisar. E depois me avisou que, quando ele tiver se instalado em seu castelo, certamente mandará me buscar, para ver com os próprios olhos a mulher que "provocou uma tempestade, invocou uma avalanche, domou animais selvagens e liberou os mortos entre os vivos", nas palavras dela. A rainha tem uma queda pelo dramático.

Esses anos foram difíceis, mas agora me sinto segura sabendo que haverá muitos bons anos no futuro. Bons anos repletos de bom trabalho. Sempre terei as suas palavras na cabeça, Irmã O: eu não irei excluir, mas unir. Farei o melhor para dividir os frutos do meu trabalho com o maior número de pessoas possível. E rezarei para a Primeira Mãe, e para todos os seus três aspectos, e para a terra de Rovas, e saberei que tudo é apenas um e único.

Tenho tanto a lhe agradecer, Irmã O.

Maresi

ueridíssima Jai!

A primavera chegou. O solo está escuro e vazio, aguardando a renovação do crescimento e da vida. As árvores decíduas ainda não têm folhas, mas as primeiras ervas estão colocando as cabeças para fora do húmus fértil.

Kárun está construindo uma sala extra na escola. Um quarto. Nosso quarto. Moraremos lá assim que ficar pronto. Não vamos nos casar. Não há razão para fazê-lo, mas quero morar com Kárun pelo resto de minha vida. Poderia viver sozinha, mas escolhi não viver. Náraes me perdoou, eu acho. Está nos ajudando com os preparativos. Ela não consegue se mover com facilidade, com o bebê a caminho, então passa o tempo costurando roupas de cama e outras coisas que acha que vou precisar.

— Mas deixe os filhos para mais tarde — falou, decidida. — Você pode tocar a escola agora, confio em você para isso. Mas ter filhos muda tudo, é só o que tenho a dizer.

E seguirei seu conselho. Faço chás de língua-de-Deusa porque sei que a hora da maternidade ainda não chegou. Eu sou jovem e há muito que quero fazer primeiro.

E não duvido que possa fazê-lo, com Kárun ao meu lado. Ele é a base da minha coluna, a rocha sobre a qual fico em pé. Quer me ajudar em meu trabalho e sou forte o suficiente para deixá-lo fazer isso. Não estou dizendo que será fácil, mas certamente é possível.

Finalmente sinto que encontrei o meu lar, Jai. Sempre estive dividida entre Rovas e Menos e nunca sabia qual chamar de lar verdadeiro. Mas agora eu sei. Kárun é o meu lar. Onde quer que ele esteja, é onde eu pertenço. Ele me quer exatamente como sou: Maresi Enresdotter de Rovas e Menos, que abre a porta da Velha, que caminha nos passos da Deusa, que doma animais selvagens, que faz a terra tremer, invoca o vento e a tempestade e espalha luz sobre a escuridão. Ele não tem medo de mim; não tem medo de me ver como sou. Todos acreditam que possuo poderes sobre-humanos, mas sei a verdade: é ele quem é realmente extraordinário. Pois fez algo incrível que mal posso compreender – ele ensinou a si mesmo como dar e receber amor. Ninguém lhe mostrou como fazê--lo, como meus pais sempre me ensinaram ao me amar, independentemente do que eu fizesse ou da distância que viajasse. A mãe dele morreu quando ele ainda era pequeno e o seu pai era um homem cruel. Porém, ele não se tornou cruel. Kárun aprendeu a ver beleza e amor no mundo mesmo assim. Todo dia, luta pela mesma coisa: tornar a vida um pouco melhor e mais fácil para mim; e sei que continuará a fazer isso quando nossos filhos chegarem. Ele me deu algo pelo que lutar também – imitá-lo de qualquer pequena maneira possível.

Sempre houve um sonho sussurrando dentro de mim para voltar a Menos, ainda que este nunca tenha sido o meu plano. Embora saiba que nunca a verei novamente, continuei desejando que pudesse. Mas agora as minhas raízes estão crescendo aqui. Estou pensando em ter filhos, Jai. Meninas para quem eu possa ensinar tudo sobre a Abadia. Talvez algum dia elas viagem até aí. Se viajarem, espero que possam encontrar todas vocês. Silla está se preparando para ir a Menos nesta primavera também. Ela é agitada, mas aprende rápido e a Abadia pode oferecer tudo de que ela precisa e que não posso dar. Cuidem bem dela! É claro que sei que cuidarão.

Prometo escrever e lhe contar como tudo está indo por aqui, mas será com menos frequência do que antes. Preciso recomeçar, criar algo novo e não olhar constantemente para trás. Além disso, o meu trabalho vai me deixar muito ocupada. Temos de cuidar de Berla também – meu pai, Akios e eu dividimos a responsabilidade por ela. Mik e Eina se tornaram como filhos para Náraes. Eu mencionei que eles podem se mudar comigo e Kárun para a escola, mas isso só enraiveceu minha irmã.

Continue escrevendo para mim, amada Jai, minha amiga. Quero saber como estão as coisas. Quero trabalhar duro e saber que todas as outras estão trabalhando longe daqui também, na Abadia. Não espero que você pense em mim com muita frequência, mas talvez possa me lançar um pensamento às vezes, na Dança da Lua ou quando estiverem todas juntas colhendo caramujos-de-sangue num belo dia de primavera.

Vocês todas permanecerão para sempre em meu coração.

Maresi

A ÚLTIMA CARTA

ENERABILÍSSIMA MADRE E QUERIDA AMIGA!

Sempre soube que nunca mais veria a Irmã O nesta vida. Sua carta chegou a mim ontem, quando o primeiro comboio comercial do ano passou por Rovas vindo do Sul. Você escreveu que ninguém poderia ter adivinhado que a morte dela fosse iminente, mas suspeito que ela sabia. A carta que você mandou juntamente com a sua, escrita à mão por ela não muito tempo antes de sua morte, não mencionava nada sobre sua saúde ou sua morte. Mas havia uma certa... ânsia. Ela também enfatizou que a Velha ainda não havia lhe escolhido uma noviça. Há somente eu. Uma noite de inverno, enquanto eu estava deitada acordada, tive uma sensação forte de que a Velha estava me observando e agora acredito que foi uma premonição.

Sim, acatarei ao seu chamado. Voltarei para casa. Tomarei o lugar da Irmã O como serviçal da Velha, até que seja minha vez de passar pela porta final. As esposas dos meus filhos estão tocando a escola com sucesso e pouquíssimo envolvimento da minha parte. Há conversas sobre abrir uma escola em Kandfall também. Berla, que vive lá há alguns anos, diz que é a hora certa. Tenho dois netos e um terceiro a caminho. Retornar a Menos significará que não poderei vê-los crescer, o que é uma perspectiva dolorosa.

Entretanto, meu trabalho aqui está feito. Um trabalho diferente me aguarda. E quero trabalhar. Acho que não consigo viver sem isso. Não sou velha, ainda não, mas também não sou jovem. Se for embarcar em uma longa viagem, tenho de fazê-lo agora.

Sentirão minha falta por aqui, o que é reconfortante. Mas eles conseguem se virar e isso é ainda mais reconfortante. Os meus filhos me tiveram por muito tempo; agora é hora de devotar minhas energias às minhas irmãs na Abadia.

Sentirei saudades de todos aqui em Rovas, isso é certo. Maressa tornou-se tão bem-sucedida que eu mal a vi nos últimos anos. Ela raramente tem tempo de voltar para casa, para o seu pequeno vilarejo. Quase não há uma criança em todo norte de Rovas que não saiba ler, graças a sua escola itinerante. Ela gasta cada moeda que ganha comprando novos livros que deixa nas aldeias, para que as crianças tenham algo para ler. Maressa tem muita afinidade com a Deusa. Ela pode sentir e ouvir coisas que poucos podem. Se tivesse vivido na Abadia, poderia ter se tornado a noviça da Lua. Agora ela não tem tal chamado, mas está fazendo o trabalho da Deusa em todo lugar que vai e em tudo que faz. Nunca teve interesse no que eu lhe contei sobre as crenças da Abadia nem nas crenças praticadas aqui em Rovas. Ela segue o próprio caminho e nesse caminho realiza mais bondade do que a maioria.

Náraes está ocupada ajudando Dúlan e Hélon com os seus filhos. Eles têm dois e quatro filhos, respectivamente.

Mik não se casou e ainda mora com os pais adotivos. Ele é de grande ajuda para Jannarl na fazenda. Hélon, meu sobrinho, mudou-se para a velha fazenda do meu pai com sua família. Eina, a irmãzinha de Mik, mora em Murik e tem uma escola lá. Ela também abrigou várias crianças órfãs, que moram com ela e vão à sua escola. Náraes sente muito orgulho dela.

Minha irmã poderá envelhecer cercada pelos seus filhos e netos, com Jannarl ao seu lado.

Tive notícias de Akios no fim do outono. Ele está em Valleria agora, totalmente ocupado com o estudo da produção de sal. Aonde quer que viaje, sempre encontra coisas novas para aprender. Acho que devia ir a Menos para ensinar às noviças da Abadia tudo o que viu. Estive pensando se ele poderia pôr os pés em terra se realizássemos certos ritos e oferendas? Talvez eu o encontre em minha viagem ao Sul para Menos. Akios parecia muito feliz em sua carta. Está fazendo o que sempre quis; ver o mundo, ser parte dele.

Eu já guardei os poucos pertences que planejo levar comigo. O anel da Irmã O. O saquinho que costurei dos trapos que puderam ser salvos do manto muito usado que você costurou para mim há tanto tempo. Dei o pente para Maressa. Ela precisa mais dele do que eu. Ainda há muitos perigos nos lugares para os quais ela viaja com a sua escola itinerante. Mas a Donzela segura sua mão e a Velha sussurra em seu ouvido. Sei que ela ficará bem. Não sei se chegarei à Abadia antes de minha carta, mas acho que um comboio de viagem poderá viajar mais rápido do que posso. Quero também aproveitar a oportunidade para ver um pouco do mundo, já que finalmente tenho a oportunidade. Acredito que essa seja a última.

Eu disse adeus para todos. Abracei os meus filhos amados e senti o meu cabelo ficar molhado com suas lágrimas.

Beijei as bochechas das minhas noras, abracei Dúlan e Hélon e seus filhos. Acariciei e beijei os meus netos e esse foi o adeus mais difícil de todos.

Esta noite me despeço dos três que amei e perdi. Cavalgarei pelo entardecer claro de primavera ao arvoredo funerário, amarrarei o meu cavalo a uma árvore e descerei para o vale. E lá eu me sentarei por um tempo diante da árvore funerária da minha mãe e do meu pai e lhes agradecerei por me fazerem a mulher que sou hoje e por terem me mandado para a Abadia Vermelha, para onde agora retornarei para passar a minha velhice. O meu pai morreu há muitos anos, mas ainda acho difícil acreditar que não está mais entre nós. Ele sempre pareceu tanto uma constante. Mas a Velha chama a todos, mais cedo ou mais tarde. Todas as lembranças de meu pai vivem em mim e em todos os seus outros filhos e netos. Ele não se foi.

E, finalmente, me sentarei diante da árvore de Kárun. Kárun, meu Kárun. Minha rocha, minha força, meu lar. Escrever o nome dele parece uma invocação. Quero invocá-lo. Quero lhe dar vida eterna, deixando o seu nome continuar a viver. Eu não acreditava que poderia viver sem ele. O primeiro ano após a sua morte foi, de fato, quase insuportável e a dor que me atravessa toda vez que penso nele provavelmente nunca vai desaparecer. Mas agora dois anos se passaram e, embora eu sinta saudades, as lembranças que tenho dele me trazem mais alegrias do que sofrimento. Tudo o que sou hoje é graças a ele. Seu amor me carregou para tão longe e me fez tão forte. Náraes certa vez acreditou que o amor resultaria no fim do meu trabalho e da minha missão, mas, na realidade, foi o que me permitiu alcançar os meus objetivos.

Achei que seria impossível deixar sua árvore funerária e a casa que foi nosso lar e todos os lugares em que estivemos e vivemos e amamos. Mas carrego tudo isso dentro de mim. Eles me seguem por todo lugar que vou. O dia que ele morreu foi o pior da minha vida, mas não cederia sua lembrança por nada neste mundo.

É possível viver com fardos mais pesados do que pensamos ser possível, minha amiga. Eu queria não ter aprendido isso.

Mas se Kárun ainda estivesse comigo, eu não viajaria para casa agora. Em vez de envelhecer cercada por filhos e netos, como Náraes, envelhecerei com você, Ennike e Heo. Agora posso finalmente lhe revelar, agora posso lhe contar: senti tantas saudades de todas vocês que às vezes mal consegui respirar. Eu senti inveja de todo bando de pássaros que voava para o Sul para o inverno e desejei que pudesse viajar com eles. Essa saudade não diminuiu com o passar dos anos.

Mas agora estou voltando para casa, Jai. Agora estou voltando para casa.

Maresi

Agradecimentos

enny Sylvin e Fårholmen, Nora Garusi e Dönsby.

Simon Lundin, que ajudou com as viagens de esqui de inverno.

Siv Saarukka, que ajudou com a história das primeiras escolas.

À Biblioteca Nacional da Finlândia, sem a qual este livro não poderia ter sido escrito.

Nene Ormes, por ler e fazer comentários.

The Secret Badger Society, que juntou ideias comigo.

Helvetesgruppen, onde pude desabafar um pouco.

Malin Klingenberg, que ficou de olho em mim todos os dias e me manteve na linha.

Sara Ehnholm Hielm, que sempre me orientou para o caminho certo.

Saara Tiuraniemi, que conversou comigo sobre os pontos complicados do manuscrito.

Todos meus fantásticos e talentosos tradutores.

E, finalmente, um grande obrigado, o maior de todos, à minha amada mãe, que faleceu enquanto eu trabalhava neste livro. Ela não é a mãe de Maresi, nunca houve distância entre nós. Porém, muito dela aparece nestas páginas.

Esta obra foi composta em Caslon Pro e
impressa em papel Pólen Soft 70g com capa em
Cartão Trip Suzano 250g pela Corprint para
Editora Morro Branco em março de 2021